Das Buch

Alles fängt mit einer Fahrradtour an. Aber der Sturz, der Oliver, Penelope und Nicholas über eine Hecke befördert, ist zugleich eine Reise ins Land der Hurnei. Bald schon steht Oliver vor Silinoi, dem Herrscher des Nordens. Staunend sieht er die Schwerter und Speere der Krieger und das Einhorn, auf dem der Herrscher des Nordens zur Jagd reitet, während sein Bruder und seine Schwester im Gebirge umherirren, wo sie einer Prinzessin und ihrem Gefolge begegnen. Gefährliche Aufgaben stehen den Kindern bevor, und nicht immer sind sie nur Zuschauer wie bei der Schlacht der Adler. Oliver wird selbst ein Krieger der Hurnei – und reift dabei zu einem verantwortungsbewußten Menschen. »Das gibt dem phantastischen Geschehen im nachhinein die Dimension eines Entwicklungsromans. Die ruhig und schön erzählten Episoden bekommen die Weisheit von Märchen«, schrieb Sybil Gräfin Schönfeldt in der ›Zeit‹.

Die Autorin

Joy Chant, 1945 in London geboren, verbrachte ihre Kindheit in Essex. Seit 1969 Bibliothekarin in einer Jugendbibliothek. Weitere Werke: ›Der Mond der brennenden Bäume‹, ›Wenn Voiha erwacht‹, ›Könige der Nebelinsel‹.

C0-DXC-684

Joy Chant:
Roter Mond und Schwarzer Berg

Deutsch von Hans J. Schütz

Klett-Cotta
im
Deutschen
Taschenbuch
Verlag

Von der Hobbit Presse herausgegeben
sind im Deutschen Taschenbuch Verlag erschienen:
Aufbruch mit den Hobbits (10333)
Der Zauberwald von Fangorn (10479)
Zu Gast bei den Elben (10657)
Das HobbitBuch (10946)
J.R.R. Tolkien:
  Tuor und seine Ankunft in Gondolin (10456)
  Die Geschichte der Kinder Húrins (10905)

Ungekürzte Ausgabe
1. Auflage Juli 1989
Deutscher Taschenbuch Verlag GmbH & Co. KG,
München
Lizenzausgabe mit freundlicher Genehmigung der
Ernst Klett Verlage GmbH u. Co. KG, Stuttgart
© 1970 George Allen & Unwin Ltd., London
Titel der englischen Originalausgabe:
›Red Moon and Black Mountain. The End of the House
of Kendreth‹
© 1979 der deutschsprachigen Ausgabe:
Verlagsgemeinschaft Ernst Klett – J.G. Cotta'sche
Buchhandlung Nachfolger GmbH, Stuttgart
ISBN 3-12-901470-5
Umschlaggestaltung: Celestino Piatti
Umschlagbild: Dietrich Ebert
Satz: IBV Satz- und Datentechnik GmbH, Berlin
Druck und Bindung: C. H. Beck'sche Buchdruckerei,
Nördlingen
Printed in Germany · ISBN 3-423-11096-1
1 2 3 4 5 6 · 94 93 92 91 90 89

1
Die zitternde Luft

In jenem Jahr war früh Ostern. Das Fest fiel in den Schwarzdornwinter, wo man die Blüten der Schlehe noch für Frost halten konnte und die grünen und kupfernen Knospen des Weißdorns kaum zu sprießen begonnen hatten. Jeden Morgen war das Gras von Reif gefleckt, und die Luft schmeckte nach Eisen.

Aber an jenem Tag war es in jähem Ansturm Frühling geworden, und der Lärm des erwachten Lebens umfing den Knaben, der im Baum dicht beim Tor wartete. Vögel schwatzten und zankten sich beim Nesterbau, Feldmäuse raschelten im Wassergraben, und in der Hecke regten sich die Haselmäuse. Die tiefblauen Augen des Knaben glänzten, und sein Lächeln glich beinahe einem Lachen überschäumender Freude. Er fühlte, wie das Leben im Inneren des Baumes emporstieg, in die gekrümmten Zweige und in die weichen, neugeborenen Blätter überfloß, die von der Knospe noch faltig waren. Neben ihm schmetterte eine Amsel ihren Freudengesang, und ein Eichhörnchen, das seine Barthaare mit zarten Pfoten glättete, sprang plötzlich mit hohem Keckern auf den Rain, hüpfte in kleinen, rotbraunen Bögen über die Straße und verschwand im gegenüberliegenden Wald. Durch das dunkle Haar des Jungen floß ein leichter, lebhafter Windhauch, und die Sonne glänzte auf seinen braunen Wangen. Er stieß einen Freudenschrei aus. Die Amsel schlug.

Aber ihn hatte ein besonderer Auftrag hergeführt, der freilich für ihn selbst weniger bedeutsam war als für andere. Stimmengeräusch auf der Straße brachte ihn zur Besinnung. Er richtete sich zwischen den Ästen auf und blickte hinunter: ein farbiger Fleck schimmerte durch die Hecke. Der ältere der beiden Jungen drunten trug einen leuchtend roten Pullover. Dies allein genügte, um zu wissen, daß es die drei waren, die er erwartete: zwei Jungen und ein Mädchen.

Er beobachtete, wie sie mit ihren Fahrrädern langsam über die Hauptstraße fuhren, und schüttelte beinahe bedauernd den Kopf. Das Mädchen sah sehr jung aus, bummelte hinter ihren Brüdern her, und alle drei näherten sie sich so ahnungslos!

Doch das Herz beugt sich dem Zwang, und sein Auftrag war nun einmal eine strikte Notwendigkeit. Sie erreichten die Kreuzung. Er lehnte sich zurück und setzte die Rohrflöte an die Lippen, die er bis jetzt lässig zwischen den Fingern gehalten hatte. Eine süße Melodie erklang, so lieblich, daß es schien, die Welt müsse innehalten, um ihr zu lauschen. Und doch spielte der junge Musikant so leise, daß nur er selbst es hörte. Nicht einmal die wachsame Drossel bewegte ihren Kopf, so zart und weich waren die Töne – aber er sah, wie der Junge zögerte, stehenblieb, sich umschaute, und er mußte über ihn lachen, wenn er ihm auch leidtat.

Oliver blieb stehen und blickte zurück. Die anderen waren hinter ihm zurückgeblieben. Ungeduldig stemmte er sich gegen die Pedale. Penny trieb wieder am Straßenrand ihr Spiel mit dem Gras, das sich um die Räder wickelte. Nicholas hatte angehalten, stand breitbeinig über dem Fahrrad und beugte sich über seinen Kompaß.

»Penny, komm auf die Straße zurück! Du wirst noch im Graben landen. Oh, komm endlich, Nick! Nick!«

Penelope kehrte schwankend und tänzelnd auf die Straße zurück. Sie drehte ihr Vorderrad, um den Kies knirschen zu lassen, und lachte ihn an. Er warf ihr einen vorwurfsvollen Blick zu und rief erneut nach Nicholas. Sein Bruder näherte sich langsam und ein wenig unsicher, wobei er den Kompaß immer noch in der Hand hielt.

»Wir gehen fast in nordöstlicher Richtung«, verkündete er, als er mit Oliver auf gleicher Höhe war; »der Kompaß spielt verrückt, weil das Rad so wackelt, aber wenn ich still stehe...«

»O nein, bitte nicht. Du hast schon genug still gestanden. Im Ernst, Nick, zuerst die Sache mit deinem Messer und jetzt der Kompaß. Dir fehlt nur noch ein Tropenhelm zu einer Safari!«

»Na und? Wir sind doch eine Art Expedition. Wir sind vorher noch nie in dieser Gegend gewesen. Wir könnten verlorengehen. Vater hat gesagt, wir sollten aufpassen.«

»Sei nicht so kindisch! Er sagte, ich solle mein Bestes tun; und mit etwas Glück werde ich schon noch einen von euch loswerden!«

»Aber er hat es wirklich gesagt, Oliver! War's nicht so? Er würde die Polizei alarmieren, wenn wir wirklich verlorengehen sollten, nicht wahr?«

»Gewiß: ›Gefährliche Geisteskranke auf freiem Fuß. Penelope Powell entkam Wächter!‹« Sie lachte und streckte ihre Zunge heraus. Er fletschte die Zähne und seufzte.

»Nicholas, wenn du noch einmal auf dieses Ding guckst, werde ich es nehmen und darauf 'rumtrampeln, ich schwör's dir!« Nicholas stopfte den Kompaß hastig in die Hosentasche und bemühte sich, so auszusehen, als hätte er nie aufgehört, in die Pedale zu treten.

»Wo nun entlang?« fragte er.

»Geradeaus«, erwiderte Oliver und fuhr auf die Kreuzung zu. Dann zögerte er plötzlich. »Zumindest, denke ich... nein... einen Augenblick mal.«

Sein Rad legte sich schief, und er setzte einen Fuß an die Böschung. Verwirrt blickte er in die Runde.

Er war sicher, daß sie sich auf Geradeaus geeinigt hatten, aber eben hatte er ein Hindernis gespürt, stark wie ein körperlicher Schmerz, so, als wäre er in ein Seil hineingefahren, das quer über die Straße gespannt war. Plötzlich hatte er das Gefühl, daß er beinahe den falschen Weg eingeschlagen hätte, daß er abbiegen müsse... abbiegen...

»Links«, sagte er endlich langsam, »wir biegen hier nach links ab.« Nicholas fuhr ungläubig auf: »Oliver, he, Oliver! Du hast gesagt geradeaus! Wo willst du hin? Geradeaus!«

»Links!« gab er mit Überzeugung zurück, »das ist der richtige Weg.« Nicholas protestierte, bis er die Straßenecke erreicht hatte. Dann vergaß er seine Zweifel und folgte. Penelope bemerkte nichts dazu. Als sie Oliver eingeholt hatte, stieß sie ihn an: »Oliver, ich dachte, du hättest gesagt, es gebe keine Hügel in Essex.«

»Ich habe nicht gesagt, daß es dort keine gibt, ich habe nur gesagt, was alle denken.«

Er fuhr langsam und stand in den Pedalen. Ungefähr hundert Schritte vor ihnen befand sich ein Tor in der Hecke. Mitten im Feld erhob sich eine Eiche. Am Tor sah er einen Wegweiser.

»Laßt uns nachsehen, was auf dem Wegweiser steht.«

Der Junge im Baum lenkte sie spielerisch auf den Hügel und sah ihnen zu. Plötzlich überholte der Jüngere seinen Bruder, fuhr schnell auf das Tor zu und schaute auf den Wegweiser.

»Hier steht ›Öffentlicher Fußweg‹«, rief er nach hinten, »aber nichts davon, wo er hinführt!«

Die Musik und das Lachen des Flötenspielers klangen ineinander. Die beiden anderen erreichten das Tor und stiegen ab. Die jüngeren Kinder sahen sich sehr ähnlich: langgewachsen, mit lockigem, goldbraunem Haar; nur Nicholas' Augen waren braun statt blau, und sein Haar hatte einen leichten rötlichen Schimmer. Kaum einer hätte den beiden unähnlicher sein können als Oliver: er war fünf oder sechs Jahre älter als sein Bruder, nicht so groß wie die meisten Jungen seines Alters, aber sehr kräftig. Sein dickes, dunkles Haar war fast glatt, und seine Augen unter dicken Brauen waren steingrau. Er legte seine Hand auf das Tor und blickte unschlüssig auf den Wegweiser. Er war die letzte Gelegenheit, sich zu entscheiden – und die Musik erfüllte die Luft mit schmerzhafter Gewalt.

»Heraus, Jungen und Mädchen, wer spielen mag«, begann Penelope leise zu singen, »der Mond scheint hell wie der lichte Tag…« – »Sch…«, machte Oliver und wußte nicht warum. Er wußte nur, daß es hier sehr ruhig war, mehr noch – wirklich still, außer Penelope und dem warnenden Pink-pink der Amsel im Baum. Und dennoch war etwas in dieser Stille, das er zu hören wünschte. Er betrachtete die undeutliche Spur des Fußpfades quer durch die Wiese und faßte seinen Entschluß:

»Wir gehen hier durch.«

»Es sind aber Kühe da«, wandte Penelope ein.

»Oh, sei nicht albern! Du hast doch vorher schon mal Kühe gesehen, oder? Oliver, was wollen wir mit den Rädern machen?«

»Wir lassen sie drinnen hinterm Tor. Dort wird sie niemand sehen, und der Bauer wird nichts dagegen haben, hoffe ich. Oh, das Tor läßt sich nicht öffnen. Tretet zurück und schaut euch an, wie eine übermenschliche Kraft am Werk ist.«

Er hievte die Fahrräder über das Tor, sprang hinüber und lehnte sie gegen die Hecke. Die Kinder erkletterten das Tor.

»Vielleicht ist es verschlossen, um uns auszusperren«, sagte Nicholas plötzlich.

»Wozu, wenn es doch ein öffentlicher Fußweg ist? Vielleicht ist es besser, wenn ich mich mal umsehe, für den Fall, daß ein bodenloser Abgrund vor uns liegt. Wartet hier einen Augenblick.« Er entfernte sich. Nicholas zog sein Fahrtenmesser hervor und versuchte, es an dem harten Torpfosten zu wetzen. Aber es ließ sich nicht gut an; überdies hatte der Vater ihm verboten, es zu schärfen, und würde ärgerlich sein, wenn er es dennoch tat. Auch wenn es ein gutes Messer war, es war dennoch nutzlos. Er steckte es in die Scheide zurück und nahm seinen Kompaß heraus, wobei er einen schiefen Blick auf Penelope warf. Mit weit geöffneten Augen starrte sie in die Eiche.

»Was guckst du so?«

»Ach, nichts. Ich dachte, ich hätte ein Eichhörnchen gesehen.«

»Die werden jetzt noch nicht draußen sein. He, he, Pen, sieh dir das an!«

Er hielt ihr den Kompaß hin. Die Nadel wirbelte wie verrückt hin und her, als suchte sie vergeblich die Nordrichtung. Sie wurde langsamer, kam aber nicht zur Ruhe und schwang unsicher über dem Zifferblatt.

»Er ist kaputt!«

»Aber ich dachte, Kompasse könnten niemals entzweigehen.«

Er drehte sich um, und als seine Hand die Torlinie passierte, fand die Nadel die Nordrichtung. Er starrte den Kompaß an, schüttelte ihn, aber nun behielt die Nadel die Richtung bei.

»Das ist aber komisch...« Als er sich erneut drehte, begann die Nadel jedoch wieder in wilde Kreiselbewegungen zu verfallen. Penny starrte ihn fassungslos an. Stirnrunzelnd hielt er seine Hand zuerst diesseits und dann jenseits des Torpfostens, aber das Ergebnis blieb das gleiche: draußen drehte die Nadel sich nach Norden, drinnen versagte sie.

»Oliver!« schrie Penelope. »Oliver! Komm her und sieh dir das an!« Er fuhr herum, und Penny vergaß, wo sie war, und sprang auf die Füße. Nicholas sah sie fallen, versuchte, sie mit einem Warnruf zurückzuhalten, und stürzte selbst nach vorn.

Es gibt in jedem Sturz einen Sekundenbruchteil, wo man der Luft gleich zu sein meint. Nicholas wunderte sich, warum ihm das nie zuvor aufgefallen war. Dann schmeckte er etwas Bitteres ganz hinten in der Kehle, wollte aufschreien, aber die Stimme versagte ihm: dieser eine Augenblick nahm kein Ende.

Sie wurden emporgehoben. Feld, Tor und Baum waren verschwunden, und sie wurden in einem silbergrauen Dunstschleier umhergewirbelt. Alles, was Nicholas spürte, war Penelopes Gelenk in seiner Hand. Er konnte nichts sehen. Das gewaltige Gefühl, im Tiefersinken seinen Magen zu verlieren, wurde schlimmer, bis ihm sein Körper ein Hohlraum zu sein schien, in dem nur sein Herz trommelte. Dann schließlich trieb auch sein Bewußtsein davon, und sein Kopf füllte sich mit Dunkelheit.

Oliver war ein Stück vorwärts gegangen, als er auf dem Feld etwas bemerkte, das ihn beunruhigte. Der Tag war nur mäßig warm, aber die Luft über dem Gras tanzte und flimmerte wie in sengender Hitze. Der schwach ausgeprägte Pfad floß wellenförmig im Dunst, und das Vieh wirkte verzerrt und unwirklich.

»Seltsam«, sagte er laut und hielt inne. Es war sehr ruhig. Die Luft summte vor Stille. Eine seltsam fröstelnde Erregung durchströmte ihn mit einem Mal. Er fühlte ein Prickeln, und die Kehle war wie zugeschnürt. Ihn schauderte.

Urplötzlich befahl ihm eine leise innere Stimme, sofort umzukehren – auf der Stelle! Doch die stärkere Stimme der Vernunft fragte nach dem Grund. Warum? Nur weil es so still war und eine Hitzeglocke über den Feldern stand? Die Stille war zu erwarten gewesen, und obgleich er kein Wissenschaftler war, ließ sich auch der Dunstschleier nach allem, was er wußte, einwandfrei erklären. Er sah sich nach Nicholas und Penelope um. Sie beugten sich über irgend etwas. Zweifellos war es wieder der Kompaß. Er grinste, schüttelte sich und schritt vorwärts.

Doch seine Unruhe konnte er nicht leugnen. Etwas in ihm war aufgestört und durchströmte ihn, aber er hätte nicht zu sagen vermocht, ob es Furcht oder Erregung, Schrecken oder Verlangen zu nennen war. Möglich, daß es nur Einbildung war, aber die Wellen der Luft schienen nun heftiger zu pulsieren. Er warf erneut einen Blick zurück und gewahrte, daß jetzt alles hinter ihm in zitternde Bewegung geriet wie unter der Gnadenlosigkeit mittäglicher Sonne. Die Stille vertiefte sich, und die Klänge in ihr gewannen dennoch an Lieblichkeit.

Er holte tief Atem und marschierte entschlossen vorwärts. Der Pfad fiel leicht ab, das Gras wurde höher, und sein Grün war weniger leuchtend. Die Kühe hatten sich entfernt; er konnte sie nicht mehr sehen. Die Luft kam zum Stillstand und schien sich abzukühlen. Dann hörte er die Kinder nach ihm rufen und drehte sich um.

Seine Haut wurde totenbleich und kalt wie Stein. Es schüttelte ihn am ganzen Körper, und er stieß einen rauhen Schrei aus. Zuerst suchten seine Augen die Straße ab, die er gerade verlassen hatte. Er konnte Bruder und Schwester auf ihren Fahrrädern sehen, aber sie wirkten verschwommen und schwebend, als wären sie auf dünnen Flor gemalt. Dann geriet das Bild ins Zittern, es begann zu reißen und sich aufzulösen.

Als er scharf hinsah, trieben sie wie Rauch davon, der vom Wind weggerissen wird. Zurück blieb nur ein undeutlicher Fleck, eine verschleierte Helle – dann war alles verschwunden, und allein der Baum blieb übrig.

Er stieß erneut einen Schrei aus und rannte zurück. Unfähig zu begreifen, war er dennoch sicher, sie noch irgendwie zu finden. Das Gras, durchsetzt mit unbekannten Blumen, war sicherlich noch höher. Der Wind trug ihm einen fremdartigen Geruch zu, bittersüß, kalt und wild zugleich. Der Baum, den er seiner runzligen Rinde und seiner knorrigen Äste wegen für eine Eiche gehalten hatte, besaß nun gefiederte Blätter wie eine Esche. Er legte die Hand an den Stamm und blickte mit verzweifelter Wut in die Runde.

Sie waren verschwunden. Ganz einfach weg. Und er war allein. Wohin er blickte, sah er nichts als Gras und darüber die klare, blasse Bläue eines Himmels, dessen Weite ihn fast erschreckte. Die summende Stille war dem Gewisper der Blätter, dem Grasgeraschel und dem Gesang der Vögel gewichen.

Der Schock ging tiefer als eine körperliche Erschütterung, seine zerstörerische Wirkung drang bis zum Fundament; doch auch körperlich fühlte er sich erledigt, zerrüttet, elend. In seinem Magen schienen sich kalte Schlangen zu winden, sich aufzutürmen und emporzusteigen. Er schluchzte, fühlte die Tränen über seine Wangen laufen, aber er beachtete sie nicht. Noch einmal schrie er auf, ungläubig und qualvoll, und rannte dann sinnlos in das Gras hinein, warf Blicke um sich in hoffnungslosem Suchen. Er rief ihre Namen, weinte noch immer und wußte es nicht. Plötzlich strauchelte er und stürzte, sich überschlagend, in die sich neigenden und knickenden Halme, deren aufgewirbelter Blütenstaub ihn fast erstickte.

Der Sturz brachte ihn zur Besinnung und zügelte seine Panik ein wenig. Einen Augenblick lag er still. Aber kaum hatte er begonnen sich aufzurichten, Grassamen auszuspeien, sein Haar zurückzustreichen, als ein erregter Schrei an sein Ohr drang. Im Aufblicken sah er einen schwarzen Gegenstand mitten aus der Sonne auf sich zuschießen, und mit einem Aufschrei warf er sich zur Seite. Gerade weit genug, denn der Gegenstand streifte lediglich seine Schulter, verfehlte aber seine Brust. Ein Stück hinter ihm bohrte er sich in den Boden und blieb zitternd stecken: es war ein Speer.

»Harai! Ich habe getroffen! Gezielt und nicht gefehlt! Hai, komm und sieh!«

Ein Junge auf einem Pony stürmte durch das Gras, ganz in Leder gekleidet – Mantel, Hosen und hohe Schuhe. Eine Wolldecke diente ihm als Sattel auf dem zaumlosen Pony. Er schwang sich aus dem Sattel und erblickte Oliver. Indem er ausglitt und einen Halt suchte, stockte sein Wortschwall und erstarb. Er war schlank und dunkel. Sein schwarzes Haar lief in einem einfachen Zopf zusammen, und seine schrägliegenden Augen waren in höchstem Erstaunen weit aufgerissen.

»Mo'ranh!« flüsterte er und schrie dann durchdringend: »Vater!«

Oliver verharrte wortlos und starrte wie betäubt auf den Jungen. Er konnte weder begreifen, was sein Auftauchen bedeutete, noch einordnen, was geschehen war. Seine Gedanken kehrten zu dem Bild zurück, in dem Wald und Erde durchsichtig wurden und eine Welt sich auflöste. Er zog den Speer aus der Erde und betrachtete ihn. Sein Schaft war glatt und kräftig. Lange starrte er verwirrt auf seine Spitze, ehe er begriff, daß sie aus kunstvoll geschliffenem Stein bestand.

Als ein oder zwei schwache Geräusche ihn aufblicken ließen, sah er, daß der Rest der Jagdgesellschaft unbemerkt durch das Gras herbeigekommen war und sie nun in einem weiten Kreis umringte. Insgesamt waren es jetzt dreizehn Köpfe, zwei weitere Jungen eingeschlossen. Wie der erste Junge besaßen sie alle die schrägliegenden Augen, den schwermütigen Mund und waren wie er in Leder gekleidet; sie trugen hohe Schuhe, lederne Hosen und offene Ledermäntel. Einige hatten die Mäntel abgeworfen. Sie waren mit Speeren und Bogen bewaffnet. Ihre Mienen waren undurchdringlich. Einige ließen etwas wie Neugier erkennen, doch nur die Jungen zeigten Erstaunen. Jedoch nicht ein einziger bezeigte Feindseligkeit oder Argwohn. Sie schwiegen und betrachteten ihn, so daß ihn ein Prickeln überlief. Dann durchschritt ein Mann den Kreis, offensichtlich ihr Anführer. Er warf Oliver einen kurzen, harten Blick zu und sagte: »Mnorh!«

Der Junge drehte sich halb herum, blickte von Oliver auf seinen Vater und zurück und krächzte stammelnd:

»Vater, sieh dir seine Kleider an!«

Der Mann beachtete es nicht und sagte bloß in ernstem Ton:

»Mein Sohn, du weißt, was du getan hast und welche Strafe du verdienst.«

»Gewiß... ja. Ich weiß es, aber... ja, aber Vater, *sieh*... aber Vater...! Ja, Herr.«

Ein gedämpftes, brummelndes Lachen lief durch den Kreis. Der Anführer nickte kurz und schob Mnorh aus dem Weg. Dann ging er auf Oliver zu. Er war nicht groß, aber breitbrüstig, sein dunkles Haar grau durchschossen. Sein Auftreten verriet Stolz und Strenge, und ein herrscherlicher Zug prägte seinen Mund. Ein krummes Schwert hing an seiner Seite, und er trug vielerlei Schmuck: Ringe, Ohrringe, Armbänder und sogar Nackenketten. Sein Kinn war kahl, nur über der Oberlippe hatte er einen kräftigen Bart, und in der Nähe wirkte sein Gesicht mit den tief eingeschnittenen Falten älter, als es seine tiefe, mächtige Stimme vermuten ließ.

»Hast du sie gesehen?« Oliver bemühte sich, seine Stimme ruhig klingen zu lassen. »Ich weiß nicht, wo sie geblieben sind – mein Bruder und meine Schwester. Hast du sie gesehen?«

»Sei willkommen, Gast unseres Landes«, erwiderte der Mann mit gemessener Höflichkeit, »willkommen in den Zelten der Hurnei. Ich bin Silinoi, Herrscher der Hurnei, und ich begrüße dich im Namen unseres Stammes. Außer dir haben wir keine Fremden gesehen.«

»Aber sie müssen hier sein... sie sind mit mir gekommen, sie...« Seine Stimme erstarb, als er wiederum ihr Bild vor sich sah und wie es verwehte.

»Wie bist du hierher gekommen, Fremder, ohne Waffen und so merkwürdig gekleidet? Wo ist dein Pferd?«

»Ich habe kein Pferd. Wir kamen mit unseren... mit unseren... ich kam mit meinem...« Er suchte verzweifelt nach dem Wort. Er spürte die Lösung in greifbarer Nähe, aber er konnte sie nicht in Worte fassen. Er preßte seine Hände zusammen, ergriff den Speerschaft und versuchte, einer erneuten Welle von Panik Herr zu werden.

»Mein Name ist Oliver Powell«, sagte er laut und beschränkte sich auf das, was er wußte. »Mein Bruder heißt Nicholas, und meine Schwester Penelope. Als ich sie verließ, saßen sie auf einem Tor in der Nähe jenes Baumes. Sie sind verschwunden. Ich verstehe das nicht. Was ist das für ein Ort? Wo bin ich hier?«

»Tor? Aber es gibt weder eine Mauer noch ein Tor im Khentor-Land. Du befindest dich in den Ebenen des Nordens, O'livanh, im Königreich Kedrinh in der Wandarei.«

»Kedrinh? Wandarei?«

»Ich, Silinoi, Herr über die Ebenen des Nordens, grüße dich im Namen Kirons und entbiete dir seinen Schutz.«

»Kiron? Wer ist Kiron?«

Der Mann trat zurück und betrachtete ihn verwundert.

»Wer ist Kiron! O'livanh, woher kommst du, daß du den Namen Kirons nicht kennst! Kiron ist der Hohe König der Wandarei! Wie ist es möglich, daß du von ihm nicht gehört hast?«

»Ich habe nie von alldem gehört. Ich weiß nicht, wie ich hierher gelangen konnte. Mein Gott, was ist geschehen?«

Der Häuptling betrachtete ihn einen Augenblick aufmerksam und schüttelte dann den Kopf: »Auch deine Worte sind mir rätselhaft, O'livanh. Komm, wir werden dich zum Stamm bringen, und Yorn soll mit dir sprechen.«

Oliver nickte bloß. Er war zu betäubt und verwirrt, um noch irgend etwas zu denken. Aber dann sah er etwas, über die Schulter des Mannes hinweg, was ihn für einen Augenblick alles zuvor Geschehene vergessen ließ. Mnorh führte das Pferd seines Vaters herbei. Oliver starrte es sprachlos an. Noch nie hatte er ein Wesen von solcher Anmut und Kraft, von solchem Stolz, solcher Schönheit gesehen. Gewiß war es das gewaltigste Pferd, das er je gesehen oder sich vorgestellt hatte. Dies betraf nicht nur den Körper, sondern auch sein Betragen, die feurige Feinheit der Bewegungen und den Ausdruck tiefen Verstehens auf der breiten Stirn und in den dunklen Augen, die alles um sich herum zu beobachten und aufzunehmen schienen. Ein kleines Haarbüschel am Unterkiefer belebte sein würdevolles Aussehen, und etwas in seinem Ausdruck ließ keinen Zweifel daran, daß es sehr wohl ein Freund, niemals aber ein Diener sein konnte.

Und dann gab es noch den großen, verblüffenden Unterschied: das einzelne, lang zugespitzte Horn, das aus der Stirn hervorragte. Es mußte so lang sein wie Olivers Arm. Es war ein gerader, rauher Schaft, spiralig marmoriert. Seine Spitze war scharf wie ein Speer.

Danach setzte sein logisches Denken aus. Er konnte vor sich selbst nicht länger leugnen, daß etwas Undenkbares geschehen war. Alles daran war unfaßbar; doch das Unglaublichste von allem war vielleicht, daß ihm ein Einhorn begegnete, das am hellichten Tag über die Erde schritt.

2
Sternenlicht auf Schwarzem Berg

Als erstes nahm Nicholas wahr, daß seine Knie zerschunden und seine Hände zerkratzt waren; das zweite war, daß er bitterlich fror.

Er zwang sich, seinen Kopf zu heben und die Augen zu öffnen. Das Sehvermögen schien langsamer zurückzukehren als die Fähigkeit, Schmerz zu empfinden. Seine Umgebung wirkte düster, mit weißen Flecken in der Dunkelheit. Dann bemerkte er, daß er auf Händen und Füßen über einen Pfad aus schwarzem Felsgestein kroch. Es war Nacht, und die weißen Flecken waren Schneeflocken. Penelope war einige Meter von ihm entfernt. Sie lehnte sich im Sitzen gegen die Felswand und hatte die Beine angezogen. Ihr Gesicht war sehr bleich, ihre Augen groß und rund. Ihr Mund war leicht geöffnet, und sie blickte ausdruckslos umher.

Nicholas kroch hinüber und setzte sich dicht neben sie. Sie umkrallte seinen Arm mit beiden Händen und schüttelte ihn krampfhaft, daß es beinahe schmerzte. Sie starrte über ihn hinweg und forderte ihn mit Kopfbewegungen und kurzen, keuchenden Lauten auf, ihrem Blick zu folgen. Er drehte sich um, riß die Augen auf und fühlte plötzlich Übelkeit: Der Pfad war nur zwei oder drei Meter breit! Daneben wirbelte der Schnee in eine dunkle Leere hinein. Er hatte am Rande eines Abgrundes gekniet! Große Höhen versetzten ihn in Schrecken. Von Angst geschüttelt, preßte er sich erneut an die Klippe und versuchte seine Fersen in den Fels zu graben.

»Sieh nicht hin, Penny«, sagte er rauh und versuchte seine eigenen Augen im Zaum zu halten. Der Klang seiner Stimme schien die Fessel ihrer Sprachlosigkeit zu sprengen. Sie gab ein sonderbares leises Stöhnen von sich und begann halb schluchzend zu sprechen.

»Was ist geschehen? Wo sind wir? Nicky, sag mir, was geschehen ist? Wo ist Oliver? Wo sind wir? Ich habe Angst. Wie sollen wir nach Hause kommen? Hilf mir, Nicky, ich habe Angst! Wie sind wir hierher gekommen? Wo sind wir, Nicholas!?«

Ihre Stimme wurde stürmisch, obwohl sie nur flüsternd sprach. Ihr Schluchzen wurde heftiger und heftiger, und als sie seinen Namen aussprach, steigerte es sich zu einem unterdrückten Schrei.

Aus Mitleid mit ihr kämpfte er sein eigenes Entsetzen nieder und fühlte sich plötzlich viel älter, weit mehr als die zwei Jahre, die er ihr voraushatte. Er zog seinen Arm aus ihren Händen, legte ihn um ihre Schultern und drückte sie fest an sich.

»Alles in Ordnung, Penny, alles in Ordnung. Beruhige dich. Wir werden es schon schaffen.«

Angestrengt bemühte er sich, klar und fest zu sprechen: »Nein, fang' nicht wieder an zu weinen, das schadet nur deinem Gesicht. O sei vernünftig, Penny, ich bin ja bei dir, Penny, weine doch nicht...«

Seine Stimme schlug um, und er verstummte auf einen Schlag, aber sie hatte sich ein wenig beruhigt.

»Was glaubst du, wo wir sind?« fragte sie heiser. »Und wo ist Oliver?«

»Nun, ich weiß es nicht. Wir wollen uns einmal umsehen.« Er richtete sich mühsam auf, hielt sich mit dem Rücken an der Felswand und versuchte, nicht in den Abgrund zu blicken. Die Breite des Pfades schien auf ein Nichts zusammenzuschrumpfen und unwiderstehlich abzufallen. Ihm war, als zögen ihn seine Augen gewaltsam über den Rand. Aber er mußte herausfinden, ob Oliver irgendwo war; wenn er da wäre, würde alles nicht mehr so schlimm sein.

»Oliver?« rief Penny mit zitternder, zweifelnder Stimme. »Oliver?«

»Oliver!« schrie Nicholas noch lauter. »Hallo, Oliver.« Er lauschte in die Stille und sank wieder zurück, neben Penelope.

»O Nicky, was sollen wir tun?«

»Ich denke, wir hören erst einmal auf zu flüstern. Und wir sollten besser nicht zu lange stillsitzen. Komm, laß uns diesen Ort einmal richtig in Augenschein nehmen.«

»Was gibt es da schon zu sehen?«

Es war in der Tat nicht viel. Der Pfad schien sich an einer Berglehne entlangzuziehen, mit dem Abgrund auf der einen und der Felswand, an der sie saßen, auf der anderen Seite. Sie war überall aus glattem, glänzendem, schwarzem Gestein, das dort, wo der Schnee haften konnte, weiß gestreift war. Zumeist war der Fels jedoch zu glatt, und der Wind trieb den Schnee in Wirbeln über die Fläche. Sie saßen in einer kleinen Felsmulde. Diese und das klappernde Gerippe eines abgestorbenen Busches schützten sie ein wenig vor dem Wind. Wenn er sie dennoch traf, schnitt er wie mit Messern. Schon wurden beide von heftigem Zittern geschüttelt, und ihre Hände begannen steif zu werden. Nicholas war sicher, daß sie sich bald bewegen mußten; sonst würden sie es überhaupt nicht mehr können. Aber wohin sollten sie sich wenden?

Er war gerade im Begriff aufzustehen und Penelope hochzuziehen, als sie seinen Arm ergriff: »Horch!« flüsterte sie. Er hielt den Atem an, lauschte, und sein Herz begann plötzlich heftiger zu schlagen: Durch die dunkle Stille und das Seufzen des Windes hindurch hörte er das Geräusch von Stimmen und Schritten. Unterhalb der Felsmulde verschwand der Pfad aus ihrem Gesichtskreis. Hinter der Biegung flackerte ein Lichtschein, jemand sprach, ein plötzliches Gelächter wurde laut, und dann kamen sie um die Ecke.

Eine Prinzessin führte sie an. So groß war sie, so stolz und strahlend, daß sie gar nichts anderes sein konnte. Ihr Haar war sehr lang, pechschwarz und wehte hinter ihr her. Ein lieblicher, bernsteinfarbener Mund lachte aus ihrem perlweißen Gesicht. Sie sahen kein Geschmeide an ihr, und sie war nur in einen einfachen Umhang gehüllt. Ihre Würde bedurfte keines Schmuckes. Dann erblickte sie die beiden und hörte auf zu lachen.

Sie stieß einen Ruf der Verwunderung aus, ihre Augen weiteten sich, und während sie auf die beiden zuschritt, wanderte ihr staunender Blick von einem zum anderen. Ihre dunklen, meergrünen Augen lagen unter braunen Wimpern und Brauen.

»Brüder!« rief sie. »Seht nur, was dort ist!«

Die Männer hinter ihr drängten vorwärts. Sie sahen einander sehr ähnlich, und wie die Prinzessin waren sie groß, grünäugig, hellhäutig und hatten langwehendes schwarzes Haar. Alle trugen lodernde Pechfackeln, die sie so hielten, daß ihr Licht auf die Kinder fiel, und als diese die Wärme der Flammen spürten, wandten sie ihnen dankbar ihre Gesichter zu. »Kinder!« sagte einer von ihnen. »Auf dem Schwarzen Berg!« Die Prinzessin reichte jedem der beiden eine Hand. Ihre Hände fühlten sich genau so an, wie sie es erwartet hatten: zart, aber fest, seidenweich und warm.

»Wo kommt ihr her, Kinder?« sagte sie freundlich. »Wie heißt ihr?«

Penelope senkte den Kopf und stieß Nicholas an. Er sah die Prinzessin an und stammelte: »Powell. Ich heiße Nicholas Powell, und dies ist meine Schwester Penelope. Können Sie uns bitte sagen, was geschehen ist? Ich weiß nicht, wie wir hierher gekommen sind. Es war so: wir waren mit unserem Bruder Oliver zusammen, und er sagte uns, wir sollten am Tor warten, und wir fielen hinunter, glaube ich, und dann wurde alles grau und sonderbar, und wir waren hier. Und... und... ich denke, es ist ein bißchen kalt für Penny.«

Die Prinzessin lächelte und nickte.

»Du hast recht, Ni-ko-las, ihr tragt beide nicht die rechte Kleidung. Nun, eure Namen sind mir fremd, obwohl ihr unsere Sprache sprecht. Seid ihr Wandaren?«

»Wie bitte? Was sollen wir sein? Nein, ich glaube nicht, daß wir Wandaren sind.«

»Habt ihr jemals vom Schwarzen Berg gehört oder von den Haranis?«

Sie schüttelten beide verblüfft die Köpfe. Die Prinzessin kniete vor ihnen, hielt noch immer ihre Hände und schaute ihnen ernst in die Augen. Ruhe kam über sie, und sie konnten den Blick nicht von ihr wenden. Nicholas zitterte, seufzte und spürte, wie die Furcht ihn verließ.

»Nein«, sagte die Prinzessin endlich, »ihr seid keine Wandaren, oder überhaupt von dieser Welt, das ist klar. Ihr seid aus eurer eigenen Welt in die unsere geworfen worden, und ich weiß nicht, warum. Aber ich spüre einen starken Zauber, und das nicht ohne Grund.«

Unter den Männern entstand Bewegung. Einer von ihnen beugte sich vor: »Herrin, die Zeit vergeht. Wir dürfen nicht länger bleiben.«

»Ich weiß. Gebt mir noch einen Augenblick Zeit, ich bitte euch.« Wiederum blickte sie die Kinder ernst an: »Seid ihr wirklich allein?«

»Ja doch, ja. Oliver war bei uns. Wir hofften, er sei hier. Er muß irgendwo stecken. Haben Sie nicht etwas über Ihre und unsere Welt gesagt? Was haben Sie damit gemeint? Und wie kommen wir heim?«

»Verzeihung, ich habe jetzt nicht die Zeit, alles zu erklären. Kommt fürs erste mit uns, und wir reden später weiter. Ihr sagtet, euer Bruder heiße Oliver? Ich werde es mir merken und mich nach ihm erkundigen. Habt keine Angst, wir werden dafür sorgen, daß ihr heil nach Hause kommt. Kiron wird uns helfen. Ihr könnt dessen sicher sein, ich gebe euch mein Wort.«

Es kam ihnen niemals in den Sinn, daran zu zweifeln. Als sie sich erhob und die Hände ausstreckte, kamen sie mit Mühe auf die Beine. Die Prinzessin legte ihre Hand auf Penelopes Wange und schüttelte entrüstet den Kopf: »Ich wünschte, diejenigen, die euch ausgeschickt haben, hätten euch besser ausgerüstet. Ihr seid ja halb erfroren. Hairon!«

Der jüngste der Männer trat vor.

»Liebster Vetter, nimm sie mit unter deinen Mantel. Nicholas, halte dich dicht an mich. Mein Mantel wird uns beide wärmen.«

So brachen sie auf: Penelope, getragen von Prinz Hairons starken Armen, eingehüllt in die Falten seines dicken Mantels, Nicholas in der Hülle des Umhangs, der der Prinzessin bis zu den Knöcheln reichte und reichlich Raum für beide hatte. Ihr Weg folgte den Windungen des Pfades, der immer höher auf den von Schnee verschleierten, windgepeitschten Berg führte. Außer dem Wind und dem gelegentlichen Zischen einer Fackel unterbrach nichts die Stille, in der sie sich bewegten. Nachdem sie ungefähr eine halbe Stunde marschiert waren, fand Nicholas den Mut, etwas zu fragen.

»Verzeihung«, sagte er, »aber wohin gehen wir?«

Die Prinzessin wandte sich ihm mit einem Lächeln zu, doch es erstarb auf ihren Lippen, und sie wurde ernst.

»Wir wollen den Kampf der Adler sehen«, sagte sie.

Er wartete, aber niemand machte Anstalten, ihm das zu erklären.

Er blickte zur Prinzessin hinauf, doch sie schien schon wieder an etwas ganz anderes zu denken.

»Oh!« sagte er und bemühte sich, deutlich zu machen, daß er nicht verstanden habe. Es schien niemand Notiz davon zu nehmen, bis er hinter sich ein unterdrücktes Lachen hörte, und als er zurückblickte, sah er ein Lächeln auf dem Gesicht des Mannes, der Penelope trug. Auch die Prinzessin warf einen Blick zurück, lächelte und schüttelte den Kopf über Hairon.

»Nein«, sagte sie bestimmt, »es ist nur wenig, was wir dir erzählen könnten. Bald wirst du selbst genug sehen.«

Aber Nicholas war unbefriedigt. Er begann sehr müde zu werden. Das stetige Klettern, aber auch das Vorwärtskämpfen gegen den Wind machten ihm zu schaffen, und die halb erfrorenen Wangen und Ohren blieben kalt. Sein übriger Körper hatte sich ziemlich erwärmt, aber ihm schien, als genüge ein starker Windstoß, um sein gefühlloses Gesicht abbröckeln zu lassen. Der Aufstieg schien ihren Begleitern keine Mühe zu machen, aber obgleich sie sich langsam fortbewegten, fiel es ihm immer schwerer, sich auf dem Weg zu halten. Er fühlte deutlich, daß sie ihn beim ersten Anzeichen einer Ermattung aufheben und fortan tragen würden. Das ließ ihn die Zähne zusammenbeißen und mit aller Kraft ein Straucheln vermeiden. Der Fels war spiegelblank; ob es Eis war oder nur seine glatte Oberfläche, hätte der Junge nicht sagen können, und immer wieder verloren seine Füße den Halt.

Alles in allem war er froh, als sie haltmachten. Die Männer befestigten drei brennende Fackeln auf einigen Felsen, die übrigen löschten sie aus. Dann gingen sie um einen letzten Felsvorsprung herum, betraten einen breiten, vorstehenden Felsrand und bildeten dort einen Halbkreis.

Penelope kam und stellte sich neben Nicholas. Die Männer standen so, daß sie die Kinder vor dem Wind schützten, und einer von ihnen nahm seinen Umhang ab und legte ihn den Kindern um. Die Prinzessin stand außerhalb, ihnen allen gegenüber, reglos wie eine Statue und zog den Mantel um sich zusammen. Sie schien die Anwesenheit ihrer Gefährten vergessen zu haben. Ihnen gegenüber zur Rechten ragte eine steile Felsklippe empor, als wäre dort einst ein Berg entzweigeschnitten worden. Sie war schwarz wie alles hier und mit Schneewehen bedeckt. Zumindest hielten die Kinder sie dafür, bis sich einige vom Felsen lösten, vor ihnen umherschwebten, und sie plötzlich sahen, daß es Vögel waren. Als einer flügelschlagend seinen Platz verließ und sich auf dem ausgestreckten Arm der Prinzessin niederließ, erkannten sie, daß es ein weißer Adler war.

Beim Aufsetzen des mächtigen Vogels neigte sich ihr Arm wie der Zweig eines Baumes, danach aber zitterte er nicht mehr, und die Prinzessin zuckte unter der Berührung der grausigen Krallen nicht zurück. Furchtlos musterte der Adler einen nach dem anderen mit seinen wilden, goldfarbenen Augen. Die Prinzessin sprach eine Weile mit ihm und schien ihn zu begrüßen. Der Adler gab keinen Laut von sich. Als sie geendet hatte, ruckte er einmal mit dem Kopf und glitt davon. Er kreiste einen Augenblick, fegte dann an ihnen vorüber, neigte grüßend einen Flügel und schwebte lautlos zur Klippe zurück. Zu ihrer Linken, der Adlerklippe gegenüber, ragten die Berge himmelhoch empor, und zwei benachbarte mächtige Gipfel legten doppelte Dunkelheit über alle anderen. Zwischen ihnen gähnte eine tiefe Felsspalte, in der sich silbergraue Schäfchenwolken zeigten, als durchscheine sie von hinten ein kräftiges

Mondlicht. Die beiden Gipfel, die Klippe und der Berg, auf dem sie standen, umschlossen eine rauhe Felslandschaft. Nicholas ahnte, daß der Raum dazwischen noch andere Berge verbarg, und vermied es, hinunterzuschauen. Also richtete er den Blick nach oben. Was er sah, ließ ihm den Atem stocken.

Der Wind zog den zerrissenen Wolkenvorhang beiseite, und nun traten die Sterne in aller Klarheit hervor. Die Vielzahl der Sternbilder war verwirrend, aber das überraschte ihn nicht. Was ihn erschütterte, war vielmehr ihre Größe, Menge und ihr strahlender Glanz. Vor Staunen riß er den Mund auf und versetzte Penelope einen Rippenstoß.

Die Sterne wirkten wie große, reglose Schneeflocken, wie Eisblumen. Es war ihr eigenes Licht, nicht das des Mondes, was die Wolken versilbert hatte. Der größte und hellste Stern unseres Himmels war nichts dagegen. Hunderttausende waren wie zufällig über den Himmel gestreut, oft kaum wahrzunehmen, und die kleineren von ihnen funkelten. Die großen jedoch stiegen empor und sanken, strahlten auf, verblaßten und erblühten erneut, so majestätisch, daß Nicholas keine Worte dafür wußte.

Die Berge versperrten jedoch den Blick auf den größten Teil des Himmels. Als er sie erneut betrachtete, kamen sie ihm weniger als etwas Anwesendes vor, sondern eher als nicht vorhanden, als ausgedehnte Leere, verglichen mit dem Leben und der Bewegung über ihnen. Er versuchte sich vorzustellen, was dem gesamten Himmel vergleichbar sein konnte, wenn man ihn von einem freien Platz aus betrachtete. Aber nichts in seiner Erinnerung half seiner Vorstellungskraft. Etwas wie Ehrfurcht befiel ihn, und er drängte sich näher an seine Schwester. Als sie sich ihm zuwandte, sah er, daß ihre Augen so weit aufgerissen und so voller Staunen waren, wie es wohl auch die eigenen sein mußten.

Ihre Gefährten waren unruhig geworden und ließen die Blicke zwischen den Bergspitzen und den Adlern hin und her wandern. Manchmal, wenn auch nicht häufig, sagte einer von ihnen etwas mit leiser Stimme, aber Nicholas sah tiefe Falten des Mißmuts auf den Stirnen. Die Prinzessin wandte sich an einen der ältesten, der neben ihr stand.

»Bei den Schwänen, Lord Hairon«, seufzte sie, »ich weiß zwar nicht, ob das eine Vorahnung ist, oder ob ich nur ängstlich bin, aber vor der Aufgabe der heutigen Nacht verspüre ich größere Furcht, als ich sie je zuvor gekannt habe.«

»Laß uns darauf vertrauen, Herrin, daß die Vorahnung trügt. Doch auch, wenn das nicht der Fall ist, so ist niemand unter uns, der dich mit Feigheit im Herzen beschützen würde.« Unter den Männern gab es zustimmendes Gemurmel, und sie senkten die Köpfe.

»Ihr beschämt mich, meine Getreuen, denn niemand aus meinem Geschlecht darf sich fürchten, und die Gefahr heute nacht betrifft nicht nur mich. Doch soviel mich auch das Kommende ängstigt, viel schlimmer ist es, darauf warten zu müssen.«

»Es wird nicht mehr lange dauern«, sagte Horenon.

»Es ist soweit«, sagte Hairon. »Seht!«

3
Die Schlacht der Adler

In der Felsspalte zwischen den Bergspitzen begann es wie von einem Feuer zu glühen. Als der Mond dann hervorkam, trafen Entsetzen und Unglauben die Kinder wie ein Schlag: er war rot.

Penelope schrie auf, und Nicholas fühlte, wie ein Ruck durch seinen Magen ging. Es war kein freundliches Rot, es hatte weder Wärme noch Glanz, es war nicht einmal das Rot der untergehenden Sonne, sondern es war die Farbe stumpfen Kupfers, gänzlich unwürdig, den Himmel mit seinen feurigen Sternen zu teilen. Sie hätten beide weinen mögen, aber ihnen blieb nicht viel Zeit zu klagen, denn sobald der Mond erschien, geschah etwas anderes.

Gleichsam herabgestoßen aus dem Mond, umkreiste eine Kette von Vögeln die Spitze des Berges als schwarze Prozession. Einer nach dem anderen kamen sie heran, ihre Flügel schwangen in einem einzigen ruhigen Gleichmaß, und die Reihe schien nicht enden zu wollen. Sie flogen direkt auf die kleine Gruppe zu, und erst jetzt wurde den Kindern klar, wie weit die Bergspitzen in Wahrheit entfernt waren; denn so schnell die Vögel auch flogen, es dauerte viele Minuten, bis ihr Anführer nahe genug herangekommen war, daß sie ihn klar erkennen konnten. Einen Augenblick lang schien er mitten in sie hineinfliegen zu wollen, aber in letzter Sekunde legte er sich schräg und drehte ab. Nicholas sah über sich die weit gespannten Flügel, die gespreizten Federn an den Flügelspitzen, und ihm wurde klar, daß auch diese Vögel Adler waren. Nicht nur das Schattenbild des Vogels, das sich gegen den Mond abhob, war schwarz erschienen, auch der Vogel selbst war schwarz vom Schnabel bis zu den Klauen, ausgenommen die Augen. Diesen fehlte die schwarze Pupille und das Glühen in den Augen, das die anderen Adler hatten; die jetzigen Augen hatten die gleiche Farbe wie der Mond. Einer nach dem anderen flogen die übrigen schwarzen Adler heran, und die Kinder konnten erkennen, wie viele es waren: mindestens dreihundert versammelten sich als schwarze Wolke über ihnen. Überdies waren sie weitaus größer als die weißen Adler, und Nicholas sah deutlich, daß die Prinzessin noch bleicher geworden war, während sich in den Gesichtern der Männer Schmerz und Grimm mischten. Der letzte Adler schloß sich der Schar an. Es war ein Augenblick äußerster Stille. Dann schoß der König der weißen Adler mit einem haßerfüllten und trotzigen Schrei von der Klippe auf seine Widersacher los, und sein Schwarm folgte ihm. Der schwarze Adler antwortete mit einem rauhen Schrei und stürzte ihm entgegen, gefolgt von den schwarzen Vögeln. Dann begann die Schlacht der Adler. Die Prinzessin In'serinna war meilenweit gereist, um sie zu sehen, und zwei Kinder waren eigens dazu aus einer anderen Welt herbeigeholt worden.

Beide Seiten trafen mit zermalmender Wucht aufeinander. Der Zusammenprall geschah lautlos, aber die eigentümliche Stille, in der die gefiederten Brüste und die gewaltigen Flügel zusammenklatschten, ging Nicholas durch Mark und Bein. Bevor die Schlacht begann, hatten sie sich gegenseitig angeschrien, aber nun gaben sie außer einem rauhen, kehligen »Kraak« keinen Laut von sich. Sie schlugen mit schnappenden Schnäbeln und ausgestreckten Krallen aufeinander ein, rissen an der Kehle des Gegners, zielten nach seinen Augen, und manchmal schwangen sie sich über ihn, um sich in seinem Genick zu verbeißen. Penelope stieß einen leisen Schrei aus und hielt sich die Augen zu. Plötzlich hob Prinz Hairon sie vom Boden auf, und sie verbarg ihr Gesicht an seiner Schulter. Aber Nicholas konnte nicht wegsehen. Die Grausamkeit der Auseinandersetzung fesselte und erschreckte ihn zugleich, und seine Augen schienen sich nicht davon lösen zu können.

Über alles warf der rote Mond sein trübes Licht; es gab der Klippe und den schwarzen Adlern einen düsteren, blutroten Glanz und übergoß die anderen mit einem weichen Rosa, das gar nicht in dieses Bild eines Kampfes paßte. Dennoch gab der Mond nur schwaches Licht: er war nicht nur rot, er war auch bloß halb so groß wie der, den Nicholas kannte.

Obwohl an Zahl und Größe unterlegen, waren die weißen Adler doch viel angriffslustiger und schienen das Gefecht für sich zu entscheiden. Die ungeheuren, dunklen Schatten ihrer Gegner bewegten sich langsam und, wie Nicholas zunächst dachte, fast schwerfällig. Nach und nach begannen die schwarzen Schatten nach unten zu sinken, und er stieß einen unterdrückten Jubelruf aus; als er aber die Gesichter der Männer sah, wandte er sich wieder dem Geschehen zu.

Er erkannte, daß die Adler, die er für erfolglos gehalten hatte, in Wahrheit noch gar nicht in den Kampf eingriffen. Aber im selben Augenblick taten sie es: langsam hatten sie einen Schwenk gemacht, sich hinter den weißen Adlern zu einem Halbkreis vereinigt, und als sie jetzt angriffen, war nichts Schwerfälliges mehr an ihnen. Hatte er Plumpheit und Dummheit erwartet, so sah er jetzt, wie sich ihre Langsamkeit in eine schreckliche, tödliche Bedrohung verwandelte und weiße Federn durch die Luft zu flattern begannen.

»Es sind so viele«, rief die Prinzessin, »so viele! Wie konnte er nur so stark werden!«

Die Nacht verschluckte ihre Worte, kaum daß sie ausgesprochen waren, und die Stille schien unverletzt. Niemand antwortete ihr. Alle waren ganz Auge und Ohr.

Einzelne Kampfszenen begannen sich vom Hauptgeschehen abzulösen, und Nicholas vermochte sie deutlicher zu erkennen. Nur die weißen Adler gaben Laute von sich, während die anderen den ganzen Kampf über stumm blieben. Diese Stummheit und ihre langsamen, bedächtigen Bewegungen schienen Nicholas zusammenzugehören, wozu auch die ausdruckslose Grausigkeit ihrer Augen paßte. Bei ihrem Anblick überlief ihn eine Gänsehaut.

Die weißen Adler begannen ins Hintertreffen zu geraten. Zwar ließen ihr Mut und ihre Wildheit nicht nach, aber durch die Ungleichheit des Kampfes wurden sie zurückgedrängt: sie mußten sich aufwärts und gegen einen an Zahl überlegenen Gegner verteidigen; denn die schwarzen Adler schlugen von oben auf sie ein. So überraschte es Nicholas nicht, daß die Prinzessin leise aufschrie und ihre Hände zusammenschlug, als die schwarzen Adler allein durch überlegene Größe und Gewicht die weißen wanken machten und ermatten ließen. Der

Kampf begann seine Linie zu verlieren: die weißen Adler wurden geteilt und in kleine Gruppen aufgesprengt. Es war klar, daß der Feind sich einen Weg durch ihre Mitte erkämpfen wollte, obgleich Nicholas den Zweck nicht gleich zu erkennen vermochte. Aber ihr Vorhaben schien zu gelingen.

Die Prinzessin tat einen tiefen Atemzug und preßte ihre Finger zu einem Knäuel zusammen. Dann richtete sie sich steif auf und warf ihren Kopf zurück, so daß ihr schwarzes Haar für einen Augenblick aufwallte, lebendig wurde. Tiefe Schatten und mattes Sternenlicht rannen wassergleich durch seine Wellen. Sie reckte ihr Kinn, und als Nicholas in ihr Gesicht sah, meinte er, noch niemals einen solch unbeugsamen Stolz gesehen zu haben. Ihre Blicke schossen wie grünes Feuer über den Schauplatz, und der Junge dachte: Wäre ich ein schwarzer Adler – ein so verächtlicher Blick hätte mich gewiß getötet.

Dann schritt sie zum äußersten Rand des Felsens, so daß ihr Gewand weit über den Abgrund geweht wurde, breitete ihre Arme aus, streckte ihre Hände den weißen Adlern entgegen und rief ihnen etwas zu, in einer Sprache, die Nicholas nicht verstand. Es war eine Sprache voll klarer, kalter Laute, eine Sprache aus harten, bitteren Wörtern. Sie rief traumhafte Bilder hervor, Bilder von nackten, glänzenden Felslandschaften, einsam hochragenden Bergspitzen, winterlichen Einöden in frostklirrenden Nächten und Tagen voll blendenden Lichts. Jedes Wort schien aus unergründlichen Schluchten zu stammen, aus Bezirken jenseits von Raum und Zeit: hier verständigte sich eine Seele mit einer anderen über eine Trennung hinweg, die seit Anbeginn der Welt bestand. Nicholas' ganzen Körper überlief ein Schauern, als er es hörte. Ihre Stimme schwankte und erstarb. Die ganze Rede – in Wirklichkeit war es mehr als eine Rede, wenn auch nicht ganz Gesang – hatte eher wie ein Klagelied geklungen, aber auch das war sie nicht. Doch in der grimmigen, eisigen Antwort des Adlerkönigs war die gleiche durchdringende Schärfe, und bei ihrem Ertönen beendeten alle seine Untergebenen den Kampf, ließen von ihren Gegnern ab und flogen zurück. Sie scharten sich vor der Klippe eng zusammen, nunmehr zum Äußersten entschlossen. Die Prinzessin ließ die Arme sinken und trat zurück.

Die Schlacht begann von neuem, jedoch schien jetzt das Schlimmste vorüber zu sein, und die weißen Adler schienen ihre Stellung zu behaupten. Von Zeit zu Zeit hörte Nicholas gedämpfte Freudenrufe von den Männern ringsum. Sie beobachteten beifällig die weißen Adler, die jetzt in einer geschlossenen Schlachtordnung kämpften, und einer der Männer taute so sehr auf, daß er Nicholas erklärte, was dieser schon beinahe erraten hatte: Die Klippe mußte gegen die schwarzen Adler verteidigt werden, und diese hatten es schon fast geschafft, sich zu ihr durchzukämpfen.

Die Verteidiger hatten sich nun daran gewöhnt, daß ihr Gegner an Körpergröße und Zahl überlegen war. Sie begannen diesen Nachteil dadurch wettzumachen, daß sie dicht beisammen kämpften und so die schwarzen Adler zwangen, sich gegenseitig den Platz wegzunehmen. Für eine Weile blieb der Kampf ausgeglichen, und Nicholas begann zu hoffen, neuen Mut zu schöpfen. Aber durch die Ungleichheit der Kräfte war die Lage noch immer zum Verzweifeln. Weitaus mehr schwarze als weiße Adler fanden den Tod und stürzten, seltsam verkrümmt, gar nicht mehr Vögeln gleich, hinab in die Dunkelheit; aber der Verlust von vier schwarzen fiel weniger ins Gewicht als der eines einzigen weißen Adlers, denn sie waren in der Minderzahl.

Zweimal trugen sich kleinere Gefechte abseits vom Hauptkampf in der Nähe ihres Felsvorsprungs zu. Im ersten bekämpften sich ein schwarzer und ein weißer Adler, die sich vom übrigen Getümmel langsam entfernt hatten, völlig stumm, mit ausgestreckten Krallen, weit aufgesperrten Schnäbeln, und ihre Auseinandersetzung schien nicht so schnell enden zu wollen.

Der weiße Adler war jung, mutig, behender und wilder als sein Gegner. Das Sternenlicht verwandelte seine Federn in silbriges Feuer, und seine Augen glühten schwarz und golden. Nicholas fühlte plötzlich, daß er diesen Vogel liebte, und ihm war, als empfänden seine Begleiter das gleiche. Sie beobachteten das Tier mit grimmiger Freude, die Nicholas bald als Zustimmung erkannte, und die Prinzessin schlug vor Entzücken und Bewunderung die Hände zusammen.

Aber das Ende kam plötzlich. Lautlos und dunkel stieß eine zweite Gestalt aus dem Himmel auf seinen Rücken zu. Ein schwarzer Kopf reckte sich nach vorn, ein schwarzer Schnabel schlug in sein Genick – und es war vorüber. Der sandfarbene Kopf fiel nach vorn, die großen Flügel schlugen nach oben, und er wurde todesstarr. Die gespreizten Federn seiner Flügelspitzen strebten den Sternen zu wie tastende Finger, und langsam, sehr langsam, mit schaukelndem Kopf und steifem Körper begann er in die Dunkelheit zu fallen wie ein Ahornsamen, der sich um sich selbst dreht. Das Licht der Sterne folgte ihm wie ein letzter Gruß, bis er kleiner war als eine Schneeflocke und schließlich zu klein wurde, um noch einem Vogel zu gleichen. Dann verschlang ihn der Schatten, und über dem Felsen herrschte eine Stille, in der mehr Trauer war als in Tränen.

Mittlerweile war in die Gesichter rings um Nicholas wieder Furcht eingekehrt, und oft spähten die Männer unter gefurchten Brauen zur Schlucht des Mondaufgangs hinüber, die nun wieder schwarz dalag, denn der Mond war aus ihr emporgestiegen. Undeutlich gewahrte Nicholas über sich eine schwarze Masse und einen weißen Fleck, die über ihnen aufstiegen, aber traurig fuhr er fort, die Verteidiger zu zählen, deren Zahl kaum mehr als zwanzig betrug, also auf weniger als ein Viertel der anfänglichen Streitmacht zusammengeschmolzen war. Dann vernahm er ein hauchweiches Geräusch, ein Gewicht streifte seine Schulter, der lange, kühle Bogen eines Flügels schleifte an seiner Wange entlang, und niederblickend sah er einen Adler zu seinen Füßen liegen. Eine der ausgebreiteten Schwingen bedeckte die Füße des Mannes neben ihm, die andere hing halb über dem Abgrund. Der Vogel lag in seinen Flügeln wie in ein Tuch gehüllt. Auf seinen weißen Brustfedern breitete sich ein roter Fleck aus, und seine Füße waren schon schlaff. Er drehte seinen Kopf in die Runde, sein Schnabel stand weit offen, schnappte nach Luft, und als er seinen Hals im Bogen nach hinten warf, lockerten sich die Federn und öffneten sich. Als der Vogel ihm für einen Augenblick seinen Kopf zuwandte, konnte Nicholas sekundenlang genau in seine Augen schauen, und er gewahrte mit leichtem Erschrekken, daß sich in ihnen kein Hauch von Schwäche oder Furcht, sondern nur rasender Zorn spiegelte. Endlich spannte sich sein ganzer Körper noch einmal vom Schwanz bis zu den Flügelspitzen, dann lockerte er sich, und seine Augen brachen. Nicholas erstarrte vor Entsetzen. Der Mann neben ihm verharrte einen Augenblick in stillem Schmerz, ehe er neben dem toten Vogel niederkniete, die Flügel über dem Leichnam zusammenlegte und den Kopf unter einen von ihnen bettete. »Ob Zaunkönig oder Adler«, sagte er, »anders können sie nicht schlafen.«

Jetzt sah Nicholas, daß die Zahl der weißen Adler noch geringer geworden war und der Kampf voll lautloser Wut weiterging. Und jetzt spürte er auch zum ersten Mal, daß eine

Welle tiefer Angst durch die Gruppe lief. Die Prinzessin schlug ihre Hände zusammen und rief:

»Wie lange noch? Soll es immer noch länger dauern, Fürst Horenon?«

»Ich kann es nicht sagen«, erwiderte er.

»Gibt es keinen Weg, ihnen zu helfen? Ach, nein, es gibt keinen.«

»Du hast getan, was überhaupt möglich war.«

»Ach, was war das schon! Aber ich habe es zu früh getan.«

Er schüttelte den Kopf: »Nein, Herrin. Hättest du länger gewartet, wäre es zu spät gewesen.«

Sie verfiel in Schweigen. Kurze Zeit darauf sprach Horenon leise mit den Männern in seiner Nähe, und sie nickten. Dann vernahm Nicholas ein leises, scharrendes Geräusch, und er sah, daß jeder Mann ein langes, kaltglänzendes Schwert in der Hand hielt. Plötzlich war ihm klar, daß sie sich bereitmachten, die Prinzessin, Penelope und ihn selbst gegen die schwarzen Adler zu verteidigen, und seine Zuversicht schwand. Die Prinzessin stieß erneut einen Schrei aus: »O Brüder! Meine Brüder!« Doch wenig später rief sie in wilder Siegesfreude: »Seht! Sie sind immer noch nicht besiegt! Seht, sie schlagen sie immer noch zurück!«

Ein zaghaftes Beben durchlief alle, und ihre Blicke begannen wieder hin und her zu wandern zwischen der Schlucht und der Klippe und zur Schlucht zurück. Als spürten die Adler einen Zwang zur Eile, führten sie nun den Kampf mit einer Erbitterung wie nie zuvor, und das geflüsterte »Wie lange noch?« ging jetzt von Mund zu Mund. In der Prinzessin schien eine geheime Hoffnung aufzusteigen. Wieder rief sie den Adlern zu: »Nur noch kurze Zeit, meine Brüder! Haltet aus – sie werden doch noch die Flucht ergreifen!«

Die Vögel kämpften mit noch größerer Hitze und Wildheit, die Männer wurden zunehmend angespannter und erwartungsvoller, und immer wieder hob die Prinzessin ihre Hand zum Gesicht, um schwarze Haare zurückzustreichen, die gar nicht dort waren. Dann aber sprach sie zum letzten Mal, und jetzt erkannte Nicholas erstmals das Klirren nackter Angst in ihrem verzweifelten Aufbäumen: »Sie können nicht standhalten!«

Es schien in der Tat so, denn die Überlebenden kämpften nun mit den Rücken zur Klippe, und die Angreifer zogen sich zum letzten Ansturm zurück, zur Vernichtung. Plötzlich aber, als sie herabstießen, zeichneten sich ihre Schatten scharf und schwarz auf dem Felsgrund ab, während die weißen Adler erglänzten: mit einem Schlag war alles in ein solches Licht getaucht, daß Nicholas benommen war.

Auf dem Felsvorsprung erhob sich brausendes Triumphgeschrei, dem die schwarzen Adler mit einem angsterfüllten, verzweifelten Wehklagen antworteten. Sie drehten vor dem Felsen ab und wandten sich zur Flucht. Nicholas wandte sich um, um zu sehen, was geschehen war; Penelope hob ihr Gesicht aus dem Versteck, und beide brachen in einen Freudenschrei aus, der weniger der Flucht der Adler galt – inmitten der Schlucht war die strahlende, gütige Herrscherin der Nacht emporgestiegen: ein Mond aus purem Silber, fast viermal so groß wie der andere und um vieles glänzender, der die Welt mit kühlem Glanz überflutete, Milde verbreitend mit seinem Schein. Ein gewaltiger Triumphschrei erklang. Die Männer rissen ihre Schwerter in die Höhe, ließen sie wie weißes Feuer wirbelnd über ihren Köpfen kreisen, und das Lachen der Prinzessin durchdrang alles. Hals über Kopf flogen die schwarzen Adler auf den Bergschatten zu, wo das Licht sie nicht erreichen konnte. Einige wenige weiße Adler – die jungen und nur leicht verwundeten – verfolgten sie eine Weile, aber es dauerte nicht lange und sie kehrten zurück. Die meisten ihrer Kampfgefährten klammerten sich erschöpft an die zackige Klippe. Die Prinzessin blickte zu ihnen hinüber, ihre Augen verloren den lachenden Ausdruck, und sie wurde ernst.

»Unseren Jubel über diesen Sieg dürfen wir wohl laut verkünden, meine Freunde«, sagte sie, »aber laßt uns nicht ins Übermaß verfallen. Seht doch – der Preis war sehr hoch. Laßt uns die Gefallenen nicht vergessen, wenn wir die Sieger grüßen.«

Von seinem Sitz näherte sich der Adlerkönig wieder der Prinzessin, aber dieses Mal kam er nicht in sausendem Flug. Er näherte sich schwerfällig und langsam, und sie hörten, wie ihm das Atmen die Kehle zerriß. Unsicher landete er auf ihrem Arm, und mit einem abgespreizten Flügel lehnte er sich gegen ihre Schulter. Sie sahen, daß er einen Fuß eng an sich gepreßt hielt. Eines seiner goldenen Augen sah sie unverwandt an, im anderen jedoch war das Licht für immer ausgelöscht worden. Nachdem sie seinen Blick eine Weile schweigend erwidert hatte, sagte sie leise:

»Merekarls Volk ist groß. Gewaltig sind die weißen Adler vom Schwarzen Berg. Stolz erfüllt mich, daß man mich die

Schwester der Adler nennt!« Sodann fügte sie etwas in einer fremden Sprache hinzu, die sie zuvor nicht benutzt hatte.

Gleich darauf traf Nicholas und Penelope der schwerste Schock seit ihrer Ankunft, denn der Adler öffnete den Schnabel und begann zu sprechen; nicht mit einer menschlichen Stimme – es war die gleiche Adlerstimme wie in den Schlachtrufen, rauh und fast tonlos –, aber jetzt verstanden sie ihn.

»Ein bitterer Kampf, kleine Schwester.«

»Ein wahrhaft bitterer Kampf, König Merekarl. Doch du bist Sieger geblieben.«

»Diesmal waren wir noch siegreich. Ich habe eine Ahnung, daß wir es beim nächstenmal nicht sein könnten.« Einen Augenblick lang antwortete sie nicht, dann seufzte sie und neigte den Kopf.

»Ach, mein Herz fürchtet, du könntest recht haben. Es waren sehr viele.«

»Sehr viele, in der Tat. Er wird immer mächtiger. Ich, sogar ich, Merekarl, der nie zuvor dergleichen ausgesprochen hat, ich sage: Ich fürchte mich vor der nächsten Nacht der zwei Monde.«

»Und wenn Merekarl Furcht empfindet, wissen die Sterne, wie wir zittern.«

Merekarl senkte den Kopf, verharrte einen Augenblick ruhig und schöpfte Atem. Dann blickte er wieder auf.

»Was ist zu tun?«

Sie seufzte, und ihre Augen bewölkten sich.

»Ich weiß es nicht. Ich muß dem Hohen König die Botschaft von dieser Schlacht überbringen. Ich glaube, viele Mächtige werden die Neuigkeiten hören wollen, die ich bringe. Sie werden sich versammeln, um zu beraten, was geschehen soll. Denn eines weiß ich jetzt sicher: Was wir tun wollen, müssen wir bald tun, sonst wird es uns mißlingen. Aber weder vermag ich zu sagen, wie wir es vollbringen wollen, noch weiß ich, wie Fendarl vernichtet werden kann.«

Als der Adler antwortete, lag in seiner Stimme alle Sanftheit, deren eine Adlerstimme fähig ist.

»Gräme dich nicht, kleine Schwester. Die Entscheidung liegt nicht bei uns. Sie obliegt dem König in der Weißen Stadt, und von ihm erwarte ich kein Säumen. Ja, uns erscheint der Feind schrecklich, aber ich bin überzeugt, daß er ihm, der in der Halle der Banner sitzt und den Smaragd trägt, viel geringer erscheint. Versuche eine Weile nicht mehr über diese Dinge nachzudenken. Zunächst brauchen ich und einige meiner Krieger eure Hilfe. Mein Bein ist gebrochen.«

Sie hob den Kopf wieder und lächelte.

»Ich danke dir, König Merekarl. Es gibt keinen anderen Trost für den Schmerz eines übermächtigen Unheils als den, Widerstand zu leisten. Du und deine verwundeten Kameraden, die sich nicht selbst helfen können, ihr mögt hierherkommen. Wir werden euch mitnehmen.«

Merekarl schwang sich in die Luft und sandte einen rauhen Schrei zum Felsen hinüber.

Nicholas, der dies alles beobachtete, fühlte sich plötzlich emporgehoben, und als er den Kopf drehte, blickte er erstaunt in das lächelnde Gesicht eines der Männer.

»Ich dachte, es sei besser, dich nicht zu fragen, ob du getragen werden wolltest. Du hättest es doch abgelehnt. Also habe ich gar nicht erst gefragt. Nein, sträube dich nicht. Ich werde dich nicht niedersetzen, bevor wir einen angenehmeren Ort erreicht haben.«

Also sträubte er sich nicht und war nur noch dankbar für die Wärme und Geborgenheit des Mantels. Erst jetzt spürte er, wie müde er im Grunde war. Schweigend und ohne Fackeln stiegen sie den Berg hinab, denn das Mondlicht erleuchtete ihren Weg. Die Prinzessin ging wieder voran, und unter ihrem Umhang trug sie König Merekarl. Auch die anderen Männer trugen Adler, manche zwei. Hin und wieder gab ein Vogel einen leisen, kehligen Laut von sich, und manchmal schepperte ein Stein. Aber meistens war nur das gleichmäßige Geräusch ihrer Schritte zu hören. Vorn konnte Nicholas den hellen Haarschopf Penelopes erkennen, die mit dem Kopf an Fürst Hairons Schulter ruhte. Sie bewegte sich nicht und schlief sicherlich.

Im Weitermarschieren wurden seine Augen schwerer, und sein Kopf sank kraftlos herab. Von da an blieb seine Erinnerung an ihren Heimweg lückenhaft. Nur an einen Augenblick konnte er sich genau erinnern. Als sie an der Stelle vorbeikamen, wo Penelope und er gefunden worden waren, wurde er hellwach und drehte den Kopf, um in den Abgrund zu blikken. Tief unten breitete sich eine verwirrende Vielzahl von Bergspitzen aus, Bergkette reihte sich an Bergkette, blendend weiß und tiefschwarz unter dem Mondlicht. Ihn schauderte, und er wandte den Blick ab.

Einmal, viel später in der Nacht, schrie und wälzte er sich

im Schlaf und versuchte, sich aus seiner Umhüllung zu befreien, denn im Traum erschienen ihm leere, blutrote Augenhöhlen voll Wut und Grauen. Penelope jedoch schlief lächelnd und friedlich. Sie bewegte sich nicht ein einziges Mal.

4
Das Feuer der Versammlung

Der gelbbraune Feuerschein hüpfte und flackerte, und bei jeder schwachen Bewegung flohen hundert gespenstische Schatten in die Nacht hinaus. Das unberechenbare Licht tanzte über die gesammelten, aufmerksamen Gesichter der Hurnei, tauchte den Körper ihres Anführers in Rot, so daß er wie eine sprechende Statue aus Kupfer vor ihnen stand.

Oliver war müde. Schließlich war er von einem Ort, wo es früher Nachmittag gewesen war, hierher gelangt, wo es früher Morgen zu sein schien und er den Tag neu beginnen mußte. Er wünschte nichts als Schlaf. Als er zwischen Mnorh und dem Platz des Häuptlings saß, griff der Schlaf von Zeit zu Zeit nach ihm, und er fuhr zusammen, wenn Mnorh ihn anstieß. Wieder riß er sich zusammen, blinzelte und sammelte seine Gedanken. Silinoi hatte gerade aufgehört zu sprechen. Er reckte seine Schultern, legte seine Hände auf die Knie und blickte in die Runde.

Er warf einen erwartungsvollen Blick auf die Sitzkissen neben ihm. Die Männer – wenigstens die Vornehmeren unter ihnen – saßen auf Wolldecken und Fellen, und Kissen dienten als Rückenstütze. Neben ihm lag Mnorh, sein Kinn in die Hand gestützt. Die Männer saßen in den verschiedensten Stellungen um das Feuer, doch keiner hatte es so unbequem wie Oliver, der sich mit untergeschlagenen Beinen steif aufgerichtet hielt. Aber er wußte, daß dies die einzige Möglichkeit war, wach zu bleiben. Auf einmal spürte er mit Erleichterung, daß ihn nichts mehr in Aufregung versetzen würde.

Er raffte den ledernen, mit Schaffell gefütterten Umhang, den man ihm gegeben hatte, enger um sich zusammen, gähnte, und versuchte sogleich, es zu unterdrücken.

Er schloß seine Augen und fühlte die Wärme der Flammen auf seinen Wangen und den geschlossenen Lidern. Trotz allem Sonnenschein war der Tag alles andere als warm gewesen. Er wunderte sich noch immer über die vielen Männer, die mit nackter Brust in der Kälte herumgelaufen waren. Auch mit dem Umhang über Wollhemd und Hose war ihm nicht zu warm, doch anscheinend hatte er sogar ohne Umhang mehr am Leib, als sie jemals trugen.

Der Gedanke ließ ihn frösteln, und er blickte in die Runde. Über den leeren Sitz des Häuptlings hinweg warfen die Flammen bronzefarbenes Licht auf das schmale, wettergegerbte Gesicht des Priesters Yorn und ließen sein weißes Haar in den Farben der Feuerlilie aufleuchten. Die Haut war straff über seine Gesichtsknochen gespannt, und im Feuerschein traten seine edlen Schläfen, die mächtige Stirn, die scharfe Nase und die tiefliegenden, verschleierten Augen deutlich hervor. Die Hände auf die Knie gestützt, beugte er sich vor, und ein undeutbares Lächeln spielte um seinen Mund. Er trug ein langes Gewand aus glänzendem, nahtlosem, dunkelbraunem Leder, geschmeidig wie Wasser. Es hatte ein Loch für den Kopf und einen Gürtel um die Hüften, das war alles. Es fiel bis auf seine Knöchel herab, aber es war auf beiden Seiten offen für den Wind. Oliver fragte sich, wie es ihnen wohl gelungen sei, ein einzelnes, ausreichend großes Fell für Yorn zu beschaffen, denn er war groß und überragte an Kopf und Schultern die meisten der anderen Männer. Oliver hatte in der Tat zu ihm aufschauen müssen, als er vor ihn gebracht worden war und Yorn mit unmerklichem Lächeln auf ihn herabgeblickt hatte. Auch während der Zeit, in der Silinoi erzählte, wie sie ihn gefunden hatten, war sein tiefer, eindringlicher Blick nicht vom Gesicht des Jungen gewichen.

»Er kennt Kiron nicht – und wo, in der ganzen Welt, hat man nicht von Kiron gehört?« hatte der Häuptling nahezu entrüstet hervorgestoßen, und Yorn hatte nur geantwortet: »Es scheint, daß die Welt größer ist, als wir gedacht haben.« Und einen Augenblick war es Oliver so vorgekommen, als hätte sich ein Lachen in den Augen des Priesters gezeigt, obwohl dessen Gesicht unbewegt blieb, und er hatte sich geborgen gefühlt, einbezogen in den warmen, sicheren Bereich solcher Heiterkeit.

Ein leises Murmeln holte ihn in die Gegenwart zurück, und er sah wieder auf. Silinoi hatte zu sprechen aufgehört und kehrte zu seinem geschnitzten Sitz zurück. Yorn erhob sich und schritt nach vorn. Das Gemurmel erstarb, und die Augen, die auf Oliver geruht hatten, wandten sich der großen Gestalt des Priesters zu. Sein Haar hing auf die Schultern herab, flammenden Zungen gleich, wo das Licht es traf, und rauchig, wo es im Schatten lag. Trotz seinen ausgebleichten Haaren war er in Wirklichkeit nicht alt. Seine Stimme war, als er zu sprechen begann, kräftig und wohltönend, beinahe weich. Es war eine fesselnde Stimme.

»Brüder! Zweifelt nicht daran, daß uns eine große Ehre zuteil geworden ist, und wir müssen danach streben, uns ihrer würdig zu erweisen. Denn seht, es ist jemand zu uns gekommen aus den Bereichen jenseits der Grenzen dieser Welt. Er ist den Göttern lieb, denn er wurde an einem heiligen Ort gefunden, nahe dem Baum des Tänzers. Er ist grauäugig wie der Wächter und gekleidet in das reine Rot des Rächers. Der Name, den er trägt, ist ein gutes Omen, denn er bedeutet ›Gekrönter Sieger‹. Gewiß steht ihm Marenkalion zur Seite und Ir'nanh führt ihn bei der Hand! Und zu uns, den Hurnei, ist er gekommen. Was haben wir getan, daß wir so ausgezeichnet werden? Was sollen wir tun? Söhne Kem'nanhs, welches Willkommen wollt ihr diesem Fremdling entbieten?«

Als er endete, klang seine Stimme wie Schrei und Herausforderung zugleich, und einen Augenblick lang entstand eine Stille, in der sie widerhallte. Da sprang am anderen Ende des Feuers ein junger Krieger auf:

»Lai!« schrie er jauchzend. »Harai Hurnei! Harai!«

Und er schleuderte seinen blitzenden Speer in die Luft.

Dann sprang wie auf ein Signal der ganze Stamm auf die Füße, und Rufe wurden laut: »Eu-ha! Harai Li'vanh. Heil dem Wächter!« Die Männer warfen ihre Speere in die Höhe, so daß ihre Spitzen, getränkt vom Feuerschein, sich in Sternenbündel und einen Regen von Flammen verwandelten. Die Frauen klatschten in die Hände, warfen ihre Haare hin und her, ihre Stimmen vereinigten sich und folgten dem Aufschrei. Oliver wurde auf die Füße gezerrt und geschoben, so daß er zwischen Silinoi und Yorn stand, wo der Feuerschein auf ihn fiel. Und jetzt erhob sich ein so gewaltiges Stimmengetöse, daß der Rauch in Bewegung geriet und die aufgeschreckten Pferde mit schrillem Wiehern einfielen.

»Li'vanh!« brauste es. »Li'vanh!« Selbst die Berge, die doch tausend Meilen entfernt waren, gaben diesen Namen deutlich als Echo zurück. Dann gingen ihre Stimmen wieder in eine ausgelassene Munterkeit über, bis eines der Mädchen vortrat, rhythmisch zu klatschen und mit süßer und wilder Stimme zu singen begann; andere schlossen sich ihr an, und die Männer verstummten.

Irgend jemand begann sanft eine Trommel zu schlagen, die Mädchen sangen und klatschten, lösten sich dann in einer geschlossenen Reihe aus der Menge und bildeten eine tanzende Kette. Sie umtanzten mit zierlichen Schritten das Feuer, ihre Gewänder schwangen, die dunklen Haare wehten, und ihre hohen, klaren Stimmen stiegen auf und sanken zusammen. Dann begannen die Männer sich hin und her zu bewegen, mit den Füßen zu stampfen und gedämpft zu singen, während weitere Trommeln einfielen. Nun traten auch die Männer vor, schlossen sich um den Kreis der Mädchen zu einem zweiten zusammen, und ihre tiefen Stimmen fielen in den Gesang ein. Ihr Lied war wie das dunkle Meer, und das der Mädchen wie die weißsprühende Gischt, wie öde, dunkle Ebene und silbernes Licht, das darüberrieselte, oder gar wie das windgetragene Grollen des Donners und schimmerndes Wetterleuchten. Die Trommeln hämmerten und dröhnten bis tief in den Boden hinein, der Klang ging im ursprünglichen Herzschlag der Erde auf, übertrug sich erregend von den Füßen auf Blut und Hirn und ergriff sie bis ins Mark. Endlich durchströmte alle der helle, üppige Klang eines Jagdhorns, und in seinem jubilierenden Getön verdichteten sich Lob und Dank, das mächtige Lied der Männer, der liebliche Mädchengesang und die Leidenschaft der Trommeln. Die Musik stieg empor über Gesang und Tanz, Rauch und Feuerschein, Zelte, Herden und die weiten, grasigen Ebenen, schwang sich hoch hinauf zum gewaltigen, dunklen Firmament, trug ihr Lied weit hinaus zu den Ländern der Menschen, bis es schließlich die Wolken durchdrang, um im Sternenmeer zu verklingen.

Am nächsten Morgen erwachte Oliver auf einem Lager aus Häuten und Fellen, und das Dach über ihm bewegte sich leicht. Eine Weile starrte er hinauf und sah sich dann langsam um. Zu seiner Linken war eine windgebeutelte lederne Wand; zu seiner Rechten der Boden des offenen Zeltes. Es war annähernd rund, der Boden war mit Binsenmatten und ein oder zwei Fellteppichen bedeckt. Möbel gab es kaum, außer einem weiteren Bett, gleich dem seinen, zwei Hockern, deren Sitze zu Armlehnen geschwungen waren, und einer Kiste. Einige Speere mit steinernen und bronzenen Spitzen umstanden den Königspfosten in einem Gestell. Verwirrt stützte er sich mit einem Ellenbogen auf. Als er erwachte, hatte er gemeint, sich an einem fremden Ort zu befinden, aber jetzt war er unsicher. Gewiß, er konnte sich nicht erinnern, diesen Ort schon einmal gesehen zu haben, wenn er sich jedoch ins Gedächtnis zurückzurufen versuchte, wo sonst er hätte sein sollen, gelang es ihm nicht. Er vermochte nicht klar zu denken, seine Gedanken wollten sich nicht auf einen Punkt konzentrieren. Zudem war er nackt, ein seltsames Gefühl, obgleich er sich nicht vorstellen konnte, was man im Bett überhaupt anziehen konnte. Seine Haut zog sich zusammen, eine kalte Furcht rührte ihn an, und er schüttelte den Kopf. »Ich schlafe noch halb«, dachte er, »deshalb bin ich verwirrt.« Genau in diesem Augenblick schlüpfte Mnorh durch die Zeltöffnung mit einem Kleiderbündel über dem Arm. Er blickte Oliver an, fast enttäuscht.

»Oh, du bist schon wach. Ich komme gerade, um dir in die Rippen zu stoßen.«

»Dann hab' ich ja Glück, daß ich schon wach bin.«

Im tür- und fensterlosen Raum herrschte mattes Licht, und es war schwer, die Tageszeit zu bestimmen.

»Wie spät ist es?«

»Heller Vormittag. Die Trommel zum Tagesanbruch und den Salut hast du glatt verschlafen. Sieh, Li'vanh, ich bringe dir... Entschuldige, wie soll ich deinen Namen aussprechen?«

»Oliver. Oliv...« Er schlug sich vor die Stirn. »Natürlich! Ich Narr! Mein Name ist Oliver Powell, mein Bruder heißt Nicholas, und meine Schwester Penelope.«

Er hatte ihre Namen kaum ausgesprochen, als er sich wieder an seine Geschwister erinnern konnte. Es gelang ihm, zurückzudenken, sein Zuhause, die Gesichter von Mutter, Vater und den Großeltern ins Gedächtnis zu rufen. Er lachte erleichtert. Doch dann bedrängten ihn Fragen: Wo waren sie, und wo war er selbst? Er wurde die Erinnerung an Nicholas und Penelope nicht los, wie sie auf dem Tor saßen und sich in Nebel auflösten. Er ließ den Gedanken fallen wie ein glühendes Eisen, sein Verstand verschloß sich davor und kappte jede Erinnerung. Jäh hörte er auf zu lachen. Mnorh betrachtete ihn gebannt und warf die Kleider auf die Erde.

»Ja, du hast es uns gesagt. Eure Namen sind so schwer auszusprechen, Olivanh. Da, mein Vater hat mir aufgetragen, dir diese Kleider zu bringen, weil wir denken,... na ja, in Wirklichkeit hat Yorn es so gewollt. Er sagte, die Kleider, die du angehabt hast, sollten beiseite gelegt werden. Wir haben sie nur an uns genommen, um die richtige Größe 'rauszukriegen. Dieses rote Ding, oder Wams... das aus Wolle... wie macht ihr das? Es ist doch nicht gewebt, oder?«

Oliver versuchte die richtigen Worte zu finden, als aber Mnorh merkte, daß er um eine Antwort verlegen war, sagte er hastig: »Nein, wenn es eine geheime Kunst deines Volkes ist, dann will ich es nicht wissen. Ich denke, diese Stiefel werden dir passen.«

Die Lederhosen waren bequem, und die Jacke war, obgleich sie sich nicht schließen ließ, überraschend warm. Die Kleider paßten ihm wie angegossen, nur brauchte er eine ganze Weile, bis er sich daran gewöhnt hatte, daß sie bei jeder Bewegung leise knarrten. Mnorh gab ihm den Umhang und verfolgte aufmerksam, wie er ihn ungeschickt um die Schultern warf. Er grinste ein bißchen, als Oliver ein Teil herunterfiel, bevor es ihm gelang, ihn zu befestigen.

»Lai-ee, du wirst es schon lernen. Was tragen die Leute bei euch, wenn schon keine Umhänge? Was ist das, was du da um den Hals hast, ein Bild eures Gottes?«

Oliver mußte erst nachsehen, was er eigentlich um den Hals trug. Es war für ihn selbstverständlich geworden, außerdem war es gewöhnlich unter der Kleidung verborgen: er trug an einer Silberkette eine silberne Scheibe, die das Bild eines bärtigen Mannes zeigte, der sich schwer auf einen langen Wanderstab stützt. Wasser umschäumte seine Knie, und er hatte ein kleines Kind auf den Schultern. Oliver betrachtete es stirnrunzelnd. Mnorh starrte mit großem Interesse darauf.

»Es ist kunstvoll gearbeitet. Sieh mal, wie sein Umhang flattert. Man kann richtig sehen, wie es stürmt. Warum ist das Kind dabei? Stellt der Mann euren Gott dar?«

»Nein«, sagte Oliver langsam, und es war ihm unbehaglich, daß er nur halb Bescheid wußte. »Nein, es ist nur ein Mann. Aber ich weiß nicht mehr genau, was es bedeutet. Dabei sollte ich es eigentlich wissen.« Er biß sich auf die Lippen. »Laß uns die Stiefel mal anprobieren.«

Sie waren bequem, aber sobald er einen Schritt machte, verkrümmte sich sein Fuß, so daß er beinahe gefallen wäre. Die Stiefel hatten hohe, bronzebeschlagene Absätze, und als er zu gehen versuchte, knickte er erst zur einen, dann zur anderen Seite um und verstauchte sich übel die Knöchel. Mnorh schaute ihm zunächst erstaunt zu, dann versuchte er vergeblich sein Lachen im Zaum zu halten.

»Lai, Li'vanh, es ist genug! Komm, ich werde dir etwas zum Frühstück besorgen. Ich werde langsam gehen. Wenn du möchtest, kannst du dich ja auf einen Speer stützen – oder soll ich dir meinen Arm anbieten?«

Oliver tat so, als wollte er einen Speer auf ihn schleudern, so daß Mnorh in gespielter Furcht kreischend hinauskrabbelte; dann folgte er ihm. Die Stiefel machten ihn nur um wenige Zentimeter größer, als er jedoch vorsichtig durch das Lager stakste, fühlte er sich um mindestens einen Kopf größer.

Alle Angehörigen des Stammes waren offensichtlich schon seit Stunden an der Arbeit. Als die beiden Jungen vorbeigingen, rief man sie an, grüßte sie, und die Kinder liefen zusammen. Die Frauen hoben den Blick von ihrer Arbeit, folgten ihnen mit den Augen, wobei sie ihre schwarzgelockten Köpfe neigten, aber sie sprachen nur, wenn man sie vorher gegrüßt hatte. Die Mädchen waren nicht so zurückhaltend. Als eine Gruppe von ihnen mit fegenden Röcken, bloßen Füßen und wehendem schwarzen Haar herangewirbelt kam, löste sich ein Mädchen von den übrigen und blieb vor den Jungen stehen. Sie trug ein knielanges, gestreiftes Überkleid aus Leder und darunter ein weißes Untergewand. Sie hatte Bogen und Köcher bei sich. Es war das Mädchen, das in der letzten Nacht den Tanz eröffnet hatte. Sie betrachtete die beiden mit schräggelegtem Kopf, die Hände auf die Hüften gestützt. Mnorh seufzte.

»Guten Morgen, mein Gebieter Li'vanh«, sagte sie mit einer kleinen Verbeugung und fügte dann weniger höflich hinzu: »Guten Morgen, Mnorh. Derna hat dich gesucht. Er hat die anderen Jungen zur Ausbildung im Speerwerfen bei sich. Er sagte, du seist etwas aus der Übung.«

»Oh, sehr lustig. Wie steht's mit dir? Hast du deine Speere verloren?« Indem er sich an Oliver wandte, sagte er erklärend: »Das ist Mneri, meine Schwester. Wir sind am selben Tag geboren, aber sie scheint immer wieder zu vergessen, daß ich zuerst auf die Welt gekommen bin; und nur deshalb, weil ich erst in zwei Jahren ein Mann werde, sie aber schon im Herbst zu den Frauen gehören wird. Doch warte nur, gnädiges Fräulein. Da wird man dir dein Maulwerk schon zähmen.«

Sie lachte, ließ ihren Rock schwingen und sah ihn herausfordernd an: »Desto mehr Grund, es jetzt zu benutzen.«

Ihre schmalen, mandelförmigen Augen blitzten Oliver von der Seite an, und er grinste zurück. Mnorh runzelte ärgerlich die Stirn.

»Gehst du nun zu Derna?« erkundigte sie sich mit zuckersüßer Stimme.

»Gewiß«, sagte er herablassend, »aber erst, wenn ich mich davon überzeugt habe, daß Li'vanh gegessen hat. Nun mach', daß du zu deinen Freundinnen kommst, es gibt keinen Grund, noch länger zu warten. Und glaube ja nicht, daß ich dich nicht durchschaue!« Einen Augenblick wirkte sie verblüfft und dann ziemlich verärgert, aber schließlich lachte sie und hüpfte an seine Seite. »So närrisch würde ich nie sein«, sagte sie, zupfte ihn freundschaftlich am Zopf und jagte hinter ihren Freundinnen her. Oliver drehte sich um und schaute ihr nach, wobei er immer noch lächelte. Als er sich umwandte, gewahrte er einen argwöhnischen Blick Mnorhs und setzte eine ernste Miene auf. »Wie steht's mit dem Essen?«

Mnorh nickte, blieb aber schweigsam, als sie weitergingen. Nach einigen Minuten sagte er fast widerwillig: »Oh, sie ist für ein Mädchen nicht übel und im allgemeinen auch nicht lästig. Ich möchte keine andere zur Schwester, aber sie ist frech!«

»Sie ist sehr hübsch«, sagte Oliver und mußte lachen, als er Mnorhs deutliches Mißfallen sah. »Na ja, ich kann nichts dafür, ich habe eben Augen, nicht wahr?«

»O ja, sie ist in Ordnung«, räumte Mnorh ein und fügte hinzu: »Aber ich werde ihr nicht erzählen, daß du das gesagt hast. Sie würde unerträglich werden. Das wäre etwas, um vor ihren Freundinnen damit zu prahlen.« Olivers verwunderter Blick brachte ihn in Verwirrung.

»Li'vanh, kannst du dir vorstellen, wie großartig es ist, daß du gekommen bist? So etwas Wunderbares ist ein Leben lang nicht geschehen. Wir alle werden noch unseren Kindeskindern von dir erzählen und uns damit brüsten, daß wir dich gekannt haben!«

5
»Ein Fremder in unserer Mitte«

Oliver saß am Ufer, die Knie ans Kinn gezogen, und blickte geistesabwesend über den Fluß. In der Mitte war die Strömung schneller und ruhig, aber am Rand bildete das wirbelnde Wasser Strudel; offenbar war der Wasserstand weit höher als gewöhnlich, denn unter der Oberfläche sah er die gebeugten Rücken mitgeschleifter Schilfrohre. Hinter sich hörte er die Stimmen der Jungen beim Scheibenschießen und die knurrenden Laute ihres Erziehers. Flußabwärts wuschen Frauen Kleider, trampelten im Wasser auf ihnen herum und schlugen sie gegen Steine. Der Wind trug Gelächter und das Geräusch aufspritzenden Wassers herüber, fortwährend von undeutlichem Stimmenlärm durchsetzt. Hoch über ihm und im Röhricht sangen Vögel. Von weit her kam das Muhen der Viehherden und von allen Seiten das Geschrei spielender Kinder. Der Wind bewegte die Blätter des Schilfs, und den Hintergrund ihres raschelnden Geflüsters durchdrangen die anderen Klänge kristallklar, aber wie von fern.

Oliver selbst verlor sich in tiefem Schweigen und versuchte, sich auf alles Geschehene einen Reim zu machen. Aber es gelang ihm nicht, es sei denn, er hätte alle Vorstellungen über Bord geworfen, die einen Sinn in das Ganze hätten bringen können. Was geschehen war, ließ sich weder erklären noch ableugnen; es gab keinen Ansatz zum Verstehen, und es war dennoch eine Tatsache.

Yorn und Silinoi hatten ihn aufs äußerste verwirrt, als sie mit größter Ruhe von Zauberkräften sprachen. Die bloße Erwähnung von Magie als einer ernsthaften Möglichkeit wäre schon unglaubhaft genug gewesen, von ihr jedoch sprechen zu hören als von einer unumstößlichen Tatsache – das hieß das Innere der Welt nach außen kehren. Er konnte und konnte nicht daran glauben. Doch Yorn hatte es ja gesagt: Wie sonst war er hierher gelangt? – Wie immer er es auch zu erklären versuchte, die Tatsache blieb bestehen, daß er auf übernatürliche, unerklärliche Weise aus seinem Heimatland gerissen und in die Wandarei versetzt worden war. Er verstand Wandarisch, als wäre es seine Muttersprache, und seine eigene Sprache hatte er völlig vergessen. Er war sogar imstande, wandarisch zu lesen und zu schreiben. Wie war dies alles zu deuten, fragte er sich selbst, wenn nicht durch das Wirken einer Zauberkraft?

Er zermarterte sich noch immer das Hirn, um alles zu verstehen; es gelang ihm noch nicht, wie Yorn ihm geraten hatte, Tatsachen hinzunehmen und auf die Weisheit der Kraft zu vertrauen, die ihn hierher gebracht hatte. Er war auf geheiligtem Grund gefunden worden, sagte der Priester, denn alle Bäume auf jenem Stück Erde waren Ir'nah, dem Alleslenkenden, geweiht: »Er muß dich hergebracht haben. Ohne

Zweifel hatte er einen Grund dazu, und er wird dich auch zweifellos in deine Heimat zurückführen. In der Zwischenzeit, O'livanh, bist du uns willkommen.«

Erschöpft schüttelte er den Kopf. Wenn er es doch nur schaffte, wenn es ihm nur gelänge, locker zu werden, sich treiben zu lassen und es aufzugeben, nach den Gründen zu forschen. Es könnte so einfach sein und war doch so schwer, und jede Anstrengung endete wie der Versuch, mit aller Kraft einzuschlafen: je mehr er sich bemühte, desto mehr mißlang es. Und wie das Warten auf den Schlaf, hellwach und mit weit offenen Augen im Dunkel, fast ebenso furchterregend war das Warten auf Vergessen. Es wird besser sein, dachte er, den innerlichen Aufruhr hinzunehmen, als sich selbst zu verlieren. Aber er ahnte, daß er bald den Verstand verlieren würde, wenn er nicht aufhörte, weiterhin im Kreise zu denken.

Es gab so viel, woran er sich nicht erinnern konnte. Er verfiel darauf, sich in seine Erinnerung zurückzutasten, Menschen und Gesichter hervorzukramen und alles neu aufzubauen, was er wußte; aber sobald er aufhörte, sich zu konzentrieren, waren sie wieder verschwunden. Und mit jedem Mal war es schwerer, immer weniger kehrte zurück. Es war ein kaltes Gefühl der Verlassenheit, als läge die Dunkelheit unermeßlicher Abgründe hinter ihm, als erstrecke sich dort eine gähnende Leere. Grund genug also, das Willkommen und die wärmende Herzlichkeit der Khentors anzunehmen, den Dingen ihren Lauf zu lassen, zu vergessen und Vertrauen in sein Schicksal zu haben. Nun denn, dachte er verärgert, Ir'nanh hat mich also gebracht. Dazu kann ich nur sagen, daß er einen gesunden Humor hat. Mit welchem Recht hat er mich hergebracht? Was gehe ich ihn eigentlich an? Und da war noch etwas anderes: einen Zauber konnte er möglicherweise anerkennen, er hatte keine andere Wahl, aber von Ir'nanh sprach man als von einem Gott! In vielen Dingen war er unsicher, aber er war der grimmigen Überzeugung, daß Ir'nanh nicht zu den Göttern zählte, die er kannte. Er würde ihn nicht anbeten.

Die Stimme Mnorh's, der sich von seinen Freunden verabschiedete und zu ihm herüberkam, rief ihn wach. Oliver erhob sich, und Mnorh blieb stehen. Er begann seine Wurfspieße in die Erde zu bohren, starrte gedankenvoll auf den Fluß und sah Oliver vielsagend an.

»Wie wär's mit einem Bad?«

»Schwimmen? Das Wasser sieht eisig aus!«

»Zugegeben, es ist um diese Jahreszeit nicht sehr warm, aber sonst bleiben wir schmutzig. Wir baden jeden Morgen und Abend darin. Aber wir können es ja auch auf den Abend verschieben, wenn alle anderen baden.« Er grinste. »Das gibt dir Zeit, Mut zu fassen.«

Oliver schlug nach ihm, und Mnorh wich ihm lachend aus, warf die übrigen Speere beiseite und sprang plötzlich vor. Oliver war Mnorh an Größe und Gewicht überlegen, aber es schien nicht länger als eine Sekunde zu dauern, und er fand sich flach im Gras liegen: ein Knie Mnorhs im Rücken, ein Arm drückte auf seine Kehle, während der andere sein Handgelenk in der Gewalt hatte.

»Ich ergebe mich«, krächzte er, auf den Boden schlagend. Mnorh erhob ein triumphierendes Kriegsgeschrei und ließ ihn aufstehen. Er richtete sich auf, befühlte vorsichtig seine Kehle und lachte kleinlaut.

»An einem gefährlichen Ort bin ich hier gelandet! Wenn du mich schon nicht aufspießen oder erfrieren läßt, versuchst du mir das Genick zu brechen. Und ich dachte, ich wäre willkommen! Was macht ihr eigentlich mit euren Feinden?«

»Oh, ich will dich damit nicht erschrecken. Aber du bist nicht sehr behende, Li'vanh, nicht wahr? Ich habe nicht erwartet, daß du so zu Boden gehen würdest. Ich bin nicht gerade ein fabelhafter Ringer.«

»Na, ich gratuliere dir, daß du einen noch schlechteren getroffen hast. Tatsächlich kann ich überhaupt nicht ringen, obwohl ich glaubte, mit meinen Fäusten umgehen zu können.«

»Was soll das heißen? Du weißt nicht, wie man ringt?«

Oliver schüttelte den Kopf.

»Oh, dann tut es mir leid, es war nicht fair und auch dumm von mir, denn du konntest es ja nicht wissen: nur die Khentors beherrschen diese Kunst, und wir weihen keinen anderen darin ein.« Er grinste. »Sie sind alle größer als wir, verstehst du? Wir müssen etwas in der Hinterhand haben. Aber wir werden es dir beibringen. Komm, ich muß diese Speere wegbringen.« Er zog sie aus dem Boden. Oliver nahm einen, prüfte ihn interessiert und befühlte die Spitze und die Kanten des dunkel geschuppten Steins.

»Mnorh, eins verstehe ich nicht – dein Volk besitzt Bronze, denn ich habe Schwerter und Speerspitzen aus Bronze gesehen. Warum sind diese hier aus Stein?«

»Weil ich noch kein Mann bin. Bronze ist das Metall für

Männer, nur für die Krieger. Solange ich noch ein Junge bin, darf ich nur Steinspitzen benutzen, wenn wir aber als Männer in den Stamm aufgenommen werden, geben unsere Väter uns Speere mit Bronzespitzen.«

»Aber haben nicht einige von deinen Speeren schon solche Spitzen?«

»Nein. Keiner.«

»Aber in deinem Zelt sind doch einige mit Bronzespitzen.«

Mnorh zögerte, bevor er antwortete: »Die gehören meinem Bruder.«

»Ich habe nicht gewußt, daß du einen Bruder hast!«

»Hm, ja. Ich habe einen.«

»Dann ist er älter als du? Wie heißt er? Warum habe ich ihn nicht gesehen?«

»Sein Name ist Vanh. Ja, er ist viele Jahre älter als wir. Er ist schon lange ein Mann. Er ist der Jäger – oder er war es. Ganz gleich, ob schwierige Pirschgänge, lautloses Anschleichen oder ein Leben voller Entbehrungen – keiner kann es mit ihm aufnehmen.« Seine Stimme war sehr gelassen, und Oliver blickte ihn erstaunt an.

»Vanh? Das ist beinahe derselbe Name, den ihr mir gegeben habt. Komisch. Ich nehme an, ich habe seine Hälfte des Zeltes bekommen, nicht wahr? Wo ist er?«

»Er war den Winter über bei seinem Großvater, aber von dort ist er fortgegangen.«

»Wo ist er jetzt?«

»Wir wissen es nicht.«

»Ihr wißt es nicht?« Oliver erfaßte eine plötzliche Neugier auf den Mann, dessen Platz er – so schien es beinahe – eingenommen hatte. »Wie ist das möglich?«

»Er...«, Mnorh zögerte und fuhr dann hastig fort, »er kam mit einem Anliegen zu meinem Vater und bekam eine zornige Antwort. Darauf erhielten wir eine Nachricht, die besagte, er folge der Fährte des Windes und wisse nicht, wann er heimkomme.« Er lachte bitter: »Dem Wind folgen! Bei klarem Verstand hätte er nicht so gesprochen. Wir wissen, wem er in Wirklichkeit folgte, und es war nicht der Wind.«

»Was war es?« fragte Oliver nach einer Pause, doch Mnorh schwieg. Nach einer Weile versuchte er es noch einmal: »Du hast gesagt, *sein* Großvater, nicht *unser* Großvater. Was soll das bedeuten? Warum verbrachte er den Winter dort? Er gehört doch sicherlich zum Stamme?«

»Er verbringt jeden Winter dort, und es ist nicht unser Großvater, sondern nur der von Vanh, oder in Wirklichkeit sein Groß-Großvater. Trotzdem sind wir schon mit dem Großvater zusammengetroffen, und er mag uns, besonders Mneri. Vanh ist der Erbe seines Königreiches.« Er drehte sich um, sah Olivers Gesicht und hielt mit einem kleinen Lächeln inne. »Komm, setz dich. Ich werde es dir erzählen: Mein Vater hat zwei Frauen gehabt. Vanh ist der Sohn der ersten, und Mneri und ich sind die Kinder der zweiten. Beide Frauen starben früh. In Wahrheit ist Vanh nur unser Halbbruder. Nun, vor vielen, vielen Jahren, bevor noch irgend jemand von unserem jetzigen Stamm geboren war, kam ein Mann von den Haranis zu unserem Volk, der Erbe eines weit entfernten Königreichs am Meer. Seinen Namen weiß ich nicht. Wir nannten ihn Dha'len, Prinz, denn so nennen wir sie gewöhnlich. Viele dieser Prinzen kommen für eine Weile hierher, dieser eine aber blieb lange. Er nahm ein Weib unseres Stammes zur Frau, vertauschte sein großes Schloß mit einem Zelt und wurde Angehöriger unseres Stammes. Aber als er ungefähr zehn Jahre hier gewesen war, starb seine Frau, und der Prinz begann sich ein wenig einsam zu fühlen, glaube ich, denn die Haranis hängen mehr an ihren Frauen als wir. Dann wurde sein Vater in der fernen Heimat krank und rief ihn zurück. Darauf nahm der Prinz seinen Abschied und ging mit seinen Kindern fort. Eine Weile später hörte man, daß er König geworden sei. Er wohnt nun in einem steinernen Saal am Meer und ist seitdem niemals mehr in den Ebenen gewesen. Er lebt immer noch, Li'vanh! Aber die Haranis leben ewig, oder beinahe ewig. Das ist der Großvater, von dem ich gesprochen habe. Als aber sein Sohn ins Mannesalter kam, spürte dieser, daß das Land seiner Kindheit ihn rief, der Wind in den Gräsern und das Donnergebrüll der Viehherden: das Blut der Khentors ist mächtig. So kam die Reihe an ihn, er verließ seinen Vater und kehrte hierher zurück, um seine Kinder innerhalb des Stammes aufzuziehen. Und er, er war Vanhs Großvater.«

»Warum ist Vanh der Erbe, wenn doch dein Vater noch am Leben ist?«

»Weil unser Vater mit dem Prinzen ja nicht verwandt ist, Vanh dagegen durch seine Mutter. Offen gesagt, die Haranis haben einige seltsame Gesetze! Nur weil sie die Erstgeborene ihres Vaters war, und obwohl er Söhne hatte, hätte sie, wenn sie noch lebte, die Krone bekommen. Stell dir das vor! Eine

Frau als Thronfolgerin in einem Königreich! Aber egal – Vanh ist der Erbe. Und seit er ein Mann wurde, das ist nun sieben Jahre her, verbringt er den Winter bei seinem Großvater, um das Leben im Königreich kennenzulernen. Aber in diesem Frühjahr ist er nicht zurückgekehrt.«

Er verstummte. Oliver wartete einen Augenblick und sagte dann: »Warum nicht? Liebt er das Schloß am Meer so sehr?«

Mnorh lachte gequält. »O nein, das ist es nicht, obwohl das Blut der Haranis in ihm zu stark ist, als daß man da ganz sicher sein könnte. Nein, er war ein kluger Ratgeber, ein großer Krieger und gewaltiger Jäger, aber die Ebenen hat er vergessen wie einen Traum. Die Frauen der Schwäne haben ihm den Verstand geraubt. Mein Bruder ist gebannt. Die Hexe von Rennath hat ihn in ihrer Gewalt.«

Am nächsten Tag begaben sich Silinoi und eine Menge seiner Stammesgenossen zu dem Baum, an dem sie Oliver gefunden hatten, um Ir'nanh ein Opfer darzubringen, ein unblutiges Opfer mit Gesang und Tanz, denn er als Herr über das Leben hatte keinen Gefallen an vergossenem Blut. Sie baten Oliver, sie zu begleiten, aber er schlug es ab, weil er sich entschlossen hatte, allmählich eigene Wege zu gehen. Statt dessen verbrachte er den Morgen bei Argai, dem Reitlehrer. Argai war einer der ältesten Männer des Stammes, ungefähr fünf Jahre älter als Silinoi. Sein Haar und sein Bart waren fast völlig grau. Doch war er nicht so alt, wie Oliver hätte meinen können, denn er war noch kräftig und geschmeidig. Es gab nur wenige Männer und noch weniger Frauen im Stamm, die das mittlere Alter weit überschritten hatten. Khentors, so schien es, wurden nicht sehr alt. Es ging auf Mittag, als ein Jüngling des Stammes auf sie zugaloppiert kam und sie mit einer Neuigkeit geradezu überschüttete. »Argai, Argai!« schrie er. »Argai! Komm und sieh! Herr Li'vanh! Es hat deine Gegenwart gewittert – komm auch! Kommt mit und seht es euch an!«

Sie gingen, so schnell sie konnten. Der halbe Stamm schien in dieselbe Richtung zu rennen, und von der Spitze der Menge ertönte ein Tumult von Stimmen, ganz ungewöhnlich für ein Volk, das in der Regel so schweigsam war. Man öffnete Oliver und Argai eine Gasse zum Schauplatz, und plötzlich erstarrten sie, von Ehrfurcht berührt: jene, die am Baum des Tänzers gewesen waren, um zu opfern, kehrten zurück, und vor ihnen her flog in leichtem Galopp ein Pferd.

Es hatte ein Horn, und sein Körper war dunkelglänzend wie alte Bronze, Mähne und Schweif jedoch, beide lang und schimmernd, waren in der Tat golden, beinahe flammenfarben. Es war keines der Pferde des Stammes, doch es machte auch nicht den Eindruck, als hätte es sein Leben in ungezähmter Wildheit auf dem freien Land verbracht. Es sah nicht im mindesten zahm aus, und doch war sein Fell zu glatt, und seine Hufe waren zu blank. An keinem einzigen seiner Glieder zeigte sich ein Hauch von Staub oder Schmutz, kein Makel an Mähne oder Schwanz. Sowenig Oliver über Pferde wußte – dies entging ihm nicht. Aber mit weit stärkerer Gewißheit fühlte er, daß dies das Schönste war, was er je in seinem Leben gesehen hatte. Für ein solches Pferd konnten Königreiche im Wind vergehen, und man würde diesen Preis ohne Murren zahlen. Um seinetwillen konnten Städte in Flammen aufgehen, Kriege zwischen Brüdern und Freunden ausbrechen, und doch war alles vergebens, denn es war nicht geschaffen, jemandes Besitz zu sein.

Mnorh ritt auf Oliver zu und sprang keuchend aus dem Sattel. »Es war in der Nähe des Baumes! Hast du je etwas gesehen, Oliver, das ihm gleichkommt? Plötzlich kam es hinter dem Baum hervor und spazierte herum. Aber die, die dabei waren, sagen, daß es anders war, daß es zuerst aus unserer Richtung kam. Ist es nicht herrlich? Niemand kann sich ihm nähern. Es treibt jeden fort oder stößt ihn zu Boden. Beinahe hätte es Hunoi aufgespießt. O Li'vanh, wenn du das nur hättest sehen können! Es lief an unseren Pferden vorbei; sie standen in einer Reihe im Hintergrund. Ich war bei ihnen und konnte es sehen. Es lief an der Reihe entlang, und sie beugten die Köpfe! Es ist wahr! Nein, Argai, es ist wahr: als es vorbeiging, beugten sie ihre Köpfe ganz tief, sage ich euch, wie Schilfhalme, wenn der Wind hindurchfährt. Sie berührten den Boden mit ihren Hörnern!«

Gebannt beobachtete Oliver, wie das Pferd in der Mitte des Kreises, der sich gebildet hatte, herumtänzelte, seitliche Bewegungen machte, offenbar ganz furchtlos und ihre Aufmerksamkeit genießend. Ein junger Mann schritt aus der Menge nach vorn und begann behutsam und vorsichtig auf das Pferd zuzugehen, das ihm entgegensah. Der Mann umkreiste es langsam. Das Pferd folgte seinen Bewegungen, um ihn weiter im Auge zu behalten, und Oliver fing einen kurzen Blick der Augen auf. Ein Zittern der Verwunderung durchlief ihn, denn es waren sprechende Augen voller Lebensdrang und Klugheit. Nie zuvor hatte er solche Augen bei einem Tier gesehen. Fast drückte sich ein Lächeln in ihnen aus, Spott über den Flachländer, der daran dachte, die Hand nach ihm auszustrecken. Hatten es nicht schon andere versucht? Diesem würde die gleiche Begrüßung zuteil werden: ein kleiner Ausfall, ein Schwenken des Horns – und der Mann sprang beiseite, es folgte eine schnelle Wendung, und er wurde kopfüber zu Boden geschleudert, wo er sich voll Zorn aus der Reichweite der Hufe rollte.

Die Zuschauer lachten, und ein oder zwei spendeten Beifall. Das Pferd tänzelte voll Stolz, senkte kurz den Kopf und dankte ihnen mit der Anmut eines Tänzers. Oliver holte vor Verwunderung und Entzücken tief Luft, und ohne zu wissen, was er tat, schritt er vorwärts.

»Li'vanh, sei kein Narr«, rief Mnorh und versuchte ihn bei den Schultern zu packen. Aber sein Einspruch blieb ungehört. Mit einem Schulterzucken schüttelte Oliver seine Hand ab. Die Männer verstummten, das Pferd hörte auf herumzustolzieren und wandte sich ihm voll zu, wobei es seinen Kopf leicht seitwärts drehte. Oliver blickte in seine tanzenden, flinken Augen; sie schienen ihm ein Zeichen zu geben.

Ohne das geringste Nachdenken war er vorwärts gegangen, und willenlos schritt er weiter. Das Pferd beobachtete sein Kommen, bewegte sich ein wenig zur Seite, als er sich näherte, und schien ihn anlocken zu wollen. In seinen Augen funkelten Warnung und Ermutigung zugleich, sie neckten ihn beinahe. In der Runde war kein Laut zu hören. Mnorh biß sich auf die Zunge, und Mneri beobachtete Oliver, die Hände ans Gesicht gepreßt. Nicht einer wagte es, ihn anzurufen oder wegzuziehen: er war offenbar verzaubert, und es ist gefährlich für den Entrückten, ihn aus seinem Zustand zu reißen.

Dann stand er genau vor dem Pferd und streckte seine Hand vor. Einen Augenblick lang verharrten beide bewegungslos; da tat das Pferd einen Schritt auf ihn zu. Der Bann war gebrochen. Die Menge seufzte tief vor Erleichterung, und Oliver fuhr mit seiner Hand am seidig glänzenden Pferdehals hinunter. Er konnte es kaum fassen. Ein Geschöpf von solcher Kraft und Schönheit, das erfahrene Reiter verschmäht hatte, hielt nun unter seiner Hand still, stieß mit seinem Maul an seine Schulter, und aus seiner Kehle kam ein leises Wiehern. Aber sobald die anderen herankamen, zeigte das Pferd, daß seine

Zuneigung nur einem einzigen galt. Ein zorniges Wiehern und Zähnefletschen waren die Antwort auf den Versuch freundlicher Annäherung, die es als zudringlich zu empfinden schien; beim zweiten bäumte es sich auf und schlug mit den Hufen. Als die Zuschauer auseinanderstoben, kam es hurtig und rieb, wie um Verzeihung bittend, seine Nüstern an Olivers Haar.

»Macht Platz«, sagte Silinoi, »und laßt es gewähren. Li'vanh, versuche herauszufinden, ob es zu Yorn gebracht werden will. Dies ist kein gewöhnliches Pferd, das ist sicher.«

Als Oliver sich in Bewegung setzte, stand das Pferd wie angewachsen, warf den Kopf hin und her und schnaubte herrisch. Oliver drehte sich um: die samtdunklen Augen funkelten untergründig grün und golden und trafen die seinen herausfordernd und gebieterisch. Er zögerte, noch unsicher, was es erwartete, als das Pferd den Kopf schüttelte und ihm auffordernd zunickte. Worte hätten es nicht klarer ausdrücken können: »Du mußt mich hübsch bitten.« Oliver lachte laut auf.

»O Fremdling, sei willkommen«, sagte er, »erweise unseren Zelten die Ehre.«

Er legte seine rechte Faust an die rechte Schulter und verbeugte sich leicht nach Art der Khentors. Das Pferd machte eine anmutige Bewegung mit dem Horn, die Oliver abermals zum Lachen brachte, und folgte ihm. Die Leute des Stammes schlossen sich ihnen in einer langen, unregelmäßigen Reihe an und vereinigten sich zu einer dichten Menge, als sie Yorns Zelt erreichten. Sobald sie angehalten hatten und noch bevor Silinoi ihn gerufen hatte, teilten sich die Vorhänge, und der Priester kam heraus.

Stille trat ein. Silinoi sagte kein Wort, und Olivers Erklärungen erstarben ihm auf den Lippen. Das Pferd und der Priester hatten die klugen Augen unverrückt aufeinander gerichtet.

Endlich sprach Yorn: »Du bist also gekommen, wie es mir vorausgesagt wurde«, sprach er, »um gewisse Zeit eine sterbliche Last zu tragen.

Das Pferd hob den Kopf. Wind erhob sich und fächerte seine goldene Mähne auf. Es wirkte stolz und plötzlich furchteinflößend, wirklicher als alles andere, das es umgab, und sein Horn ragte wie ein Speer aus Licht auf seiner Stirn empor.

»Vorausgesagt?« sagte Oliver. »Du hast gewußt, daß es kommen würde?«

»In gewisser Weise wußte ich es«, antwortete der Priester, »jedenfalls genug, um es zu erkennen.«

Er blickte Oliver an und zwang ihm seinen Blick auf. Mit leiser, aber klarer Stimme richtete er nun das Wort allein an den Jungen: »Hast du denn gedacht, dieses Pferd sei ein Sohn der Erde, den Wind und Regen schütteln und den der Frost zerreißt? Nein: es wurde über den Monden, hinter der Sonne geboren, in dem Land, wo das Gras königlich grün ist und der Himmel aus Silber. Seine Brüder grasen zwischen den Sternen und trinken aus der Quelle des Tänzers. Mutter Erde kennt es nicht, es ist nicht eines ihrer Kinder. Der große Hornbläser hat seinen Namen nicht gehört. Hier vor dir, Li'vanh, steht einer der Unsterblichen.«

Plötzliche Kälte durchrieselte Olivers Körper. Seine Haare sträubten sich. Er sah noch einmal hin, aber er sah nur ein Pferd, groß, mit glattem Fell, sein Atem dampfte aus den Nüstern, der Rist zuckte, um eine Fliege abzuschütteln. Wie selbstverständlich atmete es aus und ein, das Herz trieb das Blut durch seinen Körper – es war ein Pferd, war Fleisch und Blut, oder – was war es sonst?

Yorns Blick kehrte zu den tiefen, hellen Augen des Pferdes zurück: »Empfange nun deinen brüderlichen Mitstreiter, die Bürde, die dir bestimmt ist. Er ist von weit her gekommen, wie du selbst, er ist ein Fremder in unserer Mitte. Li'vanh, der Auserwählte.«

Oliver rang nach Luft, flog herum und starrte den Priester an. Mnorh und Mneri fanden jäh die Sprache wieder.

»Ich?« schrie Oliver auf. »Ich soll es reiten? Es gehört mir?«

»Dir gehören?« Yorn lächelte. »Du bist sein Reiter, es ist dein Pferd – zumindest eine Zeitlang. Es ist dazu bestimmt, dich für eine kurze Weile zu tragen, denn du wirst seiner bedürfen.«

»Steig auf, Li'vanh! Steig auf!« rief Mnorh und formte mit seinen Händen einen Steigbügel für Oliver. Dieser zögerte für den Bruchteil einer Sekunde, dann saß er auf. Hoch über allen saß er selbstbewußt wie auf einem Thron, und der Stamm jubelte ihm zu.

»Wie willst du es nennen?« fragte Mneri. »Es muß einen Namen haben. Welcher soll es sein?«

Yorns Stimme unterbrach die Vorschläge, die von ihr und Mnorh auf Oliver eindrangen: »Es hat bereits einen Namen.«

»Oh, welchen denn?«

Yorn trat vor und legte seine Hand an die Nüstern des Pferdes, aber sein Blick blieb auf Oliver gerichtet.

»Sein Name ist Dur'chai: der Ausharrende, denn er wird sich unerschütterlich auf einem Platz behaupten, wo kein anderer es vermöchte.«

6
Der Schatten über dem Land

»Wahrhaftig«, stellte Nicholas fest und spähte kritisch zu den Bergen hinauf, »es ist überall rabenschwarz.« Die dicken Wolken hingen tief, und ihre Schwere deutete auf weiteren Schnee. Rundum war alles tief verweht, mit Ausnahme der grimmigdüsteren Klippen über ihnen. Totenstarr und unbeugsam ragten sie schroff gegen den weißen Himmel, saubergefegt wie die Bergspitzen. Die fahle Sonne ließ sie undeutliche Schatten werfen, in denen ihre natürliche Dunkelheit versank. Über ihnen lag ein schwacher Schimmer, als seien sie feucht. Nicholas erinnerte sich, wie schlüpfrig es dort beim Gehen gewesen war. Weder Strauch noch Blatt waren irgendwo auf ihren Flanken auszumachen, nicht einmal an den untersten Hängen klebte eine einzige Krume Erde; vom Fuß bis zum Kamm war alles nackter Fels. Auf dem Hang, der ihnen am nächsten lag, entdeckte Nicholas blasses, silbernes Netzwerk, ein Spinnweb von Schnee, das sich in einer winzigen Rinne eingenistet hatte, aber auch dieser dünne Schleier konnte den dunklen Fels nicht beleben. In seiner Schwärze und schimmernden Glätte wirkte der Berg beinahe wie Kohle. Aber Kohle bringt immer die Verheißung von Wärme, dieser Berg dagegen war der Tod aller Hoffnung, die unter der Schwärze einer Million eisiger Nächte begraben war. Frost überlief den Jungen, und er wandte den Blick ab. Unten in jener Senke lag tiefer Schnee, und der Harsch blitzte eisig, doch die Zelte der Prinzessin und ihrer Begleiter waren kristallklar, und die Luft hatte nichts von der toten Lautlosigkeit des Berges. Er wandte sich zu Lord Hairon, dessen dunkles Haupt hoch über ihm war. Beim ersten Erwachen hatte er geglaubt, von einem Volk von Riesen geträumt zu haben, aber ihre Größe war kein Traum. Vielleicht war Hairon nicht gerade ein Riese, aber er mußte mehr als zwei Meter groß sein, und die Prinzessin war nur wenig kleiner.

»Wird es jemals warm hier?« fragte er.

Hairon lachte, und sein Atem dampfte in der Luft. In seinem Haar glitzerten Eiskristalle.

»Dieses Land war einmal ein Land wie andere«, erwiderte er, »der Sommer kam mit seiner Glut und der Herbst mit seinem Gepränge. Anderswo breitet sich eben jetzt der liebliche Frühling aus, aber hier klammert sich der Winter immer am Rand des Schwarzen Berges fest.«

»Was für ein entsetzlicher Ort! Warum lebt ihr hier?«

»Wir leben nicht hier, Nikon! Und mit Sicherheit werden wir nicht länger hierbleiben als nötig. Die Blätter in Rennath sind noch nicht entfaltet, und ich wollte, ich wäre dort und weit weg von diesem Ort des Bösen. Nein, wir sind nur gekommen, um König Merekarl und sein Volk im Kampf zu sehen.«

»Böse?« rief Nicholas erstaunt. »Orte können nicht böse sein!«

»Nein«, seufzte Hairon, »nicht die Orte, aber die Mächte, die dort wohnen; und dann lastet ein Schatten auf dem Land, der sogar die reinsten Dinge besudelt. Eine dunkle Macht herrscht an diesem Ort, und der Sommer meidet ihn.«

»Was meinst du damit? Es ist sicher, daß es immer wieder einen Sommer gibt, meine ich. Kommt es nicht daher, daß wir der Sonne sehr nahe sind oder eine bestimmte Richtung zu ihr haben, oder so ähnlich? Wieso kann es keinen Sommer geben?«

»Euer Volk hat diese schöne Gewißheit immer, Nicholas? Hier ist es nicht so, leider. Hier gibt es einige Dinge, die von allem gemieden werden, was gut ist – aber nicht nur das: Der Beherrscher dieses Landes selbst haßt den Sommer, und seine Arglist macht, daß es auf immer kalt hier ist!«

Nicholas schluckte. Er erinnerte sich, wie die Prinzessin gegen die Gewalt eines Unbekannten angeschrien hatte, und er dachte an die Worte des Adlerkönigs: »Er ist mächtig geworden.« Ihn schauderte, und er hüllte sich fester in seinen Umhang.

»Wer ist es?« fragte er scheu.

Aber Hairon antwortete nicht, denn der Klang eines Jagdhorns zerschnitt die Luft, und er griff nach der Schulter des Jungen und geleitete ihn zum Zelt der Prinzessin.

»Wir werden gerufen. Ich glaube, Ihre Hoheit will dich und deine Schwester willkommen heißen.«

Außerhalb des Zeltes hielt er an und zupfte Nicholas' Kleidung zurecht. Man hatte dem Jungen seine eigene weggenommen, denn sie war alles andere als warm, und ihn nach ihrer Weise eingekleidet. Als sie eintraten, sahen sie als erstes die verwandelte Penelope, bekleidet mit einem langen Rock, einer langärmeligen Bluse und einem mit leuchtend bunten Stickerein verzierten Leibchen. Ihr Haar war gekämmt und fiel in losen Wellen anmutig auf ihre Schultern herab.

»Ich habe sieben Röcke an«, überfiel sie ihn, »und lange Hosen. Außerdem kann ich keinen Schritt tun, ohne draufzutreten. Und Stiefel haben sie mir angezogen. Du siehst ganz verändert aus, Nicky. Ist das nicht alles sonderbar?«

»Ja, sehr«, murmelte Nicholas und versuchte, sie zum Schweigen zu bringen. Niemand sprach, und Pennys klare Stimme wirkte unnötig laut. Er betrachtete die Männer mit einer Mischung aus Verehrung und Abwehr, aber sie schienen überhaupt nicht verärgert, sondern zeigten eher ein belustigtes Wohlwollen. Dann teilten sich die Vorhänge, und die Prinzessin trat ein.

Sie war in Silber und Hellgrün gekleidet, wie Tau auf jungem Gras. Von ihren Schultern wallte ein Umhang, dunkelfarben wie Eichenholz. In ihr Haar waren Perlen geflochten, und um die Stirn lag eine kleine silberne Krone. Sie nahm auf dem schwarzen, geschnitzten Sessel Platz, ein großes Schwert aufrecht vor sich, das einen kalten Glanz ausstrahlte. Es war zweischneidig, das gewundene Heft aus einem dunkelgrünen Metall. Ihre Hände ruhten auf den Armlehnen. Der kleine Finger der einen Hand trug einen dünnen Silberring in der Form eines neunzackigen Sterns. Auf ihrer Brust hing an einer silbernen Kette eine Perle, gehalten von einer Fassung aus demselben Metall. Sie war stolz, stolz und ernst und schön, Nachkomme einer Reihe großer Könige.

»Laßt die Fremdlinge vortreten«, sagte sie.

Nicholas bog die Finger, und seine Hand schloß sich um die Hand Penelopes. Sie schritten nach vorn und standen vor ihr.

»Seid willkommen in Kedrinh«, sagte sie, »dem Land des Sternenlichtes. Ich grüße euch im Namen der Haranis, im Namen des Rates und im Namen von Deron, meinem Vater, König von Rennath und Hüter Bannoths. Ich entbiete euch seinen Schutz und erbitte ebenso auch den Schutz Kirons, des Hohen Königs. Das verkünde ich, In'serinna, Tochter der Sterne, Prinzessin von Rennath und Zauberin des Sternenwunders.«

Nicholas spürte, wie Penelopes Hand sich bewegte, er selbst aber empfand kaum Überraschung. Er dankte ihr – wie er hoffte, nicht allzu stockend – und verbeugte sich zögernd. Penny machte einen Knicks, der ihn ziemlich belustigte, und darauf traten sie zurück.

Es entstand eine kurze Stille, und die Prinzessin legte das große Schwert über ihre Knie. Sie betrachtete es einen Augenblick und sah dann auf: »Wohlan, meine Herren«, sagte sie, »wir haben eine Menge zu bedenken.«

Es entstand allgemein Bewegung, die Anspannung lockerte sich, die Männer suchten sich Sessel und warfen die Umhänge ab. Als sie alle Platz genommen hatten, sagte die Prinzessin: »Laßt mich zunächst den Kindern etwas erklären.«

Sie wandte sich ihnen zu, indem sie sich auf ihrem Thron vorbeugte: »Wo wir uns jetzt befinden, war einst das Königreich Bannoth, dessen Herrscher damals Fendarl war, einer der Nachkommen der Sterne, ein Mann wie meine Blutsbrüder hier vor euch. Er war nicht nur König von Bannoth, sondern auch ein Sternenzauberer, aber es gefiel ihm, Wissen und Macht mehr zu lieben als seine Ehre und Rechtschaffenheit. In seinem Wissensdurst suchte er dort, wo er nicht durfte, und machte sich mit Mächten gemein, die seine Feinde hätten sein sollen. In der Tat – sie waren einmal seine Feinde, aber die Mächte des Bösen können auch verzeihen und sind immer bereit, sich ihre Gegner zu Bundesgenossen zu machen. So konnte es geschehen, daß er die verbotenen Künste ausübte, seine Ehre verlor und der schwarzen Magie hörig wurde.

Wenn er früher entlarvt worden wäre, hätte sich das Übel vielleicht verringern lassen. Aber er war geschickt und listig, und ehrenhafte Männer sind leider oft zu vertrauensselig. Dieser Ort hier war die Mitte seines Königreiches, und hier, am Schwarzen Berg, spann er seine verborgenen Ränke. Als alles endlich ans Tageslicht kam, war er sehr mächtig geworden. Es war nicht möglich, ihn zu vernichten, denn er hatte sich durch schwarze Hexereien gewappnet. Es geschah in der Zeit des Königs Hundreth II., als die Zauberkraft nachließ. Schließlich wurde er, obgleich er unzerstörbar war, durch die neu begründete Macht des Smaragds ausgestoßen und in die Berge jenseits des Meeres verbannt. Von dieser Zeit an hat er dort gehaust, mit großer Macht, das ist wahr, aber er hatte nicht mehr die geringste Freude an ihr. So wurde ein Aufschub gewonnen, aber jedermann wußte, daß es nur eine Frist war. Noch forschte er, gewann an Kenntnissen, seine Macht wuchs, und fortwährend suchte er nach einem Weg, das Land des Sternenlichts wieder zu betreten. Viele Proben seiner Stärke hat er gegeben – die Schlacht in der vergangenen Nacht war eine davon –, und ich fürchte, daß sich bewahrheiten könnte, was wir seit langem befürchten: daß er jetzt stark genug ist, dem Bann zu trotzen und zurückzukehren.«

In der Pause, die hierauf folgte, wurde Nicholas bewußt, daß er zum erstenmal in seinem Leben Furcht empfand, nackte Furcht. Penelope machte eine beunruhigte Bewegung.

»Zurückkehren?« flüsterte sie. »Jetzt?«

In'serinna lächelte.

»Im Augenblick sind wir nicht in Gefahr, zumindest glaube ich nicht daran. Aber die Wolken ziehen sich zusammen und hier am dichtesten. Fürchtet euch nicht, wir werden dafür sorgen, daß ihr in Sicherheit gebracht werdet.«

»In der Tat sollten wir Bannoth unverzüglich verlassen«, sagte Fürst Horenon. »Es ist gefährlicher geworden, als ich mir träumen ließ. Nur der Mondaufgang hat Merekarl und sein Volk in der letzten Nacht gerettet. Ist Kiron benachrichtigt worden?«

»Er ist unterrichtet worden. Was unseren Aufbruch betrifft...« Sie wurde ernst und blickte zu Boden. »Ich möchte euch bitten, mir eine Frist zu gewähren – nur eine kurze.«

Die Männer runzelten die Stirnen. Es war deutlich, daß sie den Vorschlag nicht billigten. Einige von ihnen schüttelten die Köpfe.

»Wie lange?« drängte Hairon schließlich.

»Zwei Tage. Ich habe gute Gründe, Vetter.«

»Wenn es so ist, teile sie uns mit.«

»Nicht weit von hier ist Bannoths Ort der Gesichte.« Sie blickte in die Runde, von einem zum anderen. »Wenn ich zwei Tage warte, und nicht länger, werde ich wissen, was er mir zu offenbaren hat.«

Die Männer sahen einander an. Sie waren voller Sorgen und Zweifel, doch widerstrebte es ihnen, den Gehorsam zu verweigern. Der Berg war mehr als unwirtlich, er war gefährlich. Zwar waren sie hier, um die Prinzessin zu schützen, aber ihr oblag es, alles gegen Fendarl zu unternehmen, was ihr möglich war. Sie war die Zauberin, sie verfügte über die größte Macht. Sie durften nicht durch übertriebene Vorsicht ihre Aufgabe erschweren. Doch sie war jung, eine Frau, für die sie verantwortlich waren, und je größer ihre Macht war, desto strenger mußten sie sie behüten. Fürst Horenon glättete unsicher sein Haar. »Es ist ein Wagnis«, sagte er endlich, »jede Stunde ist ein Wagnis.«

»Ja«, stimmte sie ihm bei.

»Ist es das wert, wirklich wert?«

»Ja, ich glaube es. Du weißt, dies ist ein sehr alter Platz. Von alters her war er das Herz von Bannoth. In der Vergangenheit wohnte ihm große Kraft inne. Seit Fendarls Fall hat sie niemand genutzt, doch es ist möglich, daß sie noch vorhanden ist. Ich bin nahezu sicher, daß es so ist, und da sie unseren Feinden verborgen geblieben ist, hat sie sich unversehrt erhalten. Sie gehört ihnen, und sie wird sich ihnen zuwenden. Ich meine, daß es mir vielleicht gelingen wird, etwas darüber zu erfahren, was sie vorhaben, und, noch besser, es dem Hohen König mitzuteilen.«

»Das ist gefährlich, Base, sehr gefährlich!« rief Hairon. »Sei auf der Hut, daß du nicht ihren bösen Blick auf dich ziehst!«

»Du brauchst es mir nicht zu sagen, Hairon«, erwiderte sie. »Sei versichert, immer wenn ich an ihn denke, packt mich ein gehöriger Schrecken. Aber ich verspreche, daß ich nur beobachten werde. Habe ich eure Zustimmung?« Sie wechselten wieder Blicke. Horenon sah alle der Reihe nach an, und alle nickten kurz, mit Ausnahme Hairons, der nachdrücklich das Haupt schüttelte.

»Ich bin kein Hasenfuß«, erklärte er, »ich fürchte diesen Ort, aber ich schwöre, daß bloße Furcht mich von hier nicht vertreiben wird. Dennoch, ich bin überzeugt, ja ich bin sicher, daß es unglücklich ausgehen wird, wenn wir es tun. Ich stimme dagegen.«

»Du bist überstimmt«, sagte Horenon. »Prinzessin In'serinna, hier seid Ihr unsere Lehnsherrin, und Ihr seid eine Zauberin. Wenn Ihr der Meinung seid, daß Euer Vorhaben es wert ist, dann liegt es nicht bei uns, Euch davon zurückzuhalten.«

»Danke«, sagte sie. »Ich verspreche, nicht ohne Überlegung zu handeln. Nun, gibt es noch etwas, oder sollen wir auseinandergehen?«

»Es gibt noch etwas.«

Der Sprecher war ein junger Mann, der sich ganz im Hintergrund gehalten hatte. Alle drehten sich um und wandten ihm die Blicke zu. Ein wenig errötend, bahnte er sich einen Weg nach vorn und beugte sein Knie vor dem Thron.

»Herrin«, sagte er, »ich fürchte, wir könnten beobachtet werden.«

Ein Zischen der Bestürzung war zu hören, als alle heftig die Luft einsogen. Die Prinzessin preßte ihre Hände zusammen. Nicholas und Penelope sahen einander schreckerfüllt an, und die unangenehme Vorstellung, ein schwarzer Hexenmeister könne sich jeden Augenblick auf sie stürzen, überlief sie eiskalt.

»Erzähle uns, wie du darauf gekommen bist, Hauptmann Emneron.«

Der junge Mann verriet Unsicherheit: »Ich habe keinen Beweis, den ich vorlegen könnte, und nur wenige vernünftige Gründe: es ist nur eine innere Unruhe und ein Gefühl zwischen den Schulterblättern. Ich spüre es, seitdem wir Rennath verlassen haben.«

»Hast du irgend jemanden gesehen?«

»Kein menschliches Wesen – aber ein Mann kann leichter sich selbst verstecken als sein Pferd –, und ich sah in der Nacht zweimal ein Pferd in Rennath grasen, beim ersten Mal sah ich's genau, beim zweiten Mal bin ich mir ziemlich sicher.«

»Aber Hauptmann, es gibt viele Pferde.«

»Richtig, Herrin, aber hier sind die Davlenai-Pferde der Ebenen nicht so häufig, und dieses war ein unerhört prächtiges, wirklich ein Redavel! Von Kopf bis Schwanz schwarz und silberfarben.«

»Viele Leute suchen die Ebenen auf. Und die Khentors...« Für einen winzigen Augenblick zitterte ihre Stimme sonderbar. »...die Khentors sind große Wanderer.«

»All dies habe ich bedacht, Eure Hoheit, und wenn ich nicht mit Sicherheit diesen Redavel mehr als einmal gesehen hätte, so hätte ich es nicht erwähnt – davon abgesehen, daß ich uns dennoch beobachtet glaube; und heute – als ich heute die Runde um das Lager machte und durch die Reihen ging, waren unsere Pferde unruhig. Sie zitterten und stampften und drehten sich in eine Richtung. Sie hatten die Ohren aufgestellt, ihre Nüstern flatterten, und sie wieherten gedämpft. Ich konnte nichts bemerken, aber Pferde wittern mit Sicherheit vieles, das uns entgeht.«

»Zeigten sie Furcht?«

»Nein, keine Furcht, eher Erregung, so als würden sie einen Freund oder einen Artgenossen... und da kam mir der Redavel in den Sinn, von dem ich gesprochen habe. Ich bin sicher, daß dort irgend etwas ist; und was auch immer es sein mag, es scheint gute Gründe zu haben, sich zu verbergen.«

Es entstand ein langes, gespanntes Schweigen. Die Prinzessin blickte auf ihren Ring, auf die große Perle, und Nicholas und die Männer beobachteten sie. Auch Penelope betrachtete sie eine Minute lang, dann ließ sie ihre Augen wandern, und sie bemerkte etwas, dessen sie sich viel später erinnern sollte. Hinter dem Sessel der Prinzessin standen zwei Frauen, eine groß und bleich, mit lockigem, hellbraunem Haar und apfelgrünen Augen, die andere schlank, dunkel und anmutig. Die dunkle junge Frau wandte sich an die andere, nickte ihr zu und setzte eine Miene auf, die ganz offensichtlich ausdrückte: Wie ich dir gesagt habe! Und die andere lächelte und zuckte die Achseln. Dann hob In'serinna langsam die Augen.

»Ich habe nicht gespürt, daß etwas Böses auf uns zukommt, und die Pferde waren nicht furchtsam. Ich denke... ich glaube nicht, daß es sich um einen unserer Feinde handelt. Doch wir müssen uns verborgen halten, also haltet die Augen auf, Hauptmann Emneron, und auch ihr anderen. Solltet ihr jedoch jemanden sehen, fügt ihm kein Leid zu, sondern bringt ihn hierher, wenn ihr könnt. Und nun, Blutsbrüder, geht eurer Wege.«

7
Gefahr an den Grenzen

Die zwei Tage am Hang des Schwarzen Berges waren eigentümlich und voll sprachloser Stille. Die Haranis beobachteten Berg und Himmel, ihre Hände immer in der Nähe ihrer Schwerter. Die Prinzessin streifte in den Nächten allein durch den Schnee, beobachtete die Sternbilder und rang mit sich. Merekarl und sein Volk gesundeten allmählich, mit Ausnahme zweier Adler. Sogar die Wolken hielten den Schnee zurück und warteten. Alles war bereit. In der Weißen Stadt am Meer versammelte Kiron seine Heeresmacht und rief seine Streitkräfte zusammen. Er schaute nach Süden auf die geschäftigen sorglosen Städte, nach Nord und Ost, von wo keine Hilfe in Sicht war, schaute nach Westen auf die Gefahren an den Grenzen und seufzte. Ungehindert blies der Wind über die Ebene, das Gras wiegte sich in ihm, und dazwischen tanzte und kämpfte der Auserwählte, als wäre er ein eingeborener Khentor. Im Herzen des Schwarzen Berges wachte jemand, traf Vorbereitungen und gab seine Befehle. In anderen, noch entsetzlicheren Bergen wachte ein zweiter, machte Pläne und wartete. Am Himmel zogen die allwissenden Sterne ihre Bahnen, drehten sich, durchmaßen den ihnen bestimmten Raum und verkündeten denen, die Augen hatten, zu sehen, daß die Stunde nah war. Tag und Nacht wurden die Prinzen trotz aller Wachsamkeit von jemandem belauert, den sie nicht sehen konnten, nicht einmal einen Hauch von ihm.

In jenen zwei Tagen des Schweigens waren allein die Kinder unbefangen. Die frostige Stille hallte wider von ihrem Geschrei und Gelächter, und auf den weißen Flächen hinterließen sie die Spuren ihrer gekreuzten Fußstapfen, Schneeburgen, Schneemänner und ihrer Balgereien. Gern hätten sich ihnen einige der jüngeren Fürsten angeschlossen, glücklich, die ihnen auferlegte strenge Wachsamkeit in lärmenden Spielen zu vergessen. Die Kinder der Sterne sind ein eigentümliches, stolzes, edles Geschlecht, und es gibt viele, die sie hochmütig und furchteinflößend nennen. Kindern jedoch gilt ihre Liebe. Hairon war die meiste Zeit ihr Gefährte. Er nahm sie mit, um ihnen die Pferde und Wagen zu zeigen. Es sind kleine Pferde, verglichen mit den großen aus den Ebenen, aber doch außerordentlich gewandt und kräftig, schnell und abgehärtet, gezüchtet, um unter den Jochstangen von Prinzen dahinzusausen. Sogar wenn sie grasen, wandern die drei zusammen, die auch gemeinsam einen Wagen ziehen. Hairon bat seinen Fuhrmann, seine Pferde herbeizurufen, sie gaben ihnen Leckerbissen, und die Pferde beschnupperten ihre Wangen und Finger, verspielt wie kleine Kinder. Sie senkten ihre seidigen Nüstern, um gestreichelt zu werden, stießen die Kinder behutsam an und beschnüffelten ihre Kleider, nach mehr Leckereien suchend. Alle drei waren schwarz mit einer weißen Blesse, eines von ihnen hatte weiße Fesseln. Er war das Leitpferd. »Sie sind alle drei Prinzen«, sagte der Fuhrmann, »aber dieses eine ist der König.«

Sie begrüßten Hairon wie einen Freund, gehorchten aber der Stimme des Fuhrmannes, und sein Schnalzen ließ sie gemächlich im Kreis traben und davontrotten.

Hairon betrachtete sie mit halbem Lächeln: »Ich bin ihr Meister«, sagte er, »sie sind nur da, um mir zu dienen. In meinen Händen liegt die Sorge für sie und ihr ganzes Leben. Aber sie machen sich nicht das geringste daraus. Für sie ist Vadreth ihr Herr, das Licht ihrer Augen. Mit meiner Hand an den Zügeln würden sie dahinrasen, denn sie sind gut gezogen und willig, und stolz dazu – sie würden ihre eigenen Herzen niederrennen. Aber für ihn würden sie Feuer und Wasser trotzen oder kopfüber einen Berg hinabgaloppieren.«

»Das klingt nicht fair.«

»Ich neide es ihm nicht. Ein Mann kann keinen besseren Kameraden haben als seine Pferde, und durch sie kann er tugendhafter werden. Ich für meinen Teil denke, ein Wagenführer verdient jede Hochachtung, die ihm zuteil wird, ob von Pferden oder Menschen. Ich möchte nicht mit ihm tauschen, nicht für die Sterne in der Krone. Einen Streitwagen in der Vorhut zu führen, geduldig auszuhalten, ohne Schild, Dutzenden als Ziel zu dienen (denn wer den Lenker tötet, hat den Krieger) und nichts in der Hand zu haben als ein paar Lederriemen, ohne Schutz und Waffe, ohne sich verteidigen zu können – es überläuft mich kalt, wenn ich daran denke.« Er schüttelte sich. »Genug davon. Kommt und seht euch meinen Wagen an.«

Er war schwerer, als sie gedacht hatten: sie hatten sich die Wagen als Schalen mit Rädern vorgestellt, aber dieser war stabil, und seine Flanken konnten einen Speer abhalten. An der Vorderseite, wo Vadreth stehen würde, war die Wand niedriger, so daß er über sie hinweg zu jeder Zeit seine Pferde erreichen konnte, aber an den Seiten war sie über einen Meter hoch. Hairon zeigte ihnen den Boden, der aus drei Schichten geflochtener Lederriemen bestand, die Scheide und die Schlaufen für Schwert und Speere. In den dunkelgrünen Lack des Wagens war ein silbernes Muster eingelegt.

»Er ist herrlich«, sagte Penelope, »aber warum habt ihr kein Gold verwendet, wo du doch ein Prinz bist?«

»Gold?« sagte Hairon, »Gold? Würdest du Gold dem Silber vorziehen?«

»Nun, ich glaube, ja. Ich meine, es ist mehr wert.«

Er seufzte. »Nicht bei uns, meine Kleine. Gold ist etwas für Kaufleute und für gewöhnliche Menschen. Gold ist das Verderben all dessen, was wir lieben. Wo Gold die Oberhand bekommt, schwindet die Ehre, und ein tödlicher Zauber liegt in ihm.«

Sie waren überrascht, nicht nur über seine Worte, sondern auch über den Ernst, mit dem er sie aussprach; als sie aber länger darüber nachdachten, wurde ihnen klar, daß hier jedermann diese Ansicht zu teilen schien. Man sah hier Schmuck in großer Fülle, den sowohl Männer wie Frauen und auch die Pferde trugen, aber alles bestand aus Silber, oder zuweilen aus dem dunkelgrünen Metall, das Kamenani genannt wurde. Eine verwirrende Fülle von Edelsteinen, Perlenketten und Kupfer, wie es Arleni trug, das dunkelhaarige Mädchen der Prinzessin, aber nirgendwo ein Schimmer von Gold.

Zwei Tage vergingen. Dann machte die Prinzessin sich bereit, den Berg hinaufzusteigen.

Zur gleichen Zeit brachen die Männer das Lager ab, und Nicholas und Penelope schienen überall im Wege zu sein. Es gab keinen Ort, wo sie Behaglichkeit und Ruhe hätten finden können, und zum ersten Mal, seit sie die Haranis getroffen hatten, fühlten sie sich verloren und einsam.

Als sie sahen, daß die Prinzessin sich zum Aufbruch bereit machte, baten die Kinder sie deshalb inständig, mitgenommen zu werden. Sie waren sicher, daß sie es ihnen abschlagen würde, daher drangen sie weiter in sie, um ihr keine Zeit zur Ablehnung zu geben. Aber schließlich gebot sie ihnen Ruhe und sagte: »Ihr braucht nicht zu bitten. Ich werde euch mitnehmen. Ich war gerade im Begriff, euch holen zu lassen.«

»Warst du das wirklich?« sagte Penny mit offenem Mund. »Du willst uns mitnehmen?«

»Warum? Wir haben niemals geglaubt, daß du es wirklich tun würdest, aber es war uns das Bitten wert.«

»Ich weiß selbst nicht warum, Nikon. Man hat es mir gesagt. ›Geh und steige auf alle Fälle den Berg hinauf‹, sagten sie, ›aber nimm die Fremdlinge mit, oder es wird keinen Sinn haben.‹ So war es. Ich bin keine, die ihren Rat mißachten könnte, obwohl ich keinen Grund sehe, warum ihr mitkommen solltet. Es ist ein langer Weg, eine kalte Wartezeit, ein langer Rückweg, und das Ganze ist nicht allzu sicher. Aber nun kommt, wie es befohlen worden ist.«

»Durch wer?« fragte Penelope, vor Neugier alle Grammatik über den Haufen werfend.

»Sie meint ›Von wem?‹« verbesserte ihr Bruder ziemlich unsicher.

»Eben jene, die ich gefragt habe«, erwiderte die Prinzessin mit glitzernden Augen, »jene, die am meisten sehen und am weitesten. Kommt, Arleni und Berethol sollen euch Mundvorrat geben. Es wird ein langer Tag werden.«

Sie trugen Beutel auf dem Rücken, die die Mädchen mit Lebensmitteln füllten. Sie waren sicher, daß es mehr war, als sie würden essen können. Nicholas fand, daß der seine zu schwer auf ihm lastete, und zögerte, ob er etwas herausnehmen sollte, aber zum Glück tat er es nicht. In'serinna sorgte dafür, daß beide dicke Mäntel und Handschuhe anzogen, sie selbst aber legte nur einen schweren, grünschwarzen Schal um die Schultern. Er war sehr groß, hing über ihre Arme und hinten über ihrem Kleid herab. Vorn hielt ihn eine Brosche zusammen, aber Kopf und Arme waren immer noch unbedeckt.

»Friert dich nicht in diesem Aufzug?« fragte Nicholas, als sie aufbrachen. »Bei all dem, was ich anhabe, kann ich nicht sagen, daß mir schrecklich warm ist, aber du mußt ja erfroren sein.«

»Nein, mir ist nicht kalt. Fühlt mal.«

Sie legte die Hände an die Wangen der Kinder.

»Sie sind noch warm!« sagte Penelope staunend. »Wie machst du das?«

»Ich kann mich nicht erinnern, wann ich zum letzten Mal gefroren habe. Inzwischen weiß ich nicht mehr, was Kälte ist. Ich fühle mich nie kalt, oder hungrig oder müde.«

»Wie kommt das? Ist es, weil du... kommt es, weil du eine Zauberin bist? Ist es ein Zauber? Kannst du ihn auf uns übertragen?«

»Kein bißchen davon. Es ist kein Zauber, obwohl es eine Folge meiner wunderbaren Kräfte ist. Sieh, das Gefühl der Kälte ist eine Sache des Gegensatzes von innerer Wärme und äußerer Kälte, man muß an Wärme gewöhnt sein. Aber alles hat seinen Preis, und der Preis des Sternenzaubers ist, daß wir der Wärme auf immer entsagen müssen. Jeder Wärme. So kommt es, daß die Kälte mir nichts anhaben kann.«

»Für mich hört sich das nicht sehr erfreulich an«, sagte Nicholas nachdenklich. »Weder ißt du, noch gehst du schlafen wie andere Leute?«

»Nicht oft und nicht viel. Kommt, laßt uns nicht davon sprechen. Wir haben einen langen Weg vor uns. Erzählt mir von eurem Zuhause.«

Und es war ein langer Weg hinauf, über sich windende Bergpfade, in kaltglitzernder Luft, auf tückisch vereistem Boden und gegen einen Wind, der überall an ihnen zerrte. Aber es schien nicht allzu anstrengend zu werden, denn die Prinzessin hielt sie bei den Händen, und es machte Spaß, neben ihr zu gehen, ihr zu erzählen, von ihrer Heimat zu hören und von der eigenen zu berichten und sie zum Lachen zu bringen. Sie hatte eine klare, klingende und weittragende Stimme, klar genug, um noch eine halbe Meile entfernt verstanden zu werden. Die Berge schienen die Häupter zu heben, um ihr zu lauschen, aber sie dämpfte die Stimme und sah schuldbewußt aus.

Sie wußten nicht, wieviel Stunden sie für den Marsch benötigt hatten, aber die Sonne stieg schon in den Zenit, als der Pfad steil hinauf um einen Vorsprung führte, sich zwischen Felswänden hindurchwand und an einem Durchgang endete, den umgestürzte Felsen und zwei geneigte Bäume bildeten. Hier gab die Prinzessin ihre Hände frei und wandte sich ihnen mit ernstem Gesicht zu.

»Dies ist der Ort. Von hier aus kann ich nur allein weitergehen. Wartet hier auf mich. Ich weiß nicht, für wie lange, aber ihr seid wenigstens vor dem Wind geschützt. Es tut mir leid, daß ich euch kein Feuer hierlassen kann, aber es wäre auch zu gefährlich. Bleibt, wo ihr seid, und kommt mir nicht nach oder haltet gar nach mir Ausschau.«

Damit drehte sie sich um und durchschritt das Tor. Nicholas kauerte sich auf einen niedrigen Felsen, Penelope setzte sich auf den Boden und kuschelte sich in ihre Röcke. Sie begannen ihre Wache.

Es stimmte: hier erreichte sie der Wind nicht; in der Tat war die Luft unnatürlich ruhig. Von Zeit zu Zeit sagten sie ein paar Worte, aber ihre Stimmen klangen so laut und aufdringlich, daß sie sie unterdrückten. Selbst ihr Geflüster glitt wie eine tönende Schlange hinter ihnen den Pfad hinab – wohin, wer hörte es? Sie aßen ein wenig, aber die Stille war zu niederdrückend. Also saßen sie nur noch da, und nach und nach überwältigte sie die schweigende Entrücktheit des Berges.

Nicholas schloß die Augen. Die Bäume hinter mir, dachte er, sind die ersten, die ich grünen sehe, seit wir damals auf dem Tor gesessen haben. Tatsächlich waren sie das erste Zeichen von Leben überhaupt. Er versuchte sich zu erinnern, was einem Wald ähnlich sein mochte, aber in seinen Gedanken fand er die rechte Farbe nicht. Es war alles schwarz mit weißen Sprenkeln, lächerlich und verschwimmend. Ein bitterer Geschmack kam ihm in den Mund, und seine Schulter schmerzte. »Ich lehne an einem Stein«, dachte er, aber es war nicht seine Schulter, es waren seine Beine, die wehtaten, und plötzlich lief seine Erinnerung in der richtigen Bahn, und er sah hinauf in ein heftig bewegtes Grün mit der Sonne darüber. Hurra, versuchte er zu sagen, aber er brachte keinen Ton heraus: das war es, was sie getan hatten, sie hatten den Mund geöffnet, aber keinen Laut hervorgebracht, oder nein, sie hatten den Mund nicht geöffnet, aber es war ein Laut dagewesen, es war... das Bild änderte sich, bewegte sich wieder ruckweise, es wurde grün vor seinen Augen, dann tiefblau, und dann war nichts mehr. Dann fühlte er Salz auf seinem Gesicht, das weiße Wasser schwang zurück, die weißen Türme schimmerten, aber dann verschob sich alles, und er befand sich wieder in der schwimmenden Schwärze voll harten, mißtönenden Atems und erfüllt vom Schmerz in seiner Schulter – es waren ihre Zähne, sicherlich –, und er erwachte, um sich schlagend und mit einem Schrei.

Penny lag auf der Erde in einem Wirrwarr aus Rock und Mantel. Ihr Gesicht war verborgen, aber ihre Hand zuckte. Sie verlangte nach etwas, ihr war kalt, sie war hungrig, aber die Prinzessin sagte: »Nein, iß nicht, du darfst nicht essen«, aber sie wollte dennoch, und die Prinzessin zerrte an ihren Händen, ihr Gesicht war vor ihr, und sie schrie »Mach die Augen auf, mach deine Augen auf!« Aber ihre Augen waren geöffnet, sie konnte sehen, ihr Gesicht sehen, das in plötzlichem Schrecken zurückwich; und dann das Gesicht eines jungen Mannes, keines, das sie kannte, nicht das von Prinz Hairon oder Nicholas, obgleich sie ihn rufen hörte, scharf und angstvoll: »Penny, Penny!« Dann sah sie einen anderen jungen Mann auf sich zukommen, einen Fremden, und doch zermarterte sie sich das Hirn, wer er sei. Schließlich erkannte sie ihn und rannte weg. Aber sie glitt aus, das Grau holte sie ein, alles unter ihr kam ins Gleiten, und Nicholas schrie: »Penny, Pen!« Jedoch all ihr Kämpfen war nutzlos, sie war eine Maus im Laufrad, und dieser Zustand schloß sie auf unerträgliche Weise ein, preßte sie zusammen, erstickte sie, sperrte alles aus, und sie wälzte und wand sich und jammerte. Nicholas rief sie erneut, aber dieses Mal hatte er sie gepackt und schüttelte sie.

»Was willst du?« sagte sie. »Hör auf, an mir herumzuzerren!« Dann besann sie sich, setzte sich auf, umklammerte seine Schulter und begann schwache Schreie auszustoßen.

»Du hattest einen Alptraum«, sagte er mit gequältem Gesicht. Penelope hatte niemals Alpträume. Sie blinzelte und lächelte ihn unsicher an.

»He, sei nicht albern, du hast wohl einen Tagtraum gemeint.«

Er versuchte ebenfalls zu lächeln, aber er fühlte sich zittrig, und ihr erging es ebenso. Nicht daß ihnen vom Erwachen schwindelig gewesen wäre, sondern irgendwie waren sie aus dem Gleichgewicht geraten, als ob die Träume sie Raum und Zeit enthoben hätten, länger als für ein paar Minuten, so daß Nicholas noch jetzt unsicher war, wieviel Zeit inzwischen verstrichen war. Es war dunkler geworden, das war sicher, das Grau des Himmels hatte sich vertieft, und der Bergschatten ließ sie frösteln.

»Sie bleibt lange aus«, sagte Penny, »nicht wahr?«

Nicholas nickte. »Denk' ich auch.« Er saß schweigend und grübelte. Penelope begann, vor sich hinsummend, Kieselsteine zu kleinen Häufchen aufzutürmen, und Nicholas beobachtete sie stirnrunzelnd. Nichts konnte ihr jemals Sorgen bereiten, jedenfalls nicht für länger. Sie war voll Furcht gewesen, bis sie die Prinzessin und ihr Gefolge getroffen hatten, und jetzt hatte sie jemanden, in den sie ihr Vertrauen setzen konnte, und ein Versprechen, daß sie heimkommen würden, und war ganz zufrieden. Er beneidete sie. »Pen«, sagte er schließlich langsam, »Pen, warum, denkst du, sind wir hierher gekommen?«

Sie blickte fast überrascht auf. »Wir fielen vom Tor hinunter, war es nicht so? Und dann geschah es durch einen Zauber. Hat die Prinzessin nicht davon gesprochen? Es war Zauber, und wir würden sehr bald zurückkehren.«

»Ja, das alles weiß ich, nur hat sie nichts von ›sehr bald‹ gesagt, das hast du erfunden. Ich behaupte ja nicht, daß du es mit Absicht getan hast, sei nicht albern! Das habe ich doch nicht gemeint. Ich weiß, daß wir durch einen Zauber hergekommen sind. Das ist das *Wie*. Ich sagte aber: *Warum*?«

Sie starrte ihn verwirrt an. »Was meinst du damit?«

»Nun, Zauberkräfte fliegen nicht so einfach frei herum, verstehst du? Ich glaube jedenfalls nicht, daß es so ist. Sie brauchen jemanden, der sie benutzt. Wenn wir also durch einen Zauber hierher gekommen sind, muß irgend jemand den Zauber dazu veranlaßt haben, uns herzubringen. So muß es doch gewesen sein, oder?«

»Ich nehme es an. Ja.«

»Wenn es also jemand ist ...« Er hielt inne, um seine Gedanken zu ordnen. »Jemand muß es mit Absicht getan haben. Und wenn sie es absichtlich getan haben, dann müssen sie es zu einem bestimmten Zweck getan haben, das müssen sie doch!?«

Sie nickte zweifelnd. »Ich meine, wenn sie uns mit Absicht hierher verschleppt haben, müssen sie es aus gutem Grund getan haben, oder sie sollten einen haben, sonst...«

Seine Stimme bebte plötzlich. »Sonst hätten sie es nicht getan.« Er hielt jäh inne und zwinkerte heftig. Penny kam zu ihm herüber.

»Nicky, was ist los? Macht es dir Kummer?«

»Penny, darum geht es nicht! Es ist nicht schlimm, es ist sogar ziemlich lustig, aber...«

»Und wir können nichts tun, nicht wahr? Ich habe die Prinzessin und Prinz Hairon und die anderen gern. Sie werden uns nicht im Stich lassen. Mach dir keine Sorgen, Nicky, es wird uns nichts passieren, das stimmt doch, glaubst du nicht auch, Nicholas? Nicht wahr, es wird alles gut werden?«

Er seufzte tief auf; ein Unterton von Unruhe schlich sich in ihre Stimme, also zwang er sich zu einem angestrengten Lächeln und nickte. Voll Ernst betrachtete sie ihn einen Augenblick, dann lächelte sie strahlend und kehrte zu ihren Steinen zurück. Er seufzte wieder. Ich hätte daran denken sollen, dachte er, daß es nicht gut war, Penelope übermäßig zu erschrecken. So sehr sie die Haranis auch bewunderte, sie würde Nicholas auch dann glauben, wenn er ihr sagte, sie seien schlecht. Wenigstens war sie leicht zu beruhigen. Aber das bedeutete, daß er mit ihr nicht über die Angst sprechen konnte, die ihn zutiefst zermürbte.

Er hatte drei Tage Zeit zum Nachdenken gehabt, und all sein Grübeln hatte ihn zu der Schlußfolgerung geführt, daß sie von irgend jemandem in einer ganz bestimmten Absicht hergebracht worden waren. Also mußte es etwas für sie zu tun geben, oder es mußte etwas mit ihnen geschehen. Und wenn es gerechtfertigt war, sie aus einer anderen Welt herzubringen, mußte es sich um etwas Wichtiges handeln. Nichts jedoch war geschehen, wobei sie eine Rolle gespielt hatten, also stand es noch bevor. Der Gedanke, was dies wohl sein könnte, erfüllte Nicholas mit tiefer Sorge.

Da ließ ihn ein Geräusch herumfahren, und sein Herzschlag stockte. Die Prinzessin hatte die Bäume zur Seite gebogen, sie stand dort im Torweg, aber wie verändert sie aussah! Sie wirkte um Jahre älter. Ihr Gesicht war abgehärmt, die Augen zusammengekniffen und kalt, die Lippen grimmig zusammengepreßt. Ihre Blicke glitten starr über die Kinder und an ihnen vorbei, und ihr Anblick versetzte sie in Furcht.

»Was ist geschehen?« flüsterte Penelope. »Oh, was ist los?« Aber die Prinzessin antwortete nicht, sie schien sie überhaupt nicht zu hören, so daß Penelope plötzlich in ein angstvolles Schluchzen ausbrach.

»Nicky«, wimmerte sie, »Nicky!« und kroch an seine Seite.

Nicholas selbst war der Panik nahe, aber bei Penelopes verzweifeltem Schrei schien die Prinzessin zur Besinnung zu kommen. Sie schauderte, sah dann langsam und ein wenig verwirrt in die Runde, bis sie die Kinder erblickte. Ihr Gesicht nahm wieder sein übliches Aussehen an, nur wirkte es trauriger und sorgenvoller.

»Es tut mir leid«, sagte sie, »es war nicht meine Absicht, euch zu erschrecken. Aber nun schnell, wir haben keine Zeit zu verlieren. Ich habe etwas gesehen, das mich mit Furcht erfüllt.«

Sie streckte ihre Hände aus, und die beiden Kinder richteten sich steifbeinig auf.

»Was war es?« fragte Nicholas, als sie an ihre Seite eilten, »ich meine... ich dachte, du seist verstört, voller Furcht, fast... jedenfalls dachte ich, die Sache sei schon schlimm genug. Was gibt es sonst noch, etwas Neues?«

»Es beginnt«, sagte sie. »Es gibt keinen Zweifel mehr. Es hat schon angefangen. Bald wird Fendarl selbst die Berge verlassen und sich hierher wagen. Wer wird ihm widerstehen? Wer kann ihn vertreiben? Was wird aus dem Land des Sternenlichts werden? Was ich gesehen habe, ist der erste Schlag, der erste Speerstoß, aber noch nicht der wirkungsvollste, fürchte ich.«

»Was? Was hast du gesehen?«

»Die Kelanat. Die Kelanat ziehen sich gegen uns zusammen. Sie haben ein großes Heer, sie werden die Berge am Danamolstrom verlassen und den Krieg nach Kedrinh tragen. Und es ist mein eigenes Land, es ist Rennath, das auf ihrem Wege liegt. Blut und Tod werden sie bringen und noch Schlimmeres. Wenn sie selbst es auch nicht wissen, werden sie doch von Fendarls Dienern getrieben. Mit ihnen wird das Böse unser Land betreten, wie ein Fuhrmann seinen Wagen besteigt. Oh, wir hatten nichts von ihnen zu befürchten! Sie haben mit all dem nichts zu tun!«

»Wer sind die Kelanat?« sagte Nicholas. »Warum sind sie gegen euch?«

»Sind sie böse?« fragte seine Schwester.

»Nein, sie sind nicht böse«, seufzte die Prinzessin, »aber sie sind nicht klug. Sie sehen immer nur eine Sache zu einer Zeit. Sie sind ein Volk von Bauern, das in den Bergen lebt, einfach und ehrlich, aber es fehlt ihm an Verstand. Sie haben keine große Neigung, dem Bösen zu folgen, aber nicht die geringste Stärke, ihm zu widerstehen, ja, manchmal bemerken sie es nicht einmal. Warum sind sie gegen uns? Ich zweifle nicht daran, daß sie euch Gründe dafür nennen könnten. Ohne Zweifel haben ihre Beherrscher Ärger über altes Unrecht wieder aufleben lassen oder ihnen neues zugefügt. Oder vielleicht deswegen, weil sie meinen, sie könnten Vorteile erringen, während wir mit den eigenen Sorgen beschäftigt sind.«

»Du meinst, daß sie euch etwas stehlen wollen?« rief Penelope.

»So kann man es auch ausdrücken.«

»Hast du nicht gesagt, sie seien ehrlich, sie seien nicht schlecht!«

»Schlecht sind sie nicht. Sie sind aber auch nicht gerade gut. Nur wenige Kelanat würden stehlen um ihres eigenen Vorteils willen, dafür sind sie zu ehrlich; aber irgendwie glauben sie, daß Dinge falsch sind, wenn ein Mensch allein sie tut, daß sie aber kein Unrecht sind, wenn viele sie zusammen tun. Was ist das?«

Ihre Stimme wurde plötzlich schärfer, und sie erkannten den Grund: als sie um die nächste Ecke bogen, trafen sie auf eine dichte Nebelwand. Der Pfad verlief undeutlich und grau weiter. Die Prinzessin sah nach rechts und nach links, aber dort gab es keine anderen Pfade. Sie blickte zurück und zögerte einen Augenblick, aber während sie noch innehielten, holte sie der Nebel ein und begann den Weg hinter ihnen zu verwischen. Sie richtete den Blick wieder nach vorn, und ihre Miene wurde besorgt. »Es könnte eine natürliche Ursache haben«, sagte sie, »wenn es bloß so wäre! Oh, wenn mein Herz sich auch zusammenkrampft, ich fürchte mich nicht!«

Sie hielt die Kinder fester und zog sie näher zu sich heran. »Nun braucht ihr euch wenigstens nicht zu beeilen«, redete sie auf sie ein und versuchte zu lächeln. »Wir werden langsam und vorsichtig gehen. Ich darf nicht vom Weg abkommen. Na, vielleicht bedeutet es nur, daß wir langsam gehen sollen.«

Nicholas bezweifelte es, und Penelope glaubte nicht ernstlich daran. Aber es war unmöglich umzukehren, und so bemühten sie sich beide nach Kräften, in den Nebelschwaden sicher voranzuschreiten.

Schneller, als sie es für möglich gehalten hatten, verdichtete sich die Fahlheit ihrer Umgebung. Feuchtgraue Schwaden schlugen sich wie Edelsteine in ihrem Haar nieder und drangen eisig durch ihre Kleider, bedrückender als die grausamste Kälte. Der Nebel war dichter, als sie erwartet hatten: Nicholas auf der einen Seite In'serinnas konnte Penelope auf der anderen kaum erkennen. Die Prinzessin schien ein bißchen besser sehen zu können, aber dennoch bewegten sie sich langsam, immer nur wenige Schritte auf einmal, dann spähte sie wieder in die Runde. Manchmal hatten sie das Verlangen, reglos stehenzubleiben und ihr angestrengtes Suchen zu spüren, obwohl sie nicht einmal die Augen bewegte. Es war, als sende ihr Kopf ein Strahlenbündel nach vorn und hinten aus, das den undurchsichtigen Tag durchdrang.

Nach wenigen Schritten machten sie halt, dann noch ein paar, dann warteten sie. Ein grauer Käfig hielt mit ihnen Schritt, und Schweigen hüllte sie ein. Nicholas war kein Feigling, aber nach einiger Zeit überkam ihn das Entsetzen derer, die in der Falle sitzen und sich eine Sekunde lang ungestüm einbilden, sie hätten sich überhaupt nicht vorwärts bewegt, und die als nächstes geradezu verzweifelt spüren, daß ihre Freunde in der Nähe sind, nur Meter entfernt, nicht mehr als einige Schritte, lediglich im Nebel verborgen. Mit plötzlicher Heftigkeit haßte er die Stille. Er hatte das Verlangen zu kreischen, zu schreien und mit den Füßen zu stampfen, um die Stille zu zertrümmern. Er sehnte sich danach zu rennen. Wenn die Prinzessin seine Hand nicht gehalten hätte, so hätte er es getan – er wollte nichts anderes, als kämpfend in den Nebel hineinstürmen. Er gebot sich selbst Einhalt, begann lange und zitternd Atem zu holen und zwang sich zur Ruhe, erschreckt von der Vorstellung, die Selbstbeherrschung zu verlieren und es für die anderen noch schlimmer zu machen.

Penelope war weniger erschüttert. Ihr war kalt, und sie war verängstigt, die Angst machte sie niedergeschlagen, aber nicht nervös. Sie gehörte zu denen, die unter der Last der Furcht erstarren, aber nicht ausreißen. In der Kälte dastehen und wie Espenlaub zittern – das war alles, was ihr jetzt zu tun einfiel. Außerdem legte sie ihr ganzes Vertrauen in die Prinzessin, und wo Penny vertraute, tat sie es uneingeschränkt.

Sie waren auf diesem Weg vielleicht eine halbe Stunde gegangen, als die Prinzessin sich zum ersten Mal mit deutlichen Anzeichen von Verzweiflung umblickte.

»Der Himmel verhüte«, murmelte sie, »daß ich euch ins Unglück führe.«

»Haben wir den Weg verfehlt?« flüsterte Penelope. Nicholas schluckte und war stumm.

»Ich weiß es nicht. Ich hoffe, nicht. Kommt hier entlang.«

»Oh, Fluch über diesen Nebel! Oh, käme doch nur ein Wind, ein Wind!«

Sie setzten sich wieder in Bewegung, und nach ein paar Minuten stieß In'serinna ein hoffnungsvolles »Ah!« hervor. Sie gingen eine Weile schneller und zuversichtlicher weiter. Nicholas' Stimmung begann zu steigen, und Penny wurde ganz fröhlich, bis die Prinzessin so plötzlich stehenblieb, daß sie einen heftigen Ruck in ihren Armen spürten.

Erst wandten sie sich ihr voll Überraschung zu, doch ein einziger Blick in ihr Gesicht verwandelte ihre Hoffnung in lähmende Angst. Es kam ihnen vor, als könne sie mit ihrem Blick den Nebel durchdringen, und es war offensichtlich, daß sie dort etwas erkannte, das ihre Augen mit wahrer Verzweiflung erfüllte.

»O Kinder«, flüsterte sie, »o Kinder, ich bitte euch um Verzeihung. Ich habe euch völlig falsch geführt.«

Als sie das sagte, schien der Nebel sich zu teilen und dahinzuschwinden, und als sie dennoch scharf hinblickten, konnten die Kinder *sie* sehen, und es graute ihnen. Fast fühlten sie *sie* mehr, als daß sie *sie* sahen: *sie* standen an allen Seiten, stumm und drohend. Die drei befanden sich am Fuße des Berges, die engen Felswände hatten sich geöffnet, und es war Raum genug, um auszuweichen, aber jetzt versteinerte sie stumpfes, kaltes Entsetzen.

Ein leises Wimmern Penelopes schien der Prinzessin neue Kraft zu verleihen. Sie ließ die Hände der beiden fallen und gab jedem von ihnen einen Stoß in den Rücken.

»Rennt weg!« befahl sie, und als sie sich unsicher in Bewegung setzten, rief sie noch dringlicher: »Lauft! Kümmert euch nicht um mich oder umeinander! Rennt um euer Leben! Einer von uns *muß* entkommen!«

Darauf gerieten die harrenden Gestalten in Bewegung. Die Prinzessin gab den Kindern einen zweiten, härteren Stoß, raffte ihre Röcke und stürzte davon.

Die Betäubung war vorüber. Penelopes Furcht trieb sie vorwärts, und Nicholas gab endlich seinem Drang zur Flucht nach. Hinter sich hörte er Penelope einen schrillen Schrei ausstoßen, und indem er ihr etwas zurief, sprang er nach vorn. Irgend etwas schoß auf ihn los, er wich zur Seite aus, prallte mit einem zweiten Gegenstand zusammen und wich einem dritten aus, wobei er fortwährend gellend aufschrie. Der Nebel war vollständig verschwunden. Er hätte seinen Weg klar erkennen können, aber er sah nicht auf. Ihn erfüllte wirkliche Panik, eine unirdische Tollheit, und er spürte nicht, wie seine Füße den Boden berührten.

Die Prinzessin hatte den größten Teil der Verfolger auf sich gezogen, aber es waren genug übriggeblieben, um die beiden einzufangen. Nicholas hatte den Arm seiner Schwester zu fassen bekommen, ihn dann wieder verloren, jedoch spürte er sie hinter sich. Dann sah er eine Böschung vor sich aufsteigen und sprang hinauf. Es war ein Geröll großer, loser Steine. Zweimal geriet er darin ins Straucheln, aber mit dem dritten Sprung erreichte er die Kuppe. Vor ihm erstreckte sich ein fester Weg.

Er hörte, wie einer der Verfolger einen Wutschrei ausstieß, und atemlos lachend wandte er sich zurück, um auf Penelope zu warten. Sie hatte ebenfalls die Böschung erreicht und kletterte hinauf, um ihm zu folgen. Aber ihre Beine waren kürzer, und sie waren in die Röcke verwickelt. Ihr Sprung war schlecht berechnet, fiel zu kurz aus, und schon gerieten die Steine in Bewegung. Trotz dem rutschenden Geröll unter ihren Füßen gelangte sie halb hinauf, dann aber setzten die Steine sich in Bewegung, rutschten ab und zogen sie mit. Sie schlug mit den Händen auf die Steine und kreischte. Voller Schrecken sah Nicholas ihr Hinabgleiten, sah *sie* herankommen und machte eine Rückwärtsbewegung.

»Penny!« brüllte er. »Pen!«

Aber sie schrie: »Lauf, Nicky! Lauf! Lauf! Verschwinde!« Sie rappelte sich auf und schlug eine andere Richtung ein.

Eine Sekunde lang schwankte Nicholas zwischen der Furcht um Penelope und der Angst um sich selbst, zwischen der Scham zu fliehen und der Sinnlosigkeit einer Umkehr, als er wieder meinte, er höre die Prinzessin rufen: »Kümmert euch nicht umeinander! Einer von uns muß durchkommen!« Dann war die eisige Sekunde vorüber; eines der Ungeheuer mühte sich am Fuß der Böschung, und es war unmöglich umzukehren. Nicholas drehte sich um und sprang die weite Böschung hinab.

8
Der Wind in den Gräsern

Oliver Powell gab es nicht mehr. Binnen kurzem war es soweit gekommen, daß er nicht einmal diesen Namen auf Anhieb wiedererkannt hätte. Er hieß Li'vanh, und unter diesem Namen wurde er auch anderen ein Begriff. Für Yorn und die meisten Männer war er Tuvoi, der Auserwählte, die übrigen Männer und die Frauen nannten ihn Prachoi, den Günstling. Nur wenige sagten einfach Li'vanh zu ihm. Ihre Ehrfurcht vor ihm war zu groß.

Endlich hatte er Vergessen gefunden, ohne daß es ihm bewußt geworden wäre. Wenn er sich nicht nach Kräften dagegen wehrte, verdeckten Nebelschwaden rasch all jene Zeit, die vor seiner Ankunft im Land der Ebenen lag. Bald gab er es auf, sich daran erinnern zu wollen, daß es jemals solche Zeiten gegeben hatte, und mit jedem Tag fühlte er sich dem Leben der Hurneis enger verbunden. Er fürchtete nicht länger, sich im Vergessen zu verlieren, vielmehr kam es ihm vor, als ob er mit jeder Stunde mehr von sich selbst entdeckte.

Am Tage nach Dur'chais Ankunft hatten sie ihn Derna, dem Waffenmeister, übergeben, um festzustellen, welche Kenntnisse er im Umgang mit Waffen besaß. Während Silinoi sprach, hatte Derna ihn leidenschaftslos gemustert, und Oliver hatte seinen Blick erwidert; obgleich sein Magen sich vor Aufregung zusammenkrampfte, verriet seine Miene doch nichts davon. Mit seinen undurchdringlichen Augen und seinem vom Schweigen beherrschten Mund hatte er schon den Gesichtsausdruck der Khentors angenommen. Derna hatte keine Anstrengung gemacht, ihn einzuweisen. Er gab ihm lediglich eine Waffe zur Verteidigung und griff ihn an. Zuerst verhielt Oliver sich ungeschickt. Er fühlte, daß sie ein kindliches Spiel trieben, war insgeheim verlegen und wünschte inbrünstig, Mneri wäre nicht dabei gewesen. Es mochte angehen, sich vor Mnorh lächerlich zu machen, vor dessen Schwester jedoch, das spürte er, war das etwas völlig anderes.

Allmählich begann er sich selbst zu vergessen. Ein Rhythmus begann von ihm Besitz zu ergreifen, und er begriff seinen Sinn. Die Art, wie Geist und Körper miteinander verschmolzen, erfüllte ihn mit kühlem Entzücken; alles war auf den einzigen Zweck gerichtet, den Leib vor dem glänzenden Metall zu bewahren. Sein Denken war leicht und klar. Ihm war, als wäre er zum Bestandteil einer größeren Waffe geworden, wäre nicht mehr als das Hirn eines zuschlagenden Armes, ein Glied der Zerstörung. Seine ganze Aufmerksamkeit war auf den Gegner gerichtet, wachsam und abschätzend. Nur das Klirren der Bronze hatte er im Ohr, und sein Geist war auf unerklärliche Weise frei von Furcht. Er verschwendete keinen Gedanken daran, daß es ein Scheingefecht war. Nichts Unwirkliches lag darin, wenn Dernas Waffe vor ihm die Luft zerteilte und ihn oft nur eine Körperdrehung vor blutigen Wunden bewahrte. Es war bestürzende Wirklichkeit, sich in Gefahr zu befinden und doch zu wissen, daß keiner dem anderen ein Leid zufügen wollte. Es war ein Kampf ohne böse Absicht, und er liebte diesen Kampf.

Nachher stand er, grausam aus seiner Entrücktheit gerissen, und erwartete das Urteil. Die Haut prickelte vor Hitze, er war atemlos, und sein Arm schmerzte. Er sah Derna beinahe furchtsam an, der dastand und an seinem Schnurrbart kaute. Auch Yorn, Silinoi und Mnorh blickten den Waffenmeister erwartungsvoll an. Oliver aber wußte, daß Mneris Augen auf ihn gerichtet waren, und das erschien ihm schlimm genug. Dann schaute Derna Silinoi an, und jeder las die Gedanken des anderen in dessen Augen. Derna nickte, trat vor Oliver, legte ihm seine Hände auf die Schultern und sah ihn fest an.

»Bronzenes Pferd, Augen aus Feuerstein«, sagte er. »Du bist ein Krieger, junger Tiger. Ein Krieger, einzig unter zehntausend.«

Er brauchte Zeit, um es glauben zu können. In der Nacht rief er sich die Worte und ihre Bedeutung ins Gedächtnis, kostete sie aus, sprach davon zu den Sternen und vergaß bald seine Umgebung darüber.

Wenn er sich im Fluß treiben ließ, wiederholte er sie für sich selbst: Ein Krieger, junger Tiger. Ein Krieger, einzig unter zehntausend.

Dann wollte er über diese seltsame Vorstellung lachen, sich unter allen so erhoben zu finden: »Auserwählter«, »Günstling«, »Reiter Dur'chais« und »Krieger unter zehntausend«. Er entsann sich, wie beeindruckt sie gewesen waren, als sie hörten, daß sein alter Name »Gekrönter Sieger« bedeutete. Sie erklärten, schon seine Geburt habe unter guten Vorzeichen gestanden. Er hatte voll Unglauben gelacht, trotzdem aber hatte ihn ein Schauer angerührt: Konnte es möglich sein? War das Schicksal der Menschen vorherbestimmt?

Zwischen zwei Monden vergaß er, daß er je daran gezweifelt hatte. Mit allem, das er zu lernen hatte, stärkte sich der Glaube an das Schicksal, in dem Oliver, der »Gekrönte Sieger«, aufging in Li'vanh, was »Junger Tiger« hieß. Er hörte auf, es für Zufall zu halten, daß in ihrer falschen Aussprache seines Namens eine Bedeutung lag. Er wurde einer der ihren, der, den sie Li'vanh nannten, einer aus dem Volk der Hurneis.

Er bemerkte kaum, daß er sich verändert hatte. Es lag nicht nur daran, daß Dur'chais Rücken ihm zur zweiten Heimat geworden war, daß er nicht zwischen silbernen Mauern hätte schlafen mögen, daß er wenig sprach, es lag nicht am Unterricht, dem Kämpfen, dem Viehtreiben und Tanzen, es lag nicht einmal daran, daß er sich freiwillig mit den anderen Männern erhob, um zu tanzen: der Grund für all das war, daß er sich als einer der ihren verstand. Als einen der ihren sahen auch sie ihn an und behandelten ihn so, und nicht wie einen Jungen. Es war freilich wahr, daß er vielen Männern an Jahren und den meisten an Größe ebenbürtig war, aber in der Hauptsache schien Dur'chai die Dinge entschieden zu haben: Dur'chai war ein Pferd, ein Redavel.

Für gewöhnlich ritten Jungen Ponys. Um ihre Männlichkeit zu erweisen, mußten sie allein in die Ebenen aufbrechen und mit einem Pferd zurückkommen. Als Oliver ein Pferd zum Reiten als Geschenk erhielt, betrachteten sie ihn offenbar als Mann. Er hatte die Rolle eines Mannes zu übernehmen, und ihm wurde kaum bewußt, daß er sich veränderte, um sie ausfüllen zu können. Etwas, das ihm auffiel, betraf seine Stimme. Vorher war sie im Stimmbruch gewesen, plötzlich aber festigte sie sich und wurde rein und tief, tiefer als die seines Vaters, ohne daß er sich an diesen hätte erinnern können. Silinoi, der ihm am Feuer des Rates seine Speere gegeben und ihn als sein eigenes Blut anerkannt hatte – Silinoi war sein Vater, und neben dessen grollendem Baß wirkte sein Bariton hell.

Auch sein Bart wuchs schneller, und anstatt sich wie früher alle zwei, drei Tage stolz zu rasieren, tat er es jetzt täglich und dachte sich nichts dabei. Zumindest schnitt er seinen Bart. Nur sehr wenige uralte Männer ließen ihre Bärte wachsen, ein Junge jedoch, sobald er sich den Zopf abgeschnitten hatte, ließ sich einen Schnurrbart wachsen, und Oliver hielt es ebenso.

Körperlich veränderte er sich auch noch auf andere Weise. Er aß und schlief weniger und spürte die Kälte bald nicht mehr. Er wuchs um ein weniges und setzte Muskeln an. Auch seine Haut bräunte sich, was seine Freunde aufs höchste verwunderte und belustigte. Ihre Hautfarbe änderte sich nie, obgleich sie fast das ganze Jahr über halbnackt waren. Er verwünschte die Sonnenbräune. Weil er nie sein eigenes Gesicht sah, nie ein Gesicht ohne schrägstehende dunkle Augen unter schwarzem Haarschopf, vorspringende Backenknochen, schmale Nase und einen stolzen, düsteren Mund, darum vergaß er, daß er selbst anders aussah als sie. Der Wechsel seiner Hautfarbe hob ihn aus den anderen heraus, und das schmerzte und erboste ihn gleichermaßen. Wie alle übrigen sah er Schönheit mit den Augen derer, die in den Ebenen wohnten. Obwohl er Mneri immer noch überaus hübsch fand, erschien sie ihm jetzt durchaus nicht mehr als eine Schönheit.

Mneri war eine Tänzerin, und Mnorh erwies sich zu Olivers Überraschung als ein Dichter. Es war Sitte, nach der Jagd die Geister der toten Tiere zu ehren, was er so lange für rührend, aber ein wenig spaßig hielt, bis er es mit eigenen Augen erlebte und in dieser Art nie wieder sah.

Die Kadaver wurden abgezogen, und die Häute wurden vollständig, samt den Köpfen, vor dem Zelt des Gottes auf Pfählen befestigt.

Sie verehrten viele Götter; eben dies war der Punkt, an dem Li'vanh sich weigerte, ihnen zu folgen, und hitzig vor Verteidigungsdrang, Trotz und Bestürzung ihren Einwänden widerstand. Sie waren überrascht, und das um so mehr, als Yorn ihn unterstützte. Aber schließlich nahmen sie es hin.

Sie verehrten Nadiv, die Große Mutter, Ja'nanh, den Himmelskönig, Ir'nanh, den Tanzenden Knaben, Keriol, den Hornbläser, Marenkalion, den sie als Li'vanhs Beschützer betrachteten, und Avenel, die Göttin des Silbernen Mondes. Aber wann immer sie »Der Gott« sagten, meinten sie Kem'nanh. Er war der ihre, und sie gehörten ihm. Er war der König des Windes, der Ebenen, des Meeres, der Pferde und der Menschen. Er verkörperte Wildheit und Freiheit, alles was einen Khentor ausmachte.

Er war es, den sie als Herrn der Herden anriefen, dem sie mit Gesang und Tanz für die erfolgreiche Jagd dankten, und ebenso für das Wild, das er ihren Speeren zugetrieben hatte. Nach dem Dankgebet traten die Jäger vor und vollzogen die Jagd spielerisch nach. Zuerst überraschte es ihn, daß nur wenig davon die Rede war, welche Rolle sie selbst dabei gespielt hatten. Jedoch das gejagte Wild überschütteten sie mit Lob, berichteten, mit welcher List es ihnen entkommen, wie sorgsam es auf der Hut gewesen sei und wie es nur mit der Hilfe Kem'nanhs, des Jägers, habe erlegt werden können. Anschließend traten die Frauen auf und versetzten ihn in noch größeres Staunen. Mit flehend ausgestreckten Händen tanzten sie langsam auf die zur Schau gestellten Tierhäute zu und baten die getöteten Tiere um Vergebung. Nur aus reiner Notwendigkeit, so verteidigten sie sich, hätten sie sie gejagt, und ihre Geschicklichkeit solle nicht ohne Würdigung bleiben.

Darauf verbrannten sie einen Teil des Leichnams, wie sie es auch mit ihren eigenen Toten machten, um die Seelen zu befreien. Dies war gewöhnlich das Ende.

Aber bei der ersten dieser Totenfeiern, die Oliver sah, war Mnorh vorgetreten und hatte zu singen begonnen. Er besang, wie die Tiere für ihr Selbstopfer belohnt werden würden, weil sie keinen gewöhnlichen Tod gestorben waren. Um andere zu nähren, war ihr irdisches Leben verkürzt worden, und zum Lohn waren sie bereits auf Kem'nanhs großen Weiden auferstanden. In ihrer schönsten Gestalt wandelten sie dort umher, ruhmreich und unsterblich, und kannten weder Alter, Müdigkeit noch Furcht vor dem Jäger. Sie waren um anderer willen gestorben, und dies war ein königliches Opfer. So wurden sie belohnt wie erschlagene Könige, und ihnen gebührte Jubel und Hochachtung.

Dieses war der Inhalt, aber die zauberhafte Schönheit der Worte berührte Oliver tief, und die Gewißheit eines unabwendbaren Schicksals traf ihn schmerzhaft. Er empfand echten Kummer über die getöteten Tiere, aber er durchlitt ihn und befreite sich von ihm. Als Mnorh an seinen Platz zurückkam und er ihn fragte, ob sie dieses Lied immer sängen, ob es sehr alt sei, und als er die Schönheit des Liedes lobte, wußte der Junge nicht, wohin er schauen sollte, während sein Gesicht vor Freude und Bestürzung erglühte.

Was Oliver miterlebt hatte, war keineswegs eine bloße Zeremonie, wie er später sehen sollte; aber bevor das geschah, war der Stamm weitergezogen.

Natürlich hatte er gehört, daß sie ein Wandervolk waren. Freilich hätten es ihm auch die Zelte und Wagen verraten können, aber er hatte dem nicht viel Bedeutung beigemessen. Am abendlichen Feuer hatte er ihnen zugehört, wenn sie über den Zustand der Weiden sprachen, und er hatte das gewaltige Pferd inmitten seiner Stuten grasen sehen, dem sie würzige

Kräuter und ein bißchen Salz darboten und das sie mit dem Titel »König« grüßten – eine Ehre, die sie keinem Menschen zugestanden. Doch all dies ergab keinen Zusammenhang, bis eines Abends, mitten in das Geschichtenerzählen hinein, ein furchtbarer Schrei die Luft erschütterte.

Sein Leib schien sich von den Knochen lösen zu wollen. Er sprang auf die Füße und ergriff wie aus Gewohnheit seinen Speer. Überall standen die Männer in beherrschter Spannung und warteten, daß der Schrei sich wiederholen würde. Kurz darauf durchfuhr er sie erneut, und jetzt erkannte ihn Oliver. Irgendwo draußen bei den Herden schrie ein Pferd. Es war ein Schrei, der bis ins Mark drang und in die Beine fuhr, doch weder Schmerz noch Furcht, sondern Zorn und Ungeduld lagen darin.

»Es ist Dhalev«, sagte eine ruhige Stimme, »der König.« Die Spannung war gebrochen. Alle gerieten in Bewegung, und eine kleine Gruppe von Männern rannte zu den Herden. Silinoi erhob sich und schritt zum Zelt des Gottes hinüber. Davor war an einer Stange und einem Querbalken die Stammesfahne aufgezogen. Die Fransen, die von ihrer Spitze herabhingen, waren um die Stange geknotet, und Silinoi löste sie.

Die Fahne zuckte, schüttelte sich zögernd, geriet ins Flattern und wehte dann im nächtlichen Wind. In die Menge kam Bewegung, und ein Aufatmen durchlief sie.

»Was bedeutet das?« fragte Oliver, obwohl er es in seinem Inneren bereits wußte.

»Das Königspferd hat gesprochen«, antwortete Mnorh, »wir müssen das Lager abbrechen.«

Am frühen Morgen des folgenden Tages brachen sie das Lager ab. Li'vanh überkam ein sonderbares Gefühl, als die Zelte, die seit ihrer Ankunft – und das hieß: während der ganzen Zeit, die er bei den Khentors verbracht hatte – an derselben Stelle gewesen waren, zu Boden sanken, ihre Gestalt verloren und sich vor seinen Augen in bloße gefaltete Lederbündel verwandelten. Die Feuer waren gelöscht. Die Wagen, die ihr vorübergehendes Lager begrenzt und kreisförmig umschlossen hatten, wurden in eine Reihe auseinandergezogen. Die Herden, sonst im Grasland der Umgebung verstreut, wurden zum Treiben eingefangen; sie drehten sich im Kreis, wirbelten Staub auf, und ihr Brüllen und Blöken erzeugte einen ständigen Lärm, in den sich das wilde Wiehern der Pferde mischte. Jene Pfade und

Durchgänge zwischen den Zelten, die Wege zum Fluß und zurück, zum Ort der Ringkämpfe – er hatte sie so gut gekannt wie die Straßen seiner Heimatstadt.

In weniger als einem Vormittag war der Aufbruch vollzogen. Für einen Augenblick wurde ihm klar, wie unsagbar wenig er erst vom Volk der Khentors wußte, und er verstand vieles, was ihm bis jetzt dunkel geblieben war. Sie kümmerten sich kaum um Besitztümer, denn sie konnten nicht mehr ihr eigen nennen, als sie mit sich tragen konnten. Er erfuhr ihre ruhelose Launenhaftigkeit, den vorwärtstreibenden Drang, der in ihren Tänzen gewaltsam gezähmt war, die brennende Sehnsucht ihrer Lieder und ihre leidenschaftliche Treue zum Stamm. Alle Verpflichtungen, die sie kannten, machten sie nicht unfrei, sondern hielten sie zusammen.

Zum erstenmal begann er auch zu verstehen, wie sie mit ihren Frauen umgingen. Auf dem Treck fuhren die Wagen in einer Dreierkolonne, von den Frauen gelenkt. Die Männer teilten sich das Treiben und das schützende Umkreisen des Zuges. Sie waren bewaffnet und beweglich; ihre Frauen waren völlig hilflos und an die sich schwerfällig bewegenden Wagen gefesselt, die mit ihren Kindern und ihrem Hab und Gut beladen waren. Darin verbrachten sie auch die Nächte, die Männer aber schliefen nicht, sondern durchstreiften das Gelände nach herumlungernden wilden Tieren. Oliver selbst gehörte zu einer Gruppe, die ein kleines Wolfsrudel aufstöberte.

Für ein Nomadenvolk auf der Wanderschaft sind Frauen nicht mehr als eine Last, vollkommen abhängig von den Männern. Er begriff, warum die Mädchen, die heute noch wie Männer Ponys ritten, sich über Nacht aus wilden, eigensinnigen Rangen in stumme, gehorsame und bescheidene Frauen verwandelten – in dem Augenblick, wo sie an einen Wagen gefesselt waren.

Wenn er sich Mneri so vorstellte, mußte er zunächst lachen und wurde dann betrübt. Sie würde nur allzu bald wie die anderen Frauen sein, und doch ging es ihr nicht rasch genug. Sie hatte es aufgegeben, sich gegen ihren Bruder zu wehren, wenn er scherzhaft sagte, sie werde erwachsen; sie muckte nicht mehr gegen ihn auf. Mnorh machte kein Hehl aus seiner Überraschung, Silinoi seufzte, und Oliver schwieg, denn er begann zu begreifen, daß er sich selbst zwar immer noch für einen Jungen hielt, Mnorhs Schwester ihn jedoch als Mann betrachtete. Wenn Mnorh sie aufforderte, etwas zu holen, würde sie erbost erwidern, er solle es gefälligst selbst tun, Oliver jedoch war sie ungebeten zu Diensten, still und fast unmerklich.

Manchmal im Fluge der Wochen spürte er, daß ihre Augen auf ihm ruhten, nicht mit dem offenen und freundlichen Interesse der ersten Tage, sondern mit einem neuen Blick, den er nicht verstand und den er auch nicht zu deuten wünschte. So nannte er sie denn »Kleine Schwester«, lachte sie kurz entschlossen an und fragte, ob sie mit dem Bogenschießen zurechtkomme. Sie warf ihr Haar zurück, lachte herausfordernd und wurde wieder für eine Weile ein ausgelassenes Mädchen. Aber er hatte in ihren Augen das Erstaunen über diese Kränkung gelesen, und sein Herz wurde schwer.

Sie zogen vier Tage ihres Weges. Es geschah nicht aus eigenem Willen, sondern sie gehorchten dem Gebot Dhalevs, der sie führte. Er bewegte sich frei an der Spitze der ausschwärmenden Herde, und der Stamm, dem Silinoi die Fahne vorantrug, folgte. Das Pferd bestimmte den neuen Lagerplatz, wo es Gras und Wasser in Fülle gab, und wo es anhielt, taten sie es ihm nach.

Das neue Lager befand sich viel weiter nördlich, aber der Frühling war ihnen gefolgt, und so bemerkten sie den Unterschied gar nicht, außer daß der Fluß seiner Quelle näher und durch den Schnee viel kälter war.

Nach einem weiteren Tagesmarsch, in ihrem dritten Lager noch höher im Norden, erlebte Oliver mit, wie streng sie ihre Jagdgesetze handhabten. Einer der Stammesangehörigen war dabei ertappt worden, daß er ohne Notwendigkeit Tiere getötet hatte. Sie kannten zwei Arten der Bestrafung. Eine davon war körperlicher Art: der Schuldige wurde gezüchtigt, was als Schande galt, denn nur wenige Dinge im Khentorlager geschahen nicht vor aller Öffentlichkeit. Aber dieser Mann sollte die andere, weitaus strengere Bestrafung erleiden.

Sie stellten ihn vor das Feuer des Rates, die Männer umstanden ihn im Kreis, die Frauen waren ausgeschlossen. Sie nahmen ihm alle Siegeszeichen ab, seine hartererkämpften Auszeichnungen, sogar sein Stirnband mit dem eingestickten Zeichen der Hurneis. Alles geschah in tödlichem, unerbittlichem Schweigen. Vor Silinois Füßen lagen drei Speere: der, den Hran erhalten hatte, als er ein Mann geworden war, und die beiden Speere, die er dem Vater seiner Frau und seinem Blutsbruder gegeben hatte. Yorn hatte auf einmal das Lächeln verloren. Silinois Gesicht war grimmig, und er benannte die Verbrechen, deren der Mann für schuldig befunden worden war. Er hatte zweimal eine trächtige Hirschkuh und zweimal Tiere, die jünger als ein Jahr waren, getötet. Er hatte sogar mehr getötet, als er forttragen konnte, und die anderen Tiere im Gelände der Verwesung überlassen.

Der Häuptling wiederholte ihm das oberste Gesetz, das er gebrochen hatte: Verflucht sei der Mann, der ohne Not Blut vergießt! Er schrie, daß um seinetwillen der ganze Stamm mit einem Fluch belegt werden könne. Er habe sich gegen seinen Stamm versündigt, gegen die Gesetze Mor'anhs verstoßen und gegenüber Kem'nanh eine Sünde begangen. Ob er eine Entschuldigung dafür habe?

Der Mann verneinte, indem er zweimal den Kopf schüttelte. Seine Augen waren weit offen und wild, aber sein Blick fest. Sein Gesicht war angespannt, der Mund hart. Oliver überlief ein Schauder, und er fragte sich, wovor er selbst sich fürchtete. Es trat einen Augenblick Stille ein. Hoch über ihnen schrie zweimal ein Jagdfalke. Irgendwo verkroch sich ein kleines, verlorenes Tier.

»Hran, Sohn Der'inhs, des Hurneis!« schrie Silinoi, und die Augen des Mannes erfüllten sich mit sonderbarer, gezwungener Neugier. Der Häuptling ergriff einen Speer und zerbrach ihn über dem Knie. Das Geräusch war scharf und durchdringend. Er warf die Stücke ins Feuer, und Hrans Augen folgten ihnen voll Verzweiflung.

»Jage auf ewig allein!« rief Silinoi, und ein weiterer Speer zerbarst. »Nenne dich niemals mehr Hran, Sohn des Der'inh, du hast keine Familie mehr! Nenne dich niemals mehr Hran aus dem Volk der Hurneis: du gehörst keinem Stamm an! Für uns bist du ein Toter oder ein Ungeborener. Du hast weder Bruder noch Freund und keinen Platz am Feuer. Verlasse uns und kehre nie zurück, Hran, Ausgestoßener!«

Der letzte Speer zerbrach, und das Feuer verschlang ihn. Der Mund des Mannes zuckte, aber er sagte kein Wort. Mit einem Messer in der Hand schritt Yorn nach vorn. Er schnitt eine Locke vom Haar des Ausgestoßenen und warf sie ins Feuer, um kundzutun, daß er für sie gestorben und vergessen war. Dann machte er einen kurzen, schrägen Schnitt in die Stirn des Verstoßenen, um ihn zu ächten, und wandte sich ab.

Der Mann verharrte einen Augenblick regungslos, während das helle Blut über sein Gesicht floß, dann blickte er langsam und schwerfällig von einer Seite zur anderen. Hinter ihm lagen die Dinge, die er mitnehmen durfte: Sattel, Waffen, Wassersack und was sonst zum Leben notwendig war. Er bückte sich, raffte sie zusammen und schaute dann wirr um sich. Die Männer öffneten für ihn den Kreis. Er ging steif aufgerichtet und unsicher hinaus und weiter auf sein Pferd zu. Unter den Frauen wurde ungehemmtes Weinen laut. Dort mußte sich die Frau des Verstoßenen nun entscheiden, ob sie ihre vier kleinen Kinder ohne den Schutz des Stammes lassen oder ihren Mann aufgeben sollte.

Oliver bemerkte, daß seine Haut feuchtkalt war, und er zitterte. Der Kreis löste sich auf, und die Männer sahen einander mit bleichen, stummen Gesichtern an. Niemand sprach, aber sie blieben in Grüppchen zusammen, als schätzten sie einander jetzt mehr, eingedenk der gezeichneten Stirn und des Blicks in den Augen ihres einstigen Bruders, als er sie verlassen hatte. Er war jung und stark, er konnte sich allein durchs Leben schlagen. Er würde nicht sterben, aber ein Mann, der aus dem Stamm verstoßen worden war, gehörte auch dem Leben nicht mehr.

Oliver war erschüttert und ernüchtert. Es war ein grauer Tag, Wolken wälzten sich über den Himmel, aber was er spürte, war nicht der kalte Wind. Allein, dachte er, ausgestoßen. Sein Blick richtete sich auf die Speerspitzen, die im Feuerschein rot erglühten. Was war schon ein einzelner Mann in diesem unermeßlichen Land? Was geschah mit ihm ohne den Rückhalt seines Stammes?

Er kam sich vor wie ein Kind, das lange im Sonnenlicht vor dem Eingang einer Höhle gespielt hat und plötzlich von drinnen das drohende Brummen eines Bären hört.

Bis jetzt habe ich die Schattenseiten nicht gesehen, dachte er. Die Zeit des Spiels ist vorbei. Jetzt haben sie damit aufgehört, Rücksicht auf mich zu nehmen.

9
Die Tochter der Sterne

Als Penelope die steinkalten Finger dicht an ihrer Schulter spürte, schrie sie einmal schrill und wild, dann biß sie sich hart auf die Zunge. Sie fühlte sich elend und blind vor Entsetzen. Der Mann, der sie gefangen hatte, riß sie roh herum und zwang sie, den Pfad zurückzumarschieren, zu schnell für sie, so daß sie ausglitt und stolperte, jedoch nicht fiel, denn der schreckliche Griff an ihrer Schulter lockerte sich nicht. Ihre Augen brannten, und Schluchzen preßte ihr die Kehle zusammen. Sie wollte schreien: Hilfe! Hilfe! Hilfe!, aber sie konnte nicht einmal den Mund öffnen, so dicht verschloß ihn die Furcht. Und außerdem war niemand da, der ihr hätte helfen können: sogar Nicholas war verschwunden.

Dann stieß ihr Wächter sie um einen Felsvorsprung, und sie sah die Prinzessin vor sich. Auch sie war eine Gefangene: vier der Ungeheuer umringten sie mit gezogenen Waffen. Aber trotzdem empfand Penelope eine jäh aufwallende Freude, als ob sich jetzt alles regeln würde, und ihr entschlüpfte ein spitzer Schrei der Erleichterung. Nicht ohne Grund wurde In'serinna »Freude des Herzens« genannt. Sie warf einen Blick auf das kleine Mädchen und einen zweiten auf das tierische Wesen, das es festhielt. Ein kalter Glanz trat in ihre Augen, und ihr Mund wurde erneut hart.

»Schmutzfink«, sagte sie verächtlich, »laß die Finger von ihr!«

Penelope konnte es kaum glauben, als sie fühlte, daß der Griff der Finger sich zögernd lockerte und sie dann freigab. Mit einem Aufschrei entsprang sie und warf sich gegen die junge Frau, verbarg das Gesicht in ihrem Gewand, um die Menschen nicht länger sehen zu müssen, die keine Menschen waren, und die menschenähnlichen Gesichter, hinter deren Augen sich keine menschliche Seele verbarg. Sie schluckte ein paarmal und beruhigte sich dann. Die Prinzessin schien keine Angst zu haben, also konnte auch sie tapfer sein – sie hoffte es jedenfalls. In'serinna preßte sie einen Augenblick an sich, die Häscher zornig abweisend, und hob dann Penelopes Gesicht.

»Komm, Liebling«, sagte sie traurig, »es hilft nichts, wir müssen mit ihnen gehen. Und das ist meine Schuld, und ich flehe dich an, mir zu verzeihen. Aber jetzt werden wir uns tapfer zeigen und ihnen mit Verachtung begegnen.«

Penelope schreckte kurz auf, schluckte und hob dann den Kopf: »Großvater Powell sagt immer«, brachte sie mit heiserer Stimme hervor, »schau der Wahrheit ins Gesicht.«

Die Prinzessin lachte, aber es klang schmerzlich. »Ein guter Spruch«, sagte sie, »aber jetzt, fürchte ich, nur allzu wahr.«

Sie ergriff Penelopes Hand, und die Ungeheuer bildeten ein geschlossenes Viereck um sie. Sie begannen, einen Bergpfad emporzusteigen.

»Warum?« flüsterte das Mädchen. »Sind diese hier – du weißt schon – derjenige, von dem du gesprochen hast – sind sie seine Leute – von diesem Hexenmeister?«

»Ich denke, ja, dennoch glaube ich nicht – ich hoffe es –, daß wir ihn treffen werden. Er hat seine Verbündeten hier, seine Abkömmlinge. Ich denke, man wird uns zu ihrem Anführer bringen.«

»Oh«, sagte Penny darauf, nur wenig ermutigt, »was... was meinst du, wird mit uns geschehen?«

»Dir wird man nichts tun«, erwiderte die Prinzessin grimmig, »nicht, solange ich noch einen Hauch von Macht habe – und ich habe eine ganze Menge, Penelope. Nein, ich fürchte am meisten für deinen Bruder, für ihn und meines Vaters Königreich. Wer soll sie jetzt warnen? Nie werden sie einen Angriff der Kelanat befürchten.«

Sie schüttelte unvermittelt den Kopf, und indem sie ihr Haar zurückwarf, blickte sie auf zum diamantenbesetzten Himmel: »Marenkalion«, rief sie, »du, einer der Strahlenden! Komm uns zu Hilfe!«

Ihre Stimme klang die Berge hinauf, der Schall wurde von der einen zur anderen Seite zurückgeworfen und erstarb. Sie seufzte, nahm wieder Penelopes Hand und schritt weiter aus.

Der Pfad wand sich um die Flanken des Berges und senkte sich in die Täler hinein. Es war ein langer Weg. Nacht umgab sie, Nacht und noch ein anderer Schatten. Penny schien die Luft dicker zu werden, grauer, wie eine Schicht auf ihren Augen. Sie dachte: »Es kommt daher, weil ich müde bin.« Sie blinzelte und rieb sich die Augen, aber die Schicht verschwand nicht. Sie wandte sich zurück, um die Prinzessin zu fragen, was das sei, und hielt vor Verwunderung den Atem an: kein dumpfer Schatten umgab die Prinzessin, sondern ein schwacher, weicher Lichtschimmer, so zart, daß es kaum mehr war als eine Aufhellung der Luft – und doch war es mehr als das: ein Glorienschein haftete ihr an, zart und durchscheinend wie Sternenlicht, und Penelope glaubte zum erstenmal wirklich, daß sie eine Zauberin war.

Die Reise schien Stunden zu dauern. Penelope begann zu straucheln, aber als ihre Wächter sie anzutreiben suchten, fuhr In'serinna sie wütend an: »Sie ist müde, ihr Narren. Sie ist schließlich nur ein Kind! Sie kann nicht mehr!«

So wichen *sie* zurück, denn *sie* fürchteten sie, und sie bückte sich und nahm Penelope auf ihre Arme, als wäre sie ein Säugling.

Ohne zu wissen, wieviel Zeit vergangen war, wurde Penelope durch ein Geräusch geweckt, das sie im Schlaf erschreckt hatte; bis sie sich jedoch von den Fesseln des Schlafes befreit hatte, war es verstummt. Mit einem Ruck richtete sie sich in den Armen der Prinzessin auf, blickte um sich, murmelte in halber Sprachlosigkeit vor sich hin und schaute dann ihre Beschützerin an: »Was war das?«

»Du wirst es schon sehen«, antwortete sie, »glaubst du, daß du jetzt auf eigenen Füßen gehen kannst?«

»O natürlich«, sagte Penelope zerknirscht. »Wie lange hast du mich getragen? Es tut mir leid.«

Die Prinzessin lächelte halb und schüttelte den Kopf. »Nicht allzu lange. Aber ich glaube, wir müssen bald einen steilen Abhang hinabsteigen. Dort ist unser Pfad.« Sie stiegen an einer Bergflanke hinab. Jenseits eines schmalen Tals ragte jedoch der gewaltigste Berg auf und verdunkelte beinahe den ganzen Himmel. Doch sein Schatten zeigte etwas anderes: Penelope brauchte einige Minuten, um zu erkennen, daß seine Abhänge mit Bäumen bewachsen waren, und ihr Herz machte einen Freudensprung.

»Bäume!« stieß sie hervor. »Richtige Bäume! Es sind die ersten überhaupt, die ich in diesem Gebirge gesehen habe, oh, ausgenommen die an jenem Ort. Wird es jetzt besser?«

»Wir werden sehen. Ich glaube, unser Pfad führt zwischen den Bäumen hindurch. Du kannst dir dann selbst ein Bild machen.« Sie stiegen hinab. Penelope hatte geglaubt, daß im Tal leichter vorwärts zu kommen sei als auf den trügerischen, eisglänzenden Felspfaden, aber es war tief mit Schnee verweht und erwies sich als die härteste Strecke von allen. Erschöpft, wie sie war, wurde es ein mühsamer Kampf, sich einen Weg hindurchzubahnen, oder die Füße hoch genug zu heben, um darüber hinwegzusteigen. War sie vorher für die einhüllende Wärme der Harani-Kleidung dankbar gewesen, litt sie jetzt unter deren Gewicht und an der Behinderung, die sie für ihre Beine bedeutete. Einmal stolperte sie und fiel in eine Schneewehe, die Wächter standen nur still und warteten, und sie war froh darüber, denn sie hätte diese harten und kalten Hände an ihrem Körper nicht noch einmal ertragen. In'serinna half ihr auf und klopfte den Schnee ab. Penny schüttelte ihre Röcke und versuchte zu lachen, aber in Wahrheit war sie den Tränen nie näher gewesen. Sie war starr vor Kälte, müde und voller Furcht.

Sie begannen den Aufstieg auf der anderen Seite. Eigentlich war er leichter, denn es lag weniger Schnee dort, und der Untergrund bestand nicht ganz aus nacktem Fels. Er war an den meisten Stellen mit einer Schicht Erde bedeckt, die sich unter ihren gemarterten und schmerzenden Füßen wie Kissen anfühlte. Aber mit jedem Schritt wurde das Gewicht der Furcht schwerer, und die Dunkelheit, nicht die der Nacht, die sich während ihres ganzen Weges ständig vertieft hatte, schien nun undurchdringlich zu werden. Jetzt wurde es vollends deutlich, daß der Glorienschein der Prinzessin mehr war als ein bloßes Aufklaren der Luft, die sie umgab: es war offensichtlich ein mattes Licht, eine schimmernde, silberne Aureole, als ob ein junger Stern über die Erde wandelte. Penelope klammerte sich an ihre Hand und hielt sich dicht an ihrer Seite.

Eine tief eingeschnittene Rinne, mit hoch aufgeschichteten Erdwällen zu beiden Seiten, nahm sie auf; eine Straße, die nicht bloß ein Werk der Natur zu sein schien. Auf der einen Seite ragte der Berg hoch über ihnen empor, auf der anderen lehnten sich dunkle Tannen herüber.

»Glaubst du, daß wir nah daran sind?« flüsterte Penelope. »Es sieht aus wie...« Sie hielt inne. Ein eisiges Klagen drang mit dem plötzlich aufgekommenen Wind herunter und erstarb in wildem, mächtigem Seufzen. Penny erstarrte zu Eis. Ein Stöhnen folgte und ein Kreischen, zahllose Geräusche, zu viele für eine menschliche Kehle, erfüllten die Nacht; und plötzlich gab es ein Ringen zwischen ihnen und der Luft, Seufzer und Weinen, Ächzen und Heulen, jeglicher Laut von Kummer und Schmerz, den ein Mensch je gehört oder von sich gegeben hatte, erhob im Wind seine klagende Stimme.

Penelope stand bewegungslos, steif, mit gesenktem Kopf. Sie fühlte eine Woge von Übelkeit aufsteigen und biß sich hart auf die Lippen. Sie krampfte ihre Hände zusammen, bis die Innenseiten schmerzten, und versuchte, nicht zu schreien oder wegzulaufen. Tränen schossen in ihre Augen.

»Ich kann nicht einen Schritt weitergehen«, dachte sie, »nicht einmal, wenn sie mich schlagen. Nicht bevor es aufhört.«

Sie fühlte den Arm der Prinzessin um ihre Schultern und hob ihre flehenden Augen zu deren Gesicht empor. Die junge Frau blickte voller Mitleid auf sie. »Es ist nicht so schlimm, wie es klingt«, sagte sie. »Ich habe von diesem Ort gehört. Komm näher und sieh selbst. Gib jetzt nicht auf. Dort ist es besser. Ja, man hat mir Geschichten davon erzählt. Dies ist Kuniuk Bannoth, das manchmal auch Kuniuk dol Rathen genannt wird, Schloß der Klagen. Es ist kein lebendiges Wesen, das so schreit – sieh.«

Sie deutete hinüber. Sie hatten eine Biegung des Pfades erreicht, vor ihnen führte er auf einen Bergkamm. Seitlich des Pfades, auf eine Felserhebung getürmt, erhob sich ein Schloß. Die Steine der Schloßmauern waren schwarz, und kein freundliches Licht erhellte seine Fenster. Der Wind umkreiste es klagend wie eine verlorene Seele. Und die Zinnen – Penny kniff die Augen zusammen – die Zinnen waren regellos zu seltsamen Figuren aller Art geformt – Trichter, Pfeifen, steinerne Hörner – so daß der Wind, der darüberstrich, eine grausame Musik hervorrief.

»Wie schrecklich!« Ihre Stimme war heiser, aber empört. »Hat Er das gemacht? Nur um die Leute zu erschrecken?«

»Nein, nein. Dies wurde lange, lange vor Fendarls Zeit gemacht, von seinem Großvater. Seine Frau starb jung, und er ließ jene Instrumente bauen, weil eine sterbliche Stimme seinem Schmerz nicht genügte. Sogar ihre Wohnstätte weinte um sie, so daß er sie verließ, denn er konnte es nicht ertragen, ohne seine Frau zu sein. So weint Kuniuk dol Rathen immer und beklagt seine verlorene Herrin, auch wenn der Wind noch so schwach ist. Nun, mag es weinen! Fendarl war ein edler Mann, aber seine Nachkommen waren es nicht, und es rührt von ihrer bösen Kunst, daß die Steine schwarz geworden sind, die einst silbergrau waren, und heute hat der Sitz des Großen Hauses der Kendreth in der Tat allen Grund zum Kummer...«

Der Wind schluchzte noch zweimal und verklang dann in einem gewaltigen Seufzer. Ihre Wächter drängten sie, und mühsam bewegten sie sich wieder vorwärts.

Aber nach alldem kam es ihnen viel zu früh, als das große Torhaus undeutlich vor ihnen auftauchte und sie die eiskalten Fliesen des Hofes unter ihren Füßen spürten.

Es lag etwas Niederschmetterndes darin, nun schließlich innerhalb der Mauern der feindlichen Festung zu sein. Penelope fühlte, wie die Hoffnung ihr am Tor Lebewohl sagte, und sogar die Aureole der Prinzessin schien sich abzuschwächen.

Sie gingen über den Hof, durch eine furchtbar bewachte Tür, und vor ihnen lag ein Flur wie ein dunkler Schlund. Sie wurden vorwärtsgetrieben, das Kind und die schimmernde Zauberin, weiter hinein in das Innerste von Kuniuk Bannoth.

Penny war, als ob sie geradewegs durch die Angst gegangen wäre und hinaus auf die andere Seite der Furcht. Alles, was sie dort zurückgelassen hatte, wo ihr Herz gewesen war, war klein, stumm und elend, und jedesmal, wenn sie an Nicholas oder an die Haranis dachte, die sie hinter sich gelassen hatte, oder an den Schwarzen Zauberer, spürte sie, wie es stiller und kleiner wurde. In'serinna schritt erhobenen Hauptes dahin, und nichts an ihr verriet ihre kalte Verzweiflung.

Sie erreichten eine weitere Tür von gewaltigen Ausmaßen, mit dunklen Metallbuckeln beschlagen, und jeder Knauf war ein Adlerkopf. Auf sie heftete Penelope ihre Augen, um die Wachen nicht ansehen zu müssen. Alle Adleraugen waren rot, und die Schnäbel messerscharf. Sie zitterte und war mehr als je zuvor froh, nicht Zeuge der Schlacht gewesen zu sein. Die Tür öffnete sich. Die Prinzessin legte eine Hand auf ihre Schulter. Aus dem Hintergrund tönte ein scharfer Befehl. Sie traten vor.

Der Raum, den sie betraten, war offenbar die Große Halle. Die Decke mit ihren Dachbalken war hoch über ihnen, und aus den Wänden stießen Pfähle in den Raum. In besseren Tagen mochten Fahnen daran gehangen haben. Nach etwa drei Vierteln des Weges durch die Halle stieß man auf eine Bank. An den Wänden standen Soldaten in Reihen. Am anderen Ende der Halle war eine Estrade, auf der sich ein Thron erhob.

Penelope und die Prinzessin wurden zu der Bank geführt. Sie war hart und uneben und aus kaltem Stein. Aber Penny, die dankbar darauf niederfiel, kam sie vor wie der bequemste Sitz, den sie jemals gekannt hatte. Sie rieb ihre Beine, fühlte, wie die Erschöpfung in ihnen geringer wurde, und hätte vor Erleichterung fast gelächelt. Sie wandte sich der Prinzessin zu, um sie an ihrem Gefühl teilhaben zu lassen, aber diese saß aufrecht und still da. Niemand würde erraten, dachte Penny, daß diese Frau gerade einen Weg von fünfzehn Meilen hinter sich hat, und dann entsann sie sich dessen, was die Prinzessin gesagt hatte: »Niemals frieren, hungern oder ermüden.« Sie fröstelte ein wenig.

Plötzlich erbebte die Halle vom Klang eines Gongs, und sie blickte auf. Weitere Ungeheuer traten durch eine Tür am entfernten Ende der Halle, aber Penelope erlernte langsam den Kniff, ihre Blicke kurz vor ihnen anzuhalten, um sie nicht ganz sehen zu müssen. Darauf trat ein Mann ein, stieg auf die Estrade und setzte sich auf den Thron.

Er war ungefähr so groß wie die Verwandten der Prinzessin,

aber noch breiter. Seine Beine waren kurz und vom Gewicht seines Leibes gebogen. Er war dunkel und finster und trug sein Haar sehr lang. Vorn und hinten fiel es bis zu seiner mächtigen Leibesmitte herab. Wenn die Länge seiner Beine dem übrigen Körper entsprochen hätte, wäre er in der Tat ein Riese gewesen. So jedenfalls wirkte es, als er auf dem Thron saß, wo er sich furchteinflößend emportürmte. Er war auf eine andere Weise schrecklich als seine Knechte: sie waren schrecklich, weil sie so gemacht waren, er jedoch, weil er es sein wollte.

Er umwand mit seinen Fingern die Armlehnen des Throns und lächelte sie an, mit einem kalten und tödlichen Lächeln. Penelope schluckte. In'serinna packte ihre Hand mit festem Griff und starrte unerschütterlich zurück.

»Sei gegrüßt, In'serinna, Blutsverwandte«, sagte der Mann.

»Sei auch gegrüßt, Kunil-Bannoth, der du nicht mein Blutsverwandter bist«, antwortete sie kalt.

»Zweifellos sind wir verwandt, meine Dame. Alle wissen, daß wir gemeinsame Ahnen haben.«

»Und alle wissen, daß das Blut von Königen in euren Adern zur Neige geht. Ich habe sogar gehört, daß das Menschenblut in dir immer schwächer wird. Glaube also nie, daß wir eine Verwandtschaft mit nur einem einzigen Untertan deines Herrn anerkennen werden.«

Er lachte. »Dann grüße ich dich als Gast«, sagte er, »zumindest dieses darfst du nicht zurückweisen.«

»Sei dessen ganz sicher, daß ich es tun würde, wenn ich könnte«, entfuhr es ihr voll Zorn; dann biß sie sich auf die Lippe und verriet ihren Ärger. Kunil-Bannoth lachte erneut.

»Die Gerüchte über dich haben gelogen«, spottete er, »ich hörte, deine Rede sei ebenso höflich wie dein Angesicht schön, aber das Gesicht ist tausendmal lieblicher. Jedoch, sei in meiner Halle willkommen. Ich habe lange darauf gewartet, um sie mit dir zu schmücken. Ich bin wirklich glücklich, dich hier zu sehen. Möge dein Leben hier lange währen.«

Penelope merkte, wie die Prinzessin ein wenig zusammenzuckte; dann sprach Kunil-Bannoth sie an: »Und du, Kleine«, sagte er und machte seine Stimme so liebenswürdig wie möglich, »dich grüße ich als Freund.«

»Freund?« schrie sie, und fast hätte sie ihm in die Augen geblickt. In'serinna umschloß sie mit ihrem Arm. »Achte nicht darauf«, flüsterte sie erbittert. »Glaub ihm nicht.«

»Warum?« fuhr der König der Unholde fort. »Ja, weil du

dich mir als Freund gezeigt hast. Du hast mir geholfen. Sieh, Kind, aus drei Gründen wollten wir die Prinzessin In'serinna schon lange innerhalb dieser Mauern haben: wegen ihrer Schönheit, ihrer Klugheit und wegen der großen Liebe, die ihr Vater Deron, König von Rennath, für sie empfindet. Nun ist sie hier, und es ist deine Schuld.«

»Meine Schuld?« flüsterte Penelope und wagte kaum hinzuhören.

»Gewiß ist es deine. Glaubst du, wir hätten sie jemals zur Gefangenen machen können, wenn sie allein gewesen wäre? Nein, Kind, dazu ist sie zu stark. Nur weil du bei ihr warst, wurde sie ergriffen. Wahrlich, vielleicht wäre es richtiger zu sagen, daß wir sie überhaupt nicht gefangen haben, sondern nur dich. Dich brachten wir nach Kuniuk-Bannoth, und die Prinzessin kam mit dir. Allein hätte sie entfliehen können.«

Penelope senkte ihren Kopf und verbarg ihr Gesicht vor Scham, denn es war die Wahrheit; sie wußte, daß es stimmte und daß es keinen Zweck hatte, wenn In'serinna sagte: »Hör nicht zu«, weil es überhaupt nichts an der Tatsache änderte, daß sie die Prinzessin ausgeliefert hatte. Sie meinte, das Herz würde ihr brechen.

Aber Kunil-Bannoth lachte wieder, ergötzte sich an seiner Grausamkeit und hob die Hand: »Wenige vollbringen eine so große Tat in ihrem Leben!« schrie er. »Begehre nicht, noch länger zu leben!«

Penelope sah seine Hand, deren Mittelfinger auf sie deutete, und hörte seine Stimme, doch in der Verlorenheit ihres Elends verstand sie kaum, was er sagen wollte.

Aber die Prinzessin warf ihren Kopf in die Höhe, das grüne Feuer züngelte wieder in ihren Augen, sie schlang ihren Schal um Penelope und rief: »Hüte dich, Ausgeburt der Finsternis! Gefangene oder nicht, ich bin eines der Kinder der Sterne, und du tätest gut daran, dich genau zu bedenken, bevor du meiner Freundin ein Leid antust.«

Dann holte sie tief Atem und bot ihre ganze Kraft auf. »Anoth ilenu!« sagte sie.

Und als sie diese Worte der Macht sprach, sprang der Schimmer, der an ihr gehaftet hatte, gewaltig und strahlend bis an die Wände hinüber. Penelope fühlte ein Brennen, eine Glut ohne Hitze, und das Wunderbare durchdrang sie wie ein Schmerz. Die Unholde schrien auf vor Schmerz und ergriffen die Flucht. Jene, die das Licht erfaßte, schrumpften zusammen, und wo es die Wände und den Boden berührte, nahmen diese wieder eine weiche, silbergraue Farbe an. Dann ließ das Lodern nach, um eine Kugel aus klarem Silberlicht zu bilden, in deren Mitte In'serinna und ihr Schützling saßen.

Der König der Trolle war zurückgefahren und hatte einen Arm in die Höhe gerissen, um seine Augen zu schützen, obwohl das Licht Penelope nicht schmerzhaft zu sein schien. Sie biß sich auf die Lippe und strahlte die Prinzessin an.

Diese sagte: »Nun versuche, uns mit Flüchen zu treffen, oder überzeuge dich, ob eine deiner Kreaturen vermessen genug ist, sich uns zu nähern. Niemand könnte diese Mauern aus Sternenlicht lebend passieren, und sie wissen es gut.«

»Ein Wurfgeschoß könnte es!«

»Ja, mag sein. Aber bevor du danach trachtest, dem Kind Unheil zuzufügen, sei davor gewarnt: auch ich kann aus dem Sternenlicht ein Wurfgeschoß machen, eine Waffe, die ihr Ziel nicht verfehlen kann. Wenn du am Leben bleiben willst, Kunil-Bannoth, bewahre das Leben deiner Gefangenen gut.«

Einen Augenblick lang starrte er sie an, sein Hohn verging in einem Ausbruch von Haß, unverhohlen tastete er nach etwas, um sie zu schlagen. Dann drehte er sich auf dem Absatz um und wandte ihnen den Rücken zu.

»Bringt sie fort!« brüllte er.

Nur einer oder zwei seiner Knechte bewegten sich zögernd vorwärts. Aber In'serinna sprang auf die Füße, zog Penelope mit sich und schritt stolz durch die Tür. Darauf faßten ihre Wächter ein wenig Mut und trieben sie durch die Gänge, ohne ihnen jedoch jemals zu nahe zu kommen. Sie führten sie in ein Turmzimmer und schlossen sie darin ein. Kalt und leer war es dort, und alles, was es an Einrichtung besaß, war spärliches Stroh auf dem Boden. Doch da sie Kunil-Bannoth und seine Untergebenen los waren, gefiel es ihnen.

Sie scharrten das Stroh zu einem Haufen zusammen, ließen sich dort nieder, wohin das Mondlicht fiel, und drängten sich dicht zusammen, um sich zu wärmen. Die Prinzessin seufzte, lehnte ihren Kopf gegen die Mauer und schloß die Augen.

Dann wandte sie sich Penelope zu und sah sie an: »Wie geht es dir? Hat das Sternenlicht dir geschadet? Es tut mir leid, daß ich dazu gebracht wurde, denn für Sterbliche ist es gefährlich.«

»Ich fühle mich gut. Es hat ein wenig gebrannt, aber nur eine Minute lang. Das Gefühl war ein bißchen komisch, eine Art von Kälte und Hitze zugleich.«

»Dann ist es recht, und es war auch gut, glaube ich, daß du so jung bist. Wärst du ein wenig älter, hättest du es nicht ohne Schaden überstanden.«

Sie seufzte wieder und fuhr sich durchs Haar. Penny blickte sie voll Zuneigung an.

»Was ist los? Machst du dir noch Sorgen um deinen Vater? Vielleicht werden sie es schon wissen. Irgend jemand könnte es ihnen erzählen, oder sie könnten es auch selbst gesehen haben.«

»Vielleicht ist es wirklich so, und ich bete darum. Aber das ist nicht alles. Kriege werden sowohl durch die Menge der Krieger wie durch Tapferkeit gewonnen; und so tapfer mein Volk auch sein mag, es ist klein. Wir brauchen Verbündete: machtvolle Krieger in Fülle. Wir brauchen unsere Freunde, und sie wissen es nicht.« Voller Qual hob sie die Stimme: »Wir brauchen die Khentors, aber sie werden nicht kommen! Sie werden nicht kommen!«

10
Durch die glitzernde Wüste

Nicholas rannte. Einmal noch, kurz nachdem er davongelaufen war, hörte er Penelope abermals schreien, und Furcht, die bis jetzt halb betäubend, halb unwirklich gewesen war, stieg ihm widerwärtig in die Kehle. Er schlug die Zähne in die Unterlippe, schleuderte die Beine und rannte.

Die Stimmen der Verfolger, zuerst schrecklich nah, wurden schwächer, fielen zurück und erstarben zuletzt. Er merkte nicht. Denn obgleich er entkommen war, konnte er doch das, was er fürchtete, die Angst selbst, nicht hinter sich lassen. Wie eine Krähe hockte sie auf seiner Schulter. Tatsächlich schien sie sich mit jedem Schritt zu blähen und zu verdüstern, gleich einer ungeheuren Wolke, die ihm auf den Fersen war; und er floh in blindem, panischem Schrecken.

Nicholas rannte.

Zwar floß der Nebel bald auseinander, aber das erwies sich nur als kleine Hilfe, denn nun erblindete die Tageshelle vor wirbelndem Schnee. Er hatte keine Ahnung, wohin er sich wenden sollte. Der steinige Grund war uneben; einmal war ihm, als würde er sich heben und sein Fuß unerwartet schnell und heftig gegen ihn prallen, dann wieder senkte er sich, sein Magen geriet ins Schlingern und ihn schwindelte, als sein Fuß um zehn weitere unangenehme Zentimeter versank. Immer aber war es schlüpfrig, schleuderte ihn von der einen auf die andere Seite, war hart, und jeder Schritt walkte ihn durch und erschütterte ihn bis an die Zähne, ja sogar sein Hirn schien sich loszumachen, zu rattern, und alle Knochen schmerzten ihn. Und er rannte noch immer.

Die Berge machten Wiesen Platz und traten zurück. Er aber wußte es nicht, fühlte nur verschwommen, daß etwas verschwunden war, das Bedrohung und Schutz gleichermaßen bedeutete. Nur mühsam kam er jetzt durch die Schneedecke voran, und der Wind blies ihm beinahe direkt ins Gesicht, so daß seine Wangen wundgepeitscht wurden. Doch er verlangsamte seine Geschwindigkeit nicht, obwohl sich zu den Schrecken der Dunkelheit und der Furcht nun quälender Schmerz gesellte. Seine Füße waren zerschunden, und sein Gesicht windzerfetzt und seine Finger vom Frost durchstochen. Aber ein noch schlimmerer Schmerz wühlte in seiner Schulter, in der Brust, und nistete wie eine spitzkantige Nuß in den Achselhöhlen. Der Schmerz in seinen Beinen machte sie zu Werkzeugen der Folter. Wangen und Zunge brannten. Unter den hämmernden Schlägen seines Blutes schienen die Adern zu bersten. Aber noch immer rannte er.

In den kurzen Tag des Nordens fiel schon die Schwärze der Nacht, und hoch über ihm blühten die klaren Sterne auf. Er verschwendete keinen Blick darauf, denn die Dunkelheit, die ihn umgab, war angefüllt mit weißen Sternenwirbeln. Seine Augen trübten sich.

Dennoch drang ihm halb ins Bewußtsein, daß eine Kraft des Erbarmens gegenwärtig sein mußte, zumal der Wind plötzlich weniger grausam blies und ein wenig drehte, so daß er ihn nicht mehr gerade ins Gesicht traf.

Aber dennoch war er unglücklich, denn zu den Qualen der Furcht und des Schmerzes war inzwischen das Elend der Müdigkeit gekommen. Wie er sich jetzt fortbewegte, das war kaum noch ein Laufen zu nennen. Er stolperte verzweifelt dahin, kaum fähig, sich aufrecht zu halten.

Seine Brust drohte zu zerspringen, in seinem Kopf wirbelte es. Mit einknickenden Knien rannte er vorwärts, die Arme tastend vorgestreckt, die Zunge hing ihm aus dem Mund. Mit leisem, rauhen Krächzen atmete er ein und aus. Sein ganzer

Körper schrie todesmatt nach Ruhe, aber er gab ihm nicht nach. Er hatte inzwischen nicht mehr den geringsten Wunsch, innezuhalten. Die Bewegungen seiner Beine, das Heben und Senken der Füße, geschahen von selbst. Die körperliche Pein erreichte seine Gedanken nicht. All dies geschah mit einem anderen Nicholas, einer Maschine aus Blut und Knochen, die es schweigend durchleiden mußten, denn alle Gedanken in seinem Hirn waren erstarrt, besessen von der Furcht vor den Verfolgern und dem Gefühl kalten Entsetzens, daß er sich in einer Falle gefangen hatte, die ringsum aus Schnee bestand und in der er zappelte und sich nicht bewegen konnte.

Die Furcht fesselte ihn an seinen Weg, Furcht und der Bann eines Willens, der nicht mehr bloß sein eigener war. Mochten aber auch Furcht und Wille so stark sein wie nur möglich, für Fleisch und Blut gab es eine Grenze des Ertragens. Schließlich waren seine Kräfte erschöpft, und seine Glieder konnten ihn nicht länger tragen. Verzweifelt aufschreiend schlug er mit dem Gesicht in den Schnee.

Nach einer Weile drehte er den Kopf zur Seite, und danach bewegte er sich geraume Zeit gar nicht. Seine Augen waren schwarz, seine Rippen waren zu einem Käfig aus spitzen Eisenstäben geworden, gegen die sein Herz geschleudert wurde, und ein Speer durchbohrte seinen linken Arm.

Er versuchte Atem zu schöpfen, weil er zu ersticken glaubte, dann versuchte er, ihn anzuhalten, denn es drohte ihn zu zerreißen. Seine Beine schmerzten und zitterten, und sein Magen bebte und schüttelte sich. Mit eisigen Pfeilen drang die Kälte in seinen überhitzten Leib. Er preßte sich zu Boden, keuchte, wimmerte und wartete, daß es aufhöre.

Endlich ging es vorüber. Sein Atem kam zur Ruhe, die Augen wurden klar, Schmerzen und Zittern verebbten, und allein eine ungeheure, überwältigende Müdigkeit blieb zurück.

Oh, es war angenehm, auf einem Boden zu liegen, dessen Unebenheiten vom Schnee weich gerundet waren. Jetzt, da er hören konnte, daß die Jagd ihm nicht mehr auf den Fersen war, hatte er weder den Willen noch das Verlangen, sich vom Fleck zu rühren. Seine Glieder waren wie Holzklötze. Schneeflocken begannen sich in den Locken seines Haares niederzulassen. Sein Umhang, der sich im Fall ausgebreitet hatte, bedeckte ihn von den Schultern bis zu den Knöcheln mit weicher Wärme und begann schwer zu werden unter dem sich häufenden Schnee. Er redete sich ein, er habe wahrhaftig nicht die Kraft, sich zu bewegen. Es war töricht, so zu tun, als ob er im nächsten Augenblick aufstehen und weitergehen könnte... Stumpfe Schwere füllte seinen Kopf, seine Lider wurden schlaff. Er wußte wahrlich Besseres, als im Schnee zu schlafen! Aber er würde sich nicht lange aufhalten, nur, bis er seine Kräfte zurückgewonnen hatte. Alles war so weiß wie Kissen und Laken, neue weiche Decken, warme Badetücher... Und ihm selbst war so warm. Nur einen Augenblick noch... Sein Puls wurde langsam. Er gähnte. Wie albern, sich aufzuraffen! Leise sang der Wind, süß summend, murmelnd: Lieg still, ruhe, schlafe...

Er barg den Kopf in der Armbeuge. Seine Wimpern flatterten und sanken auf die Wangen. Sein Atem verhauchte in einem langen Seufzer. Er streckte und entspannte sich... Schlafe, sangen die Stimmen, schlafe, schlafe. Lärm und Streit erreichen dich nicht, Ärger und Mühsal verlassen dich auf immer – sorge dich nicht länger, hör auf zu kämpfen, komm an den Ort, der für dich bereit ist, in die bergenden Arme der Weißen Königin, Eiskönigin, der Großen Mutter, der Mutter von Kälte und Dunkelheit. Hier ist Trost, wo die Schwäche für immer verbannt ist, hier ist Wärme und Stille und ewige Ruhe: raste nun, erwache niemals... schlafe ein im Schnee.

Seine Augen waren geschlossen, leicht ging sein Atem. Seine Gedanken erlagen dem Zauber des tönenden Dunkels. Sein Blut wurde kühl und dicker. Schnee begann die Umrisse seines Körpers zu verwischen, bald würde niemand mehr ahnen, daß hier ein Junge im Schnee lag.

Nicholas schlief.

Der Wind erhob sich zu einem letzten Seufzer, triumphierend und kummervoll, und erstarb. In die plötzliche Stille drang ein Geräusch durch die dünnen Wolken, schwach und entfernt, doch rauh und kalt, das seine Sinne anrührte. Er blinzelte und horchte, konnte aber nichts mehr hören. Doch ihm war unbehaglich, und ärgerlich über die Störung stützte er sich auf die Ellenbogen und blickte zurück.

Sein Herz schlug ihm bis zum Hals.

Dort waren drei von ihnen, sie liefen leicht über den Schnee, schnell und unermüdlich. Ihr Atem wehte hinter ihnen, und ihre Zungen hingen heraus. Von der Schnauze bis zur Schwanzspitze waren sie weiß wie Milch, aber er sah das rote Feuer ihrer Augen. Obgleich sie noch eine ganze Strecke entfernt waren, konnte er sie ausmachen, und sogar ihre schneegedämpften Tritte deutlich hören. Während er sie gebannt beobachtete, warf der Anführer seinen Kopf zurück und stieß einen kalten, einsamen, wilden Schrei in die Luft. Es war ein eigentümlicher Schrei, weder Bellen noch Heulen, aber es war ein Schrei, der deutlicher als Worte ausdrückte:

»Da ist er!«

Mit einem Schreckensschrei sprang Nicholas auf die Füße und stob davon wie ein Hase.

Jetzt war er hellwach und entfesselt vor Angst. Es war nicht mehr die elende, alptraumartige Angst des Entsetzens, in die ihn jene Gestalten im Nebel versetzt hatten, sondern eine glühend heiße, wirkliche, ganz und gar irdische Angst. Furcht vor heißem Atem und kalten Nasen, kratzenden Pfoten, peitschenden Schwänzen, verzerrten, knurrenden Mäulern und harten weißen Zähnen, die nach seiner Kehle schnappten. Sie ließ die Gedanken nicht erstarren, verdunkelte sie nicht wie jene andere Furcht, aber sie verlieh seinen Füßen Flügel.

Dennoch war er müde, als er zu laufen begann. Diese Flucht konnte nicht so lange anhalten wie die erste, er wußte es sehr bald, und sein dumpf schlagendes Herz schien seinen Mund mit Entsetzen zu füllen. Auch wurde ihm bewußt, daß sie ihn nicht bloß jagten, sondern abdrängten, indem sie sich stetig zu seiner Linken hielten. Er begann zu glauben, daß Absicht dahintersteckte, aber er fürchtete sich, darüber nachzugrübeln. Doch es war nicht so, daß er das Denken ganz ausschalten konnte. Ihn beherrschten zwei Gedanken: der eine, daß er entkommen mußte, und der andere, daß man nicht *gerecht* mit ihm verfuhr.

Die Geräusche ihres Atems und der hetzenden Läufe begannen dichter und dichter hinter ihm laut zu werden, aber er schrieb es seiner Einbildung zu und weigerte sich zurückzublicken. Als aber dann der eisige Schrei wieder in die Nacht stieg, konnte er nicht anders, und er mußte einen blitzschnellen Blick über die Schulter werfen.

Sofort wünschte er, er hätte es nicht getan:

Sie flogen ohne Müdigkeit dahin und verrieten kein Zeichen von Überanstrengung oder Ermattung. Nur noch die Hälfte der ursprünglichen Entfernung lag zwischen ihnen und Nicholas, nein, weniger als das: kaum noch ein Viertel.

Er rang nach Luft, keuchte und mühte sich ab, seinen Lauf zu beschleunigen. Der dicke Schnee zog an seinen Füßen, als er sich einen Weg hindurchbahnte. Oh, sie waren ihm hart auf den Fersen. Er konnte die Hitze ihres Atems fühlen und hörte ihr leises Knurren. Er wagte nicht, sich umzuschauen. Er quälte sich mühsam, mit zitternden Beinen vorwärts, und sein Herz ermattete vor Furcht und Verzweiflung.

Und dann schließlich kam das Ende.

Plötzlich fiel der Boden vor ihm ab. Ein Instinkt warf ihn zurück, schleuderte ihn dann wieder nach vorn. Er wagte weder zurückzuweichen noch sich nach vorn zu bewegen. Er versuchte seitlich auszuweichen, sein Fuß glitt aus, verfing sich unter einem Stein, und er wurde nach vorn geworfen. Er breitete die Arme aus, und mit einem bitteren, vorwurfsvollen Schrei stürzte er über die Kante.

Es war nur ein kurzer Fall. Unverletzt landete er auf dem Rücken, atemlos, und erwartete dankbar das Ende.

Schon in derselben Sekunde, in der er aufschlug, sprangen auch sie von der Klippe ab. Die drei Gestalten schwebten gänzlich ausgestreckt über ihn hinweg und landeten wenige Meter entfernt. Nun erkannte er, daß es Wölfe waren. Dickpelzige, große weiße Wölfe mit mageren Flanken und breiten Schulterblättern. Wieder sah er das blutrote, purpurne Feuer ihrer Augen, und er zitterte, als sie den Boden berührten.

Aber sie wandten sich nicht um. Mit leichten Sprüngen eilten sie weiter, ohne Pause, ohne Laut, ohne ihren Lauf auch nur im geringsten zu unterbrechen. Er drehte sich um, vor Überraschung wie betäubt, um sie zu beobachten. Sie konnten ihn nicht verloren haben, es war unmöglich! Der Anführer schwang schließlich den Kopf zurück und sah ihn an, und dann wußte er, daß es kein Irrtum war. Noch einmal hob der Wolf den Kopf und heulte, aber jetzt klang es anders. Es lag keine Drohung mehr darin, sondern Befriedigung.

Dann vereinigten sie sich, tauchten mit einem großen Satz in die Nacht und verschwanden.

Noch Minuten lag er da, starrte ihnen nach und schüttelte dann den Kopf. Er war zu müde und verwirrt, um über sie nachzudenken. Stürmisch bedrängte ihn der Schlaf, jedoch er wußte, daß er dort, wo er jetzt lag, nicht schlafen durfte. Gähnend und die Augen reibend, setzte er sich auf und schaute um sich.

Wenige Schritte entfernt türmte sich ein Durcheinander von Felsen vor der Klippe auf, und er kroch dazwischen. Drinnen würde er sich wenigstens nicht zu Tode frieren. Dort war keinerlei Schnee, und die Gesteinsbrocken boten Schutz gegen den Wind. In der Tat fühlte er sich nach wenigen Minuten, in seinem dicken Mantel so eng wie möglich zusammengerollt, fast warm, und ehe er es merkte, war er eingeschlafen.

Die Sonne auf seinem Gesicht weckte ihn, und er versuchte, sich zu recken. Aber sein felsiges Nest war zu klein, also kroch er heraus und schaute in die Runde.

Die Morgendämmerung war noch nicht lange angebrochen, der Himmel stand noch in der ersten Röte, spendete dem Schnee ein wenig von seiner Farbe, so daß seine Weiße an den schattigen Stellen erblaute und sich gegen Osten hin schwach rosa und golden färbte. Sein Felsenwinkel war nach Osten und ein wenig nach Süden gekehrt; im Nordosten schirmte ihn eine ineinander verschlungene Gruppe kleiner Bäume ab. Diese hatten ihn vor dem bitterkalten Wind geschützt.

Er kletterte mühsam die Felsen empor, bis er über den Rand der Klippe hinwegblicken konnte. In nordwestlicher Richtung sah er im Schnee die ungleichmäßig verlaufende Spur, die er in der vorigen Nacht aufgewühlt hatte. An ihrem Ende erhob sich der Schwarze Berg, als läge er in einer unausdenklichen Ferne. Nicholas hätte niemals zu träumen gewagt, daß er eine so große Strecke so schnell bewältigen konnte, und er blickte ehrfürchtig zurück. Er spürte eine neue Achtung vor sich selbst, drehte sich um und kletterte hinab. Doch schlagartig kam ihm ein Gedanke, er kletterte zurück und sah noch einmal hin: der Schnee zeigte nicht eine einzige Spur von Tieren.

Wieder auf festem Boden, überlegte er, was zu tun war. Es war sinnlos, sagte er sich, da zu bleiben, wo er war. Niemand würde ihn suchen. Er vermutete, daß Penelope und die Prinzessin Gefangene waren. Prinz Hairon und die anderen Fürsten – angenommen einmal, daß sie selbst noch in Sicherheit waren – würden denken, daß er ebenfalls gefangen sei. Und sie waren die einzigen Lebewesen, die von seiner Existenz wußten. Es war ein niederschmetternder Gedanke, und einen Augenblick hatte Nicholas mit Panik zu kämpfen, aber der Augenblick ging vorüber.

»Ich muß mich auf den Weg machen«, dachte er, »und wenn ich erst dabei bin, werde ich nicht anders können, als mich von hier so weit wie möglich zu entfernen.« Und weil der Schwarze Berg direkt hinter ihm lag, ein wenig nordwestlich versetzt, begann er nach Südosten zu marschieren, geradewegs auf die Sonne zu.

Er wußte, daß er sorgfältig darauf achten mußte, nicht dem Lauf der Sonne zu folgen, aber indem er prüfte, ob seine Spur gerade verlief und der Berg am gleichen Ort geblieben war, gelang es ihm, seine Richtung ziemlich gleichmäßig zu halten.

Vom Vortage waren noch einige Lebensmittel in seinem Beutel. Da er sich sehr stark und leistungsfähig fühlte, schränkte er das Essen so weit ein, daß es nur eben den nackten Hunger beschwichtigte. Das Trinken jedoch war sein wirkliches Problem. Er hatte nicht viel Wasser bei sich gehabt und die Hälfte davon schon hinuntergestürzt, als ihm aufging, daß er nicht wußte, wann er wieder etwas finden würde. Ärgerlich brummend hielt er inne, aber was verloren war, war eben verloren; und am schlimmsten war, daß sein Durst unvermindert anhielt. Indem er beschloß, nicht eher zu trinken, bevor er nicht unbedingt mußte, schob er die Flasche hinter sich und marschierte vorwärts.

Der Tag war windlos und sonnig. In glänzender Bläue spannte der Himmel sich über ihm, und zum ersten Mal befiel ihn Freude. Aber mit der verrinnenden Zeit änderte sich seine Laune. Zum Teil rührte es daher, daß in der klaren Luft der Schwarze Berg immer in der gleichen Entfernung zu verharren schien, obwohl er marschierte, zum Teil auch daher, daß er sich so preisgegeben vorkam. Am meisten aber war es die Kälte. Sie ergriff ihn nicht heftig, wie der Schneesturm es getan hatte, das war gar nicht nötig. Es war eine stille Kälte, unendlich geduldig, schleichend und grausam. Er wußte, daß er trotz all seinen Stiefeln, Handschuhen, trotz seinen dicken Kleidern und seinem schweren Mantel machtlos gegen sie war. Er wußte, daß sie sich durch alles hindurchbeißen würde, was er trug, daß sie nach und nach Macht über ihn gewinnen würde, stetig und unerbittlich. Der Schnee ringsum glitzerte, und wenn er mit dem Fuß dagegentrat, überzog sich der Schnee, den er hochkippte, mit einer eisigen Kruste, ehe er niedergesunken war. Er erinnerte sich an etwas, das er gelesen hatte, und spuckte aus. Er hörte, wie der warme Speichel knisternd zu Eis wurde, als er auf den Schnee traf. Er hätte alles für eine Wolkendecke hingegeben.

Mittags aß er die Hälfte der verbliebenen Lebensmittel und rastete eine Weile. Er wagte nicht, sich lange aufzuhalten, zum einen der Kälte wegen, zum anderen, weil er so weit wie möglich vorankommen wollte: er fürchtete sich vor dem bloßen Gedanken, in dieser Nacht keinen Unterschlupf zu haben.

Mehr und mehr fühlte er sich einsam, und von Zeit zu Zeit wollte ihn die Hoffnungslosigkeit seiner Lage überwältigen. Er verfügte über eine normale Neigung zur Selbsttäuschung, aber nicht mehr. Er konnte sich nicht lange dahinter verbergen. Von Zeit zu Zeit wollte ihn eine Woge von Verzweiflung überschwemmen: er war mitnichten ein Weltraumfahrer auf dem Mond, kein Cowboy in der Prärie, kein wagemutiger Entdecker: er war Nicholas, ein Junge von zehn Jahren, der wahrhaftig in einer Schneewüste ausgesetzt war, und von dem nicht ein einziger wußte, daß er sich verirrt hatte, und der nicht einmal Hilfe erwarten durfte. Und als ob dieses alles nicht schon schlimm genug wäre: er irrte nicht nur in einem fremden Land umher – es war überdies eine fremde Welt. In solchen Augenblicken wollte er seiner Einsamkeit und Furcht schon unterliegen, aber er erlernte den Trick, seinen Verstand zu überlisten, indem er sich so verhielt, als wäre es wirklich nur eine Woge, von der er sich widerstandslos forttragen ließ, bis sie sich brach und ihn wieder zu Boden ließ. Hartnäckig schritt er aus, nicht etwa hoffnungsvoll, sondern weil es nichts gab, was er sonst hätte tun können.

»In Ordnung«, sagte er sich, »sehr wahrscheinlich werde ich früher oder später tot umfallen, verhungert oder erfroren. Aber trotzdem ist's mir beim Gehen wärmer.«

Einmal schrie er ein wenig, aber nicht lange. Es war zwecklos und ließ sowieso nur die Gesichtshaut aufspringen. Dann, während des Nachmittags, ging ihm das Wasser aus. Sein rasender Durst hatte ihn besiegt, doch als das Wasser alle war, blieb sein Durst ungestillt. Er versuchte es mit Schnee, aber wenn er geschmolzen war, ergab er nur eine unbedeutende Menge Flüssigkeit und schmerzte an den Zähnen und in der Kehle. Darauf erschrak er ernstlich. Es war zwar schön und gut, zu sich selbst zu sagen: »Schätze, wir sollten mit dem Wasser sparsam umgehen, Partner«, aber das hier war kein Spiel: der Durst trieb ihn zur Verzweiflung, und er hatte kein Wasser.

Er hatte schon fast aufgegeben, als er schließlich den höchsten Punkt einer Anhöhe erreichte und etwas anderes als nur Schnee ringsum erblickte. Der äußerste Horizont war uneben und grün. Sein Herz tat einen Sprung, und er versuchte, es zu beruhigen. Er sagte sich, daß er nicht wußte, was es war. Aber jedenfalls war es kein Schnee, und es konnte einen Unterschlupf bedeuten.

Mit neuem Eifer setzte er sich in Bewegung. Er war so angestachelt, daß er in unbeholfenes Rennen verfiel, als von der nächsten Bodenwelle aus die Konturen am Horizont dunkler zu werden schienen. Seine kalten Glieder wurden zuerst steif und schwer, und er konnte den Lauf nicht lange durchhalten, aber von jetzt an war seine mühsame Fortbewegung mit kurzen Ausbrüchen des Rennens durchsetzt. Nach ungefähr einer halben Stunde konnte er erkennen, daß der grüne Streifen ein Wald war.

Seine Lebensgeister erhielten Auftrieb, und er stieß einen schwachen, rauhen Schrei aus. Den nächsten Abhang stürzte er sich brüllend hinunter. Kälte, Müdigkeit und Durst waren mit einem Schlag vergessen: ein Wald. Das bedeutete Bäume, Schutz, sehr wahrscheinlich einen weichen Platz zum Schlafen und fast mit Sicherheit Wasser. Er fühlte sich siegreich, übermütig, ja, beinahe glücklich.

In der Tat, wenn er zurückdachte, nun, da er Hoffnung hatte zu entkommen, war er geneigt zu glauben, daß er Glück gehabt hatte. Nach allem, was geschehen war, hätte er sehr wohl eine andere Richtung einschlagen können und wäre niemals in diesen Wald gelangt, oder er hätte sich den Hals brechen können, als er über die Klippe stürzte, oder hätte von den Wölfen gefressen werden können. Und beinahe wäre er schlafend im Schnee erfroren! Wie nahe war er dem Verhängnis am Schwarzen Berg gewesen! Wie leicht hätte er in Gefangenschaft geraten können, und das wäre furchtbar gewesen...

Er hielt inne. Es hatte noch einen anderen Grund gegeben, warum er gerannt war, nicht nur die Angst. Was war es? Etwas, das die Prinzessin gesagt hatte: »Einer von uns muß entkommen.« Er setzte sich wieder in Bewegung, aber langsam und nachdenklich. Warum hatte sie das gesagt? Etwas hatte sie bedrückt... Natürlich! Rennath, Kelanat, eine Armee, die ihre Heimat bedrohte, Danamol. Irgend jemand mußte Alarm schlagen!

Er spürte, wie es ihn schüttelte. Nur ich kann es, dachte er. Nur ich bin frei und weiß Bescheid. Ich muß es jemandem mitteilen. Alles hängt von mir ab.

Ein Wald im Frühling

Nicholas dehnte seine Schultern und machte sich mit wiedergewonnener Entschlossenheit an den Weitermarsch. Er war froh, daß er sich seiner Verantwortung erinnert hatte: Zu wissen, daß sein Überleben für jemand anderen von lebenswichtiger Bedeutung war, empfand er als eine Erleichterung. Er fühlte sich nicht mehr ganz so allein, und es war gut zu wissen, zumal in dieser Lage, wie wichtig er war.

Bald sah er etwas anderes, das ihn verwirrte. Der Wald war grün; dennoch waren es keine Nadelbäume, alle hatten schwarze Äste, aber wie Kiefern sahen sie auch nicht aus. Ihr Grün war zu hell und frisch, und er sah das Sonnenlicht über ihre bewegten Blätter fließen. Doch wie kam ein belaubter Wald in diese rauhe Schneelandschaft?

Die Zahl seiner kurzen Läufe nahm ab. Lange schien er nur wenig vorwärts zu kommen, und sein Ziel blieb niederdrückend weit entfernt. Doch plötzlich schien es schnell auf ihn zuzukommen, von jedem Hügelkamm aus schien es größer und näher. Sein Herz begann unangenehm heftig zu schlagen. Als er den letzten Hügel erklommen hatte und sah, daß ihn nur noch ein langgezogener Abhang von den Bäumen trennte, fegte helles Entzücken seine Müdigkeit beiseite, und er rannte los. Einen Augenblick kämpfte er sich noch durch tiefen Schnee, sekundenlang schlitterte er durch hochspritzenden Schneematsch, und dann, ohne Übergang, konnte er seine Füße wieder über eine sanfte Grasböschung stapfen sehen – und war inmitten grüner Zweige.

Betäubt und verblüfft stand er da.

Es war Frühling.

Weiche Luft umfloß ihn, und die mächtigen Bäume rauschten hoch oben. Die Sonne fiel schräg über seine Schulter, warf einen langen Schatten zwischen die Bäume und breitete sich tiefgolden über das junge Gras. Sein Nacken erwärmte sich. Niedrige Büschel blaßblauer Blumen waren zwischen den Bäumen zerstreut, so daß der Boden aus der Entfernung unter einem weichen, blauen Dunst zu liegen schien. Vogelgesang füllte seine Ohren. Der Wald erbebte vor Leben.

Geraume Zeit verharrte er staunend, beinahe betäubt vor Freude und Verwunderung, darauf kam er ein wenig zu sich und begann langsam zwischen den Bäumen hindurchzugehen.

Er wanderte ziellos, staunend und tief atmend, mit leuchtenden, ehrfurchtsvollen Augen. Vielleicht war es die Erleichterung, den Winter von Bannoth hinter sich zu wissen. Aber der Frühling in diesem Wald schien etwas besonders Wunderbares, als wäre er auf irgendeine Weise nicht nur Frühling, sondern die Summe davon – als ob die Welt eingefangen und für immer festgehalten worden wäre in den ersten Augenblicken des erwachenden Lebens. Eine Wolke granatfarbener Schmetterlinge streifte flüchtig seinen Kopf. Er zuckte zusammen, starrte sie an und konnte nicht aufhören, sie wie gebannt zu beobachten. Sie waren nicht größer als sein Daumennagel; als sie einen der Pfade hinuntertanzten, zogen sie ihn wie im Zauber hinterdrein. Dann schwangen sie sich plötzlich empor, hinauf zwischen die Äste, bis sie seinen Blicken entschwunden waren. Er spähte ihnen eine Weile angestrengt nach und gab es dann auf. Plötzlich lachte er, denn es war ihm leicht ums Herz. Wie lange war es her, daß er sich so leicht gefühlt hatte, so ungezwungen, sorglos, voll frohen Gefühls, ja, Freude über sich selbst.

Beim Klang seines Lachens ging ein zitterndes Huschen durch die Blätter, als würde selbst der Wald von innerer Heiterkeit bewegt. Seine Rufe drangen in die grünen waldigen Tiefen. Seine Stimme brach ein Schweigen, das hundert Jahre alt zu sein schien, doch weder empfand er Schuld noch glaubte er, daß der Wald ihm grollen könnte.

Nach einiger Zeit kam er an einen Bach und erinnerte sich, daß er durstig war. In tiefen Zügen trank er das kalte Wasser, beugte sich dann über den Rand und betrachtete seinen Schatten auf den Steinen. Das Wasser war so klar, daß es nur etwa handtief zu sein schien, als er aber die Hand hineintauchte, merkte er, daß es ihm bis zur Schulter reichen würde, wenn er sie nicht zurückzöge. Lachend schüttelte er die Hand und trocknete sie an seinem Umhang. Darauf nahm er unter Freudengeheul Anlauf und sprang über den Bach.

Ein kleines dunkelbraunes Tier sprang vor seinen Füßen fort, zeterte »Aark! Aark!«, mit beinahe menschlichen Lauten, in plötzlich gewecktem Zorn.

Es glich eher einem Kaninchen als einem Eichhörnchen, aber ohne Zögern flitzte es einen Baumstamm hinauf, wo es sich versteckte und ihn vom sicheren Platz aus anknurrte und zeterte. Er lachte wieder und begann um den Baum herumzupirschen, dann ahmte er erst das Tierchen und dann jede Tierstimme nach, die ihm einfiel, bis das unglückliche Wesen vor Wut beinahe erstickte.

Er war so sehr mit seinem geräuschvollen Zeitvertreib beschäftigt, daß er das zunehmende Rascheln in der Runde und über ihm nicht bemerkte. Und weil er nicht nach oben sah, entgingen ihm auch die Gestalten, die sich über ihm, zwischen den Zweigen schwebend, im Gleichgewicht hielten. Er sah sie erst, als das Baumkaninchen empört verstummte und er sich zum Weggehen anschickte.

Denn in diesem Augenblick schwang sich eine Gestalt herab, genau auf seinen Pfad. Er blieb abrupt stehen und stutzte. Vor ihm stand – was? Ein Junge? Ein junger Mann? Er war etwas größer als Nicholas und sehr schlank. Mit einer Hand umklammerte er noch einen Zweig über sich, die andere ruhte auf seinem glänzenden Gürtel, der aus einem fremdartigen Metall gefertigt war. Kopf und Füße waren bloß, und er trug nur eine kurze, ärmellose Tunika aus Flecken und Streifen in verschiedenen Grüntönen, so daß Nicholas zunächst dachte, sie sei aus Blättern zusammengeheftet. Erst als er genauer hinsah, erkannte er, daß es eine Art Stoff war. Braunes Haar wallte von seiner Stirn nach hinten. Seine Haut war hell, seine grün-goldenen Augen unter den gefiederten Brauen standen schräg.

In einem einzigen Augenblick nahm Nicholas dies alles wahr, und ehe er sprechen konnte, begann es auch anderswo leise zu rascheln, und er sah ungefähr ein Dutzend Gestalten wie die erste von allen Seiten aus den Bäumen hervorschlüpfen, Gestalten, die sich mit neugieriger, behutsamer Anmut näherten. Aber sie waren nicht alle gleich: alle waren zwar jugendlich und schlank, alle verrieten das gleiche stille Wesen, aber während einige wie der erste gekleidet waren, trugen andere lange Kleidung, die bis auf die Füße fiel, viele trugen Tuniken mit langen Ärmeln, und ein oder zwei trugen nur kurze Röcke. Meistens war ihr Haar rostrot und braun, aber es gab einen, dessen Kopf von Locken in der Farbe klaren Honigs bedeckt war; eine andere, weibliche Gestalt trug eine kurze Tunika, gewebt aus feinem Garn, und ihr Haar kräuselte sich in einer silbernen Wolke um ihren Kopf; eine andere war nachtschwarz. Alle waren sehr hellhäutig, und ihr Haar schien von einem Windhauch bewegt zu werden, den Nicholas nicht spürte.

Der Dunkelhaarige kam durch den Kreis. Unter seinesgleichen schien er ein Vornehmer zu sein, denn er trug einen blaß schimmernden Stirnreif und einen silbernen Gürtel um die Hüften. Seine Tunika war dunkelblau; er sprach Nicholas an, ohne ihm in die Augen zu sehen:

»Wer bist du, Menschen-Kind, das Nelimhon betreten hat, ohne die Straße zu benutzen?«

Nicholas stand ganz still und war seiner Stimme nicht mächtig. Vor Schreck wurde ihm ganz kalt, denn obwohl er die Worte gehört hatte, war der Mund des Sprechers geschlossen und stumm geblieben.

Der Vornehme wartete ein paar Augenblicke und fragte dann wieder, sehr höflich:

»Wer bist du? Was hat dich hergeführt? Wer gab dir die Erlaubnis, unser Gebiet zu durchqueren? Der Kleidung nach bist du den Herren der Schwäne ähnlich, aber ich habe noch nie von Haranis gehört, deren Haar die Farbe des Herbstlaubs hat.«

Seine Lippen hatten sich nicht ein einziges Mal bewegt. Nicholas wurde ohnmächtig.

Auf dem Höhepunkt seines Hungers, seines Durstes, nach Stunden der Kälte, auf dem Höhepunkt solcher Kämpfe, Mühsale und solcher Furcht, wie er sie allein am letzten Tag durchlitten hatte, war diese Fremdartigkeit mehr, als er verarbeiten konnte. Er stürzte ins Gras.

Als er die Augen öffnete, waren grüne Blätter über ihm, die im letzten Sonnenlicht flirrten. Er konnte fühlen, wie ihn die Besorgnis des Waldvolkes umgab, obwohl sie sich noch schweigsam verhielten. Einer von ihnen stützte seine Schultern, es war derjenige, der zuerst von den Bäumen gesprungen war. Der dunkle Herr kniete bei ihm und hielt ihm eine Flasche an die Lippen: die Flüssigkeit war süß und stärkend. Nicholas stellte mit Erleichterung fest, daß die Hände zwar bleich, aber warm waren. Als sie sicher waren, daß er sich erholt hatte, begann der Vornehme erneut zu sprechen, diesmal mit seinen Lippen. Seine Redeweise war ein wenig langsam und bedächtig, seine Stimme wie der Bach, tief und klar. Immer noch wich er Nicholas' Augen aus.

»Hab keine Angst«, sagte er, »es tut mir leid, dich erschreckt zu haben. Ich hatte vergessen, daß Menschen mit den Lippen sprechen; es ist sehr lange her, seit eine hier war. Von den Menschen werden wir die Nihaimuruh genannt. Einst waren wir viele, als Bäume die Welt bedeckten. Aber die Bäume –

und auch wir – sind dahingeschwunden, mit Ausnahme dieses Ortes, wo wir nun in Gruppen wohnen. Menschen haben unseren Untergang bewirkt, und deshalb ist es Menschen verboten, Nelimhon zu betreten. Darum haben wir dich angehalten. Aber, aufrichtig, wir wollen dir nichts zuleide tun, und wenn wir dir helfen können, wollen wir es tun.«

Endlich erinnerte sich Nicholas: »Kelanat«, sagte er.

Einige von ihnen runzelten die Stirn, und die Luft erfüllte sich mit Spannung. Sie sahen einander an. Jetzt bemerkte Nicholas noch eine andere Eigentümlichkeit an ihnen: die innersten Haare ihrer Augenbrauen zu beiden Seiten der Nasenwurzel waren überaus lang und über die Brauen zurückgeschwungen. Manchmal, von der Luft gekitzelt, gerieten sie in hüpfende, tanzende Bewegung.

Der Sprecher der Nihaimurh blickte wieder zu Boden.

»Der Name, den du aussprichst, ist uns bekannt«, sagte er, »erzähle uns, welches Unheil im Anzug ist.«

So erzählte er ihnen alles: alles über die Adlerschlacht, die Vision der Prinzessin und das Eindringen der Feinde in Rennath.

»Die Prinzessin sagte, das Königreich ihres Vaters sei in Gefahr«, schloß er. »Aber niemand weiß davon. Oh, wenn ihr irgend etwas tun könnt, so tut es schnell!«

»Hab keine Furcht«, kam die Antwort, »bevor die Sonne morgen im Zenit steht, wird die Hilfe, die sie brauchen, unterwegs sein. Wir kennen die Herren der Schwäne gut; sie sind ein edles Volk, sie lieben die Wälder, und wir schätzen uns glücklich, ihnen unsere Freundschaft beweisen zu können. Auch ihn, der einst auf dem Schwarzen Berg regiert hat, kennen wir; er ist jemand, der jedes lebende Wesen haßt, und wir hassen ihn auch. Die Nihaimurh sind keine Krieger, aber wir werden deine Nachrichten an jene übermitteln, die es sind. Wir werden es den Kindern des Windes erzählen, denn auch sie lieben die Haranis sehr. Obwohl sie sich um Wälder nicht kümmern, sind sie gegen alles freundlich, das wild lebt. Also zählen wir sie nicht zu unseren Feinden. Geh nun mit diesen Leuten, sie werden dir einen Ort zeigen, wo du dich ausruhen kannst. Lebe wohl, Menschen-Kind.«

Er drehte sich um und schritt davon, und drei der Nihaimurh folgten ihm. Andere halfen Nicholas auf die Beine und begannen, ihn durch die Bäume zu führen. Immer noch vermieden sie es, seinen Blicken zu begegnen, und das machte ihn ein wenig verdrießlich. Er versuchte, sie zu überlisten und ihre Blicke einzufangen, als es ihm aber glückte, wünschte er, er hätte es nicht versucht. Denn obwohl sie ihm nach Gesicht und Gestalt wie Jungen und Mädchen von ungefähr fünfzehn Jahren vorkamen, verrieten ihre Augen, daß sie tausend Jahre zählten.

Nach einiger Zeit schien ihr Marsch ein wenig verworren zu werden. Langsam wurde es dunkel. Nicholas' Augen wurden schwer. Die Waldbewohner waren ihm gegenüber wortkarg, wenngleich sie ihm geschwind beisprangen, wenn er ein Hindernis nicht bemerkte. Er betrachtete ihre hellen, ruhigen Gesichter und fragte sich, ob sie jemals schliefen.

Der Führer hatte davon gesprochen, ihm einen Ort zum Ausruhen zu verschaffen, aber er glaubte fast, daß »Ruhe« für ihn nur ein Wort war, dessen Bedeutung er nicht verstand. Er stolperte hinter ihnen drein, während sie unbeirrbar auf leichten, unermüdlichen Füßen voranschritten; Stück für Stück begann er zurückzufallen. Nicht, daß er die bittere Erschöpfung der vorigen Nacht spürte, aber er war schläfrig. Immer öfter versagten ihm die Beine, und dann mußte er sich beeilen, um die Waldleute nicht aus den Augen zu verlieren. Aber er holte sie nie ganz ein, denn vorher strauchelte er, hielt an, um zu gähnen oder die brennenden Augen zu reiben, und dann gewannen sie wieder einen Vorsprung. Einige Male hielten sie an, um auf ihn zu warten, aber nie lange genug. Dann kam der Punkt, an dem Nicholas schlaftrunken nach vorn spähte und sie nicht mehr ausmachen konnte. Er horchte, aber der ganze Trupp hatte weniger Geräusch gemacht als eine Katze auf einem Teppich, und er hätte nicht sagen können, welchen Weg sie eingeschlagen hatten.

»Na schön: Auf Wiedersehen«, dachte er, »nett, euch getroffen zu haben und überhaupt, aber ich habe einen Ruheplatz gefunden, vielen Dank.«

Und er legte sich auf einer moosbewachsenen Baumwurzel nieder und schlief auf der Stelle ein.

Aber das Nihaimurh-Mädchen mit dem feingesponnenen Haar war langsamer gegangen und hatte auf ihn gewartet. Und als sie ihn nun schlafen sah, stahl sie sich zurück und schlüpfte leise in den Baum hinauf, wo sie sich niederkauerte und auf ihn hinabstarrte. Bald darauf bemerkten ihre Kameraden sein Fehlen, und ihre bestürzten, hauchzarten Rufe huschten durch den Wald. Aber die langen Haare der Mädchenbrauen tanzten, und so gingen sie beruhigt weiter. Sie gingen zurück zu ihrem Ort, zu dem sie Nicholas gebracht hätten. So kam er um die Gelegenheit, an einen Ort zu gelangen, den noch niemals ein Sterblicher betreten hatte. Aber die ganze Nacht bewachte und behütete ihn das silberhaarige Mädchen mit den alterslosen Augen, hoch über ihm in den Zweigen.

Auch seine Schwester in Kuniuk Rathen war nach der aufgezwungenen Reise und dem Zusammentreffen mit ihrem grausamen Gastgeber zu guter Letzt in Schlaf gesunken. Es war freilich ein Schlaf, der nur zu oft durch die Stimmen des Schlosses und die Schatten der Furcht unterbrochen wurde, die in ihr lebendig waren. Aber zu Prinzessin In'serinna war er überhaupt nicht gekommen. Die Müdigkeit hatte keine Macht über das Räderwerk ihrer Gedanken, und niemals war ihr bitterer bewußt geworden, welch zwiespältige Gabe dies war. Während der Stunden der Finsternis stand sie am Fenster, beobachtete die Sterne und erwog das Ausmaß ihrer Gefährdung. Und nur zu gut wußte sie, wie groß diese war, größer, als sie Penelope darzustellen gewagt hatte.

Wieder und wieder hatte sie versucht, mit den Gefährten des Sternenzaubers in Verbindung zu treten, ein über das andere Mal hatte sie gerufen und ihre Geisteskräfte gegen die Wälle von Kuniuk Rathen geschleudert. Aber es war zwecklos, Fendarl selbst hatte seine Festung mit einer Mauer von mächtigen, dunklen und schweren Zaubern versiegelt, und sie konnte nicht ausbrechen. Es war vergebliche Mühe, ihre Stammesbrüder um Hilfe anzuflehen, sie konnte sie nicht erreichen. Kiron und vielleicht wenige andere hätten diese Verteidigungsmauern durchbrechen können. Aber sie wußten nichts von ihrer Bedrängnis.

Wie ein gefangenes Tier immer wieder die Stäbe seines Käfigs abschreitet, die Niederlage nicht anerkennen will, so jagten ihre Gedanken hin und her. Sie kannte die Gründe für ihre Gefangenschaft. Zum ersten wollten sie ihre Zauberkräfte an sich bringen, sie hofften, sie dazu zu bringen, daß sie ihnen helfen würde. Nun, das würde nicht gelingen.

Sie kräuselte zornig die Lippen bei dem Gedanken, doch dann mußte sie an Penelope denken und hätte fast aufgestöhnt. Angenommen, sie bedrohten sie? Sie ballte ihre Fäuste, und Tränen schossen ihr in die Augen. »Nein, nicht einmal dann«, sagte sie zu sich selbst; »es tut mir leid, Kleine, nicht einmal deinetwegen könnte ich solchen Ungeheuern helfen. Aber solange noch Atem in mir ist, werde ich dich verteidigen. Sie werden mich töten müssen, bevor sie dir ein Leid antun, und ich glaube nicht, daß sie das wollen.«

»Nein«, dachte sie, »sie wollen mich lebendig.«

Wenn sie ihnen schon nicht selbst helfen würde, könnte sie immer noch eine Waffe in ihren Händen sein. Deron, ihr Vater und ihr ganzes Volk liebten sie von Herzen. Und sie war von hoher Abkunft, leibliche Base des Hohen Königs. Schon der Verlust ihrer Zauberkraft war für die Ihren ein Schlag. Im äußersten Fall aber war sie eine wertvolle Geisel.

Wenn sie es gekonnt hätte, würde sie Kunil-Bannoth verflucht haben. Sie betete aus ganzem Herzen, daß niemand um ihretwillen mit ihm verhandelte. Sie war dessen gewiß, daß niemand es tun würde, denn es war der älteste ihrer Grundsätze, in welchem Fall auch immer, keinen Umgang mit den Mächten des Bösen zu haben. Aber eben diese Gewißheit war, obgleich sie ihr eine traurige Befriedigung gewährte, eine dürftige Stärkung. Hinter den größeren Ängsten verbarg sich noch etwas: sie kannte Kunil-Bannoths Gedankengänge, und dieses Wissen ließ sie verzagen. Ungeachtet der Befehle seines Meisters, hatte er schon lange auf die Gelegenheit gelauert, ihr eine Falle zu stellen. Er begehrte sie nicht wegen ihrer Zauberkraft oder ihrer königlichen Abkunft, sondern wegen ihrer Schönheit – sie sollte ihm gehören und sein düsteres Haus niemals wieder verlassen.

Leidenschaftlich schüttelte sie den Kopf und hämmerte vor Zorn mit den Fingerknöcheln gegen den Stein. Lieber will ich sterben, dachte sie, und wurde wieder an Penelope erinnert. Sie fühlte, daß die Verantwortung für ihre hoffnungslose Lage bei ihr selbst lag. Wenn es irgend etwas gab – was es auch sein mochte –, das sie tun konnte, um das Kind zu verteidigen, würde sie es tun, sie wußte es.

Es muß einen anderen Weg geben, dachte sie. Abermals begannen ihre Gedanken zu kreisen, auf der Suche nach einer Lücke. Mit Gewalt konnte sie nicht ausbrechen, weder mit Waffengewalt noch durch Zauber. Befreiung? Darauf war nicht zu hoffen. Sie konnte nur beten, daß ihr kleines Gefolge es nicht versuchen würde, denn sie würden mit Sicherheit vernichtet werden. Um das Schloß einzunehmen, wäre eine Armee erforderlich gewesen, und die war nicht entbehrlich, da der Krieg vor der Tür stand. Sie beugte sich aus dem Fenster und warf einen flüchtigen Blick die Mauer hinunter. Entfliehen? Sie verschwendete auf diesen Gedanken keine Zeit. Sogar wenn sie selbst die Mauer hinab könnte, Penelope würde es nie schaffen; solange das Kind hierblieb, mußte sie es auch tun, um es so lange wie möglich zu schützen.

So lange wie möglich... damit hatten ihre Gedanken den Kreisgang beendet und das Innerste ihrer Furcht erreicht. Wie lange würde es möglich sein? Ihre Macht war nicht zu allen Zeiten die gleiche. Sie war zum Schwarzen Berg gesandt worden, weil ihr eigener Stern aufstieg, aber der Große Tanz stand niemals still, und bald, wenn nicht jetzt schon, würde ihr Stern sinken – und was war dann? Und was war mit den Monden? Sie hob ihre Augen zu ihnen auf, und ihr wurde kalt ums Herz. Der rote Mond in Kedrinh ist der Freund des Hexenmeisters, und der silberne sein Feind. Vom silbernen Mond flossen ihr Kräfte zu – mehr Kraft, um gegen Kunil-Bannoth zu kämpfen, mehr, um Penelope zu verteidigen.

Aber alle beide waren in der Nacht der Adlerschlacht voll gewesen. Und obwohl der silberne Mond in siebenundzwanzig Tagen seinen Umlauf beendet, es also in neun Nächten dunkel sein würde, lagen doch zwischen Fülle und Erlöschen des roten Mondes siebenunddreißig Nächte. Wenn also der silberne Mond untergegangen war und ihr nicht mehr helfen konnte, würde der rote Mond ihrem Feind noch immer seine volle Stärke leihen können.

Ein Frösteln überrieselte sie, und endlich mußte sie doch der Tatsache ins Auge sehen, die sie so lange von sich geschoben hatte. War sie also geschlagen? Blieb ihr nichts zu tun übrig, als in Kuniuk Bannoth zu sterben? Ich habe in allem versagt, dachte sie. Ich habe meine Botschaft nicht weitergebracht und Penelope mit in mein Verderben gestürzt. Wohlan denn, wenn ich muß, werde ich sterben, aber meine Zaubergabe werde ich nicht verraten. Voll Stolz legte sie dieses Gelübde ab, aber ihr Mut sank; und dennoch bäumte sich ihr Wille auf, denn sie war jung und begierig zu leben. Ein Jahr zuvor hätte sie gesagt, sie erhoffe sich kein besseres Ende, als in der Verteidigung ihrer Zauberkraft zu sterben. Aber das war ein Jahr her. Seitdem hatte die Welt ihr viel Neues eröffnet, und obwohl ihr Entschluß unverändert war, wollte sie nicht sterben. Wieder hob sie ihr Gesicht dem Himmel entgegen, breitete die Arme aus und rief mit ihrer starken, jungen Stimme: »Marenkalion, Beschützer und Verteidiger, hilf uns!«

Doch die Nacht nahm den Ruf in ihr Schweigen auf, und

die Prinzessin lehnte sich gegen das Fenster und verbarg ihr Gesicht in den Händen. Bis zum heutigen Tag hatte sie nie Tränen wegen eigener Schmerzen vergossen – jetzt quollen sie durch ihre Finger. Und der Name, den sie dann hauchte, gestaltlos wie ein Seufzer, mit leiser, ersterbender Stimme, niemand hörte ihn – nicht einmal sie selbst.

12
Der erwachende Wind

Die Augen vor den Sonnenstrahlen geschlossen, lag Li'vanh Tuvoi am Fluß. Nun war er seit etwa drei Monaten einer der Khentors; es kam ihm freilich viel länger vor. Sein Bruder war in seltsamer Begleitung auf dem Marsch hoch im Norden. Seine Schwester lag als Gefangene in Kuniuk Bannoth. Doch er wußte wenig davon; sein Stirnrunzeln und sein unbeweglicher Mund hatten eine andere Ursache.

»Beim Speer des Himmels, Mnorh«, sagte er, »ich werde morgen auf die Jagd gehen, und wenn ich die ganze Nacht an Rehais Kopfende sitzen müßte, um ihn zu bewegen, mich mitzunehmen. Warum wollen sie mich nicht mitmachen lassen? Warum?« Er stützte sich auf seinen Ellbogen und blickte Mnorh wütend an. »Und wenn du noch mal sagst, daß er nicht jeden mitnehmen kann, werde ich dich erwürgen. Er hat jeden tauglichen Mann und Jungen des Stammes immer wieder mitgenommen, aber niemals mich. Er hat sogar Mädchen mitgenommen – aber nicht mich. Warum nicht?«

»Du bist in der Jagdkunst nicht unterrichtet worden.«

»Mor'anh!« brauste Li'vanh auf. »Das gilt auch für die Hälfte der Jungen. Du hast mich einmal zur Hetzjagd mitgenommen, wenn ich mich recht erinnere, aber seitdem bist du schon zweimal auf der Jagd gewesen... mindestens zweimal.«

»Nun, Li'vanh, sie unterrichten uns.«

»Ich weiß, daß sie das tun, du Spatzenhirn. Warum unterrichten sie nicht auch mich? Das ist alles, was ich wissen will. Ich gebe gern zu, daß ich ein Anfänger bin. Denken sie etwa, ich sei so hochnäsig, daß ich beanspruchen würde, die Jagd anzuführen? Ganz gleich: ich glaube nicht, daß ich eine wirkliche Behinderung sein würde. Ob Bogen oder Speer – ich verfehle mein Ziel nicht oft.«

»Das ist es nicht, es ist das Pirschen und...«

»Ich weiß, ich weiß, was es ist! Alles, was ich sage, ist, daß ich es nie lernen werde, wenn es mir niemand beibringt. Ist es nicht so?«

»Yorn hat gesagt, es sei wichtig, dich in der Waffenkunde zu unterrichten.«

»Yorn hat gesagt, Yorn hat gesagt! Das ist alles, was ich ewig höre!«

Darauf beruhigte er sich ein wenig und fügte ziemlich schuldbewußt hinzu: »Na schön, nein, ich habe es nicht so gemeint. Aber ich bin die dauernden Schwerter und Speere jeden Tag leid. Gut, nicht leid, aber ich würde auch gern mal was anderes machen.«

»Lai-ee! Und hast du nicht von uns das Tanzen gelernt und Ringen und die Kunst, mit einem Pferd umzugehen, und...«

»Mnorh, sei nicht albern! Niemand hat jemals so reiten gelernt wie ich – durch mein Pferd. Schon gut, in Ordnung, ich weiß, Tanzen ist's wert, daß man es lernt, und Ringen..., aber das ist wieder Kampf. Derna bringt mir nichts anderes bei als kriegerisches Zeug. Das ist alles sehr schön, aber wann werde ich es anwenden können? Es sei denn, der Vater denkt daran, mit einem der Stämme Streit anzufangen, aber das würde er nicht. Doch Jagen – Jagen ist *wichtig!*« Schlecht gelaunt zerrte er an seinem Stirnband.

»Na, vielleicht wirst du bald erlöst«, sagte Mnorh versöhnlich. »Ich habe gehört, wie Derna zum Vater sagte, daß es nicht mehr viel gebe, was er dir beibringen könnte.«

»Hat er das wirklich gesagt?« Er war einen Augenblick unschlüssig. »Wirklich? Was hat er gesagt?«

»Nur das. Und das Übliche, daß du ein großer Krieger seist, und solche Sachen. Schlägst du ihn jetzt wirklich, meistens jedenfalls?«

Li'vanh nickte abwesend und fragte sich, was geschehen würde, wenn Derna ihm wirklich nichts mehr beibringen konnte. Unruhe regte sich in ihm. Wieder überkam ihn das Gefühl einer undeutlichen Vorahnung; er spürte, daß sich eine Veränderung anbahnte.

Seit man vor fünf Tagen Hran ausgestoßen hatte, fühlte er sich nicht mehr behaglich. Es war, als ob sich damals ein eisiger Wind des Geistes erhoben hätte und seitdem nicht mehr zur Ruhe gekommen wäre. Er war beunruhigt gewesen und, er wußte es, tagelang reizbar. Zwei Nächte darauf hatte er einen beängstigenden Traum gehabt: eine Stimme, die er kannte, hatte ihn um Hilfe angerufen, aber er konnte die Stimme nicht einordnen. Sie sprach verfremdet, in der Khentorsprache, aber mit einem seltsamen Akzent. Und er wußte nicht, woher der Schrei kam und warum. Immer wieder hielt er sich vor, es sei nur ein Traum, aber er plagte ihn. Er fühlte, daß irgendwo etwas nicht in Ordnung war. Die sorglose Lebensweise hatte ihn verlassen, und er konnte sie nicht wiedergewinnen. Sogar Dur'chai hatte ihm, bildete er sich ein, undeutbare, ironische Blicke zugeworfen. Er fühlte sich verkrampft, erwartungsvoll, bebend, und verspürte ein Prickeln, als hätte er eine innerliche Gänsehaut.

Ihn schauderte plötzlich, darum rappelte er sich auf und blickte voll Unruhe um sich. Mnorh setzte sich und starrte ihn überrascht an. Dur'chai hob seinen Kopf, und seine Augen funkelten belustigt. Als er das sah, mußte Li'vanh beinahe lachen, und er zerrte an den Grashalmen, die noch zwischen den mahlenden Kiefern des Pferdes hervorlugten.

»Warum machst du nicht geradewegs den Mund auf und sprichst?« verlangte er. »Das ist nichts anderes als Faulheit.« Er fuhr mit den Fingern durch ein paar verheddert Haare der Mähne, hob seinen Sattel auf und schwang ihn auf den Pferderücken.

Mnorh war bereitwillig aufgestanden und sattelte ebenfalls sein Pony. Li'vanh sah, daß sein Gesicht Verwunderung und unterdrückte Heiterkeit wegen seines plötzlichen Stimmungswechsels ausdrückte, und erinnerte sich dann an ihr Gespräch. Das Vorrecht seines Freundes erfüllte ihn mit tiefem Unmut. »Ich werde auf die Jagd gehen«, verkündete er. Ich werde nicht zurückbleiben, zum Gespött der Frauen und Mädchen!« Er schloß mit einer großartigen Gebärde, als beglückwünschte er sich selbst zu seiner Ausdrucksweise. Aber Mnorh lachte laut auf.

»Das Gespött der Frauen und Mädchen!« schrie er. »Das Gespött! Oh, große Mutter, diesen Tag möchte ich erleben! Das Gespött!«

Er machte einige gezierte Schritte, wedelte mit den Händen und deutete die Karikatur eines tanzenden Mädchens an. »Oh, Li'vanh Prachoi«, flötete er, »er ist der begünstigte Sohn der Herrin, er, Li'vanh Pra-achoi! Mächtig unter den Mächtigen ist Li'vanh... Au! Ah! Genug, es ist genug!«

Er schlug mit den Händen auf den Boden: die Zeiten waren

vorbei, da er seinen Freund im Ringen bezwingen konnte. Er fuhr fort, seine Unterwerfung hinauszuschreien, wobei sich wütendes Schnauben und Lachen mischten. »Li'vanh, laß mich los, ich bekomme keine Luft mehr!«

»Wenn *ich* noch eine Stimme wie ein Mädchen hätte«, sagte Li'vanh grimmig, »würde *ich* es nicht noch offen zeigen. Ich werde dich nicht eher aufstehen lassen, bis du dich entschuldigt hast.«

»Wofür? Dafür, daß ich gesagt habe, du seist mächtig unter den... Au! Ich entschuldige mich! Gelber Hund, du brichst mir das Genick!«

Li'vanh gab ihn frei. Grinsend rappelte er sich auf und klopfte sich den Staub aus den Kleidern.

»Aber es bleibt dabei, was du bist... ich meine, mächtig unter... In Ordnung! Schon in Ordnung! Du bist ein seltsamer Mensch, kannst nicht einmal ein freundliches Kompliment annehmen!«

»Kind«, sagte Li'vanh überlegen und schwang Dur'chai herum in Richtung auf das Lager, »deine Zunge verrät dich.« Ihm fiel ein Sprichwort ein: »Laut plappert der kleine Bach, wer aber hört die Stimme des Flusses?«

Penelope erwachte gähnend und rieb sich die Augen. Sie fühlte sich kalt und unbehaglich und erinnerte sich plötzlich, warum. Unverzüglich entspannte sie sich, rollte sich wieder zusammen und versuchte, so zu tun, als wäre sie nie erwacht.

Wenige Minuten lag sie mit geschlossenen Augen, ruhig atmend, und versuchte, sich in den Schlaf zurückzudenken. Aber es hatte keinen Zweck. Sie war zu steif, zu kalt und viel zu hungrig.

Als ihr einfiel, daß sie hungrig war, erwachte sie vollends und öffnete ihre Augen. Es war heller Tag. Das kalte, nackte Licht erhellte ihr Gefängnis, ohne es freundlich zu machen. Penny lag halb auf dem Strohbündel. Ihr eigener Umhang und der schwere Schal der Prinzessin deckten sie zu, aber ihr war nicht warm. In einem solchen Raum konnte nichts warm sein – nur mehr oder weniger kalt. In'serinna stand wieder am Fenster, und das Mädchen fragte sich erneut, wie auch am Tag zuvor, ob sie die ganze Nacht wach gewesen sein mochte.

Sie setzte sich auf. »Prinzessin?« sagte sie.

Die Prinzessin drehte sich um. »Penny? Guten Morgen, wie geht es dir heute früh?«

»Gut«, erwiderte Penny, nicht ganz ernsthaft. »Was für einen Tag haben wir heute?« Sie ging zum Fenster und spähte hinaus. Es war genauso klar und kalt wie am Tag davor und am Tag davor und...

»Oh«, seufzte sie, »ich habe beinahe vergessen, was Sommer ist.«

Sie schaute auf ihre Gefährtin, die sie schwach anlächelte, und mit einem Mal traf es Penny wie ein Schlag, als sie sah, wie sich ihr Gesicht verändert hatte. Ihre Augen waren verweint und müde... aber, dachte sie, sie wird doch nie müde! Dies war jedoch nicht die Art Müdigkeit, der durch Schlaf abzuhelfen war. Es war die Erschöpfung der Seele. Die hochmütigen, scharfen Züge ihrer Schönheit waren abgestumpft, und sie war eingeschlossen in Stummheit.

Penelope fröstelte ein wenig und schluckte. In'serinna, sich der Gegenwart Pennys wieder erinnernd, blickte zu Boden und lächelte. Es war ihr altes Lächeln, und es erleuchtete ihr Gesicht mit Wärme.

»Du siehst betrübt aus, Kleine.«

»Ja, du scheinst dich zu quälen.«

»O Penny, nicht«... Dann lachte sie. »Wenn man uns beide so hört – jede ernstlich betroffen, daß die andere Kummer hat; und ich wollte doch sagen, daß es nichts gibt, das uns Kummer bereitet! Natürlich sind wir voll Sorgen, und natürlich haben wir allen Grund dazu. Laß uns nicht mehr davon sprechen und versuchen, es zu vergessen.«

Aber dies war etwas, das sogar Penny nicht vergessen konnte. Sie beugte sich über die Fensterbank und schaute hinab auf die Wipfel der schneebehaubten Bäume. Unter dem Fenster fiel die Wand senkrecht ab, von keiner Tür, keinem Tor, keinem Fenster unterbrochen. Sie befanden sich in einem Teil der Festung, der abseits des Weges lag. Wenn sie sich hinauslehnte und ihren Kopf herumdrehte, konnte sie zu den Zinnen aufsehen, aber es machte sie schwindlig, schlimmer noch als beim Hinabschauen.

Kein lebendiges Wesen war zu sehen, noch nicht einmal ein Vogel. Sie schienen Kuniuk Bannoth zu meiden. Penelope konnte sie deswegen nicht tadeln.

»Glaubst du, daß Prinz Hairon kommen und uns retten wird?«

»Hairon? Er würde es wohl gern versuchen, besonders, wenn er wüßte, daß du gefangen bist, aber das liegt nicht bei ihm. Fürst Horenon befehligt mein Gefolge. Penelope, hoffe nicht darauf, daß sie kommen werden. Bete, daß sie es nicht versuchen. Sie können uns nicht retten. Um uns zu befreien, müßten sie das Schloß einnehmen, und Kuniuk Bannoth ist nicht erbaut worden, um von einer Handvoll Männer erobert zu werden, seien sie noch so tollkühn.«

Penelopes Herz quoll über vor Widerspruch. Fast schrie sie: Wie wollen wir dann hier wegkommen? – doch Furcht vor der Antwort ließ sie innehalten. Sie schluckte und dachte sich eine andere Frage aus.

»Warum hat Kunil-Bannoth dich Blutsverwandte genannt?«

»Er ist zu weit gegangen!« Eine grausame Härte lag auf ihrem Gesicht. »Er hat die Wahrheit verzerrt. Wir sind entfernt miteinander verwandt.«

»Wirklich? Wie denn?«

»Erinnerst du dich daran, daß ich sagte, daß Fendarl eines der Sternenkinder war? Es gibt neun Geschlechter der Sterngeborenen, und wir nennen uns alle Verwandte. Aber das ist noch nicht alles: das Geschlecht Fendarls, das Geschlecht der Kendreth, und das meine, das Geschlecht der Anderen, stammen von Zwillingsschwestern ab, Elineth und Vadunna, und unsere Königreiche sind während unserer ganzen Geschichte eng verbunden gewesen. Wir haben öfters untereinander geheiratet, wie es alle Geschlechter der Sterngeborenen getan haben, natürlich, weil wir dazu verpflichtet sind.«

Ihre Stimme war plötzlich eigenartig heiser.

»Verpflichtet? Warum?«

In'serinna sah zu Boden, ihre Stimme wurde leise.

»Nur wir Sternenkinder dürfen den Sternenzauber ausüben. Es ist weniger unser Recht als unsere Pflicht. Nicht jeder von uns ist ein Zauberer oder eine Zauberin, aber sogar jene, die es nicht sind, haben ihren Anteil an dem Wunder. Ich bin eine Zauberin, also ist mein Anteil groß. Ich trage die Perle von Rennath und habe einen Platz im Rat. Aber zu deiner Frage: Wenn wir jemanden heiraten, der nicht aus diesem Geschlecht stammt, verlieren wir unser Recht und unsere Macht. Für Fremde ist es eine zu übermächtige Gemeinschaft.«

Ihre Stimme zerbröckelte, und für einen Augenblick war Stille. Penelope bewegte sich unbehaglich hin und her. Dann warf In'serinna den Kopf wieder nach oben. »Deshalb nannte Kunil-Bannoth mich Blutsverwandte; und darum werde ich manchmal Schwester der Adler genannt, denn das Haus der

Kendreth wird nach seinem Banner das der Weißen Adler genannt. O Bannoth! O weh, Rennath! Wir sind zwei Hälften eines Ganzen, aber wir müssen nach gegenseitiger Zerstörung streben. Für Bannoth ist der Tod das beste, was ihm zustoßen kann, und für Rennath bleibt bestenfalls ein verkrüppeltes Leben. O ihr weißen Adler! Oh, möge Kunil-Bannoth bald das vorbestimmte Verhängnis treffen!«

»Was bedeutet das – vorbestimmtes Verhängnis?«

»Vor allem bedeutet es, daß ich hoffe, ihm sei eines bestimmt! Aber es wird so sein! Wie Fendarl hat er sich im Innern seiner Zauberei verschanzt, obwohl seine Macht geringer ist. Aber noch nicht einmal die stärksten Zauberworte schützen ewig. Immer hinterlassen sie eine schwache Stelle, einen wehrlosen Fleck. Es gibt immer irgendeine Voraussetzung, die sie begrenzt. Auch bei Kunil-Bannoth. Man sagt, daß er sich aus Furcht vor einem Orakel nie eine Frau genommen habe. Aber auch für ihn wird ein Tag kommen... Penny!« Plötzlich packte sie das Kind bei den Schultern, starrte es an, als hätte sie nie zuvor sein Gesicht gesehen. Penny sprang überrascht auf.

»Was? Was ist? Prinzessin!«

Die Zauberin blieb stumm, in Gedanken verloren. Ihre Augen leuchteten auf, und fast lachte sie. Penny ergriff ihren Arm und schüttelte ihn voll Ungeduld.

»Sag's mir, Prinzessin, bitte! Hast du an etwas Bestimmtes gedacht?«

Sie lächelte ein wenig und nahm die Hand des Kindes. »Vielleicht. Wenn es zutrifft, lindert es mir meine Ängste. Nein, Penelope, ich kann es dir nicht sagen; ich muß noch mehr darüber nachdenken. Ich könnte mich irren. Aber ich bin nicht...«

Ihre Augen glänzten, und sie lächelte Penelope fast frohlockend zu, als gehörten sie einer Verschwörung an. »Gut. Wenn ich mich geirrt habe, werden wir's bald genug sehen.«

Li'vanh erfuhr, daß er also doch an der Jagd teilnehmen sollte, ohne daß er die ganze Nacht Rehai hätte in den Ohren liegen müssen. Als er dem jungen Jäger lachend erzählte, daß dies sein Schicksal gewesen wäre, grinste der nur schwach und sah ihn fast entschuldigend an, als ob er zu erkennen geben wollte, daß er diese Mühe zu schätzen gewußt hätte. Jedermann war bemüht, Rehai aufzuheitern. Tagelang hatte er nicht gelacht.

Sie nahmen ihn beinahe schützend in ihre Mitte, aber es hatte doch keinen Sinn. Sie wußten so gut wie er selbst: je mehr sie sich um ihn scharten, desto leerer mußte ihm der Platz an seiner Seite vorkommen. Rehai war der Blutsbruder Hrans, des Ausgestoßenen, gewesen.

»Es ist schwer«, sagte Hunoi, einer der Jäger, kurz vor dem Aufbruch zu Li'vanh, »Rehais Frau und Kind sind im Winter gestorben, weißt du, und nun seinen Waffenbruder zu verlieren... Man könnte meinen, die Götter hätten ihn verflucht. Doch du wirst niemanden finden, der etwas Schlechtes über Rehai sagen würde.«

Li'vanh nickte. Er hatte Rehai schon vor Hrans Weggang gekannt. Der Jäger war nicht glücklich gewesen, da der andere Verlust ihm noch so nah war, aber jetzt...

Es tat ihm leid. Er mochte ihn. Aber seine Gedanken wurden abgeschnitten, als von vorn ein Ruf erscholl, der sie vorwärtsdrängen ließ. Er wandte sich um, um Mnorh zuzulachen und zu winken, und sah dann Mneri, die aus ihrem Zelt kam. Sie gab sein Winken ohne Lächeln zurück. Nur für einen Augenblick spürte er einen ganz leisen Groll, als wäre ihm der Tag verdorben worden, dann zuckte er die Achseln und wandte sich ab. Vorn sah er Silinoi sich umdrehen und die Gesichter am Schluß des Zuges aufmerksam mustern. Er suchte den Blick seines Pflegesohnes und rief ihn nach vorn. Li'vanh nickte Hunoi zu und berührte Dur'chai mit einem leichten Schenkeldruck. Das Pferd schnaubte, schüttelte seine feurige Mähne und sprang vorwärts.

Li'vanh gesellte sich zu Silinoi, und schweigend legten sie etwa drei Meilen zurück. Insgeheim hatte er erwartet, daß irgend jemand – Silinoi oder Rehai – ihn darüber aufklären würde, was sie vorhatten, aber keiner sprach. Einen oder zwei Augenblicke lang hatte er die wilde Furcht, sie würden ihn als Wache bei den Pferden zurücklassen, denn sie jagten immer zu Fuß. Es war verpönt, Pferde zur Jagd zu benutzen, da Pferde selbst Gejagte und nicht Jäger waren, und sie wollten sie nicht zu Verrätern an ihrer eigenen Art machen. Redlichkeit war das strengste ihrer Gesetze. Einmal, es war lange her, hatte er sich darüber gewundert. Damals hatte er geglaubt, sie würden die Hetzjagd betreiben, und er war töricht genug gewesen, es Mnorh zu sagen. Mnorh war so angeekelt und beleidigt gewesen, daß er beinahe sprachlos wurde.

»Dann wären wir ja wie die Kelanat«, hatte er endlich hervorgewürgt. »Jagen wie die Kelanat! Die Kelanat sind Wilde. Sie jagen mit Hunden, und sie jagen wie die Hunde. Sie pirschen nicht, sie lassen die Hunde eine Spur aufnehmen, und dann hetzen sie die Tiere zu Tode. Wir – *wir* sind nicht wie sie. Wir sind die Kinder Kem'nanhs, wir sind die wahren Jäger. Wir jagen nicht wie ein Hund, sondern wie eine Katze. Sich geräuschlos heranpirschen und blitzschnell zuschlagen: das ist die Art eines Mannes. Hetzjagd, undenkbar! Es gibt bei uns eine Redensart, die sagt, daß du erst dann ein wirklich guter Jäger bist, wenn deine Beute bis zum Augenblick ihres Todes nicht weiß, daß sie in Gefahr ist.«

Er hatte eine Pause gemacht und dann in einem hochmütigen Ton hinzugefügt: »Es ist klar, ich erwarte nicht, daß du ein wirklich guter Jäger wirst.«

»Besten Dank! Wirklich, sehr nett!«

»Sieh mal, Li'vanh, ein Mann kann nicht zwei so große Gaben auf einmal haben. Zumindest ist es selten. Krieger sind keine Jäger, und Jäger keine Krieger. Derna sagt, du seist ein großer Krieger, also – warum solltest du auch ein Jäger sein?«

»Und warum kann ein Mann nicht beides sein?«

»Ich habe nicht gesagt, daß er es nicht kann. Aber es ist selten. Es wäre nicht gerecht von den Göttern, zwei solche Fähigkeiten einem einzelnen Mann zu verleihen.«

»Klar. Also ist dein Bruder Vanh ein armseliger Krieger?«

»Vanh ist kein armseliger Krieger! Vanh ist der beste aller Kämpfer!«

»Wie das? Wenn er doch Vanh, der Jäger, ist?«

Mnorh verzog sein Gesicht zu einem widerwilligen Lächeln.

»Wer hat dir beigebracht, einem Menschen die Worte im Mund umzudrehen? Na ja, vielleicht wirst du auch ein guter Jäger.«

Li'vanh grinste, als er sich daran erinnerte. Es schien lange her zu sein, seit er den Fehler gemacht und sich Mnorhs Zorn zugezogen hatte. Heute war er über sich selbst erstaunt. Jetzt war er wie alle davon überzeugt, daß nur ein Barbar Hunde zur Jagd benutzte; aber das Jagen zum Zeitvertreib war noch gemeiner. Er sah nun nichts Zwiespältiges mehr in ihrer unverfälschten Zuneigung zu den Tieren, auf die sie Jagd machten. Es war notwendig, sie konnten es nicht vermeiden, aber ein Instinkt in ihnen befahl, so barmherzig wie möglich zu sein. Die Vorstellung, man könnte an den Schmerzen der Tiere Freude haben, war ihnen unerträglich. Früher hatte es ihn in

Verwunderung versetzt, wenn sie sich selbst »Kerivhmeni« nannten, »das sanfte Volk«, denn unter sich waren sie alles andere als sanft. In ihrer leidenschaftlichen und ungestümen Art konnten sie gegen den anderen barbarisch sein. Doch gegen Tiere verhielten sie sich niemals so, niemals grob oder wütend; sie behandelten sie immer mit einer wunderlichen Zartheit. Sie glaubten sogar, daß Menschen nur zu dem Zweck erschaffen worden seien, die Tiere zu leiten und für sie zu sorgen.

»Zumindest die Khentors«, hatten sie hinzugefügt. »Man weiß nicht, wozu die Barelonh und die Inselbewohner erschaffen wurden.«

Sie waren weit mehr als sieben Meilen geritten, als Rehai, der an der Spitze war, einen Warnruf ausstieß und den Arm hochstreckte. Die Männer kamen zum Stehen. Rehai wandte sich um, schaute Silinoi an und gab Li'vanh mit einem Nicken zu verstehen, daß er mit dem Fürsten nach vorn kommen solle. Gemeinsam erreichten sie Rehai und folgten seinen Blicken.

Nach einer kurzen Pause sagte Silinoi: »So. Heute brauchen wir unsere Beute nicht zu suchen. Heute sucht sie uns.« Seine dröhnende Stimme ließ mehr Überraschung und Staunen erahnen, als er sich jemals sonst hatte anmerken lassen.

Obwohl noch eine gute Strecke entfernt, konnten sie deutlich sehen, wie ein Hirsch mit prächtigem Geweih direkt auf sie zukam.

Er glitt auf dem kürzesten Wege schnell durch die Gräser, und es wurde ihnen klar, daß er es bewußt tat. Ungläubig lachte Li'vanh halblaut, aber Rehai schüttelte den Kopf. »Sieh noch mal hin, Terani. Es ist nicht der Hirsch, der uns sucht.«

Silinoi kniff seine alten, nicht mehr so scharfen Augen zusammen, und nach einer Weile rief er leise aus: »Du hast die Augen eines Falken, Rehai. Li'vanh, siehst du es? Es ist unglaublich.«

Und genau jetzt sah es Li'vanh.

Seitlich auf dem Rücken des Hirsches saß ein junger Mann. Seine Hände hielten die Geweihstangen, als ob er Zweige eines Baumes auseinanderböge.

»Mor'anh«, flüsterte Li'vanh, »was ist das?«

Silinoi und Rehai schüttelten die Köpfe. Alle drei verharrten in angespanntem Schweigen, bis Hirsch und Reiter anmutig auf sie zuglitten und dann anhielten. Schlank, mit nackten Armen, nackten Beinen und kahlem Kinn, wirkte der Fremde fast kindlich. Doch Li'vanh lief ein Schauer über den Rücken, als die ernsten, verschatteten, undurchdringlichen Augen sie musterten. Nachdenklich sah er sie der Reihe nach an und klopfte den Hals seines seltsamen Reittiers. Er hatte den Blick eines Mannes, der an einem geschützten, schattigen Ort lebt, und er war hellhäutig, zart wie eine Anemone; doch unwillkürlich schreckten sie davor zurück, seinem Blick zu begegnen. Endlich sprach er: »Wo sind die Reiter der Ebenen des Nordens? Wo sind die Söhne Kamenons? Zu den Waffen, Kinder des Windes, denn die Goldenen haben sich erhoben, und es ist Krieg an den Grenzen von Khendhalash. Bei Danamol, an der Furt durch den Fluß, dort werden sie aufeinandertreffen, und der Schwanenkönig von Rennath braucht die Hilfe seiner Freunde. Nun wird eure Stärke gebraucht. Nun muß die Khentorei ihr Versprechen einlösen. Zu den Waffen, Herr der Hurneis, Herr über die nördlichen Ebenen. Führe deine Stämme in den Krieg!«

13
»Das Kind mit den tödlichen Augen«

Es war das Unwahrscheinlichste von allem, was Nicholas weckte: Essensgeruch! Dieser und der Duft des Waldes kitzelten seine Nase, und als er die Augen öffnete, brannte neben ihm ein kleines Feuer, über das ein Mann sich beugte.

An seltsame Anblicke hatte er sich inzwischen gewöhnt, doch an diesem Mann war etwas, das ihn ein wenig stutzen ließ. Er war mittelgroß, untersetzt, hatte struppiges dunkles Haar und einen Bart an Kinn und Wangen. Er war wie die Haranis gekleidet, jedoch gröber, waldgrün und braun. Seine Haut war wettergegerbt, die Rücken seiner kräftigen Hände dicht mit Haaren bedeckt.

Seltsam: es verwirrte den Jungen, daß so wenig Merkwürdiges an dem Mann war. Er hatte nicht den hoheitsvollen Blick der Prinzessin oder das unverhüllt nicht-menschliche Aussehen der Nihaimurh. Er sah schrecklich sterblich aus – ja erdhaft. Vielleicht war es das: er sah einfach zu lebendig aus, um wirklich zu sein. Als seine dicken, fast groben Lippen sich zu einem Lächeln verzogen, funkelten seine Augen, und weitere Runzeln erschienen in seinem braunen, faltigen Gesicht.

»Denkst du, daß du mich wiedererkennen wirst, wenn wir uns das nächste Mal treffen?«

Seine Stimme war das Beste an ihm. Sie war tief und wunderbar, gelächterschwer wie ein früchtebeladener Baum und immer von einem schweren Dröhnen begleitet. Wenn sie ihre tiefste Lage erreichte, erzitterte der Wald im Widerhall wie manchmal die Mauern einer Kirche bei einem bestimmten Orgelton. Nicholas schmunzelte ein bißchen, konnte aber gerade noch daran denken, nichts zu sagen. Der Mann sah es und lachte wieder.

»Hungrig?«

Ein begeistertes Nicken war die Antwort, und er wandte sich wieder dem Feuer zu.

Nicholas wollte seine Decke abwerfen, stellte dann aber fest, daß es sein Umhang war. Da rappelte er sich auf und folgte dem Mann. Das Frühstück bestand aus heißen, krümeligen Fladen, Honig, Käse und Wasser.

Nicholas hatte einen Rabenhunger, und auch sein Gefährte langte herzhaft zu. Fortwährend sprach er mit sich selbst in einem weichen Brummen, dem Nicholas nicht folgen konnte. Daran war wohl nur seine Betonung schuld, die anders als die der Haranis klang, obwohl es dieselbe Sprache war.

Er nahm von dem Jungen nicht viel Notiz, aber auf irgendeine unerklärliche Weise war er ein sehr beruhigender Gefährte. Als Nicholas endlich gesättigt war, lehnte er sich mit einem zufriedenen Seufzer an den Baum hinter sich.

Obwohl der Mann ihn nicht ansah, fühlte Nicholas plötzlich, daß ihm seine ganze Aufmerksamkeit galt. Kurz darauf sagte er ohne Eile: »Nun gut, ich schlage vor, daß du mir jetzt erzählst, was einen Fremden nach Nelimhon führt?«

Es dauerte recht lange, mit vielen Verzögerungen und Erklärungen. Einige Dinge mußte er zweimal erzählen, andere erzählte er eigentlich überhaupt nicht gern. Aber endlich war alles nacherzählt, und der Fluß der Worte hatte ihn über die Grenzen des Waldes bis zu seinem Zusammentreffen mit den Nihaimurhs getragen.

»Nun... machte er sich auf, um es den... Windkindern zu berichten, ich denke jedenfalls... irgendwie würden sie helfen, und er schickte mich mit einigen anderen fort, um einen Ruheplatz zu suchen... aber sie ließen mich zurück. Ich meine, es war nicht genau so, aber ich war so müde, konnte mich nicht mehr auf den Beinen halten, und sie warteten nicht... so blieb ich hier, und hier bin ich. Und wer bist du, bitte?«

Der Mann lächelte nachdenklich.

»Tadle das Waldvolk nicht«, sagte er, »ernstlich würden sie dich nicht verlassen haben, aber für sie sind Sterbliche so seltsame Wesen, wie sie selbst es für Sterbliche sind. Sie haben davon gehört, daß Menschen müde werden und Ruhe brauchen, aber sie verstehen nicht, daß die Müdigkeit Füße und Kopf langsam macht. Übrigens, eine von ihnen ist bei dir geblieben. Hast du sie gesehen? Die ganze Nacht hat sie über dich gewacht, eine sehr hübsche Wache, und sie ging nicht fort, bevor ich kam. Nun, wer bin ich? Herrje, welch eine Frage! Ich kann dir meinen Namen sagen, wenn du ihn wissen willst, obwohl es lange her ist, daß er ausgesprochen wurde. Den Namen meines Hauses weiß ich, aber ich sage ihn nicht. Es gibt viele andere Bezeichnungen, die Menschen mir beilegen. Aber, wer bin ich? Das ist eine viel zu lange Geschichte, die noch nicht zu Ende ist. Sogar du, so jung du bist, könntest mir in wenigen Worten nicht sagen, wer du bist. Wahrscheinlich weißt du es jetzt nicht einmal. Wir sind mehr als unsere Namen, Junge.«

Nicholas war ziemlich aus der Fassung gebracht.

»Ja, alles was ich meinte, war, wie ich dich anreden soll?«

»Nun gut, welchen von allen Namen, die mir beigelegt wurden, soll ich wählen? Der Grenzbewohner, denke ich; er ist der passendste, ja, und ich mag ihn lieber als die meisten anderen. Ja, nenne mich den Grenzer.«

Nicholas starrte ihn an. »Bist du sicher? Es hört sich nicht wie ein Name an. Er klingt nicht... nicht... sehr vornehm.«

Der Mann starrte ihn sekundenlang an, dann warf er den Kopf in die Höhe und brach in ein begeistertes Lachen aus: »Vornehm! O Junge, du bist mein Freund für immer! Vornehm! Hört ihr's, Schatten meines Hauses?«

Er schüttelte den Kopf und betrachtete Nicholas mit lebhafter Heiterkeit. »Du meinst, daß mir Respekt gebührt? Ich danke dir dafür, Junge. Aber nenn' mich Grenzer. Das genügt.«

Nicholas blinzelte ein wenig und sann auf eine andere Frage.

»Wer sind sie? Die Ni-Nihaimurh, meine ich? Was für Leute?«

Als der Grenzer sich vor Lachen zu schütteln begann, sagte er: »Es tut mir leid. Habe ich eine dumme Frage gestellt?«

Der Mann schüttelte seinen Haarschopf. »Durchaus keine dumme Frage. Aber eine so große und weite und so ohne Antwort! Sie sind eben das Waldvolk, die Leute, die im Wald wohnen; nur eine andere Art von Leuten, so wie Menschen eben Menschen sind. Sie leben nach anderen Gesetzen, das ist alles. Sie sind die Gefährten Irananis – einige nennen sie einfach die Gefährten.«

»Gefährten von – wem?«

»Iranani.«

»Wer ist das? Oder ist es etwas?«

»Die Antwort auf das ›Wer‹ ist einfach Iranani, und die Antwort auf das ›Was‹ ist, daß er vieles auf einmal ist, aber eines davon ist, daß er der Herr des Waldes und des Wassers ist. Ich zweifle nicht, daß er in seinen Mußestunden seine Freude an den klaren Bächen und kühlen Lichtungen Nelimhons hat.«

Nachdenklich sah er den Jungen an. »Nun gut, wie sagtest du, wirst du genannt? Nicholas? Also, Nicholas, du hast nun genug erzählt, um meine Gedanken in Bewegung zu versetzen. Merekarl beinahe vom Schwarzen Berg verjagt, deine Schwester und die Sternentochter Kunil-Bannoths Beute, die Kelenats ziehen in den Krieg, die Khentors nahen, um sie zu treffen, und ein Junge wird von den Inkalyeis gejagt – oh, ja! Ich habe von deinen Wölfen schon vorher gehört! Und du hast auch einen Bruder. Ich wundere mich, ja, ich wundere mich. Das Land des Sternenlichts ist früher noch nie so lange ruhig gewesen. Die Menschen mögen mich sonderbar nennen, aber ich bin weder blind noch taub, und ich kann mit meiner Nase mehr Dinge riechen als Balsam. Die Dinge sind in Bewegung... in Bewegung.«

»Weißt du, es war so komisch – der Schnee, und dann der Frühling hier. Aber ich bin froh, daß ich hierher gekommen bin. Ich glaube, dieser Wald ist... ist der glücklichste Ort, den ich je gesehen habe.«

Der Grenzer lächelte. »Vielleicht hast du recht«, sagte er, »aber wenn es so ist, mußt du jetzt lernen, daß Glück nur in kleinen Mengen kommt. Denn ich denke, je eher ich dich in der Weißen Stadt weiß, desto besser. Du mußt Nelimhon verlassen.«

Nicholas schreckte auf. »Warum? Ich glaube, ich möchte diese Stadt nicht sehen, ich habe genug über sie gehört, aber hat es denn so große Eile? Mir gefällt es hier. Warum muß ich gerade jetzt gehen?«

»Weil Nelimhon kein gewöhnlicher Wald ist. Vergiß nicht, daß er eigentlich für Menschen verboten ist, und dies teilweise zu ihrem Besten. Außerdem breitet er schon den Zauber seines Friedens über dich, und du hast nicht die Kraft, ihm zu widerstehen. Nelimhon ist ein hübscher Ort, ein guter Ort, aber er ist gefährlich. Seltsame Dinge geschehen mit denen, die seine Luft atmen, sein Wasser trinken und unter seinen Bäumen wandeln.«

Er sah den Blick des Jungen und lächelte.

»Solche wie ich? Ist es das, was du denkst? Daß mir seltsame Dinge widerfahren sind?«

»Nein; mir fiel nur etwas ein: Wenn Menschen der Aufenthalt verboten ist, warum bist du dann hier?«

Der Mann lachte laut. »Das ist wahr, und ich habe keine befriedigende Antwort außer der, Nicholas, daß ich eine Ausnahme von vielen Regeln bin.«

An jenem Tag ließ in Kuniuk Rathen Kunil-Bannoth seine Gefangenen erneut rufen. Sie kamen: die Prinzessin kalt, stolz und ernst, Penelope müde und elend. In ihr wuchs der Hunger. Alle vorhandenen Lebensmittel hatte die Prinzessin ihr gegeben, aber es war nicht genug. Es war drei Tage her, seit sie ein richtiges Essen gehabt hatte, und je hungriger sie war, desto kälter fühlte sie sich, und Hunger und Kälte drängten sich zwischen sie und den Schlaf.

Sie hielt die Hand ihrer Gefährtin, als sie in die Halle traten, und lehnte sich gegen ihren Arm, schwach und sogar ein wenig störrisch.

Sie hörte dem Wortgefecht nicht zu; sie wollte auch nicht zu dem Thron schauen. Ihr sonst glänzendes Haar war rauh und verfilzt, denn sie hatte es drei Tage nicht gekämmt, und die ungeputzten Zähne verbreiteten einen ekligen Geschmack in ihrem Mund. Sie fühlte sich schmutzig und schlampig und nicht zuletzt gereizt oder trotzig. So blickte sie statt dessen auf die Reliefs an den Wänden und auf die Zeichen, die in den abgewetzten steinernen Fliesen noch schwach sichtbar waren. Schwäne und Adler waren darauf zu erkennen. Sie sahen nicht aus wie die schwarzen Adler – eher wie Merekarls Volk, wagemutig und tollkühn. Sie erinnerte sich, wie die Prinzessin von Fendarls Vorhaben gesprochen hatte, und fragte sich, wie alt dieser Ort wohl sein mochte: das mächtige Steingewölbe, die hohen Bögen – Kuniuk Bannoth: Schloß Bannoth.

Sie schloß, halb schlummernd, die Augen und dachte an das Schloß. Und plötzlich schien es ihr vor Augen zu stehen, wie es einmal gewesen war. Ein Grenzbollwerk, die Festung eines Herrschers in den Grenzmarken eines Königreichs, einen Bergpaß verteidigend gegen Kirons tödlichste Feinde. Auf dem Schwarzen Berg blühte der Sommer, Grün flutete in seine Ausläufer und Täler, und die schwarzen, schneegescheckten Höhen sahen ernst und gütig aus, nicht grausam und kalt. Vögel fielen ein und sangen von den Türmen, über den grauen Mauern flatterten die Banner mit den Weißen Adlern des Geschlechts von Kendreth. Drinnen, unter den Dachbalken der Halle, schwangen die stolzen Fahnen über den Köpfen der Hausbewohner. Der König von Bannoth saß in seinem Sessel, und hinter ihm waren die drei Standarten entrollt: eine für sein Haus, eine für die Veduath und noch eine, die neunsternige Standarte der Zauberer...

Fast hörte sie das Sprechen und Lachen, fast roch sie die Speisen, fühlte das Feuer. Wenn sie die Augen öffnete, würde sie sie sicherlich sehen, die anmutigen Damen mit ihren Kindern, die sich an sie drängten, und die hochgewachsenen Herren mit Falken auf den Fäusten...

»Öffne deine Augen!« flüsterte die Prinzessin heftig. »Öffne deine Augen.«

Sie fuhr hoch in einer freudigen Bewegung, ihre Augen weiteten sich und flogen umher. Für einen Augenblick sah sie In'serinnas liebliches Gesicht als Teil ihres Traums und drehte sich, um die fahnengeschmückte Halle und den König zu erblicken. Und auf der Thronempore stand der gegenwärtige König von Bannoth mit starrem Blick. Ihn traf die volle Stärke ihres lebensvollen Augenstrahls. Er warf mit einem Schrei den Arm in die Höhe und fiel in jähem Schrecken zurück.

Oh, Augen werden blau genannt, für blau gehalten, und sind doch nichts dergleichen, oder der armselige, schwache, geistlose Abglanz dieser Farbe! Aber Penny – sie hatte blaue Augen, aufregend blau. Sie waren blau wie Sommerhimmel, blau wie frisch erblühter Flachs, blau wie Wegwarte, wie Chalzedon, wie der Mantel von Keriol dem Hornbläser. Und in der Wandarei ist Blau die Farbe des Todes.

Kunil Bannoths Aufschrei riß Penelope aus ihrem freundlichen Traum, und sie sprang zurück an die Seite der Prinzessin und schmiegte sich an sie. In'serinna warf ihr den Schal um die Schultern, aber ihre Augen ließen den Mann nicht los, der sie gefangen hatte, und plötzlich lachte sie wild und scharf triumphierend.

»Ja!« schleuderte sie der zusammengefallenen Gestalt auf dem Thron entgegen. »All deine Achtsamkeit und Verteidigungskunst waren vergeblich; und zum Schluß ist das Kind doch noch gekommen! Oh, du hast dich gefürchtet, hast gelauert, aber gegen deine eigene Bosheit gab es sogar für dich keine Gegenwehr! Dein eigenes schwarzes Herz hat dich betrogen, denn durch dein eigenes Handeln ist das Wesen, das du fürchtest, mitten in deine Mauern gelangt, und du hast dein Schicksal selbst über dich verhängt, ein Gefangener wider Willen!«

Vor ihren Worten wich er zurück, für einen Augenblick waren Stolz, Hochmut und sogar der Haß verschwunden, nichts lag zwischen ihm und der Erkenntnis der blendenden Wahrheit. »Fürchte ein Kind in deiner Halle«, hatte das Orakel vor langer, langer Zeit gesagt, »fürchte das Kommen des Kindes mit den tödlichen Augen.« Und alle diese Jahre war er auf der Hut gewesen, bis er die schwache Stelle in seiner Verteidigung beinahe vergessen hatte. Niemals in seinem Leben, nicht einmal, als die Prinzessin ihren Sternenglanz durch seine Halle glühen ließ, hatte er einen solch tödlichen Schock, solche Pein erlitten wie eben jetzt, als jene Farbe ihm in die Augen stach, als ein schmaler Blitz, der aus Penelopes schmalem, bleichem Gesicht zuckte.

Der Schmerz raste in ihm, und er sprang auf: »Tötet sie!« gellte er. Es war das zweite Mal, daß er sie mit dem Tod bedrohte, und diesmal war sie zu verwirrt, um Angst zu empfinden.

Als er es ausgesprochen hatte, rief die Prinzessin mit schmetternder Stimme: »Hüte dich!« schrie sie. »Hüte dich, Kunil-Bannoth! Gib den Tod in ihren Augen frei! Und wer weiß, wohin er sich wenden wird!«

Zorn und Angst kämpften in ihm. Er glaubte nicht an die Worte der Prinzessin, er glaubte nicht, daß der Tod in den Augen des Kindes sich irgendwohin wenden würde, aber... aber... Die Furcht siegte.

Er warf ihnen einen haßerfüllten Blick zu, dann wandte er sich ab, damit Penelopes Blicke ihn nicht erreichten.

»Zurück ins Gefängnis!« befahl er.

Fast im Traum stolperte Penny dahin. Die Worte der Prinzessin hatten sie mehr erschreckt als alles andere, was geschehen war. Die Gedanken jagten sich in ihrem Hirn: »den Tod in ihren Augen«... Tod, Tod in ihren Augen?... es war schrecklich! Und was bedeutete es? Nichts verstand sie, alles war furchterregend, und nun hatte auch die Prinzessin ihr Angst gemacht. Sie wollte keinen Blick in jenes helle, leidenschaftliche, gute Gesicht werfen. Es verlangte sie nach ihrer Mutter, ihrem Vater und Oliver, Nicholas – sie wollte nach Hause. »Ich mag dieses Spiel nicht, laßt uns etwas anderes spielen.« Doch es war kein Spiel, und sie konnte nicht aufhören, aber sie mochte es nicht. »Tötet sie«... »Tod in ihren Augen«... sie konnte es nicht ausstehen!

Als viel später ihr Weinen nachließ, saß sie auf In'serinnas Schoß; umklammert von ihren starken Armen, lehnte sie sich gegen sie und rang krampfhaft nach Atem. Das tröstende, inhaltslose Summen der jungen Frau über ihrem Kopf fügte sich nach und nach zu einem Sinn. »Es tut mir leid, es tut mir leid, Kleine. Ich wollte dich nicht ängstigen. Aber ich wollte ihm Furcht einjagen, und ich habe nicht gewagt, es dir zu sagen. Ich war nicht sicher, ob ich recht hatte, aber nun, denke ich, haben wir ihn in Panik versetzt. Beinahe tut er mir leid... Warum, was ist?«

»Du hast gesagt... du sagtest...« Pennys Stimme schwankte. »Du sagtest, es war Tod in meinen Augen...«

»Ah, wirklich, das ist kein Grund zu weinen! Es ist nur, weil sie blau sind; und für uns bedeutet die Farbe Blau Tod oder Trauer. Nein, das ist kein Omen, ich wünsche dir nichts Schlechtes. Aber vor vielen Jahren wurde Kunil-Bannoth geweissagt, daß ihn seine Zauberkraft für eine lange Zeit gegen alles schützen würde, was er fürchtete, diese Zeit aber würde enden, wenn das ›Kind mit den tödlichen Augen‹ seine Halle beträte. Deshalb packte ihn das Entsetzen, als er dich sah, denn in dir ist die Bedrohung verkörpert, die er immer gefürchtet hat.«

»Oh!« Penelopes Gesicht hellte sich ein wenig auf. Irgendwie bedeutete es schon etwas, Kunil-Bannoth in Schrecken zu versetzen, selbst dann, wenn sie es sich nur wenig als Verdienst anrechnen konnte.

»Ich wette, jetzt könnte er sich selbst prügeln, daß er mich hierherkommen ließ... es ist fast spaßig.«

»Oh«, erwiderte die Prinzessin grimmig, »er könnte Schlimmeres tun, als sich selbst zu prügeln. Er hat sich selbst zerstört, und er weiß es... Auf diese Weise ist nach allem vielleicht Hoffnung für uns. Ich hatte beinahe aufgegeben, ich sollte mich schämen...«

Sie sprach nicht aus, daß sie sich fragte, was schon damit gewonnen sei, die Gefangenen eines erschreckten Gefangenenwärters zu sein. »Wenn er sich fürchtet«, dachte sie entschlossen, »dann ist das schlimmer für ihn. Und was für ihn schlimmer ist, muß besser für uns sein.«

Sie erfuhren bald, um wie viel es besser war: am nächsten Tag erhielten sie überhaupt kein Essen mehr.

Bevor der Ruf zu den Waffen erging, war Li'vanh selten zu Bewußtsein gekommen, daß sein Pflegevater Herr über die nördlichen Ebenen war. Seine Besuche bei Kiron, das Vermitteln zwischen den Stämmen, die Regelung von Zwistigkeiten – diese Dinge waren in der Regel die Arbeit für die Winterzeit, wenn die Stämme in einem ziemlich kleinen Bereich versammelt waren. Im Sommer bestand selten die Notwendigkeit, seine Autorität zu beweisen.

Aber am Tage der Jagd brachte der Anführer aus seinem Zelt eine erstaunliche Anzahl von Landkarten, die auf Häute gemalt waren, Wege und Grenzen, die Li'vanh nicht deuten konnte, waren darauf eingetragen. Silinoi berechnete Routen, Entfernungen und Marschdauer; und er legte fest, wo die Stämme Lager beziehen und wo sie sich sammeln sollten. Am selben Tag wurden zehn Reiter ausgeschickt, die den »Rashev R'munhan« trugen, den Aufruf zum Krieg. Manche nannten ihn den Wolfsspeer, wegen des weißen Wolfsschwanzes, der die Spitze schmückte, festgehalten von einer schmalen Kette aus dunkelgrünem Metall. Der Speergriff war rot befleckt.

»Natürlich rot vom Krieg«, erklärte Mnorh, »und das Metall des Speerhalses ist Kamenani, das königliche Metall, um zu zeigen, daß die Vollmacht des Vaters von Kiron kommt. Der Wolfsschwanz soll an Mor'anh Mer'inhen erinnern, manchmal der Weiße Wolf genannt, der die Stämme zum ersten Mal in den Krieg führte... auch weil der Weiße Wolf der Hund Marenkalions genannt wird; man sagt, daß er immer eine Meute von dreien besitzt, die seine Befehle ausführen. Wir nennen sie die Inhalyei.«

Li'vanh war von einer eigenartig prickelnden Erregung erfüllt, halb Freude, halb Furcht. Er zog in den Krieg. Bisher war es nur eine Redensart, nur Wörter, deren Klang noch keine Bedeutung erlangt hatten. In den Krieg ziehen – die Rechtfertigung all jener Stunden des Übens mit Derna; was ein gewöhnlicher Zeitvertreib gewesen, hatte nun die neuen und schrecklichen Ausmaße des Todes. In den Krieg ziehen – für ihn gehörte es noch in den Bereich von Erzählungen, und es fiel ihm schwer, es als Wirklichkeit zu begreifen. Es würde ein Gefecht mit Speeren und Schwertern sein, mit stürmenden Pferden, wo man auf den Mann traf, den man im Zweikampf töten mußte, Angesicht zu Angesicht. Und hier, raunte der Verstand, würde Dernas Urteil über ihn auf die Probe gestellt werden. Dies würde der Prüfstein sein, dies würde zeigen, ob er in der Tat ein einmaliger Krieger unter zehntausend war. Er fühlte sich noch ruheloser als zuvor, obschon weniger gereizt. Wenn die Geschichten der Helden erzählt wurden, haßte er es zu hören, wie man die Feiglinge verhöhnte, denn er dachte: »Was ist, wenn ich merke, daß ich ein Feigling bin?« Er brütete viel über der Frage, was wohl geschehen würde, wenn sich erwies, daß er sein Leben mehr liebte als seine Ehre. Er prüfte sich selbst und kam widerstrebend zu dem Ergebnis, daß es nur wenig gab, sehr wenig – weniger, als er gedacht hätte, solange es nur eine Frage des Denkens war –, das er mehr liebte als sein Leben. So traf er seine Vorbereitungen mit recht gemischten Gefühlen.

Mnorh hingegen war ganz sicher, daß er seinen Spaß haben würde. Es hatte eine kurze, unangenehme Zeitspanne gegeben, als er dachte, zurückbleiben zu müssen, aber er hatte seinen Vater mit Bitten bestürmt, nicht von Li'vanh getrennt zu werden, hatte das Amt des Schildknappen, Waffenträgers, Schuhputzers – was immer man wollte – beansprucht, bis ihm erlaubt wurde, den Gast zu begleiten.

Ganz wenige Jungen nur sollten mit ihnen gehen, um auf die Dinge zu achten, die die Männer nicht in den Kampf mitnehmen würden. Gewöhnlich waren dies ihre Falken oder ihre geschmeidigen Jagdkatzen. Infolge eines Befehls von Yorn hatte Oliver nichts dergleichen, aber er war sehr froh, daß Mnorh bei ihm sein würde.

Auch Mneri zweifelte nicht an ihrem Verlangen, sie zu begleiten, aber sie hatte nicht die lärmende, vom Erfolg seines Flehens überzeugte Art ihres Bruders. Zuerst hatte sie ihren Vater ganz ruhig gebeten, dann, als er es abschlug, hatte sie ihn mit einer Eindringlichkeit beschworen, die sie nie zuvor gezeigt hatte. Li'vanh erschrak, als sie sich ihrem Vater zu Füßen warf, seine Knie umklammerte, ihre Stirn an den Boden legte und so verzweifelt und qualvoll bat, daß der Anblick Li'vanh weh tat und er eiligst wegging.

Aber ihr Vater weigerte sich immer noch. Li'vanh vermutete es jedenfalls, als er später am Tage an einem Wagen vorbeikam und ein Röcheln und wildes Keuchen hörte, es klang fast, als wenn jemand seine Tränen zu ersticken versuchte. Es packte ihn das Verlangen wegzurennen, aber er riß sich zusammen und ermahnte sich selbst, nicht feige zu sein; er blickte suchend in die Runde. Dann bückte er sich und lugte unter den Wagen, und dort, am Zufluchtsort der Khentors von alters her, kauerte Silinois Tochter.

Der Zwang zur Flucht wurde noch stärker, aber gleichzeitig hatte er, halb schuldbewußt, den Wunsch zu helfen, und er kroch unter den Wagen. Es entstand eine Pause, in der er sich den Kopf zerbrach, was er sagen könnte, während Mneri so tat, als hätte sie ihn nicht gesehen. Schließlich sagte er: »Schwester, warum weinst du?«

Der Boden des Wagens war so nah über ihnen, daß seine Stimme schwerer und tiefer klang und ihn zum ersten Mal seit Wochen durch ihre Männlichkeit erschreckte. Er fühlte, wie er heiß errötete, und runzelte die Stirn. Mneri, die ihm den Rücken zuwandte, schnupfte noch eine Weile und sagte dann mit belegter, schwankender Stimme:

»Weil mein... weil unser... weil Vater vorhat, mich zu Hause zu lassen.«

Ihre letzten Worte zitterten kurz vor einem Schluchzer. Er versuchte, sich etwas Passendes, Männliches, Spöttisches, etwas über weinende Frauen auszudenken, und über die Nutzlosigkeit des Weinens, aber er konnte sich nicht erinnern, daß er jemals einen männlichen Stammesangehörigen etwas in dieser Art hatte sagen hören. Voll Unbehagen fiel ihm ein, daß Khentor-Frauen niemals weinten, niemals. Sie klagten, aber sie weinten nicht, nicht so wie sie.

Also sagte er, so kurz und klar er konnte: »Macht es soviel aus?«

»Ja!« klagte sie leidenschaftlich. »Sicherlich!« Und dann begann sie, trotz den zusammengebissenen Zähnen, wieder zu schluchzen.

Wäre sie seine wirkliche Schwester gewesen, Penelope oder sogar seine Kusine Margaret, würde er tröstend den Arm um sie gelegt haben – hier aber tat er nichts dergleichen. Außerdem, so entschuldigte er sich selbst, war die Wagenachse im Weg. Ihm war bis zur Verzweiflung unbehaglich. Der Wagenbogen war in Höhe seiner Schulter, so daß er gebückt knien mußte. Er wünschte, hier herauszukommen; doch aus welchem Grund auch immer: er mußte bleiben.

»Hör, ich kann nicht einsehen, daß es soviel ausmacht«, sagte er, so vernünftig wie möglich. »Es ist ja nicht für lange. Jedermann wird bald zurück sein. Und es würde dort gar nichts für dich zu tun geben. Und niemand, der bei dir wäre (o du Narr!), und alles wäre ein bißchen trostlos. Ich bin sicher, daß du hier besser aufgehoben sein wirst. Schließlich wird Vater dich niemals kämpfen lassen. Und ich denke, daß wir lieber das essen, was wir selbst gekocht haben!« schloß er mit der verzweifelten Anstrengung, einen Witz zu machen. Aber sie lachte nicht. Sie flüsterte: »Ich will mitkommen.« Er fühlte sich unbehaglich, töricht und plötzlich verärgert. »*Warum*, um Himmels willen?« fragte er aufgebracht. Unmittelbar darauf verfluchte er sich selbst und biß sich auf die Zunge.

Mneri machte sich steif und drehte sich langsam zu ihm um. Ihr Gesicht war staubig, fleckig und vom Weinen geschwollen, aber aus irgendeinem Grunde bemerkte er es nicht. Hitze überflutete ihn.

»Li'vanh«, sagte sie mit eigentümlich verzweifelter Würde, »ich glaube nicht, daß du es nicht weißt.«

Und es stimmte. Er wußte es. So wich er ihren Blicken aus und kroch hinaus; besiegt gab er das Feld preis, ließ sie zurück, wehklagend, wie Khentor-Frauen nie klagten, als ob alles vorbei wäre, als bliebe nicht einmal eine Spur von Hoffnung.

14
Wanderer und Gefangene

Nicholas war der erste, der sich auf den Weg nach H'ara Tunij machte. An dem Tag, da er den Grenzer traf, während seine Schwester Kunil-Bannoth in Angst und Schrecken versetzte und sein Bruder die Kriegstrommeln hörte, begannen sie ihren Marsch.

»Wie weit?« sagte der Grenzer mit einem Lächeln stillen Vergnügens. »Wie weit es ist? Ich weiß es nicht, aber ich schätze, daß wir ungefähr vierzehn Tage marschieren müssen – wenn wir dich heil abliefern wollen; und ich denke, das wollen wir. Warum machst du ein solches Gesicht? Warum? Was könnte besser sein, als zu einer so wunderschönen Jahreszeit durch eine so liebliche Gegend zu wandern?«

Anscheinend nur wenig. Sehr eilig schien es nicht zu sein. Sie wanderten dahin, oft schweigend, manchmal erzählte der Grenzer eine weitschweifige Geschichte, manchmal unterhielten sie sich über das Land. Der Teil Kedrinhs, den sie jetzt durchwanderten, besaß keine Berge, keine überaus grandiosen oder ehrfurchteinflößenden Ausblicke, er ist weit entfernt von der See, aber überreich an zarteren Schönheiten. Meist zogen sie an der Nordgrenze des Hügellandes entlang, wo das Land niedriger war als weiter südlich. Breite, flache grüne Täler und baumbestreute Kämme, tiefe Flußniederungen und sonniges Weideland – so war die Landschaft, die sich vor ihnen entfaltete. Es war sehr still. Der Boden ist arm dort und von geringem Nutzen für den Ackerbau. Er dient als Weideland für Schafe und Rinder, aber wegen der strengen Winter bleiben sie nicht das ganze Jahr über dort, und als Nicholas und der Grenzer durchkamen, waren die Schäfer und Treiber noch nicht da. Der Grenzer erklärte es ihm. Nicholas versuchte, sich diese Landschaft in einem strengen Winter oder in sonst einer Strenge vorzustellen, aber er gab es auf. Die Frühlingstage lösten einander ab in einer ununterbrochenen milden Folge, nicht alle sonnig, aber gerade recht zum Marschieren. Nicholas hörte auf, sie zu zählen. Er kümmerte sich nicht darum, wie lange sie unterwegs waren. Er genoß jede Minute.

Natürlich war Nelimhon das Beste von allem gewesen. Knapp einen Tag hatten sie benötigt, um es zu durchqueren, aber es war ein Tag des Reichtums gewesen. Der Wald war nicht überall gleich. Manchmal hatte sie ihr Pfad durch schmale Flußtäler geführt, wo niedrige, zierliche Bäume sich über das Ufer neigten. Dann wieder standen mächtige Bäume eng beieinander, und auf jeder Seite des Pfades erstreckte sich tiefer und düsterer Wald. Es gab blumenumkränzte Teiche, Lichtungen, weit wie Wiesen, Stellen, wo der Pfad beinahe im Dickicht verschwand, und ein Wegstück war so überwölbt von den Schleppen der weiß und golden blühenden Schlingpflanzen, daß man wie durch einen Tunnel ging. Aber das Beste von allem waren die breiten Wege, wo die Bäume in Abständen im tiefen Gras standen, in Sonne und Schattenkühle badeten, jeder für sich und stolz in seinem ureigenen Glanz, doch alle vereint zu einer großen Schönheit.

»Es ist... es ist... wie ein Chor, in dem alle Solisten sind!«

rief Nicholas schließlich, nachdem er sich eine ganze Weile um eine treffende Beschreibung bemüht hatte. »Oh, sieh dort!«

Er deutete auf zwei große Bäume zu beiden Seiten eines klaren Baches, die sich aneinander lehnten, so daß ihre Zweige sich verflochten. Der eine Baum war mit Blüten bedeckt, der andere prall von Früchten. Der Grenzer warf einen Blick darauf und nickte. »Immer etwas in Blüte, immer etwas in Reife; Nelimhon, wo die Blumen nie welken.«

»Ich denke, es ist... nun, ich stelle mir vor, das ist so, wie es im Himmel ist, findest du nicht?«

»Nein!« Die Heftigkeit seiner Stimme schreckte den Jungen auf. »Fang nicht an, so etwas zu denken! Geh schneller! Wie der Himmel? Vielleicht – aber dies hier ist nur der Abglanz, nicht das Wesen. Dies ist kein Ort für dich! Altersloses Nelimhon! Gut für jene, die über seine Pfade wandeln können – aber *du* bist keiner von ihnen. Du bist ein Mensch, und Menschen sind nicht alterslos, Menschen sind nicht zeitlos. Hier würdest du dich selbst verlieren, fünfzig Jahre verträumen, als wären es fünfzig Tage, und wo ist dann dein Leben? Nein, Nicholas! Komm weiter!«

Der Grenzer hatte recht; doch in einer Hinsicht war Nelimhon gut für den Jungen, und nirgend anders hätte es besser sein können. Er war viel geprüft und erschreckt worden, er war einsam und in Gefahr gewesen – und er hatte nicht die Gabe, leicht zu vergessen. Aber die anmutige, stille, zeitlose Glückseligkeit im Wald des Tänzers war heilsamer für ihn als alles andere.

Penelope, anders als ihr Bruder, gehörte zu denen, die leicht das vergessen, woran sie sich nicht erinnern wollen. So kam es, daß sie sich nachher an den vierten Tag ihrer Gefangenschaft in Kuniuk Bannoth nicht klar erinnern konnte. Sogar den weiteren Verlauf des Tages empfand sie kaum als wirklich. Ihr Magen, der vom Hunger gepeinigt wurde, hatte sie geweckt, und sie fühlte sich schwach und zittrig. Später dann, als ihr langsam dämmerte, daß es weiterhin kein Essen geben würde, verkroch sie sich unter dem Strohhaufen und versuchte, unsichtbar zu werden. In'serinna machte keine Anstalten, sie zu wecken. Sie stand unbeweglich am Fenster, nachdem sie ihren Schal um das Kind gehüllt hatte. Den ganzen übrigen Tag lag Penelope zitternd da. Sie konnte nicht aufhören – nicht einmal, als die Prinzessin all ihre Unterröcke auszog und sie zusätzlich über sie breitete. Ohne Glanz dämmerte der fünfte Tag herauf. Der Himmel war bewölkt, und In'serinna konnte, als sie sich aus dem Fenster beugte, die Bäume unter dem Nebel nicht sehen. Penny lag bewegungslos, obwohl sie wach war. Schweigend stand die Prinzessin am Fenster und starrte hinaus in die öde Welt. Der Nebel wurde ein wenig dünner. Als der Vormittag schon zur Hälfte vorbei war, konnte sie die Wipfel der Bäume sehen. Während sie diese betrachtete, quietschten die Türangeln.

Blitzartig drehte sie sich um. Zu ihrer Verwunderung sah sie zwei Eßnäpfe innen vor der Tür stehen. Als sie sich ihnen aufmerksam näherte, raschelte es im Stroh, ihr Gefühl warnte sie... dann verließ sie die Hoffnung. Dies hatte sie befürchtet. Das Essen war schlecht, nicht etwa verdorben, sondern es war nicht das richtige. Dem Augenschein nach war der Inhalt der beiden Näpfe völlig normal, aber sie wußte, mit hoffnungsloser Klarheit, daß diese Trollnahrung keine genießbare Speise für Menschen war.

Mit aller Kraft mußte sie sich zusammennehmen, um Kunil-Bannoth nicht auf das grausamste zu verfluchen. Sie fühlte sich übel vor Zorn und Haß und war nicht mehr im geringsten geneigt, ihn zu bedauern. Nichts konnte schlimmer sein, als dies zu essen; aber ebenso schlimm würde es sein, es Penelope wegzunehmen. ›Schnell, bevor sie erwacht‹ – dachte sie, ergriff einen der Näpfe und trug ihn zum Fenster. Ungestüm schleuderte sie ihn hinaus, so weit sie konnte, stand eine Sekunde da und verfolgte ihn mit grimmiger Genugtuung. In eben dieser Sekunde handelte Penelope.

Seit sie das Essen gesehen hatte, war sie ganz still liegengeblieben, so daß die Prinzessin nicht im Traum daran dachte, sie könne wach sein. Als sie sah, wie die Prinzessin den einen Napf nahm, um ihn wegzuwerfen, konnte sie es zuerst nicht glauben. Doch dann überwand sie Schrecken und Entsetzen, und sie beschloß, sich schnell den anderen zu sichern. Lautlos erhob sie sich und näherte sich dem Napf auf Zehenspitzen. Gerade als sie das Essen ergreifen wollte, drehte die Prinzessin sich um und stürzte sich mit einem Schrei auf sie. Die wenigen Sekunden darauf waren ein Alptraum. Sie bemühte sich, das Essen in den Mund zu stopfen, und In'serinna zerrte an ihren Händen. Penny hörte ihre Worte: »Nein, iß es nicht, du darfst nicht essen!«, aber die Verzweiflung beherrschte sie. Sie kämpfte, hörte sich selbst jammern, sie hatte das Gefühl, daß sie um sich trat, dann zerbrach das Brot und aus irgendeinem Grunde konnte sie es nicht festhalten. Sie kämpfte darum, die Stücke aufzuheben, aber die Prinzessin umklammerte immer noch ihre Handgelenke. Sie hörte ihrer beider Stimmen, hörte sich den Namen der Prinzessin rufen, schreien, und dann schlug die Stimme der Prinzessin um... plötzlich war noch ein anderes Geräusch da, ein feines Summen, dann ein leichtes Pochen und Klappern – und etwas Dunkles flitzte an ihnen vorbei.

Es war einen Augenblick still. Fassungslos starrte Penelope die Prinzessin an und sah, daß sie weinte. In'serinna kniete noch minutenlang schwer atmend und schluchzend, dann schüttelte sie sich und stand auf. Sie wischte sich die Augen und gab Penny die Hand, um ihr auf die Füße zu helfen.

»Es tut mir leid«, flüsterte Penelope und richtete sich mühsam auf. »Es tut mir leid, Prinzessin, ich meine es nicht so, wirklich nicht!« In'serinna schüttelte den Kopf.

»Es ist nicht deine Schuld, Liebling. Es ist weit mehr die meine. Es tut mir leid, daß ich dir das angetan habe«, erwiderte sie schnell. »Aber was war das für ein Geräusch?«

Ein kurzes Stück vom Fuß der Wand entfernt, dort, wo er aufgeprallt war, lag ein Pfeil. Mit einem leisen Ausruf hob die Prinzessin ihn auf, blinzelte und wischte sich wieder die Augen.

»Es ist etwas daran gebunden«, sagte sie.

»Ich glaube nicht, daß etwas daran gebunden ist«, sagte Penelope, die sich viel schneller erholte. »Ich glaube, es ist nur ein Strick. Sieh, er geht geradewegs durch das Fenster.«

Sie hob die Schnur auf, und diese zuckte in ihren Fingern. Mit einem überraschten Schrei ließ sie los.

»Da ist jemand am anderen Ende!«

In'serinna lachte halb erstickt. »Ja, das wird es sein.« Ihre Stimme schwankte sonderbar.

»Oh, aber sicherlich!« Penny lachte und sah sie verwundert an. »Ist dir irgend etwas?«

»Nichts! Gut, wenn sie draußen sind, sind sie vermutlich auch unsere Freunde. Ich möchte wissen, wer...« Der Strick zuckte erneut, mehrere Male. Sie zögerte und sagte schließlich: »Ich soll ihn hochziehen, nehme ich an.«

»Ja, fang an, tu es!« Pennys Aufregung wuchs. Sie fragte sich, was mit In'serinna los war. Ihre Wangen waren gleichzeitig bleich und gerötet, und ihre Hände zitterten. »Ich vermute, daß es dein Gefolge ist. Prinz Hairon, könnte ich mir vorstellen.«

»Oh«, sagte die Prinzessin heftig, ließ die Kordel kurz los und griff wieder danach.

»Ja... – ja, natürlich... so muß es sein.«

Penelope blickte sie fragend an. Es klang beinahe so, als ob sie an diese Möglichkeit nicht gedacht hätte, als ob ihr das Ganze mißfiele.

Penelope schüttelte den Kopf und nahm den Pfeil voll Interesse in die Hand.

»Er ist ausgesprochen lang«, sagte sie, »aber ich dachte, sie seien länger als dieser. Oliver sagte einmal, sie seien einen Meter lang. Aber dieser ist es nicht.«

Fassungslos starrte die Prinzessin sie an und rief dann: »Oh, du meinst den Pfeil!«

Penny betrachtete sie verständnislos: »Fühlst du dich wohl? Du siehst so komisch aus. Ich habe doch nichts Böses gesagt, nicht wahr? Ich habe es nicht so gemeint. Oder bist du jetzt auch hungrig?«

Plötzlich lächelte In'serinna. »Nein, nein«, sagte sie, die Schnur gleichmäßig hochziehend. »Aber sag mir, ob der Pfeil eine Metallspitze hat.«

»Nein«, sagte Penelope, die ihn prüfend betrachtete, »ich weiß es nicht ganz genau. Es ist Elfenbein. Nein, man kann keine Pfeile aus Elfenbein machen, oder? Es ist...«

»Knochen«, ergänzte die Prinzessin. »Knochen. Es ist ein Khentor-Pfeil.« In ihrer Stimme mischten sich Triumph und Bestürzung. Penny erstarrte. Aber in diesem Augenblick wurde aus der Schnur ein ledernes Seil, und sie vergaß ihre Fragen.

Die Prinzessin zog das Seil zur Tür, verknotete es am Türring, zögerte, und zog dann wieder daran.

Es gab ein Quietschen, als sich der Türring drehte und aufrichtete. Das Seil wurde straff. Aber wer immer es war, er hatte einen langen Aufstieg vor sich. Die Prinzessin verkrampfte und entkrampfte ihre Hände und beobachtete voller Furcht, ob der Knoten hielt. Penny starrte zum Fenster, ihre Beine zitterten. Beide standen sie still und angespannt. Dann plötzlich ergriff eine Hand die Fensterbank.

Penelope rang nach Luft. In'serinna stieß einen gedämpften, fast protestierenden Laut aus. Offenbar war es nicht Prinz Hairon oder einer der Haranis. Deren Hände waren zierlich und langfingrig, dieses war eine ovale Hand, kleiner und kräftiger zugleich. Um das Handgelenk spannte sich ein bronzenes Armband, und einen Augenblick lang hatte Penny die verrückte Vorstellung, daß es eine Frau sei. Dann, nach einem letzten Hochziehen und Drehen, saß ein junger Mann rittlings auf dem Sims.

Er war von Kopf bis Fuß in dunkelgrünes Leder gekleidet, nur seine Stiefel waren schwarz. Sein glattes, schwarzes Haar fiel von seinem Scheitel bis über die Augenbrauen. Seine dunklen Augen standen schräg, die Backenknochen waren hoch, die Nase schmal, und der Mund unter einem geschwungenen Schnurrbart zeigte kein Lächeln. Seine Haut war dunkel und bleich zugleich, und seine streng gewölbten Brauen ein wenig heruntergezogen. »Er sieht sehr fremdartig aus«, dachte Penny. Sie achtete auf jede Einzelheit, beobachtete gebannt, wie er das andere Bein über den Sims schwang und vor ihnen stand. Er hatte lange Beine und breite Schultern und war auch nicht annähernd so groß wie Prinz Hairon; wahrhaftig, er war ungefähr so groß wie In'serinna. Irgendwie schaffte er es, zur gleichen Zeit zierlich und massig auszusehen, jedoch rauh und beinahe wild. Penny war überhaupt nicht sicher, ob sie ihn mochte, bis er sie ansah. Seine eindringlichen Augen wirkten einen Augenblick grimmig, dann lächelte er. Es war wie eine Morgendämmerung. Penny lächelte schüchtern zurück, dann, beinahe zögernd, sah der Fremde die Prinzessin an. Penny folgte seinem Blick und blinzelte. Die Prinzessin war zurückgewichen, so weit es ging, und stand nun eng an die Wand gepreßt, als hoffte sie, sie würde sich für sie öffnen. Flammende Röte übergoß ihre Wangen. Mit einer fast unwirklichen Stimme sagte sie: »Fürst Vanh!« Dann schluckte sie und fügte hinzu: »Wie... wie geht es dir? Penelope, das ist Fürst Vanh.«

»Ja«, stammelte Penelope fasziniert, »ist er das?«

In'serinna mußte darüber lachen, wenn auch schwach, schritt nach vorn und sah wieder ein bißchen mehr wie sie selbst aus. Und der junge Mann lachte ebenfalls, aber ebenfalls zurückhaltend. Die Prinzessin schaute ihn mit einem eigentümlichen Ausdruck in ihren Augen an.

»Also bist du gekommen, um uns zu retten?«

Ihre Stimme war hell, doch seine Augen waren ernst, und seine Stimme klang leise, als er antwortete. »Hast du daran gezweifelt?«

Sie wich seinem Blick aus und versuchte erneut, zu lachen.

»An Rettung wagte ich nicht zu denken! Glaubst du, daß wir entfliehen können?«

»Ich denke, daß wir eine Chance haben, wenn wir uns beeilen!«

Seine Worte ließen sie erröten, und sie biß sich auf die Lippen.

»Ich habe verstanden. Penny, guck nicht so verstört. Wir würden sonst anfangen müssen, dir alles zu erklären, und ich bin gerade wegen der Verzögerung getadelt worden.« Sie sah unsicher auf Fürst Vanh und errötete wieder. »Und nun denkst du, daß ich zuviel rede, mein Lord, nicht wahr? Nun gut, ich werde aufhören.« Seine Lippe zitterte ein wenig. Er sah aus, als habe er das wirklich gedacht – ebenso wie Penelope. Die Prinzessin schluckte und beruhigte sich etwas.

»Also – was müssen wir tun?«

Fürst Vanh ging zur Tür und prüfte den Knoten. »Ich werde zuerst gehen und unten das Seil festhalten und aufpassen. Das Kind folgt mir, und du kommst zuletzt, meine...« er hielt inne und runzelte kurz die Stirn »...Eure Hoheit. Mein Pferd, Sternwind, wartet unter den Bäumen. Es wird das beste sein, wenn wir uns den Nebel zunutze machen.«

Penny, die aus dem Fenster geschaut hatte, sagte: »Ich kann nicht.«

Sie sahen sie an. Ihre Beine zitterten und fühlten sich an, als wären die Knochen in ihnen geschmolzen. Tränen schossen ihr in die Augen. »Ich kann nicht«, sagte sie. Einen Augenblick war es still. Dann ging die Prinzessin zu ihr, kniete und nahm ihre Hände. »Was ist?« fragte sie sanft.

Penelope schluckte. »Ich kann eben nicht. Meine Arme sind unsicher, meine Hände werden sich nicht festhalten können, und mir wird schwindlig werden...«

»Sie hat recht. Wie könnte sie auch. Sie ist schwach vor Hunger.«

Eine leichte Mißstimmung kam auf. Penny schluckte, aber ihre Ehrlichkeit zwang sie zu sagen: »Das ist es nicht. Ich fürchte mich. Wenn ich hoch oben bin, wird mir sofort schlecht, und alles dreht sich.«

Erstaunt blickte die Prinzessin sie an, Fürst Vanh aber lachte plötzlich wie erleichtert. »Nicht der Rede wert, es ist ganz einfach: Sie, gnädiges Fräulein, müssen zuerst hinunter, dann werde ich das Seil heraufziehen, mache eine sichere Schlinge für das Kind und lasse es behutsam hinunter. Halte dich dann so steif, wie du magst, Peneli – je steifer, desto besser. Ist das in Ordnung?«

Penny blinzelte ihn an und fragte sich, woher er das mit der Steifheit wußte, und kam zu dem Schluß, daß sie seine tiefe Stimme mochte, wenngleich sie weniger volltönend war als die der Haranis. »Wie aus Pelz«, dachte sie. Auch sein fremdartiger Akzent gefiel ihr und seine sonderbare helle Verkürzung ihres Namens. Sie lächelte und nickte. Die Prinzessin stand auf.

»Dann gehe ich zuerst. Du kannst Penelopes Schlinge noch bequemer machen, wenn du meinen Schal nimmst. Da drüben.«

»Diesen?« Er hob ihn auf, und dann noch etwas anderes, weißes, das er mit einem schelmischen Lächeln betrachtete. »Was ist mit diesem hier?«

»Das... was... Oh, meine Unterröcke!« Sie wurde glühendrot und griff nach ihnen. Er lachte und schwenkte sie aus ihrer Reichweite.

»Lai! Sie werden es sogar noch bequemer machen!« Sie achtete nicht darauf, erhaschte sie, stürzte zum Fenster und warf sie über das Sims. »Oh!« sagte sie, zwischen Scham, Gelächter und Wut, hob ihre Füße darüber und rutschte ab.

Nicht weit. Sie griff nach den Steinen, und ehe Penny Atem holen konnte, um zu schreien, hatte er den Raum durchquert und ihre Arme ergriffen. Er hielt ihre Schwere, bis sie das Seil gefunden und gepackt hatte. Als sie es hatte, hielt er sie immer noch. Eine Sekunde sahen sie einander an, beide totenbleich.

»Sei doch vorsichtig, Frau!« sagte er rauh.

Die Prinzessin nickte ergeben, der Lord ließ sie los, und sie kletterte langsam hinab, bis sie nicht mehr zu sehen war. Penelope spähte ihr nach, aber es war eine so schrecklich lange Strecke nach unten, daß sie sich hastig abwandte. Sie drehte sich zu Fürst Vanh um, der sie anlächelte, und wand sich vor Verlegenheit. »Es tut mir leid, daß ich ein solches Ärgernis bin, aber ich kann nicht hinunterklettern. Im Ernst, ich würde bestimmt loslassen. Schon der Anblick jagt mir einen Schauer über den Rücken. Ich...« Mit einer Bewegung schnitt er ihr lächelnd das Wort ab.

»Quäle dich nicht. Ich wäre der letzte, der dich tadelte, Peneli. Komm, hier ist das Seil.« Er begann eine Schlinge für sie zu knüpfen, während sie es besorgt beobachtete. Dann warf er ihr einen fröhlich-verschwörerischen Blick zu.

»Soll ich dir was sagen? Ich bin froh, daß ich der letzte bin, weil dann niemand mehr da ist, der sehen kann, wie lange ich brauche, um Mut zu fassen, bis ich über den Vorsprung klettere.«

Verwundert blickte Penny ihn an und erinnerte sich dann, wie bleich er gewesen war, als er vorhin hereingeklettert kam.

»Oh! Deshalb wußtest du, daß man steif wird!«

»Ja... und warum du nicht hinunterklettern wolltest. Komm, setz dich hier hinein. Bequem? Gut.« Er zog den Gürtel ab, den er um seinen Mantel trug, und schnallte ihn um Penelope und das Seil. »Da, nun bist du so sicher, wie es nur sein kann... setz dich auf den Sims... guck nicht hinunter, schau mich an, schau mir in die Augen... nun laß ich dich hinunter, ich halte dich... weiter... siehst du, ich habe ja gesagt, daß ich dich halte. Wenn du gegen die Mauer prallst, stoße dich mit den Füßen ab. Ich werde dich ganz schnell hinablassen, das ist besser. Jetzt geht's los.« Seine beruhigende Stimme verklang über ihr. Penelope holte tief Luft und hielt dann den Atem an. Dabei dachte sie, wie glücklich sie war, daß sie nicht klettern mußte, viel glücklicher als Vanh – was für ein lustiger Name. Es war kaum etwas dabei. Sie war entschlossen, nicht daran zu denken, wie weit es hinabging – und ihr einziger Rückhalt waren zwei Arme! Es war nur gut, daß man im Nebel nicht bis auf den Boden schauen konnte – aber, o Gott, auf halber Höhe würde sie gar nichts sehen können. Dann fiel sie mit einem Ruck mehrere Meter, die Kehle wurde ihr plötzlich eng, sie schloß die Augen... dann fühlte sie, wie die Prinzessin nach ihr griff. Sie war unten, losgebunden und ganz wacklig vor Erleichterung.

»Schade, daß wir das Seil zurücklassen müssen«, sagte Vanh, zu ihnen tretend.

»Ich hoffe nur, daß wir es nicht brauchen werden... kommt jetzt, mein Pferd ist auf der anderen Seite. Wir wollen uns so weit wie möglich von Kuniuk Rathen entfernen, solange der Nebel dicht ist, aber dann verspreche ich dir eine warme Mahlzeit, Peneli. Hoi, Sternwind, Bruder, dachtest du, du hättest mich verloren?«

Penelope starrte sprachlos das gewaltige Pferd an. Es war schwarz mit silberner Mähne und silbernem Schweif. Es war das erste Redavel, das sie sah, und sie war ebenso verblüfft, wie ihr Bruder es gewesen war. Fürst Vanh half der Prinzessin beim Aufsitzen, hob Penelope empor und setzte sie vor sie, dann kehrte er noch einmal um, um die Waffen zu holen, die er auf dem Boden gelassen hatte. Penny starrte nach unten und klammerte sich fest. In'serinna drehte sich um, sah hinauf und stieß hervor:

»Ich kann unser Fenster nicht sehen! Wie hast du es mit deinem Pfeil treffen können?«

»Ich bin in einen Baum geklettert. Aber er war nicht einer der größten, und ich mußte warten, bis der Nebel eine Lücke bot.« Er legte sein Wehrgehänge an, während die Prinzessin ihn bewundernd ansah.

»Dann war es ein gewaltiger Schuß!«

Der Ton ihrer Stimme ließ ihn aufblicken. Er lächelte, ein behutsames, warmes Lächeln. Penelope fühlte sich plötzlich ausgeschlossen und drehte sich zur Seite.

»Ein Mann vermag vieles«, sagte er leise, »wenn er einen solch guten Grund hat.«

Sie errötete und sah weg. Sein Lächeln verflog, und der Glanz in seinen Augen schwand. Sein Gesicht wirkte wieder verschlossen und hart, als er nach dem Steigbügel griff.

»Auf, Sternwind.«

Das Pferd bäumte sich, es begann zu galoppieren, er rannte nebenher. Penelope rang nach Luft und schloß die Augen. In'serinna biß sich auf die Lippen und seufzte. Hinter ihnen schlugen die Wogen des Nebels zusammen.

15
Die Grenzbewohner

Hohnlachend ließen die Hufschläge der Davlenai-Pferde Meile um Meile hinter sich.

Li'vanh war froh, daß sie unterwegs waren. Der letzte Abend im Lager war sonderbar unbehaglich und unruhig gewesen. Nachdem alle Vorbereitungen getroffen waren, mochte sich niemand zur üblichen Runde um das Feuer einstellen. Ohnehin waren keine Frauen mehr da, was befremdlich wirkte; denn sie waren alle weggegangen, hinaus in die Ebene, fern der Wagenburg, um dort zu tanzen und von der gütigen Göttin die gesunde Rückkehr ihrer Männer zu erflehen. Unbehagen beschlich Li'vanh, weil seines Wissens keine der Frauen – oder kaum eine – gegen den Krieg protestiert hatte, sondern alle ihn unterwürfig hingenommen hatten. Jetzt trieben Fetzen ihrer Musik und ihres leidenschaftlichen Gesanges zu den Männern herüber und klangen wie Klagelieder. Es war ein unangenehmer Gedanke, daß von so vielen Gebeten einige unerhört bleiben würden, und Li'vanh wischte ihn schnell beiseite.

Nur wenige der Männer wirkten unruhig. Silinoi sagte, es mache ihm nichts aus, Keriol der Hornbläser wisse Todesstunde und Namen jedes Mannes; aber das war kein wirklicher Trost. Ohnehin konnte Li'vanh mit ihm nicht viel anfangen. Keriol der Hornbläser gehörte nicht zu seinen Göttern. Aber jetzt ritt er auf einem wundervollen Pferd über das Land, gemeinsam mit Freunden. Eben begann der Sommer – was konnte er sich mehr wünschen?

Tief atmete er die grasduftende Luft ein, seufzte befriedigt, aber dann wurde er wieder nachdenklich. Wie es schien, würden sie nach der Schlacht nicht auf die Ebenen zurückkehren, sondern nach H'ara Tunij gehen, und das war auf seine Weise schön und gut. Natürlich wollte Li'vanh die Stadt des Hohen Königs sehen, andererseits wollte er aber die sommerlichen Ebenen nicht missen. Dieser Gedanke schloß den Kreis, brachte ihn zurück zu Mneri, den Frauen und ihren Wehklagen: »Rahai! Rahai!«

»Rahai« war der Klageruf, der Todesruf, aber als »Harai« war es auch der Kriegsruf der Männer, wenn man zwei Buchstaben umstellte, und das war eine unbehagliche Vorstellung. In seinen Gedanken wog er die wilden und jubelnden Stimmen der Männer und die nachhallenden, kummervollen Töne der Frauen gegeneinander ab.

Wie lautete jenes Lied?: »Rahai! Mein Herz weiß, daß es keine Rückkehr geben wird, niemals eine Wiederkehr vom blauen Meer und vom Totenfeuer...« Oh, mach Schluß mit dem Geschrei, du stinkender Feigling! Aber er war kein Feigling. Es war nicht Todesangst, die ihn verfolgte. Es war eine unerwartete, zermürbende Vorstellung, die ihn schreckte: »Dieses sind Waffen, Waffen sind dazu bestimmt, Menschen zu töten. Dieses sind deine Waffen. Du bist im Begriff, Menschen zu töten. Dieses sind deine Waffen. Du bist im Begriff, in einer Schlacht zu kämpfen. In dieser Schlacht wirst du deine Waffen benutzen: du wirst deine Waffen benutzen, um zu...«

Aber noch konnte er sich nicht dazu bringen, daran zu glauben. Er konnte sich kein Bild davon machen, daß dieses Schwert, kampferprobt in hundert Gefechten mit Derna, wirklich Blut vergießen würde. Wenn es so wäre – gesetzt den Fall, daß plötzlich beim Beginn des Kampfes alles Wirklichkeit würde –, fragte er sich, was er tun würde, ob er sich würde zwingen können, ernstlich zuzuschlagen.

»Ich vermute«, dachte er, »wenn sie auf mich losgehen und mich töten wollen, werde ich es instinktiv tun.« Es war kein angenehmer Gedanke.

Auch in späteren Jahren vergaß Nicholas nie seinen Marsch mit dem Grenzer. Als Merekarls Adler nur noch ein schwebender Nachhall von Kühnheit waren und die Inkalyei nichts als seltsame Alptraumerscheinungen – die Erinnerung an Kedrinh im Frühling verließ ihn nicht. Nie gänzlich zurückzuholen, nie völlig zu vergessen, woben sich jene kühlen Fluren in das geheime Gewebe seiner Seele ein, als etwas, das ihm immer gehören würde..., denn sie schienen ihm zu gehören. Niemals sahen sie Häuser, niemals einen Menschen oder auch nur eine Spur von ihnen, und er fühlte sich wie Pioniere, die neue Kontinente durchmaßen und alles, was sie sahen, in Besitz nahmen.

Einmal gelangten sie an eine Straße. Als sie den höchsten Punkt einer Anhöhe erreichten, stolperte er beinahe über einen flachen, weißen Stein, und der Anblick war so ungewöhnlich, daß er überrascht stehenblieb. Um sich blickend, sah er, daß die Steine in zwei langen Reihen angeordnet waren, weit voneinander entfernt und zum Teil von Gras halb überwuchert. Zwischen den beiden Reihen wuchs Gras, aber es gab einen geringen Unterschied: möglicherweise war es ein klein wenig kürzer, kümmerlicher und zäher als das übrige, als habe es sich durch härter zusammengepreßte Erde hindurchkämpfen müssen. Die Straße kreuzte schräg ihren Pfad und verlief ungefähr von Nordwesten nach Südosten. Nicholas folgte ihr mit den Augen, als der Grenzer bei ihm anlangte. Gerade war ihm aufgefallen, daß sich an dieser Stelle schwache Linien durch die Straße zogen, beinahe Schatten, als er aber eine bis zu seinen Füßen zurückverfolgte, stellte er fest, daß es eine flache Rinne war. Er sah zu dem Mann auf. »Was ist das? Wohin führt das?«

»Eine Nebenlinie der alten Nord-Straße. Sie benutzen sie jetzt nicht mehr viel. Sie sagen, die neue sei leichter instand zu halten; in alten Zeiten nämlich wurde diese Straße hier nur zu oft beschritten. Sie führt in das Moor, und die Armeen des Königs haben sie geschaffen.«

»Armeen!«

»Jawohl, Armeen! Siehst du nicht die Spuren ihrer Wagenräder? Die Soldaten hinterlassen weniger Spuren, aber das ist der Lauf der Dinge. Die Werke der Menschen überdauern ihre Schöpfer. Menschliche Füße haben diesen Weg ausgetreten, viele Füße, viele Menschen. Emneron der Junge muß selbst hier vorbeigekommen sein. Nun, er ist im Kampf gefallen, und die Armeen marschieren nicht mehr, aber die Straße läuft noch wie eh und je zum selben Ziel.«

Der Grenzer sprach ruhig, aber seine Worte beunruhigten Nicholas. Die Straße schien plötzlich Leben zu gewinnen; sie war nicht mehr als ein Streifen festgetretener Erde und verkümmerten Grases, aber ein Wesen mit eigener Seele und eigenem Willen. Sie behauptete sich dort, wo sie immer gewesen war, unbekümmert um die Launen der Menschen, die sie nicht mehr brauchten, scherte sich nicht um ihre Gunst oder Mißachtung, floß an den Meilensteinen entlang wie eine geduldige Schlange, die ihr eigenes Ende nie erreicht. Er schüttelte sich so unwillkürlich, daß er es nicht einmal merkte, blickte nach rechts, nach links und wieder nach rechts, ehe er hinter dem Grenzer herrannte, beinahe als fürchtete er, von den trampelnden Füßen niedergetreten und von den rasselnden Rädern der Geisterarmeen überrollt zu werden.

»Hat es hier denn Schlachten gegeben? Dieser Ort wirkt so friedlich. Irgendwie würde es nicht zu ihm passen.«

»Und doch haben die schlimmsten Schlachten unserer Geschichte hier stattgefunden. Nicht weit von hier entfernt starb Emneron der Junge... Ja, diese Niederungen sind friedlich. Aber sie sind die letzten der Länder, in denen Recht herrscht, die äußerste Bastion des Friedens. Jenseits ihrer Grenzen hat es immer Bedrohung gegeben, zumindest die durch Krieg. Doch ich stimme dir zu: in diesem Hügelland ist es heiterer als irgendwo sonst im Reich. Es ist sonderbar, und doch etwas ganz Gewöhnliches, daß Dinge am schönsten erscheinen, wenn sie am meisten gefährdet sind. Die Sonne ist niemals prächtiger als bei ihrem Untergang.«

Nicholas bewegte sich unruhig hin und her. Es lag eine Schwermut in der Stimme des Grenzers, die irgendwie den Schwarzen Berg wieder heraufbeschwor und all das, was dort geschehen war. Das Geheul der Inkalyei klang in ihm auf, und er fröstelte.

»Sind wir... ist... es jetzt gefährlich?«

»O ja. Kedrinh erfreut sich niemals eines gesicherten Friedens, und in dieser Zeit, wo Fendarl sich erhebt, ist unsere Gefahr groß...«

Auch für Penny war diese Zeit ein ruhiges Zwischenspiel. Sie schienen in Eile, aber nicht in Gefahr zu sein. Sie vermutete verschwommen, daß sie verfolgt würden, aber das war nicht ihre Angelegenheit. Vanh und die Prinzessin würden sich darum kümmern. Weil der Nebel anhielt, nahm sie beim Abstieg vom Schwarzen Berg nicht viel wahr, außer daß der Weg meistens abschüssig war und es eine Menge Bäume gab. Fürst Vanh bemerkte lediglich, der Nebel sei gut für sie, er mache das Entkommen leichter; aber die Prinzessin frohlockte. Sie sagte, das beweise, daß Kunil-Bannoth arg durcheinander sein müsse, sonst hätte er das Wetter wechseln lassen. Penelope rang nach Luft.
»Er läßt dem Wetter nicht seinen Lauf, nicht wahr?«
»Warum herrschten sonst Winter und strenger Frost auf dem Schwarzen Berg, und überall sonst ist Frühling? Er sorgt dafür, er oder Fendarl. Ich schätze, daß es Fendarl ist, aber im Augenblick läßt er seine Befehle durch Kunil-Bannoth ausführen – und wenn dieser innerlich aufgewühlt ist, so ist auch die Zauberkraft seines Meisters gestört. Und wir wissen, wem wir das zu verdanken haben.«
»Mir? Na schön. Ich hoffe, ich habe ihn aus der Fassung gebracht. Und ich hoffe, er wird noch mehr aus dem Gleichgewicht geraten, wenn er merkt, daß wir verschwunden sind. Ha, es geschieht ihm recht!« Vanh lachte: »Ich hoffe, daß meine Zeichen ihn zögern lassen werden – ein Khentorpfeil und ein Khentorseil; falls er erfahren genug ist, um sie zu erkennen.«
»Du hast auch von ›Khentor-Sachen‹ gesprochen, Prinzessin. Was bedeutet das? Was ist daran komisch?«
»Ich habe nicht von Sachen gesprochen, Penelope; die Khentors sind ein Volk. Meine Dienerin Arleni war eine Khentor. Wir, die Haranis und die Khentors, wir sind die Grenzbewohner. Manche sagen, daß wir sehr ungleiche Bundesgenossen seien; aber unter allen Völkern der Welt verbindet uns die festeste Freundschaft... ist es nicht so, mein Fürst Vanh?«
»Es ist gut, so zu denken, gnädiges Fräulein.«
In seinem Tonfall lag nichts Auffallendes, aber Penelope

hatte wieder das Gefühl, er habe etwas gesagt, das sie nicht gehört hatte. Das war oft so, wenn er zur Prinzessin sprach. Manchmal war es sehr merkwürdig, sie sprechen zu hören. Oft schienen sie sich fast ohne Worte zu unterhalten, und das Verstehen untereinander vollzog sich so reibungslos, als wären sie die ältesten Freunde. Ein anderes Mal wirkten sie so weit voneinander entfernt, als wären sie sich fast fremd. Und ohne Übergang fielen sie von der einen in die andere Stimmung: plötzlich, mitten im Satz, erfror alle Wärme, und Penny blieb die einzige, die in eine Stille hinein sprach, die plötzlich messerscharf geworden war.

Diesmal fuhr sie entschlossen fort: »Bist du denn ein Khentor, Fürst Vanh?« – »Größtenteils, Penny. Ich bin ein elender Mischling. Zu einem Teil bin ich Vanh, der Jäger, ein Hurno von der Ebene des Nordens. Zum anderen bin ich Prinz Vanh, Erbe des Königreichs Lunieth. Der Knabe mag wissen, was aus mir wird.«

»Welcher Knabe?« fragte Penelope. Aber keiner von beiden antwortete ihr.

In jener Nacht lag Penelope, rundum gesättigt, lange wach, an der Grenze des Schlafs, ohne sie zu überschreiten. Und in diesem halbwachen Zustand wurde sie gewahr, daß der Prinz und die Prinzessin miteinander sprachen, nicht so, wie sie gewöhnlich sprachen, sondern behutsam, fast gezwungen, als ob sie versuchten, eine feste Brücke zwischen sich zu errichten. Sie lauschte nicht, aber ohne daß es ihr bewußt wurde, hörte sie zu.

»Wie hast du uns gefunden?«

»Kuniuk Rathen ist nicht schwer zu finden. Es kam nur darauf an, nicht gesehen zu werden.«

»Und wußtest du, daß ich... daß wir dort waren?«

»Wo sonst hättet ihr sein können?«

»Aber woher wußtest du, daß wir Gefangene waren? Hast du... hast du meine Angehörigen gesehen? Weißt du, ob sie in Sicherheit sind?«

»Als du vom Berg nicht herabkamst, stiegen sie hinauf. Vielleicht haben sie versucht, dich mit Waffengewalt zurückzuholen. Ich weiß es nicht. Ich habe nicht gewartet, bis sie zurückkehrten. Ich eilte auf schnellstem Weg nach Kuniuk Bannoth.«

»Du warst wirklich dort! Hauptmann Emneron – er hat wirklich etwas gesehen! Du warst es!«

»Ja, Prinzessin.«

»Aber wie... warum warst du... was führte dich zum Schwarzen Berg?«

Es gab eine kurze, lautlose Unterbrechung. Dann sagte er sehr gelassen: »Was sonst, wenn nicht du, In'serinna?«

Die Prinzessin gab einen schwachen Laut von sich, sagte aber nichts. Etwas später sagte er: »Ich folgte dir von Rennath. Und es gab wahrlich kaum Deckung für mich. Ich glaube, deine Khentormädchen haben mich gesehen.«

Wieder entstand ein Schweigen. Und als sich die Prinzessin sichtbar zu einer neuen Frage anschickte, sagte Vanh schnell und beinahe grob: »Und frag mich nicht wieder ›Warum?‹ Du weißt warum; du mußt es wissen! Du mußt es mit Sicherheit wissen!«

»Wie sollte ich? Du hast nie...«

»...etwas gesagt. Ich weiß. Oh, ich weiß. Ich hielt die Zunge zwischen meinen Zähnen. Aber sicher hast du es gemerkt. Ich weiß, ich habe in all diesen Monaten mein Herz im Zaum gehalten, damit du nicht sahst, daß du die Einzige für mich warst. Du *hast* es gewußt, und ich könnte schwören, daß es dir nicht mißfallen hat! Ja, ich möchte schwören, daß es eine Zeit gab, als du froh über das warst, was du sahst!«

»Genug davon! Warum sprichst du erst in diesem Augenblick davon?«

»In'serinna!« Plötzlich bewegte sich etwas, und als Penelope erschreckt die Augen öffnete, sah sie, daß der Mann aufgesprungen war.

»Ich stamme aus den Ebenen und bin im Reden kaum geübt. Außerdem sagten alle zu mir: ›Halt den Mund!‹ Alle, meine Freunde, deine Freunde, mein Großvater, sogar mein Vater – ja, sogar er sagte, ich sei ein Narr, ich solle nicht vergessen, daß du eine Tochter der Sterne seist, und ich solle mich auf meinen Stand besinnen. Alle baten mich, meine Zunge zu zügeln. Nun gut, jetzt werde ich alles aussprechen, was du willst. Ich habe vom Schweigen genug. Sie haben alle unrecht, alle. Sogar mein Vater – ›Denk an deinen Stand!‹ Genau er ist derjenige, der nicht weiß, an welchen Platz ich gehöre! Jetzt kenne ich ihn, Lai, und auch den deinen. In'serinna, mein Herz...«

Er machte einen Schritt auf sie zu. Und da – plötzlich riß sie sich empor, zeigte in die Höhe und stieß mit hoher, fast angstgepeitschter Stimme hervor:

»Sieh! Die Sterne! Ich habe es fast vergessen... Ich muß zu

Kiron sprechen! Verzeih mir, mein Fürst... Ich muß zu Kiron sprechen!«

Und sie drehte sich um und floh einfach aus dem Feuerschein, gegen jede Vernunft. Vanh verharrte eine Sekunde lang; er war zu sehr aus der Fassung gebracht. Dann schritt er zurück, setzte sich wieder und zog sein Messer. Während er lautlos fluchte, begann er wild auf den harten Boden einzustechen.

Je länger es dauerte, desto mehr schien es Nicholas, als sei der Grenzer beunruhigt. Er sprach weniger als zu Anfang, und oft hörte der Junge ihn vor sich hin murmeln. Des öfteren runzelte er die Stirn, seine Augen suchten die Umgebung ab, und im Laufe einer Stunde hielt er mehrere Male an und witterte wie ein Hund, der eine Fährte verfolgt. Wenn sein junger Gefährte ihn mit Fragen plagte, was los sei, knurrte er nur:

»Die Dinge sind in Bewegung... in Bewegung.«

»Das hast du schon vorher gesagt.«

»Aye, und ich sage es wieder. Jene, die es einmal besser wußten, haben einen starken Ton erschallen lassen, um ihre Freunde zu rufen, und so mancher hat ihn gehört. Ich sage dir noch mal, Junge, die Dinge sind in Bewegung geraten, und darunter auch solche, die besser schliefen.«

Aber Nicholas konnte nichts bemerken. Wenn er auch den ganzen Tag umherspähen und schnüffeln mochte, konnte er nichts entdecken, das ihm ungewöhnlich zu sein schien. Jedoch, wenn er das dem Grenzer mitteilte, bekam er nur den Satz zur Antwort, welcher der Leitspruch des Mannes zu sein schien: »Ich bin nicht blind, noch bin ich taub, und mit meiner Nase kann ich mehr als Balsam riechen.«

Zuletzt, gerade als sie eine Baumgruppe passiert hatten und Nicholas im Begriff war, vorzustürmen, hielt der Grenzer scharf den Atem an und umklammerte mit seiner Hand die Schulter des Jungen. Sein Griff tat weh. Nicholas wirbelte herum und hätte fast aufgeschrien, aber der Mann zischte: »Still!« und wies ihm etwas mit dem Finger. Und der Junge sah hin und blieb stumm.

Im Grunde des Tales vor ihnen wogte die Erde, und es erschien die Gestalt eines Mädchens, das auf einem Pony saß, und beide bewegten sich durch die grüne Erde, als wäre sie ein Fluß. Das Pony war stämmig, erdfarben und sah kraftvoll aus; auch das Mädchen war kräftig gebaut, vierschrötig und stark, mit einem breiten, ziemlich mürrischen, bäurischen Gesicht und wettergegerbter Haut. Sie trug einen langen, hochroten Rock, aber sonst war ihr feurig-goldenes Haar ihre einzige Kleidung. Sie schien das Pony weniger zu reiten, als sich von ihm tragen zu lassen. Sie schwang sich auf die eine Seite, stützte eine Hand auf das Hinterteil des Tieres und blickte in die Runde. Ihre Augen glitten über die Wanderer, und Nicholas überlief ein Schauer. Er konnte die Farbe ihrer Augen nicht erkennen, aber er spürte ihr Ungestüm. Eine träge, tiefe Wildheit bewegte sich in ihnen, und während sie ritt, gingen flimmernde Hitzewellen von ihr aus. Es war keineswegs Wärme – es war Hitze.

Sie war plump, sie war urtümlich – auch furchteinflößend –, und sie war doch schön. Sie war auf eine Weise schön, die er sich nicht hatte träumen lassen, die er nicht begriff, die ihm aber doch bekannt vorkam. Er sah sie an. Und alles, was er jemals schön genannt hatte, verblaßte und erschien nur als leere Hülle neben ihr, und der bloße Begriff »Schönheit« bildete sich in seinen Gedanken neu, bis er ihr entsprach; denn von ihr war die Schönheit geschaffen worden, und für sie war sie gemacht, und mit plötzlicher Gewalt schien sie jetzt reicher, strahlender und schrecklicher geworden zu sein. Mädchen und Pony schienen sich im Schritt zu bewegen, aber ehe der Junge und der Mann sich dessen bewußt wurden, waren sie verschwunden, schneller, als sie es für möglich gehalten hatten. Die Erde wallte und spritzte vor ihnen auf, ein wirbelnder Strudel brauner Erdkrume brandete hinter ihnen, der sich langsam auflöste und auf unversehrtes Gras niedersank. Nicholas atmete wieder und sah den Grenzer an, der kopfschüttelnd dastand.

»Hat sie uns gesehen?«

»Nay, wir sind nicht wirklich genug. Wir sind nicht körperlich genug für ihre Augen. Sie hat nur Erde gesehen und Pflanzen.«

»Wer ist sie?«

»Sie ist eines der ältesten Geisterwesen der Erde. Sie kennt kein Gesetz, außer einem einzigen, und es ist besser für alle, daß sie gehalten ist, unter der Erde zu sein und nicht darauf. Sie ist Vir'Vachal! Oh, Vir'Vachal! In der Tat: sie haben tief gegraben, um den Erdzauber zu wecken.«

Der Wind und die Sterne

Die Hurneis benötigten vier Tage, um den Ort zu erreichen, der zum Sammelpunkt bestimmt war. Am dritten Tag sah Li'vanh entfernt im Osten ein Gewirr flacher Hügel, und jemand sagte ihm, es seien die Höhen von Kunoi Len Vanda; im übrigen war die Landschaft überall gleich flach. Zwei Stämme gelangten vor ihnen zum Treffpunkt, vier kamen später und gaben ihnen eine Streitmacht von ungefähr tausend Speeren, wie Li'vanh schätzte. Sie ritten los, als der Mond dunkel war.

Während des ersten Tages überquerten sie einen breiten Fluß. Silinoi erzählte Li'vanh, er bilde die Grenze zwischen Khentorash und Khendhalash.

»Jetzt sind wir im Land der Prinzen«, sagte er.

Li'vanh sah den Unterschied sofort. Das Land war bebaut; menschliche Hände hatten es geformt, leicht, aber sichtbar. Sie sahen Bauernhöfe mit Häusern aus Holz und Stein, welche die Stammesangehörigen »eingewurzelt« nannten. Einmal kamen sie durch ein Dorf. Li'vanh betrachtete es mit Neugier und leichtem Unbehagen, doch er hatte nicht das Gefühl, daß es fremdartig war. Es berührte eine feine Saite in ihm, als ob er zwischen Fremden einen Mann getroffen habe, der, obwohl nicht vom selben Stamm, doch auch ein Präriebewohner war. Es war kein Erkennen, sondern eine Bestätigung.

Von allen diesen Bauwerken seßhafter Menschen hielten sich die Präriebewohner fast ängstlich fern, aber ein so großes Heer konnte nicht unbemerkt vorbeiziehen, und viele Male hieß man sie willkommen und fragte, was sie hergeführt habe. Das Blut in diesen Landarbeitern ist gemischt, und keiner der Männer, die zu ihnen sprachen, war ein reinblütiger Harani; aber Li'vanh war dennoch betroffen über den Unterschied zwischen ihnen und den Khentors. Er mied sie; sie weckten dasselbe Echo der Erinnerung wie ihr Land, und er mochte es nicht. Allen, die sie ansprachen, gab Silinoi die gleiche Antwort: Deron, König von Rennath, werde von den Kelanat bedroht, und alle, die Hilfe zu leisten hatten, sollten sich so bald wie möglich an der Furt von Danamol einfinden.

So bildete sich allmählich eine zweite Harani-Armee und folgte ihnen nach. Doch die Khentors ritten nicht mit ihnen. Außerhalb ihres engen Landes hielten sie strikt zusammen.

In der Nacht, nachdem sie Vir'Vachal gesehen hatten, war der Silbermond dunkel. Nicholas erwachte und sah den Grenzer starr aufgerichtet über sich stehen, jeden Nerv gespannt und mit geschärften Sinnen. Er wollte sich aufsetzen, Fragen formten sich auf seinen Lippen, aber der Mann bedeutete ihm energisch, liegenzubleiben. Er dachte, es müsse eine Gefahr drohen, und blieb flach und still liegen, aber nichts geschah. Als er wieder erwachte, war es Morgen, und der Grenzer bereitete ihr Frühstück.

»Was war los?« fragte er und befreite sich von seinen Dekken. Der Grenzer warf ihm einen kurzen Blick zu. Seine Augen waren beunruhigt und – so meinte Nicholas – ziemlich zornig. Er antwortete eine Weile nicht. »Was war los?« wiederholte der Junge.

»Nichts!« sagte er. »Oder irgend etwas. Wie soll ich's wissen? Geht's mich was an? Stamme ich nicht aus dem Zehnten Haus und habe keinen Teil am Zauber? Ich kann nicht einmal sicher sein, daß es überhaupt etwas war. Ich kann nur Vermutungen anstellen.«

»Nun«, sagte Nicholas verblüfft, »und was hast du rausgekriegt?«

Das Gesicht des Mannes entspannte sich ein wenig, und einen Augenblick lang lächelte er wider Willen. »Tut mir leid, Junge. Es war nicht nötig, dich mit Klagen über mein Geschlecht zu belästigen. Nein, ich bin unruhig. Ich bin sicher, in der Nacht habe ich etwas gespürt... und der Mond war dunkel.«

»Was denkst du?«

»Ich denke... ich denke, daß ich mich mehr beeilen muß, dich nach Hara Tunij zu geleiten.« Er fuhr langsam fort: »Ich denke... ich fürchte..., daß Fendarl Kedrinh wieder betreten hat.«

Nicholas saß still. Ihn überlief ein Schauer des Erschreckens und der Furcht. »Wohin... wird er gehen?«

»Er wird nach Kuniuk Bannoth gehen. Es ist von alters her seine Heimat. Der Adler wird wieder auf dem Schwarzen Berg nächtigen.«

»Schwarzer Berg! Aber meine Schwester ist dort! O nein... O Penny... Merekarl... Hairon... die Prinzessin... O Penelope!« Er sprang auf die Füße, Panik in seinem Herzen und auf seinem Gesicht und achtete nicht auf die Tränen in seinen Augen.

»Still jetzt! Sei still! Wenn Fendarl dort ist, wachen zumindest die Augen und die Gedanken Kirons über ihnen. Wir können nichts tun. Sei ruhig. Ich will sehen, ob ich heute nacht mehr in Erfahrung bringen kann. Nun iß, und dann marschiere!«

Penelope und ihre Gefährten benötigten vier Tage, um Rennath zu erreichen. Sie hätten es in kürzerer Zeit schaffen können, aber Vanh war sorgsam darauf bedacht, sie einen Weg zu führen, dem schwer zu folgen war, wie er sich ausdrückte, obwohl In'serinna sagte, über die Grenzen Rennaths hinaus werde man sie nicht verfolgen. Als sie das Land ihres Vaters betreten hatten, schienen sie irgendwie immer langsamer voranzukommen. Es war keine vergnügliche Reise. Sowohl Fürst Vanh wie auch die Prinzessin sprachen zwar mit ihr, aber kaum miteinander. Beide bemühten sich, so zu tun, als wäre der andere nicht vorhanden, doch eine schmerzliche Fessel verband sie, und sogar das Kind fühlte sich in seiner Freiheit beschränkt. Der Fürst war durchaus selbstbewußt und still, die Prinzessin aber war verwirrt und niedergeschlagen, und Penelope wurde unglücklich, wenn sie sie ansah. Mit hängendem Kopf saß sie auf dem Pferd, haderte endlos mit sich selbst, dann warf sie plötzlich das Haar zurück, lachte herausfordernd und begann mit übertriebener Lustigkeit zu sprechen. Aber für Vanh war das immer der Anlaß, in Schweigen zu verfallen oder kurz angebunden zu antworten. Ein- oder zweimal flammte ihre üble Laune auf, und fast stritten sie sich. Alles in allem war es Penelope lieber, wenn die Prinzessin schwieg. Sie war so verändert und launenhaft, daß das kleine Mädchen sich lieber an Vanh wandte. Er erzählte ihr von seinem Stamm, von Vater, Bruder und Schwester und von seinem Leben auf der Prärie. Manchmal bemerkte Penelope, daß die Prinzessin aufmerksam zuhörte, obwohl sie keinen Laut von sich gab. Ihr kam das merkwürdig vor, da sie sich doch so oft stritten. Penny entging auch nicht, daß sie ihn beobachtete. Doch wenn er sie ansah, wandte sie sich hochmütig ab, aber wenn er es nicht bemerkte, ruhten ihre Augen oft auf ihm.

Die Abende waren angenehmer. Es wurde wenig gesprochen, aber Vanh sang die geheimnisvollen, schmerzhaft traurigen Lieder seines Volkes, und In'serinna ließ zuweilen einige der ihren folgen. Aber viel öfter entfernte sie sich vom Feuerschein – »Sterne anstarren«, sagte Vanh zornig – und er erzählte ihr Geschichten, bis sie in Schlaf fiel. In'serinna, die neben ihr schlief, weckte Penelope oft durch ihre Ruhelosigkeit. Einmal, als das Kind erwachte, sah es, daß die Prinzessin die Arme um die Knie geschlungen hatte und ihr Gesicht den Sternen zuwandte, und das Sternenlicht versilberte die Tränen, die über ihre Wangen liefen.

Einen Augenblick glaubte sie es nicht. Dann setzte sie sich auf und legte eine furchtsame Hand auf den Arm der jungen Frau. »Prinzessin?« flüsterte sie. »Was ist? Was ist los? Ich dachte, nun seien wir in Sicherheit.«

»Ja«, antwortete sie nach einer Weile mit leiser Stimme. »Ganz sicher. Aber lieber befände ich mich in schwärzester Lebensgefahr als in solchen Qualen.«

»Warum? Was ist es?« Da sie ohne Antwort blieb, sagte sie nach einer Weile zögernd: »Gefällt es dir nicht, daß wir mit dem Fürst Vanh zusammen sind?«

Ihr Gesicht zuckte, als ob ihr sekundenlang zum Lachen sei, aber gleich darauf schüttelte sie den Kopf, und Penelope hätte nicht sagen können, ob als Antwort auf ihre Frage oder nicht.

»Magst du ihn denn nicht? Ich mag ihn. Ich dachte, zuerst hättest du ihn gemocht. Hast du dich mit ihm gestritten?«

Darauf lachte die Prinzessin gezwungen auf. »Nein, Penelope, wir haben uns nicht gestritten. Und der Fürst mißfällt mir nicht. Es ist nur...

Sie brach wieder ab, dann lachte sie unsicher, und plötzlich umarmte sie Penelope heftig. »Oh, ich bin albern, und ich habe keinen Grund, dich mit meinem Kummer zu belästigen. Geh wieder schlafen und sorge dich nicht.«

»Nein, das ist nicht aufrichtig! Ich tue es ja schon, und nun willst du mir gar nichts sagen. Nie sagst du mir etwas. Und überhaupt, du schuldest mir noch etwas für die Sache mit den Augen.«

In'serinna war einen Augenblick verdutzt, dann lächelte sie. »O ja, vielleicht tue ich das. Aber du bist so jung... Ich glaube nicht, daß ich kann... es ist nur, ich sollte..., daß ich möchte... jedenfalls, ich kann nicht. Ich kann nicht!«

»Was kannst du nicht?« sagte Penelope vollständig fassungslos.

»Ausreißen«, antwortete sie niedergeschlagen.

»Ausreißen? Wovor willst du ausreißen?«

»Oh, ich weiß nicht, was ich will, doch ich denke, ich werde es erfahren. Aber es wäre Fahnenflucht. Peneli, was würdest du denken, angenommen, es wäre Krieg, und zu wenig Soldaten wären da, wenn einer von diesen Soldaten seine Waffen niederlegen und sagen würde: ›Ich bin des Kampfes müde, irgend jemand anders kann es tun.‹ Wäre er nicht ein Feigling und ein Verräter?«

»Was? Ich weiß nicht. Du hast mich eben Peneli genannt.«

»Oh! Oh, es hat keinen Zweck, Kleines. Du kannst es noch nicht verstehen oder mir helfen. Leg dich wieder hin.«

»Ich wünschte, du würdest etwas geradeheraus sagen. Warum hast du geweint?«

In'serinna war still, dann legte sie einen Arm um das Mädchen und zog sie dicht zu sich. »Ich will es so einfach sagen wie möglich. Du weißt, daß ich eine Zauberin bin. Gut; ich liebe die Zauberkraft – so sehr, über alle Maßen. Die Kraft und die hohen Bergspitzen und auch den Kampf... kannst du das verstehen?«

»O ja!«

»Gut! Erinnerst du dich, wie ich sagte, alles habe seinen Preis? Ich habe das immer gewußt; oder gedacht, ich wüßte es. Erinnere dich: der Preis für den Sternenzauber ist, auf ewig der Wärme zu entsagen – jeglicher Wärme. Ich dachte, ich könnte diesen Preis bezahlen – Oh, mit Leichtigkeit. Doch... es ist nur, daß ich bis heute nie gewußt habe, wie kalt ich war.«

Penny war stumm, und die Prinzessin seufzte.

»Jetzt leg dich hin, Penelope. Gute Nacht.«

»Gute Nacht«, murmelte Penelope und legte sich nieder. Aber immer noch blickte sie zu In'serinna auf und sah, wie sie die Perle von Rennath, gefaßt in eine Adlerklaue, aus ihrem Überrock hervorholte, in der hohlen Hand barg und seufzend betrachtete. Dann ließ sie sie fallen. Als letztes, bevor sie die Augen schloß, sah Penny, wie die Prinzessin ihren Schal um die Schulter zog und sich mit einer Gebärde darin zusammenkauerte, die völlig anders war als ihre gewöhnlichen Bewegungen. Den ganzen nächsten Tag hindurch war sie sehr still, und wenn Fürst Vanh sie einmal zornig anredete – was er ziemlich regelmäßig tat –, antwortete sie beinahe sanftmütig, anstatt selbst zurückzublitzen. Es schien zu wirken. Vanh schien über seine Launenhaftigkeit beschämt, und seine Stimmung besserte sich im Lauf des Tages.

Irgendwann am Nachmittag drängte Penelope ihn, zu reden: »Erzähl' mir, wie der Ort aussieht, wo du König werden sollst. Ist es dort ähnlich wie hier?«

»Wie Rennath? Ein wenig, aber es ist hügeliger und wärmer. Wir ziehen dort schönes Obst – zumindest hat mein Großvater es mir erzählt. Ich bin im Sommer niemals dort gewesen. Es gibt auch gute Ponys dort, sowie Schafe und Vieh. Ich konnte sie davon überzeugen, daß sie etwas Wertvolles besitzen. Und eins hat das Land, was Rennath fehlt: das Schloß des Königs, Kuniuk Emnek genannt, blickt aufs Meer. Ich habe es ein- oder zweimal gesehen, an einem warmen Tag im Vorfrühling, wenn der Schnee verschwunden ist, die Blumen zu blühen beginnen und die Meeresvögel darauf herabstoßen... Ich glaube, ein Mann müßte meilenweit gehen, um irgend etwas so Schönes zu sehen.«

»Ich liebe das Meer. Sag, Prinzessin, was hat Rennath Ähnliches zu bieten?«

»Die Grenzen von Rennath reichen bis in die Berge hinauf. Für diejenigen, die die Berge lieben, ist das viel wert. Doch ich glaube, die Khentors mögen keine Berge, nicht wahr?«

»Nicht so sehr, wie wir die Weite des Landes und die winderfüllten Räume lieben... aber wir würdigen ihre Schönheit. Ein Ort, der seine Reize hat, aber wo wir nicht zu sein wünschen.«

Die Prinzessin lachte, und er sah erfreut auf. Ein seltsames, wunderbares Lächeln trat auf seine Lippen.

»Aber was für ein Bedürfnis hat Rennath, sich mit seinen Bergen zu brüsten, wenn es andere, größere Reichtümer hat, denen Lunieth an Rang niemals gleichkommen kann... und deren Fehlen es auf immer ärmer sein lassen.«

An diesem Tag waren sie lange unterwegs. Auf einmal rief die Prinzessin aus: »Seht! Der Melmeth-Baum!« und deutete auf einen sehr alten Stamm. Er war fast vollständig verfault, von dickem Efeu überwuchert, und die verrosteten Reste eines Schwertes steckten in der Rinde.

»Das bedeutet, daß wir vier Wegstunden von Schloß Rennath entfernt sind.«

Lord Vanh warf einen prüfenden Blick auf die Sonne.

»Uns bleibt eine Stunde oder weniger bis zum Sonnenuntergang. Aber vor dem Schlafengehen können wir es schaffen, wenn du es wünschst.«

Der freudige Glanz auf dem Gesicht der Prinzessin verschwand, doch sie erhob keine Widerrede. So gingen sie nach Sonnenuntergang weiter, obwohl sie Wälder durchquerten, es bald stockfinster wurde und der erwachende Wind kalt durch die Bäume heulte. Penny machte ein- oder zweimal die Bemerkung, dies alles sei für Leute sehr schön, die weder Kälte, Hunger oder Müdigkeit kennen – aber sie nahmen keine Notiz davon. Dann endeten die Wälder mit einem Schlage auf der Kuppe eines Hügels. Der Wind schnappte plötzlich nach ihnen, so daß die beiden Mädchen nach Luft rangen. Aber Vanh verharrte mit einem Male wie gebannt: sein Blick war gefesselt vom Anblick des überwältigenden, mondlosen Himmelsgewölbes und seiner blühenden Sterne.

»Seht!« stieß er atemlos hervor. »Die Sterne!«
»Der Wind!«
»Oh, seht doch nur! Wie prächtig sie sind, wie hoch und ruhig.«

Plötzlich sprach er es aus, beinahe schamhaft: »Die Winde, die das Gras durcheinanderwirbeln, können dieser Majestät nichts anhaben.«

Da plötzlich veränderte und beruhigte sich das Gesicht der Prinzessin, die ihn anblickte, und ihre Augen wurden weich, ein Laut zwischen Seufzen und Lachen entschlüpfte ihr, als wären Fesseln von ihr abgefallen.

»Ihnen geht es gut«, sagte sie, »aber ich, ich bin hier, und mir setzt der Wind ordentlich zu.«

Nach diesen Worten war es plötzlich still. Der Lord drehte sich um und blickte zu ihr auf: Verwunderung, Unglaube und Freude stritten in seinen Augen. Sie lachte zu ihm hinab mit einem heiteren, zärtlichen und wehmütigen Ausdruck.

»Mein Fürst«, sagte sie weich und ein wenig scheu, »könnten wir nicht von hier oben weggehen? Mich friert.«

17
Der Tänzer der Ströme

So kam es, daß in der dritten Nachtstunde der Torwächter der Stadt Rennath aufgefordert wurde, im Namen König Derons die Tore zu öffnen, und seine Freude und sein Erstaunen waren groß, die Stimme der Königstochter zu hören, ihr Gesicht zu sehen, und noch mehr erstaunte er über ihre Begleiter. Rufe und Schritte waren zu vernehmen, als die Ehrenwache aufzog, und das Klappern von Hufen erklang, als ein Bote zum Schloß gesandt wurde.

Darauf öffneten einige Leute, deren Häuser auf die Straße blickten, die Fensterläden, um die Ursache der Aufregung zu erfahren, und sie sahen im Fackelschein das Gesicht ihrer verlorengeglaubten Prinzessin.

Wie ein Lauffeuer verbreitete sich die Neuigkeit in der Stadt, und sogar die Kinder wurden aus ihren Betten geholt, um ihr beim Ritt durch die Straßen zuzujubeln. Durch eine Jubelgasse gelangten sie zum Schloß, dort am großen Tor stand Deron, ihr Vater, hinter ihm seine drei Söhne gemeinsam mit Prinz Hairon und Fürst Horenon, alle benommen vor Erleichterung. Sie glitt von Sternwinds Rücken und ging unter den Hochrufen des Volkes zu ihrem Vater. Der König nahm sein Kind in die Arme und drückte es wortlos an sich.

In jener Nacht schlief Penelope in einem Bett mit Baldachin, in einem kleinen Turmzimmer, dessen Wände weiß gekalkt und mit Blumen bemalt waren, nachdem sie in einem hölzernen Zuber ein Bad vor dem Kaminfeuer genommen hatte. Spät am Morgen erwachte sie zu einem Frühstück aus Haferbrei, Milch und Honig, und man kleidete sie neu ein: in eine weißseidene Bluse, einen dunkelgrünen Rock und einen steifen, ärmellosen Überwurf, der mit hellgelben Blumen bestickt war. Dann kam die Prinzessin zu ihr, ganz in Weiß und Gold gekleidet, küßte sie und erkundigte sich, ob sie sich wohl fühle, und sie antwortete, es gefalle ihr sehr gut.

In'serinna führte sie nach unten zu ihrem Vater und stellte sie vor. Penelope knickste. Der König half ihr auf und begrüßte sie ernst und höflich; er machte sie mit seinen Söhnen bekannt, mit Argerth, dem Thronprinzen, und den Prinzen Veldreth und Garon. Sie lächelten sie an und verbeugten sich vor ihr, doch Prinz Hairon lachte, schwang sie hoch über seinen Kopf, kitzelte sie und fragte, ob sie dem alten Teufel eine Nuß zu knacken gegeben habe.

Sie kicherte, quiekte, schlug um sich und strampelte, bis er sie niedersetzte, und In'serinna lachte ihn an und sagte: »Wenn ich zurückdenke, Hairon, muß ich dir recht geben. Du hattest recht, es war gefährlich auf dem Berg. Doch ich denke, daß ich richtig gehandelt habe, als ich hinaufging, denn wir haben keinen dauernden Schaden erlitten. Penelope, mein Vater hat Nachricht von Nicholas. Er ist in sicheren Händen.«

»Anscheinend hat dein Bruder sich nach Nelimhon durchgeschlagen«, sagte König Deron, »er traf dort jemanden, der eine Art Verwandter von uns ist. Einer der Waldbewohner brachte uns Nachricht von ihm, obwohl ich damals nicht wußte, wer er war. Dann kam Prinz Hairon und berichtete, daß du und meine Tochter von Kunil-Bannoth gefangen worden seiet... Wir hatten fast die Hoffnung aufgegeben, euch zu retten, doch da kam unerwartete Hilfe. Vanh, Sohn Silinois, des Herrschers über die Nord-Ebenen, Jäger der Hurnei, Thronprinz von Lunieth, wir haben dir mehr zu danken, als Worte fassen können.«

Vanh verbeugte sich. Aber dann brachte er das Gespräch auf die kommende Schlacht. Nur einen Tag später führte Prinz Argerth das eilig zusammengerufene Heer Rennaths ins Feld. Alle Prinzen von Rennath brachen auf: Hairon, der stattliche Zauberer Veldreth und der fröhliche Garon; und Vanh ritt als Verwandter mit.

Denn im Laufe dieses Tages hatte Vanh den König aufgesucht und ihn um die Hand seiner Tochter gebeten. Der König blickte ihn ernst an und sagte: »Du bist ein edler und tapferer Mann. Du hast meine Tochter sicher aus der Festung ihres Feindes geholt und hast mir wiedergegeben, was mir über alles teuer ist. Ich schulde dir Unermeßliches. Wenn du die Zustimmung meiner Tochter gewinnen kannst und die Zustimmung Kirons, so hast du auch die meine.«

»Nachdem ich ihm mein Herz geschenkt habe, Vater«, sagte In'serinna, »kann ich ihm auch nicht länger meine Hand verweigern.«

So wurden sie einander versprochen, und die Prinzessin umarmte ihn und nannte ihn »Bruder«. Doch König Deron gab ihnen noch nicht seinen Segen, und sie tauschten keine Armbänder, wie es bei ihnen Brauch war. Denn sie konnten sich nicht Verlobte nennen ohne die Zustimmung Kirons – und diese galt es noch einzuholen.

Nach der Nacht des dunklen Mondes trieb der Grenzer Nicholas zu größter Eile an. Er beruhigte ihn, so gut er konnte, über das Schicksal Penelopes und der Prinzessin, doch am Ende erstickte nur die innere Müdigkeit die Besorgnis des Jungen. Es gab überhaupt nichts, was sie tun konnten, und nach zwei oder drei Tagen machte er sich klar, daß, falls ihnen irgend etwas Schreckliches hätte zustoßen sollen, dies bereits geschehen war. Also zwang er sich dazu, nicht daran zu denken, was ihm fast gelang.

Sie waren einige Zeit am Ufer eines Flusses entlanggewandert, der nicht sehr breit war, aber tief und reißend. Plötzlich machte er eine Biegung, und sie standen an der Uferböschung.

»Werden wir ihn überqueren?« fragte Nicholas und überlegte, ob seine Schwimmkünste wohl ausreichen würden, aber er zweifelte daran.

»Nein«, sagte der Grenzer, »es wird Zeit, daß wir uns nach Osten wenden, und der Fluß ist unsere schnellste Straße. Wir müssen das Meer erreichen, bevor das letzte Schiff des Königs den Hafen verlassen hat. Nun können unsere Beine ausruhen, Nicholas; hier gehen wir aufs Wasser.«

»Aufs Wasser?« Er blickte flußauf- und flußabwärts, aber dort war keine Spur von einem Boot. »Wie denn?«

Der Grenzer lachte. »Warte hier. Ich werde eine Weile verschwunden sein.«

Und ohne weitere Erklärung verließ er ihn.

Nicholas saß da und wartete. Er beobachtete die Flußvögel und zog seinen Arm durch das Wasser. Es war eisigkalt, und sogar am Ufer zerrte es wild an seinem Arm. Er ging langsam am Fluß entlang, spähte ins Schilf und mußte lachen, als er sah, wie die Wasservögel ihre Nester befestigt hatten. In der Richtung flußabwärts hatten sie die verwurzelten Binsen so in die Nester eingeflochten, daß der Sog der Strömung half, sie sicher festzuhalten, statt sie wegzuschwemmen. Das Wasser war sehr tief, und das Ufer fiel steil ab. Er war froh, daß er nicht schwimmen mußte.

Es dauerte lange. Gerade als er überlegte, ob sein Freund ihn vergessen habe, oder ob er zurückgelassen worden sei, um allein ans Meer zu wandern, hörte er die vertraute tiefe Stimme, die ein wohlbekanntes, unverständliches Lied sang. Er blickte das Ufer entlang, jedoch der Grenzer tauchte mitten im Fluß auf. Nicholas sperrte den Mund auf. Wie, um alles in der Welt, fragte er sich, hatte er es fertiggebracht, in so kurzer Zeit ein Boot aufzutreiben? Und dazu noch ein Segelboot, schmal und leicht, mit geschwungenem Bug und Heck, einem kleinen Zelt mittschiffs und einem winzigen Steuerdeck, das kaum mehr war als ein Platz zum Stehen. Es hatte zwei dunkelblaue Segel: ein viereckiges Hauptsegel und ein dreieckiges, an Mast und Heck angeschlagen.

Der Grenzer saß darin, die Ruderpinne unter dem Arm, und als er Nicholas' erstauntes Gesicht sah, lachte er und lenkte das Boot ans Ufer.

»Schnell«, sagte er, »Wind und Wasser rufen es; mein

Schmuckstück ist heißblütig und ärgerlich, wenn es zu langsam geht – spring herein.«

Nicholas packte den Bug und sprang. Sobald er im Boot gelandet war, trieb der Grenzer es in die Mitte des Stromes zurück, und mit einem aufmunternden Schrei schien er das Boot anzuspornen. Wind und Strom griffen nach ihm, und es schoß flußabwärts davon. Nicholas kroch durch das Zelt und tauchte vor den Füßen des Grenzers wieder auf. Dieser hockte auf dem winzigen Deck und grinste den Jungen an. Plötzlich kam er ihm weniger listig und erdhaft vor. Von hinten zauste der Wind sein struppiges Haar, und sein Lachen trieb den Bart auseinander.

Nicholas starrte ihn an.

»Wie findest du meinen Vogel, meine Schöne? He?«

»Wunderbar! Gehört das Boot dir?«

»Was? Würde ich das Boot eines anderen nehmen? Obwohl ich in Versuchung käme, wenn ein anderer Mann einen solchen Schatz besäße. Nein, es gehört mir, ich habe es gebaut, mit der Hilfe eines Freundes, nach dem es heißt. Ich nenne es ›Tänzer‹, meinen ›Tänzer der Ströme‹. Sein Kiel und sein Mast sind aus Irvelhin gemacht, Holz von dem Baum, der im Wind tanzt, dem Iranani-Baum, und ›Tänzer‹ haßt die Ruhe.«

»Wie kommt es, daß du es so schnell zur Hand hattest?«

»Oh, es ist niemals weit, wenn ich es brauche.« Er lachte wieder stillvergnügt vor sich hin, und Nicholas sah ihn mißtrauisch von der Seite an.

»Du bist so ziemlich der seltsamste Mann, den ich je getroffen habe«, sagte er vorwurfsvoll. »Manchmal frage ich mich, ob du überhaupt ein Mensch bist. Bist du es wirklich?«

Das Gesicht des Grenzers wurde ein wenig ernster. »O ja, Nikon, ich bin ein Mensch. Doch ich kann nichts für meine Wunderlichkeit. Meine ganze Familie ist sonderbar, denn wir alle sind stets Fremdlinge. Wir sind unbequeme Quälgeister, aber es ist nicht unsere Schuld. Wir fallen zwischen zwei Welten, und in keine von beiden passen wir hinein.«

»Ihr seid... Warum?«

Der Mann blieb eine Weile stumm, lehnte sich zurück. Dann sagte er: »Hör also zu, und ich will es dir erzählen. Die Haranis haben nicht immer hier gelebt. Vor mehr als tausend Jahren kamen sie über das Meer. Vor dieser Zeit waren sie ein armes Bauernvolk. Aber die hohen Gebieter wählten sie, die keinem anderen Volk auf der Welt gleichen, für einen Auftrag aus, der vollbracht werden mußte. Die hohen Gebieter beschlossen, ihnen königliches Blut zu verleihen, um sie zu führen und über sie herrschen zu können, damit sie in der Schlacht, die geführt werden mußte, die Hauptlast des Angriffs tragen. Sie sandten die Sterngeborenen zu ihnen, die neun Kinder der Strahlenden Tinoithë; Alunyueth und seine acht Schwestern. Alunyueth heiratete die Königstochter Garinna, und seine Schwestern die acht würdigsten Männer des Landes. Alunyueth herrschte über das Volk. Ihm und Garinna wurde ein Sohn geboren, es war Emneron der Weiße, und jede der Schwestern gebar einen Sohn. Auch Töchter wurden seinen Schwestern geboren, und eine brachte Zwillingsschwestern zur Welt. Doch Alunyueths Tochter wurde als letzte geboren, spät und unvorhergesehen, und einige sagten, sie wäre besser überhaupt nicht auf die Welt gekommen. Schließlich, nach wenigen Jahren, verschwanden die Kinder der Tinoithë, wie sie gekommen waren.

Die Jahre vergingen, und die Kinder wuchsen heran: neun sterngeborene Fürsten, aber zehn sterngeborene Jungfrauen. Und jeder der Fürsten nahm eines der Mädchen zur Frau. Emneron wurde König. Doch Garinna, seine Schwester, die jüngste und lieblichste der Sterngeborenen, hatte keinen Gatten. Sie war wild, stürmisch und stolz und nicht leicht zu gewinnen, obgleich es viele versuchten, denn Garinna Emneleriath war die schönste Frau, die die Erde je gesehen hatte, und sie war die Tochter Alunyueths, des königlichsten von allen.

Eines Tages erging die Botschaft an Emneron, den Schwänen zu folgen, und das Volk gelangte in die Wandarei, in das Land des Sternenlichts. Um diese Zeit gewann Indaron, der Steuermann auf dem Schiff ihres Bruders, das Herz Garinnas.

Nun gründete jeder der Sterngebieter eine Stadt, und von diesen neun hohen Herren und Damen stammen die neuen Geschlechter der Kinder der Sterne ab. Von Emneron stammen natürlich die Kirontin und die Hohen Könige. Und von Garinna leitet sich das Zehnte Geschlecht her...«

»Und zu dem gehörst du! Du hast gesagt...«

»Richtig. Nun, wenn Garinna sterngeboren war, ihr Gemahl Indaron war sterblich... *Wir* sagen, daß unser Vorfahr Indaron ein würdiger Mann war und Garinnas hohe Abkunft die ihres Mannes aufwiegen müsse. Ihr Bruder war der Hohe König. Und war nicht ihr Vater Prinz Alunyueth? Aber *sie* sagen, daß wir väterlicherseits von gewöhnlicher Abkunft seien und nicht sterngeboren. Also verweigert man uns die Teilhabe am Sternenzauber, den Platz im Rat der Zauberer, und wir müssen unsere Rolle im großen Krieg als Einzelgänger spielen. Denn wir sind ihres Blutes, können uns selbst nicht sterblich machen, und es ist uns bestimmt worden, daß, obwohl wir nie mehr sein können, als wir sind, unsere Zahl sich durch die Jahrhunderte niemals verringert. Also sind die Kinder Garinnas so, wie du mich siehst: sonderbare Wanderer, halbe Zauberkünstler. Die Macht des Blutes unserer Ahnin strömt in uns, aber nicht die Kunde von den Zeitaltern.«

Er schwieg, seufzte und schaute über den Fluß.

Nicholas warf einen Blick auf ihn, aber er wußte nichts zu sagen. Nie zuvor hatte er den Grenzer so traurig gesehen. Es tat ihm weh, und halb beschämt sah er weg. Nach einigen Augenblicken schaute ihn der Mann wieder an, und als er sein betrübtes Gesicht sah, lachte er plötzlich wieder.

»Glaub nicht, Nikon, daß es so schmerzlich ist! Was macht's? Genug vom alten Groll. Wenigstens hat keiner meiner hochwohlgeborenen Verwandten die sonderbaren Freunde, die ich habe, und keiner von ihnen ist so frei wie ich, um mit dem ›Tänzer‹ den Fluß hinunterzufliegen!«

18
Die Furt von Danamol

An der Furt von Danamol stieß ein Ausläufer des Gebirges geradewegs an den Fluß und bildete einen niedrigen Schutzwall von Hügeln, der ihn nach Norden abschirmte.

Das Khentor-Heer rastete zur Mahlzeit etwa zwei Meilen von der Furt entfernt; Li'vanh und Mnorh waren ungefähr eine Meile den anderen vorausgeritten und hatten eine leichte Anhöhe erstiegen, um Wache zu halten. Sie lagen flach in das niedrige Gras gedrückt und wechselten sich darin ab, das Land, das vor ihnen lag, zu beobachten.

Es geschah im Laufe von Mnorhs Wache, während Li'vanh den Blick nach hinten auf ihr eigenes Lager gerichtet hatte, daß der Feind sich zum ersten Mal zeigte. Mnorh stieß seinen Bruder an. »Sieh!« zischte er.

Li'vanh verschluckte vor Überraschung ein wenig Blütenstaub und zuckte zusammen.

»Sei still!« fauchte Mnorh und schlug ihn heftig auf den Rücken. Li'vanh spuckte entrüstet aus, rollte sich herum und folgte mit den Augen Mnorhs ausgestrecktem Arm.

»Kelanat!« zischte der Junge.

In einiger Entfernung, zwischen ihnen und der Furt, erschien die Spitze eines Trupps von Männern vor den Bäumen, die den Hügel bedeckten. Sie waren zu Fuß, was Li'vanh bestürzte, denn er hatte vergessen, daß es auch Armeen gab, die marschieren. Sehr viel näher bei ihnen – der nächste weniger als hundert Schritte entfernt – bewegten sich ein paar Einzelgänger.

»Kundschafter«, flüsterte Mnorh, »ja, es sind Kelanat.«

Li'vanh spürte, wie sich ihm der Magen umdrehte; er wußte nicht, was er sagen sollte. Es war wie beim Zusammentreffen mit den Halb-Haranis, nur weit schlimmer. Er hatte niemals einen Kelanat getroffen. Sie waren Fremdlinge, Ausländer, die uralten Feinde seines Volkes, und er kannte sie.

Er kannte jene breiten, knochigen Gesichter. Sie waren ihm vertraut – ihre Größe, ihr Gewicht, ihr fester, leichter Tritt. Sie waren sehr groß; groß, aber nicht gerade hochgewachsen, und schwer von Muskeln. Sie trugen Tuniken und Sandalen und waren sonnenverbrannt. Er blickte auf das helle, glänzende Haar, das sich in ihren Nacken kräuselte, und wußte, ohne es zu sehen, daß ihre Augen graublau sein würden.

»Und vermutlich«, dachte er in plötzlichem Zorn, »haben sie dünne Lippen, große Hände, eine haarige Brust und Plattfüße!«

Aber damit wurde er ihnen nicht gerecht. Sie hatten ihre eigene Schönheit. Den jungen Mann, der ihm am nächsten war, hätte man mancherorts gewiß für eine stattliche Erscheinung gehalten. Er war hochgewachsen und kraftvoll, helläugig, blond und sonnengebräunt. Siegfried, Apoll, Galahad, der Held Hunderter vergessener Märchen, durchschritt das Gras vor Li'vanh. Aber Li'vanh haßte seinen Anblick – in des Wortes reinster Bedeutung.

Es wäre nicht so schlimm gewesen, wenn er die Erinnerung, die sie heraufbeschworen, hätte festhalten und begreifen können, aber wenn er meinte, sie gepackt zu haben, entschlüpfte sie ihm. Eine Furcht, die schon beinahe Panik war, türmte sich in ihm auf, und er mußte den Blick abwenden. Irgend etwas ging von ihnen aus, das Anspruch auf ihn erhob. Deshalb und wegen des Schreckens, der ihn erfüllte, verspürte er eine jähe, ungezügelte Abneigung gegen die Kelanat und einen unbarmherzigen Zorn. »Komm«, sagte er rauh, »wir gehen lieber und schlagen Alarm.«

Sie packten ihre Pferde, schwangen sich auf ihre Rücken und lenkten sie im Galopp zum Heer zurück. Man sah sie herankommen, und Silinoi und die Führer der anderen Stämme erwarteten sie.

»Ungefähr eine und eine halbe Meile von hier entfernt«, sagte Mnorh, »mit Richtung auf die Furt. Über die Zahl kann ich nichts sagen.«

Silinoi drehte sich um, rief kurze Befehle, und unversehens begannen Hörner und Trommeln ihre unwiderstehliche Musik. Es war ein Signal, das man Li'vanh beigebracht hatte. Es bedeutete: »Fertigmachen! Zu den Waffen! Aufgesessen!«

Er raste durch das Lager, ein Gefühl der Unwirklichkeit breitete sich in ihm aus. Er ergriff seine Speere und legte sein Wehrgehänge an – die Khentors tragen ihre Schwerter an einer Schulterschlinge quer vor dem Körper und nicht an einem Gürtel –, rückte seine Kleidung zurecht, prüfte Horn und Messer, kämmte sich gedankenlos Haare und Schnurrbart und rannte zu Dur'chai zurück.

Hunoi grinste ihn an, Derna klopfte ihm im Vorbeireiten auf die Schulter. Er rannte an Rehai dem Jäger vorbei, der gemächlich und sorgfältig Halsketten zuhakte und Armreifen überstreifte. Als er aufsaß, dachte er: »Ich bin sicher, daß ich etwas vergessen habe.« Er fühlte keine Furcht, nicht die Spur davon. Plötzlich tauchte Mnorh neben ihm auf; doch er hatte sich verrechnet und fand sich von einem strengen Blick seines Vaters ertappt.

»Geh zurück«, befahl Silinoi, »alle Jungen müssen bei Yorn bleiben.« Mnorh verzog das Gesicht, aber er widersprach nicht. »Der Gott sei mit dir, mein Vater«, sagte er, wandte sich dann zu Li'vanh und drückte seine Hand.

»Glückliche Jagd, mein Bruder«, grinste er.

Li'vanh nickte, doch eine Antwort fiel ihm nicht ein. Plötzlich war sein Mund trocken. Was sollte man sagen? »Wenn ich nicht zurückkomme, kannst du meine blaue Wolldecke haben«? Zum ersten Mal ergriff ihn eine krampfhafte Erregung. Er spähte über seine Schulter. Überall nickten die Krieger sich zu, ergriffen wie beiläufig die Hände ihrer Kameraden, als könnte nicht die Rede davon sein, daß es möglicherweise das letzte Mal sei.

Er sah Rehai den Jäger, der sein kurzes unbestimmtes Lächeln zeigte, den Kopf neigte und etwas zu Derna sagte. Derna gab ihm einen freundschaftlichen Stoß.

»Geh weg, du Narr«, sagte er.

Li'vanh trieb Dur'chai an die Seite Silinois, der aufgesessen war und das Banner trug. Er brauchte eine oder zwei Minuten, um zu begreifen, daß jemand seinen Namen rief, und drehte sich um. Rehai war hinter ihm.

»Tuvoi!« sagte er, und seine stillen, dunklen Augen hielten Li'vanhs Blick fest. »Möge der Wind dir immer ins Gesicht wehen und die Götter dich immer so lieben, wie sie es jetzt tun!« Dann wechselte er zu Silinoi hinüber, bevor der überraschte Tuvoi ihm antworten konnte.

»Terani«, sagte er, »das Banner?«

Silinoi blickte ihn überrascht, dann nachdenklich an. Rehai betrachtete ihn ernst. »Laß es mich tragen.« Seine ruhige Stimme war eindringlich. »Es ist mein Recht, Terani. Dein Sohn hätte es sonst getragen, und ich habe seinen Platz als Jäger eingenommen. Laß mich das Banner tragen.«

Silinoi zögerte. Rehai machte eine lebhafte Gebärde. »Hältst du mich dessen nicht für würdig?«

Sein Anführer holte tief Luft und sah ihn fest an.

»Rehai der Jäger, Rehai, Sohn Yalns«, sagte er, »ich erkläre dich jeder Ehre für würdig, die der Stamm zu vergeben hat. Nimm das Banner und trage es zum Sieg!«

Rehai ergriff das Banner, und sein Rücken straffte sich. Ein Leuchten trat in seine Augen.

Das Heer versammelte sich und fiel in Schweigen.

Silinoi sagte zu Li'vanh: »Wir müssen sie von der Furt abschneiden.« Li'vanh nickte und fuhr mit der Zunge über seine Lippen. Yorn stand abgesondert von ihnen, rief mit lauten Gebeten die Götter an und hob die Arme in die Höhe. Li'vanh blickte unverwandt auf seinen Sattel. Er versuchte, ein Gebet für sich selbst auszudenken, aber alles, was er zustande brachte, war: Hilfe! Plötzlich schrie neben ihm die Stimme seines Vaters: »Harai!« Und die Stimmen des Stammes, darunter seine eigene, schrien zurück: »Harai, Hurneis!«

Dann folgten der Reihe nach die anderen Stämme, und schließlich brach das ganze Heer in gellendes Geschrei aus: »Harai! Hai'ai-ai! Harai, Khentorei, Hai-ai-ai davenei!«

Und plötzlich barst die Luft vom wilden Klang der Hörner und Trommeln, und die Krieger brandeten nach vorn.

»Jetzt!« dachte Li'vanh. »Jetzt geschieht es!«

Sein Herz machte einen Sprung, aber dann dachte er: »Nein, wir haben noch fast zwei Meilen vor uns!«

Aber zwei Meilen, dachte er, sind nicht viel; und es schienen sogar noch weniger, denn die Pferde fielen vom langsamen Trab in leichten Galopp und schließlich in vollen Galopp, und das Getöse der Hornsignale dröhnte hinter ihm in der Luft. Ein sprachloser Ton stieg aus den Kehlen der Männer, dem Bellen der Hunde nicht unähnlich, ein Schrei, an die Pferde gerichtet, an die Feinde und an die Männer selbst.

Sie flogen über die Anhöhe, auf der die Jungen Wache gehalten hatten, und Li'vanh sah, wie die Streitmacht der Kelanats sich verlagerte und schneller wurde, als sie sich dem Wettlauf zur Furt anschlossen und sich gleichzeitig zum Kampf bereitmachten. Li'vanh biß die Zähne zusammen und packte die Zügel fester. Er fühlte sich sehr elend, doch erfüllt mit einer kalten, sich steigernden Erregung. Er richtete seinen Speer aus, aber seine rechte Hand war schweißig und kalt und schien nicht gut zu greifen. Er klemmte ihn unter den Arm, drückte ihn gegen seine Seite, aber nach ein, zwei Minuten mußte er ihn wieder freigeben.

»Ich fürchte mich!« dachte er frohlockend, als sei dies etwas, das er sich schon immer gewünscht hatte. Einige Männer schrien gellend und schwenkten ihre Schwerter. Er dachte nach, schüttelte den Kopf und beließ es bei seinem Speer. Vor ihm ritt Rehai, und Li'vanh sah mit plötzlichem, entrüstetem Unglauben, daß er sang und keine Waffe bereit hatte, als wüßte er nicht, daß er in die Schlacht zog. Er ritt singend dahin und liebkoste mit der freien Hand den Hals seines Pferdes.

Dann sah er, daß sie die Furt erreicht und den Wettlauf gewonnen hatten. Er stieß einen schrillen Triumphschrei aus, wartete nicht erst ab, was die anderen taten, wendete Dur'chai und griff den Feind an.

Er hatte von Schlachtrausch gehört – und in diesem Augenblick packte er ihn. Nachher dachte er, daß es von Panik nicht weit entfernt gewesen sei, nur daß er schreiend auf den Feind zugerast war und nicht von ihm weg.

Neben sich gewahrte er Silinoi und vor sich Rehai, der jetzt kampfbereit war, sein Schwert gezogen hatte und weder sang noch schrie. Hinter sich hörte er einen Mann grimmig lachen. Dann krachten die beiden Heere aufeinander, und plötzlich war alles ein einziger Wirrwarr.

Er verlor seinen Speer. Er wurde ihm beinahe auf der Stelle aus der Hand gewunden. Er ergriff einen anderen, jemand schlug nach ihm, er fuhr herum, um den Schlag zu parieren und – er konnte es kaum glauben! – ließ ihn niedersausen. Plötzlich fand er das sehr lustig. Er lachte laut, als er sein Schwert zog. Dann wurde das Gefecht zum verbissenen Nahkampf. Er konnte außer seiner nächsten Umgebung nichts erkennen, und auch davon nur wenig. Alles, was er tun konnte, war: auf der Hut zu sein. »Achte auf seine Augen«, hatte Derna gesagt, doch er hatte keinen einzelnen Feind, es gab keine Augen, auf die man achten mußte, sondern nur Arme und Waffen. Da er in der Angriffsspitze war, traf er auf eine unaufhörliche Reihe neuer Männer und mußte wie ein Verrückter kämpfen, bloß um am Leben zu bleiben. Einmal wurde ihm jäh bewußt, daß er in der Linken einen Speer und in der Rechten ein Schwert hielt... ein anderes Mal spürte er einen brennenden Schmerz im linken Bein. Dann merkte er, daß der Boden steil anstieg. Er veränderte seine Haltung und verstärkte den Druck der Schenkel. Sein Bein wurde erneut getroffen. Er fuhr zusammen, legte seine Hand darauf und zog sie zurück, feucht von Blut. Mein Blut, dachte er und brach grundlos in wildes Gelächter aus. Er dachte: Ich werde auf die Spitze des Hügels reiten und etwas ausruhen. Er hatte das immer für eine ausgefallene Sache gehalten, wenn er davon gehört hatte. Jetzt erschien es ihm durchaus natürlich und vernünftig, sich auszuruhen.

Plötzlich brach an Dur'chais rechter Flanke ein Tumult los. Das Pferd sprang beiseite. Li'vanh schrie und schlug um sich, aber nichts war in seiner Reichweite. Etwas prallte gegen sein verwundetes Bein. Er schrie auf vor Schmerz und wich aus. Neben ihm beugte sich eine Gruppe Kelanats über ein reiterloses, graues, vor Furcht winselndes Wesen, das aus dem Durcheinander herausschoß – und das Banner der Hurnei stieß an sein Knie. Er starrte es sekundenlang an und sah dann, wie es herabglitt. Er griff danach und zerrte es hoch. Dann ritt er auf die Kuppe des Hügels zu.

Zunächst glättete er das geknäulte und verwickelte Banner und steckte es fest in seinen leeren Speerbehälter. Dann richtete er sich im Sattel auf und überschaute die Schlacht. Bestürzt gewahrte er auf den ersten Blick, wie gering an Zahl das Goldene Volk war. Das Khentor-Heer war im Begriff, die Feinde zu überwältigen. Schon wogten die Kelanats vor ihm zurück wie eine brechende Welle. Er kratzte sich am Kopf, ohne zu bemerken, daß es die blutige Hand war, und runzelte die Stirn. Hatten sie wirklich geglaubt, mit einer Handvoll Männer ein Königreich erobern zu können? Es war schwer, ihre ursprüngliche Stärke zu schätzen, aber es konnten nicht mehr als viertausend gewesen sein... doch wenn sie mit den Präriebewohnern nicht gerechnet hatten?...

Plötzlich fühlte er sich unendlich müde, lag einen Augenblick auf Dur'chais Hals und ließ die Arme hinabhängen. Dann drehte er den Kopf, gähnte und blickte die andere Seite des Hügels hinunter.

Dort war eine lange Straße, und über diese Straße hastete eine Heerschar. Es war eine ziemlich kleine Truppe, zwischen ein- und zweitausend Mann, die meisten zu Fuß und auf Streitwagen. Wieso Streitwagen?

Sie hatten offenbar den Schlachtlärm gehört, denn sie näherten sich mit hoher Geschwindigkeit. Ein Blick auf den Mann im Streitwagen an der Spitze sagte Li'vanh, daß er endlich einen der Sternensöhne gesehen hatte. Aber zwischen ihm und dieser Armee zu seinen Füßen an der Nordseite des Hügels lauerte längs des Weges eine andere Armee im Hinterhalt – eine Kelanat-Armee, mindestens sechstausend Mann stark. Darunter waren Menschen, die das Kommando zu führen schienen – Menschen? Menschen, die das Böse wie ein Mantel umhüllte.

Er wurde still und kalt. Sie können sie nicht sehen, dachte er. Sie werden hingemetzelt werden, und dann wird dieses Schicksal auch uns ereilen. Doch Mor'anh! Sie hätten das mit der halben Anzahl schaffen können..., und der Rest hätte uns viel mehr Ärger bereitet... vielleicht wissen sie es nicht. Vielleicht sind es die auf der Straße, die sie haben wollen. Ich möchte wissen, warum sie ihnen so wichtig sind? Wieder blickte er auf den führenden Streitwagen, auf Prinz Argerth. Ich muß etwas unternehmen. Aber was nur, was?

Seine Gedanken rasten. Wenn ich bloß schreie und winke, werden sie vermutlich glauben, ich wollte, daß sie sich beeilen. Wenn ich diesen schwarzen Hauptmann dort niederstrecken könnte, würde es helfen... aber ich habe keine Pfeile und keinen Bogen. Bleib ruhig, du Narr... Unter dem Druck seiner Schenkel tänzelte Dur'chai. Wenn ich mit Gebrüll hinunterstürze, werde ich niemals durchkommen, sie werden mich sofort töten, und ich werde keinem damit helfen. Aber das klingt wie der Hauch einer guten Eingebung... da drehte sich der gespenstische Mann, den er den schwarzen Hauptmann genannt hatte, um und erblickte ihn. Li'vanh sah, wie er einen Bogenschützen an der Schulter berührte, herdeutete, und schon sirrte ein Pfeil an ihm vorbei. Er zog Dur'chai vom Hügelkamm weg. Doch er wußte, was er zu tun hatte. Er packte die Standarte und hob sie empor, setzte sein Horn an die Lippen und blies irgend etwas voll Ungestüm, irgendwelchen Unsinn.

Aus dem Augenwinkel sah er Derna mit einem jungen Mann kämpfen, der ihm bekannt vorkam – es war der Kundschafter. Li'vanh blies und blies – es war das Signal »Zu den Waffen! Sitzt auf!«, aber es war gleichgültig, wenn es sie nur aufmerksam machte... Darauf ließ er das Horn fallen, zog sein Schwert und schwenkte Banner und Schwert.

»Hurneis!« schrie er, und zum ersten Mal seit Monaten schlug seine Stimme um. »Hurneis!« schrie er wieder, und seine Stimme schallte in der richtigen Tonlage über das Schlachtfeld. »Zu mir! Zu mir! Harai Hurneis, Hurneis, hai-ai-ai-ai-ai...« Er sah, wie einige Gesichter sich ihm zuwandten, fuchtelte wie rasend mit seinem Schwertarm, schwenkte das Banner und stürzte mit einem letzten Gebrüll den Hügel hinab.

Die folgenden Sekunden waren schrecklich. Das Banner hemmte ihn, er war ganz auf sich gestellt und erregte noch nicht einmal genügend Aufsehen. Doch mindestens zwanzig Männer wandten sich gegen ihn. Hätten sie sich nicht gegenseitig behindert, wäre ihm der Tod sicher gewesen.

In dem Augenblick, als er sich zwischen sie stürzte, dachte er ganz ruhig: In einer Minute, oder auch in zwei, werde ich tot sein. Dann setzte das Denken aus. Es wurde Auge und Arm, Schwert und Schädel. Dur'chai bockte, peitschte mit dem Schwanz, kämpfte mit dem Horn, mit Hufen und Zähnen. Li'vanh hieb schreiend um sich, sein linker Arm schmerzte, Blut rann ihm über die Augen – und er war nicht einmal sicher, daß es jemand sehen, daß ihm jemand folgen würde... doch dann ertönte ein lauter Ruf hinter ihm, und ein Chor von Stimmen und – o Kem'nanh, Großer Gott! – sie hatten es bemerkt.

Nichts mehr danach war so schlimm. Mehr und mehr Krieger stürmten über den Hügel, mehr und mehr Krieger aus dem Hinterhalt mußten sich ihnen stellen, bis sie in so gedrängter Menge beisammen waren, daß die Front der versteckten Geg-

ner nach vorn gezwungen wurde und über die Straße brach...
gerade rechtzeitig, um dem Angriff Prinz Argerths und seiner
Streitwagen zu begegnen.

Li'vanh jubelte mit rauher Stimme und taumelte vor Schwäche. Er schlug nach einem Kelanat, verfehlte ihn und dachte an
den Kundschafter.

Hoffentlich ist er entkommen, dachte er wider alle Vernunft. Dann wurde ihm zum ersten Mal bewußt, daß Rehai ja
das Banner getragen und er selbst es nun hatte. Also mußte
Rehai... gefallen sein. »O Götter, bin ich müde«, dachte er.

Es war eine gewonnene Schlacht, eine Niederlage für die
Kelanats. Für Li'vanh Tuvoi war es seine erste, und beinahe
wäre es seine letzte gewesen. Denn sein Pferd war weg – wie
er es verloren, daran konnte er sich nicht mehr erinnern; aber
er war erschöpft und verwundet, und seine Feinde scharten
sich dicht um ihn zusammen. Dennoch raffte er sich ein letztes
Mal auf und torkelte zu einem Felsen, lehnte sich mit dem
Rücken dagegen, umkrampfte das Banner, schwang sein
Schwert und schrie mit ausgedörrter, schwacher Stimme seinen
Trotz heraus.

»Dies ist mein Geschick«, dachte er. »Es konnte nicht von
Dauer sein.« Aber irgend etwas im Hintergrund forderte seine
Gegner heraus, und sie machten kehrt, um sich zu stellen. Nur
einer blieb zurück, und Li'vanh raffte sich gerade zusammen,
um sich zu wehren, als auch dieser verschwand, von Dur'chai
niedergestreckt. So blieb niemand übrig, um ihn anzugreifen,
und er senkte sein Schwert, weil es viel zu schwer war und es
anscheinend keinen Grund zum Aufstehen gab. Also setzte er
sich auf einen Steinblock und schloß für eine Sekunde die Augen. Und als er sie öffnete, stand ein großer, junger Mann vor
ihm, und das Goldene Volk hatte ringsum die Waffen gestreckt.

»Heil!« sagte Li'vanh. »Warst du es, der mir diese Kelanat
vom Leib gehalten hat? Ich denke, dann verdanke ich dir mein
Leben. Etwas in deinem Gesicht kommt mir bekannt vor.«

Der Mann lächelte. »Ich bin nicht ganz sicher«, sagte er,
»aber doch beinahe, daß viele von uns dir ihr Leben verdanken, Fremder. Ich danke dir.«

»Grau sind deine Augen und groß ist dein Mut«, sagte eine
andere Stimme, und Li'vanh blickte in das Gesicht des königlichen Wagenlenkers. »Ich bin sicher, der Gebieter ist dir gewogen. Ich bin Argerth, Thronprinz von Rennath, und ich ver-

danke dir mein Leben und mein Königreich. Darf ich erfahren, in wessen Schuld ich stehe?«

»Ich bin Li'vanh Tuvoi vom Stamme der Hurneis«, antwortete er, »und ich werde Silinois Sohn genannt, des Herrn über die Hurneis und die Ebenen des Nordens. Ich grüße dich.«

Der Wagenlenker schaute den anderen jungen Mann verwundert an, und dieser lachte erstaunt.

»Dann sind wir Brüder«, sagte er, »denn ich bin Vanh, der Jäger, Silinois Erstgeborener, Lord der Hurneis, und ich grüße dich. Es ist schön, daß wir uns treffen, junger Tiger!«

19
An einer kalten Meeresküste

Die Nachwirkungen der Schlacht waren in mancher Hinsicht schlimmer als die Schlacht selbst, aber Li'vanh merkte wenig davon. Argerth und Vanh hoben ihn auf Dur'chais Rücken, führten ihn zur Furt hinunter und ließen ihn bei den anderen Verwundeten. Dann kehrten sie auf das Schlachtfeld zurück; Vanh sah seinen Vater wieder, und sie umarmten sich.

»Und ich habe einen Bruder getroffen, von dem ich gar nicht wußte, daß es ihn gibt, Vater«, lachte er. »Er macht der Familie viel Ehre.«

Silinoi blickte ihn angsterfüllt an. »Ist er unversehrt?«

»Verwundet. Aber er kann gehen. Er ist an der Furt.«

»Gut. Geh und suche Mnorh; er ist hier und wird sich freuen, dich zu sehen. Ich glaube, er könnte dich brauchen«, sagte er.

Mnorh war noch nie so froh über den Anblick eines anderen Menschen gewesen. Die Verwüstung auf dem Schlachtfeld hatte ihn im Innersten erschüttert. Yorn, der Führer der Jungen, hatte sich bemüht, sie so weit wie möglich von den schlimmsten Szenen fernzuhalten, doch Mnorh hätte sich nie träumen lassen, daß jene strahlenden und ruhmreichen Taten, von denen in Liedern die Rede war, ein solches Chaos hinterlassen würden, ein solch unheroisches, schmutziges Durcheinander. Seine Kehle war zugeschnürt, und seine Augen waren heiß, aber er weinte nicht, nicht einmal um die Pferde, die verlorenen, herrenlosen Pferde. Viele Pferde waren ohne Reiter geblieben, aber kaum ein Reiter ohne Pferd – vor allem, weil ein Khentor ohne Pferd für die großgewachsenen Kelanat eine ziemlich leichte Beute ist. Bleich und starr ging er zum Fluß, wo sein Bruder ihn traf. Als ihre Begrüßung zu Ende war, wischte Mnorh Tränen ab, die er bei sich nie für möglich gehalten hätte, und sagte: »Vanh, hast du Li'vanh gesehen?«

»Ja, ich habe ihn getroffen. Er ist an der Furt.«

»Geht's ihm gut?«

»Ziemlich. Keine Lebensgefahr. Warum?«

»Derna... Derna möchte ihn sehen.«

»Derna?« Vanh runzelte die Stirn. Er selbst war von Derna unterrichtet worden und kannte seine Art. »Hat es nicht Zeit? Li'vanh ist müde und hat viel Blut verloren. Kann er nicht später gehen?«

Darauf wurde Mnorhs Kehle wieder frei und seine Augen feucht. »Aber Vanh«, sagte er, »Derna stirbt.«

Also brachten sie Li'vanh zu ihm, und die Augen des alten Waffenmeisters leuchteten, als er seinen besten Schüler sah, und er lachte grimmig. »Was war ich für ein Narr«, sagte er mit einer Stimme, die, obgleich schwach, seine alte, spöttische Stimme war, »daß ich dachte, weil ich ein Lehrer bin, bräuchte ich nichts mehr zu lernen. Es war der einfachste Schlag, so etwa...« und machte ihn vor, »...obwohl ich ihn dir besser auf zwei Beinen zeigen könnte.«

Er blickte Silinoi an, und seine Augen waren plötzlich klar und voller Besorgnis.

»Jetzt fällt es mir ein... mein Pferd?«

»Es ist ein Meerpferd, und es hat die Blaue See vor dir erreicht.«

»Gut. Zusammen ist es am besten... Es kann mich tragen.« Er schaute Li'vanh an und kniff seine Augen zu einem Lächeln zusammen. Der junge Mann dachte, daß er ihn so sorglos und freundlich noch nie gesehen habe. »Und wenn ich daran denke, daß ich über Rehai gelacht habe. Ich war sicher, ihn heute abend am Feuer zu treffen.«

Li'vanh fand die Sprache wieder. »Du hast dich nicht geirrt, Oheim«, sagte er und benutzte die ehrerbietige Anrede. »Rehai hat einen kleinen Vorsprung, aber wenn du dich beeilst, wirst du ihn einholen.«

»So? Dann will ich mich beeilen. Er war ein tapferer Mann.« Er streckte und bewegte sich unruhig.

»Man hat mir gesagt, daß sie dir das Siegeszeichen verliehen haben, den Ersten Speer von Danamol.«

»Mir hat man es auch gesagt.«
»So?« Sein Gesicht verzog sich vor Stolz, er stieß den Jungen in die Rippen und lachte mit all seiner nachlassenden Kraft. »Habe ich es nicht gesagt?« flüsterte er. »Ein Krieger, Junger Tiger. Ein Krieger unter zehntausend.«

Von allen Dingen auf der Welt, so sagte sich Nicholas, gefielen ihm Boote am besten. Er hatte gedacht, nichts könne schöner sein, als mit dem Grenzer durch Kedrinh zu wandern; als er aber mit dem Grenzer in dieser gelockerten, lustigen Stimmung den Fluß hinab durch Kedrinh fuhr, änderte er seine Meinung. Er durfte das Steuerruder halten, die Segel reffen und sogar kochen. Doch viel Arbeit gab es nicht, und meistens räkelte er sich nur im Boot und betrachtete den Fluß.

»Tänzer« glitt dahin, geschwind auch dann, wenn Wind und Fluß nicht zu Hilfe kamen. Nach und nach würde die Strömung geringer und der Fluß breiter, sie erreichten die Mündung. Der Wind brachte den scharfen Geruch des Meeres, und Möwen kreischten um ihren Mast. »Tänzer« zitterte, verlangsamte seine Fahrt, und die Segel wurden schlaff. Der Grenzer seufzte und steuerte auf eine Uferbank zu.

»Hier müssen wir den Fluß verlassen«, sagte er, »und du mußt von ›Tänzer‹ Abschied nehmen.«

Der Junge sah das Boot an, seine schlanke Anmut, die dunkelblauen Segel, den schwarzen Kiel, den Mast und die silbern überhauchten Bootswände. Er legte seine Hand sanft auf den geschwungenen Bug und bildete sich ein, daß er ein wenig gegen seine Handfläche stieß. Aber vielleicht war es nur die Bewegung des Wassers. Er wandte sich entschlossen ab und steckte seine Hände in den Gürtel.

»Wohin jetzt?« fragte er.

Der Grenzer lächelte und führte ihn an die Spitze der Klippe. »Nur bis hierher«, sagte er, »aber später dort hinaus.« Er deutete mit dem Finger. Nicholas trat neben ihn und schaute hinab.

Er schnappte nach Luft. Nur wenig von dem Ort entfernt, wo sie »Tänzer« verlassen hatten, machte der Fluß einen Bogen und mündete in einen Hafen. Dieser Hafen lag unterhalb der Klippe: eine kleine Stadt, ein Fischerdorf, und ein langes Ufer mit vielen Kais. Sieben Schiffe lagen vor Anker. Es waren ganz kleine Schiffe, nicht übermäßig lang und ziemlich schmal, mit hohem Bug und hohem Schanzkleid. Sie waren aus Holz, und ihre Segel waren festgemacht. Das größte hatte drei Masten, und das kleinste nur einen. In der untergehenden Sonne schienen sie aufzuleuchten, warfen lange Schatten auf das Wasser, und von den Mastspitzen wehten schwarze Fahnen mit dem silbernen Schwan, dem Zeichen der Seekönige.

»Junge, Junge!« Er sagte es mit erzwungener Selbstbeherrschung. »Segelschiffe!«

Der Grenzer lachte. »Was sonst auf diesem Meer? Ruderboote? Sie besitzen Ruder, aber man benutzt sie selten. Diese hier sind die letzten. Im Herbst waren hier zwanzig Schiffe der königlichen Flotte zur Wiederinstandsetzung; sie wurden vom frühen Winter überrascht. Dieser Hafen ist die Hälfte des Jahres zugefroren. Die meisten von ihnen sind nach H'ara Tunij zurückgesegelt. Ich bin froh, daß wir rechtzeitig gekommen sind, um diese noch zu erwischen. Morgen früh werde ich dich mit hinunternehmen, und du kannst mit ihnen segeln.«

»Ich? O Junge!« Seine Augen funkelten. »Weißt du ihre Namen?«

»Das größte ist die ›Kedrinhel‹ – das ist der Name einer Stadt. Die Namen der anderen fünf weiß ich nicht. Das kleinste nennt man ›Frechheit‹.«

»Ich würde es Schachtel nennen.« Voller Verlangen blickte er auf die Schiffe hinab. »Jetzt bleiben wir doch hier?«

»Nicht ganz.« Er schaute nach den Wolken, die von Nordosten herbeitrieben und überlegte. »Es gibt etwas, das ich dir gern zeigen würde, und ich denke, daß du die Möglichkeit haben solltest. Komm ein Stück mit.«

Er führte Nicholas ungefähr zwei Meilen in südlicher Richtung die Klippen entlang, dann machte er halt und bereitete ihnen etwas zu essen. Die Sonne ging unter. Der Grenzer lagerte sich ruhig ins Gras. Nicholas legte sich zurück. Nach einiger Zeit fragte der Grenzer: »Hörst du etwas?« Nicholas hatte gemeint, er habe einen Moment lang etwas gehört, doch seiner eigenen Wahrnehmung nicht getraut. »Ich dachte, ich hätte im Wind etwas gehört. Ein Geräusch wie ein Krachen und ein Brausen.«

»Richtig. Weißt du, was es ist?«

»Nein.«

»Eis. Oben im Norden erreichen die zugefrorenen Flüsse das Meer, schmelzen und brechen auf. Die großen Eisburgen platzen auseinander und treiben hinaus aufs Meer. Große Brocken und Klippen aus grünem Eis. Sehr, sehr schön!«

»Aber gefährlich! Was wird aus den Schiffen da unten?«
»Ich verstehe nichts von der Seefahrt. Die Seeleute scheint es nicht zu stören. Aber ich habe die Eisburgen gesehen, und die sind herrlich.«

In diesem Augenblick fielen einige wenige Regentropfen zischend in das Feuer, dann zog der Schauer vorbei, und der Mond schimmerte kurz hervor. Der Grenzer setzte sich auf.
»Das ist eine Gelegenheit! Dies ist genau die Nacht, wie sie sie lieben!« Er kroch auf das Ende der Klippe zu.

Nun, es ist nicht gerade eine Nacht, wie ich sie liebe, dachte Nicholas und folgte ihm. Der Wind war mit Regen vermischt, und das Nordlicht war unregelmäßig. Wenigstens war die Luft nicht allzu kalt, nur kühl und salzig. Er kroch auf dem Bauch und stieß mit den Stiefeln des Grenzers zusammen. Er murrte, und der Mann lachte leise.

»Wenn sie kommen sollten, sei ganz still«, flüsterte er, »und laß dich nicht sehen.«
»Wenn wer kommt?« Aber er bekam keine Antwort.

Sie warteten einige Zeit. Nicholas war kalt und steif und ziemlich schläfrig. Das eintönige Geräusch der auflaufenden Flut hüllte ihn ein, und das dunkle, weißgesprenkelte Wasser fing an, vor seinen Augen zu verschwimmen.

Er hatte vergessen, daß er überhaupt auf etwas wartete, als der Grenzer plötzlich den Atem anhielt und den Arm des Jungen packte.

»Sieh!«

Er kniff die Augen zusammen und spähte hinaus, aber zunächst konnte er nichts sehen. Dann brach ein Fleck mondbeschienenen Meeres auseinander und glitzerte, und ein Kopf stieg daraus hervor. Darauf ein zweiter daneben... und ein dritter. Sie bewegten sich langsam auf das Ufer zu, kamen vorsichtig herauf und schauten sich um. Plötzlich war die Brandung voll von ihnen, sie purzelten aus den Wellen auf den Sand und auf den Kies, sprangen auf dem Strand umher, und von ihren Lippen ertönte eine fremdartige, geisterhafte Musik.

»Nicht zu glauben«, dachte er, »nichts wird mich jemals wieder überraschen. Nie wieder.«

Sie tanzten über den Sand. Sie waren klein, kleiner als die Nihaimurh, nur etwas über einen Meter. Ihre Glieder waren glatt und blaß, aber ein- oder zweimal sah er an den Biegungen und Hohlkehlen ihres Körpers Schuppen glänzen. Ihr gekräuseltes Haar war dunkel, dunkelgrün, doch es war im Mondlicht schwer zu erkennen. Sie hüpften und wirbelten herum und öffneten ihre Arme dem Regen, dem Wind und dem kühlen Silberlicht. Sie waren stumm, abgesehen von dem leisen wunderbaren Summen, das beinahe ein Stöhnen war, wie Wind in einem Kamin. Bleich und geschmeidig und von kühler Wildheit; er sah ihre emporgewandten Gesichter und ihre dunklen, tiefen Augen. Ihr nasses Haar peitschte ihre perlweißen Körper, auf denen er Salz glitzern sah.

»Wer sind sie?« flüsterte er.

Der Grenzer kroch ein Stück vom Ende der Klippe zurück. »Die Teraimurh. Manche sagen, sie seien nur Seemannsgarn, doch ich habe sie jetzt schon dreimal gesehen. Aber sie sind nicht wie die Nihaimurh, denn du kannst nicht mit ihnen sprechen. Wenn sie dich zu Gesicht bekommen, springen sie wie tauchende Möwen in die Wellen zurück. Sie sind scheu, wilder als die Waldvölker, und den Menschen noch fremder. Sie sind das Meervolk – ihr Name bedeutet ›Volk des Vaters‹. Denn die Khentors, welche die Namen gaben, bezeichnen das Meer mit einem Wort, das soviel wie Vater bedeutet. Ab und zu kommen die Wellenreiter aus dem Wasser hervor, um zu spielen, wie die da. Doch sie kommen nur in dunstigen Nächten wie heute heraus. Die Seeleute sagen, daß draußen auf dem Meer der Vollmond sie an die Oberfläche treibt. Sie sagen auch, daß sie manchmal Schiffen folgen und sie anrufen. Aber Seeleute sagen vieles.«

»Warum sind sie nicht so freundlich wie die Nihaimurh?«

»Ich habe nicht gesagt, daß sie unfreundlich sind. Doch sie sind scheuer, und sie sind so leicht verletzlich, und die Menschen sind grob. Ich habe auch so eine Ahnung, als ob die Hitze unserer Körper ihnen schade... Jedenfalls, Nicholas, wir haben etwas mit dem Waldvolk gemeinsam: wir kennen Bäume und Wälder. Die Teraimurhs jedoch wissen nichts von den Lieblingsorten der Menschen. Und wir? Was wissen wir von den grünen Hallen Kamenons?«

Am Morgen brachte der Grenzer Nicholas zum Hafen hinunter. Dem Jungen gefiel die Stadt nicht besonders; nicht etwa, weil dort alles fehlte, was eine Stadt ausmacht, aber sie war mit Menschen vollgestopft. Dort gab es Frauen in groben, hellen Kleidern, Fischer, Hafenbeamte und Kinder, die ihn anstarrten. Er fühlte sich befangen. Er war nicht unter vielen Menschen aufgewachsen. Er machte sich an der Seite des

Grenzers ganz klein, doch dieser selbst schien sich unbehaglich zu fühlen. Unter Menschen schrumpfte er gleichsam ein wenig zusammen und wurde mehr der Mann, der er in ihren Augen war: ein seltsamer Kauz, ein Landstreicher, ein wettergegerbter Vagabund. Nicholas umklammerte seinen Arm.

Sie gingen am Hafen entlang. Hier war es weniger belebt. Die Seeleute werkelten emsig auf ihren Schiffen, und ein paar Kinder schauten ihnen zu. Einige von ihnen drehten sich schweigend um und musterten die Fremdlinge, doch nicht mit dem kritischen, halb verächtlichen Blick der Erwachsenen. In der Nähe des großen Schiffes »Kedrinhel« stand eine Gruppe von Männern: Offiziere, gekleidet in Grün und Schwarz, mit dem Schwan an der Schulter ihrer Umhänge. Silberne Achselstücke zierten ihr Wams. Einer von ihnen hatte mehrere und schien der Älteste zu sein. Der Grenzer führte Nicholas zu ihnen.

»Meine Herren!« sagte er.

Sie drehten sich nach ihm um. Es waren echte Haranis, Männer wie Hairon und Horenon, obwohl sie vielleicht ein bißchen weniger hoheitsvoll aussahen. Der Grenzer wirkte neben ihnen stämmig, grob, rauh und ungesittet. Plötzlich hatte Nicholas das wütende Verlangen, ihn zu verteidigen.

»Er stammt aus dem zehnten Geschlecht der Sterngeborenen!« dachte er. »Sein Vorfahr war Alan... irgendwer... und er ist besser als jeder von euch.«

Doch die Offiziere begrüßten ihn höflich, und der Befehlshaber schüttelte ihm die Hand. »Vulneht Emneleriath!« sagte er. »Bist du's?«

Der Grenzer lächelte. »Vielleicht«, sagte er. »Aber kaum unter diesem Namen. Ich bringe dir einen Passagier, den du nach H'ara bringen sollst. Es wird Zeit, daß er Gesellschaft bekommt und eine angenehme Reise. Bis auf eine kurze Strecke in meinem Boot ist er die ganze Strecke vom Schwarzen Berg her gelaufen, und ich zweifle nicht, daß er euch viele Wunderdinge erzählen kann, wenn ihr ihn fragt. Lebe wohl, Nicholas, ich danke dir für deine Begleitung.«

»Lebe... du wirst nicht...«, stammelte Nicholas, und dann vernahm er, wie der jüngste Kapitän ausrief: »Du bist vom Schwarzen Berg herspaziert?«

»Nein, ich rannte. Grenzer...«

»Was hast du auf dem Schwarzen Berg gemacht?« fragte der Befehlshaber scharf. Es ist ein böser Ort. Vulneht...«

Aber der Grenzer war schon verschwunden.

»Wo ist er hingegangen?« rief Nicholas. »Warum? Warum kommt er nicht mit uns?«

»Nach H'ara Tunij?« Der Befehlshaber lachte. »Das wäre nicht nach seinem Geschmack. Er kann Menschenmengen nicht leiden. Vielleicht hat er Grund dazu.«

»Aber... werde ich ihn nicht wiedersehen?«

»Das kann ich dir nicht sagen. Entschuldige, aber würdest du uns sagen, warum du auf dem Schwarzen Berg warst?«

»Ich... Ich kann nicht sagen, wie ich dahin gekommen bin. Prinzessin In'serinna war dort... und Adler...«

»Prinzessin In'serinna! In'serinna von Rennath?«

»Ja, und die Adler hatten einen Kampf, und die schwarzen haben beinahe gewonnen, und dann stieg die Prinzessin auf den Berg und erfuhr etwas über einen Krieg, und irgend jemand verfolgte uns, und sie wurden gefangengenommen...«

»Gefangengenommen?«

»Ja, die Prinzessin und meine Schwester. Und ich rannte und rannte, und dann die Wölfe... Dann kam ich in einen Wald. Dort traf ich den Grenzer. Und dann marschierten wir, bis wir ›Tänzer‹ fanden...«

»Tänzer? Was hat er damit zu tun?«

»Es. Es ist ein Boot. Wir fuhren damit, bis wir hierherkamen. Und in der vorigen Nacht haben wir die Teraimurh gesehen. Der Grenzer sagte, ich solle mit euch fahren. Darf ich mir die ›Kedrinhel‹ ansehen?«

Die Männer lachten. »Du wirst mit ihr segeln«, sagte der Befehlshaber. »Mit der Vormittagsflut stechen wir in See. Dann kannst du mir deine Geschichte in Ruhe erzählen.«

»Oh, darf ich mir dann ganz kurz die ›Frechheit‹ ansehen?«

Sie lachten wieder, und der jüngste Kapitän langte mit dem Arm nach ihm:

»Selber frech. Woher kennst du den Namen meines Schiffes, Knirps?«

»Der Grenzer wußte ihn. Er weiß eine Menge.« Plötzlich fühlte er sich einsam. »Ich wünschte, er wäre nicht fortgegangen.«

Aber daran war nichts zu ändern, und Nicholas lernte schon, seine Zeit nicht mit vergeblichem Klagen zu vergeuden. Also verbrachte er seine Zeit mit der Untersuchung der Harani-Schiffe. »Frechheit« war sehr hübsch, aber er konnte nur ein oder zwei Stunden auf ihr bleiben, die Zeit des Frühstücks abgerechnet. »Kedrinhel« war viel komplizierter. Während sie ablegte, fragte er sich ängstlich, ob er seekrank werden würde, und mußte mit plötzlicher Wehmut wieder an den Grenzer denken. Als sie die Mitte des Hafens erreichten, kam plötzlich der Flußlauf in Sicht, und Nicholas war sicher, in der Ferne, gegen den Horizont, zwei dunkelblaue Segel zu sehen.

Und so war Nicholas der erste, der die Weiße Stadt erreichte. Sie sichteten sie kurz nach der Morgendämmerung des zweiten Tages. Sie krönte die Felsen, vom ersten Licht der frühen Sonne getroffen, und Wolken flatterten über ihr wie graue und goldene Fahnen. Seeschwäne stiegen von den Wellen empor, gingen vor ihnen nieder, das weiße Wasser wogte zurück, und die weißen Türme schimmerten. Endlich gelangte er zur Festung Emnerons des Weißen, zur Stadt der alten Kirontins, der Perle des Nordens, H'ara Tunij der Meerkönige.

20
Die Halle der Banner

Penelope verließ Rennath als offizielle Ehrenjungfrau der Prinzessin In'serinna und folgte ihr auf der Reise durch Kedrinh im Gefolge König Derons. Sie zogen auf der Straße durch Nelimhon, ohne einen der Nihaimurhs zu Gesicht zu bekommen, und durchquerten die Hügellandschaft – ein ständig wachsender Zug von Reitern, denn alle Könige und Prinzen von Kedrinh ritten zur Ratsversammlung, die Kiron einberufen hatte.

Penelope kam in die Stadt am Nachmittag desselben Tages, bei dessen Anbruch Nicholas dort eingetroffen war; die Freude über ihr Wiedersehen war groß; und danach gab es viele Neuigkeiten zu erzählen.

Das Khentor-Heer brach erst zwei Tage nach der Schlacht zum Weitermarsch nach H'ara Tunij auf. Am ersten Abend verbrannten sie ihre Toten. Silinoi entzündete den Scheiterhaufen Dernas, und sein Schmerz war tief, denn ein ganzes Mannesalter hindurch waren sie verschworene Speerbrüder gewesen. Vanh hielt die Fackel für Rehai. Sie waren im selben Jahr Männer geworden, waren beide Jäger, Männer ähnlicher Gesinnung, und nach Hran, dem Ausgestoßenen, war Rehai Vanhs bester Freund gewesen.

Die Totenfeuer brannten die ganze Nacht, und noch lange

nach dem letzten Salut des Horns dröhnten die Trommeln weiter in stetigem Gram, wie wenn nach dem Verströmen des Schmerzes das gequälte Herz ohne Ruhe und Trost weiterschlägt. Die Feuer glühten flammenlos in der Dunkelheit, doch sie schwelten heiß und rot, und eine Kuppel düsteren Lichts wölbte sich über ihnen. Die Sterne und der dünne Silbermond waren fahl und entrückt; nur das stetig wiederkehrende Flackern des roten Mondes schien faßbar. Der Rauch war überall. Er roch nicht bloß nach brennendem Holz, und den Geruch dieses Rauchs konnte Li'vanh nie vergessen. Er brannte in seinen Augen, während er schlaflos dalag und in den schwermütigen Glanz hinaufsah. Als die Trommeln still waren, wurden die Feuer hörbar: sie sackten zusammen, knackten, knisterten, und manchmal formten sich Geräusche wie gedämpfte Seufzer.

Li'vanh dachte an die Männer. Wohlvorbereitet für das Leben, erfahren in Jagd und Reitkunst, in jedem Handwerk geschickt und geschmeidig im Tanz, ein jeder die Sonne für das Leben eines anderen: so hatten sie sich an jenem Morgen gesund und stark erhoben, und so trug man sie zu Grabe, und alle ihre Fähigkeiten, ihre Liebe und ihre ungelebten Jahre zerfielen in der Flamme zu Asche.

Die aufgehende Sonne löschte die Glut und entblößte sie als fahle Grabhügel aus gebleichter Asche und dörrender Kohle. Mit der Morgendämmerung kam der Wind und verstreute die letzten Reste. Während des ganzen Morgens war es, als wogte ein weißer Nebel vor dem Wind, der nach Süden zog und mit dem vielleicht einige der Toten auf die Ebenen zurückkehrten. Doch gegen Mittag hatte der Wind aufgefrischt, alle Asche fortgetrieben, und niemand konnte sagen, wo die Toten zur letzten Ruhe kommen würden, wenn es diese für sie überhaupt gab.

Der Ruhm Li'vanh Tuvois eilte ihm nach H'ara Tunij voraus, und man verlieh ihm jetzt zwei neue Titel. Sie nannten ihn Tan R'munhanh, Herr der Krieger, und huldigten ihm als dem »Ersten Speer von Danamol«. Sie hatten ihm den besten erbeuteten Speer aus der Schlacht geschenkt, den Mnorh später stolz für ihn trug, und überhäuften ihn mit Ehrenzeichen, Halsketten, Armreifen, Fingerringen und Schmuck für sein Pferd. Er sah jetzt recht wie der »Fürst« Li'vanh aus, als er mit Vanh und den jüngeren Prinzen von Rennath an der Spitze des Heeres ritt.

»Es ist gut, unter Verwandten zu sein«, sagte Hairon gefühlvoll, »sogar, wenn einer von ihnen Garon ist.« Garon tat einen entrüsteten Schrei, und Veldreth, der Zauberer, der meistens ruhig war, lachte, denn in der Vergangenheit war er öfter Garons Hauptopfer gewesen.

»Es ist alles Neid«, erzählte Garon Li'vanh. »Hairon pflegte der ›Verstand der Familie‹ genannt zu werden, bis ich ihn übertrumpfte. Natürlich war es mit seinem Verstand nicht weit her, und außerdem hatte er keine Hoffnung, in einer Runde mit Veldreth der Schönste zu sein.«

Dies erregte den Zorn seines Bruders und seines Vetters. Vanh lachte und sagte dazu: »Ich würde jedenfalls nicht sagen, daß Veldreth die Schönheit der Familie ist. Damit hat er mich nicht so sehr beeindruckt.«

Es hatte Li'vanh amüsiert, als er den Grund von Vanhs Abwesenheit vom Stamm erfuhr, und die Harani-Prinzen schrien vor Lachen, als man ihnen In'serinna als die Hexe von Rennath beschrieb; trotzdem sah Mnorh ärgerlich aus. Er hatte beschlossen, ihr zu verzeihen, seit es schien, daß sie seinen Bruder am Ende doch heiraten würde.

Doch eines war seltsam: obwohl Li'vanh aus Vanhs Mund öfters von dem kleinen, ausländischen Mädchen hörte, obwohl Hairon viel über ihren Bruder und über sie zu berichten wußte, obwohl Garon sie genau beschrieb und alle darin übereinstimmten, daß Peneli ein seltsamer Name sei – er spürte auch nicht ein einziges Mal ein Aufreißen der Erinnerung.

Sie schwenkten nach Norden zur Straße durch Nelimhon und wandten sich dann ostwärts über die Hügel. Sie ritten mit mäßiger Geschwindigkeit, denn viele – darunter Li'vanh – hatten Wunden, die noch nicht verheilt waren.

Schließlich, am dreizehnten Tag, sahen sie etwas, verschwommen und gewaltig, am östlichen Rande der Welt, und endlich erblickten sie H'ara Tunij: ein weißer Wasserfall, der zum Meer hinunterfiel. So gelangte Li'vanh Tuvoi als letzter zur Halle des Hohen Königs.

Und jetzt nahmen die Hohen Herrscher die Fäden, die sie gesponnen hatten, und flochten sie zu einem einzigen Strang.

Außerhalb der Stadt trafen die Khentors ihre Vorbereitungen. Sie striegelten ihre Pferde, bis sie glänzten, und rieben ihre Waffen blank. In der vorangegangenen Nacht hatte Li'vanh sein Haar gewaschen und geschnitten. Jetzt zog er seine beste

Jacke und seine besten Hosen an. Mnorh hatte die Stiefel für ihn geputzt, bis sie schimmerten wie Samt. Er steckte an jede Hand einen Ring, legte zwei Armbänder um jedes Handgelenk und um seinen Hals verschiedene Ketten, zu denen ein geschnitztes Kreuz aus Elfenbein gehörte. Er gürtete seine Jacke fest um seine Hüften und legte sein bronzebeschlagenes Wehrgehänge an, das mit Bernsteinknöpfen besetzt war. Der Riemen für sein Horn lief in entgegengesetzter Richtung über seine Brust. Dann warf er seinen Umhang über.

Auch mit diesem hatte sich Mnorh viel Mühe gegeben, und der Flaum auf den Falten glänzte weich. Er war mit kräftig leuchtender, roter Wolle ausgeschlagen. Er schloß ihn nicht, sondern warf ihn über seine Schultern, so daß die Kette sich über seiner Brust spannte. Dann zog er sein Stirnband gerade und sah Mnorh beinahe ängstlich an. »Wie seh' ich aus?«

»Yi-i! Wenn Mneri dich nur sehen könnte!«

Li'vanh lachte und ging auf ihn los. Mnorh schlug zurück, er sprang beiseite. »Mach keinen Fleck auf meinen Umhang!«

»Dein Umhang! Wer bürstet ihn eigentlich?«

Doch dann hörten sie das Signal zum Aufsitzen, und Mnorh fiel ein, daß er selbst erst halb fertig war. Li'vanh half ihm, so gut er konnte, dann ging er, um Dur'chai zu bewundern. Das große Pferd glänzte metallisch, bronze- und goldfarben, und sein Horn war poliert. Der Sattel aus Schaffell war gewaschen und sah aus wie geronnene Milch, die Verzierungen an Stirn, Brust und Zaumzeug klingelten bei jeder Bewegung.

Mnorh kam angerannt, um den Speer von Danamol zu tragen, und Li'vanh saß auf. Über Mnorh hinweg blickte Tuvoi auf die Stammesbrüder, die in ihrer wilden Großartigkeit zum Palast kommen würden: weiches Velour und glänzendes Leder, Bronze und Kupfer, Bernstein und Elfenbein, Halsketten aus Zähnen, Klauen und Stacheln. Einen Augenblick lang empfand er Stolz, einer der ihren zu sein. Sie ritten zu den Edelleuten der Haranis zurück; diese schienen nichts anderes zu tun zu haben, als ihr Haar zu bürsten und zu kämmen. »Aber dabei«, dachte er mürrisch, »sehen sie doch ohnehin schon großartig aus!«

Prinz Garon sah ihn schweigend an und verzog dann sein Gesicht. »Wie soll ich's bloß ertragen, daß hier noch ein zweiter ist, um mich in den Schatten zu stellen.«

Sie ritten zur Stadt hinunter, die Torwache salutierte und nahm Haltung an. Sie kamen in die Gassen, und das plötzliche

Klappern der Hufe betäubte sie. Li'vanh spürte ein Schaudern und Prickeln, und alle Khentors durchlief eine Welle, ein Beben der Vorsicht und Verteidigungsbereitschaft. Für die meisten von ihnen war es die erste Erfahrung mit einer Stadt, und Li'vanh fühlte sich mit einem Mal verkrampft gegenüber den Mauern, Toren und schmalen Straßen, die ihn beengten. Überall waren Menschen vor die Türen getreten und säumten die Straßen, um ihnen Beifall zu spenden. Die Haranis erwiderten die Grüße, aber die Präriebewohner lachten nicht ein einziges Mal; sie waren zu sehr davon in Anspruch genommen, vorsichtig zu sein. Schließlich kamen sie zum Palast, und die uralte Festung Emnerons verwandelte sich fast unter ihren anerkennenden Blicken, als sie beim Schmettern von Trompeten durch ein Torhaus ritten. Doch dies war nicht das Ende ihrer Reise. Sie ritten weiter, geleitet von einem Kammerherrn, Straßen und Alleen hinunter, über Höfe und durch lange Bogengänge ohne Tageslicht, tiefer und tiefer in den Palast hinein. Li'vanh hatte sich nie träumen lassen, daß ein Gebäude so ausgedehnt sein könnte. In der Tat nahm der königliche Palast jetzt den Raum zwischen den Mauern ein, die einmal die gesamte ursprüngliche Stadt umschlossen hatten. Zuletzt gelangten sie in einen Innenhof, der größer als alle vorherigen war, und die Sonne blendete sie. Ein gewaltiger, viertürmiger Hauptturm aus wuchtigen, weißen Steinen lag vor ihnen. Von den Brustwehren flatterten Fahnen, und aus jedem Fenster hingen Standarten. Am Aufgang zur Tür hatten Hornisten Aufstellung genommen. Sie saßen ab. Die Hornisten bliesen Salut, die Türen öffneten sich, und der Hauptmann der Veduaths kam herab, um sie zu geleiten. Sie schritten vorwärts.

Der Zug betrat die Große Halle; sie war hochgewölbt, mit dunklen Balken gestützt, und die Sonne fiel schräg durch Fenster unterhalb des Dachs. Zu beiden Seiten der Halle standen die Edelleute dicht gedrängt. Der Boden glänzte wie eine glatte Wasserfläche. Hoch an den Wänden fielen leuchtende Banner von den Pfosten herab. An den Mittelbalken hingen neun prächtige Banner – eines für die Veduaths, eines für die Zauberer, eines für die Kirontins und sechs weitere für die übrigen Geschlechter der Sterngeborenen. Am anderen Ende der Halle war ein erhöhter Platz, auf dessen Treppenstufen sich niedere Adlige drängten, und auf dem Thron saß Kiron.

Als sie eintraten, erhob er sich, und während der Kammerherr sie ankündigte, richteten sie ihre Blicke auf den Hohen

König der Wandarei. Als erstes verwunderte Li'vanh das Alter Kirons. Er war sehr viel jünger, als er erwartet hatte, sicherlich nicht viel älter als Prinz Argerth. Er hatte einen ehrfurchtgebietenden Weisen erwartet und nicht einen Mann in der Blüte seiner Jugend. Er war groß, sehr groß, und gerade gewachsen wie ein junger Baum. Sein dunkles Haar umfloß ein ernstes und edles Gesicht. Seine Kleidung war prächtig, aber dunkelfarbig, schwarz und silbern; nur der prächtige Umhang fiel in seidenen Falten bis auf seine Füße herab, lag hinter ihm als schimmernde Wolke und floß über die erste Stufe der Estrade. Er war von einem wunderbaren, tiefen Grün, dunkelglänzend wie die Blätter der Stechpalme – ein königliches Grün.

Kirons Gesicht war wie das in Alabaster gehauene Antlitz eines Königs: stattlich, würdig und unbeweglich. Seine Augen waren von klarem Grün, zurückhaltend und sogar ein wenig schwermütig, gezeichnet von der Einsamkeit der Könige. Er trug keine Krone, aber an seiner rechten Hand den Königsring, und an seiner Brust an einer silbernen Kette hing der Smaragd.

»Willkommen, Silinoi, Herr der Prärien des Nordens! Willkommen, Argerth, Prinz von Rennath!«

Seine Stimme, mit der er die Prinzen und Herren begrüßte, war tief, klar und ernst, und sogar den Führer des kleinsten Stammes nannte er beim Namen und bei dem seines Vaters. Auf der zweiten Stufe der Estrade stand Deron, König von Rennath, neben ihm seine strahlende Tochter und dahinter ihr Gefolge. Jedenfalls vermutete man es hinter ihr. Aber Nicholas spähte unter dem Ellenbogen des Königs hindurch – alles, was er sehen konnte, war Kiron, aber er wurde nicht müde, ihn anzuschauen –, und Penelope war um den Rock der Prinzessin herumgeschlichen.

Voll Interesse musterte sie die Fremden und stellte als erstes befriedigt fest, daß Vanh und die Rennath-Prinzen da waren. »Sie sind klein«, dachte sie. Neben ihnen wirkte Lord Vanh sehr groß. Und sie sahen fremdartig aus, wild und ohne Lächeln. Jener ältere Herr mit dem herabhängenden Schnurrbart mußte Lord Silinoi sein, Vanhs Vater, so seltsam es auch scheinen mochte – und dort war ein Junge. Hinter dem Jungen war ein Mann, der nicht ganz so aussah wie die übrigen, eine prächtige Gestalt. Sie blinzelte ihm verwundert zu.

Silinoi sprach von einem Mann, dessen Name der Prinzessin unbekannt gewesen war – Li'vanh Tuvoi, R'munhanh –, aber

Penelope konnte Silinois tiefer Stimme und seinem Tonfall nicht folgen. Wieder starrte sie den jungen Mann an. Er legte ein eindrucksvolles Selbstvertrauen an den Tag, wie ein König, doch in seinem Gesicht lag etwas, das an ihrer Erinnerung zerrte. »Ich kann ihn niemals zuvor gesehen haben«, dachte sie.

Von Zeit zu Zeit veränderte er seine Fußstellung mit der biegsamen Anmut eines Präriebewohners, als wäre ihm das Stehen unbequem. Seine kräftigen, gebräunten Hände ruhten liebevoll auf seinem Schwert.

»Sein Gesicht kommt mir bekannt vor«, dachte sie. Aber woher kannte sie es?

Doch dann geriet ein verlorenes Stück Erinnerung in Bewegung und kehrte zu ihr zurück. Wenn er jünger gewesen wäre, hätte er wie Oliver ausgesehen.

Ja, ein wenig. Nur der Schnitt seines Gesichts – nicht sein Blick, seine tiefliegenden Augen oder der Mund –, vielleicht war es seine Nase. Er würde ihm genau gleichen, wenn sein Haar kürzer und er viel jünger wäre und keinen Schnurrbart hätte. Tatsächlich, wenn er keinen Schnurrbart hätte und nur ein wenig jünger aussähe... wirklich...

»Oliver!«

Ihr spitzer Schrei zersprengte die Würde von Kirons Hof: »Oliver, Oliver!« Den Namen ihres Bruders rufend, sprang sie die Stufen hinab, über den Saalboden und warf sich gegen ihn.

21
Der Junge Tiger

Li'vanh Tuvoi hörte eine fremde Stimme einen fremden Namen rufen, dann drehte sich die Welt rasend schnell, er war irgendein anderer, und der Name war sein eigener. Die Stimme war die Stimme seiner Schwester, und erschüttert und verwirrt umfing er ihre Schultern: »Penny, Penny. Wo ist denn Nick?« sagte er.

Fast im selben Augenblick war Nicholas an seiner Seite, und beide überschütteten ihn mit Fragen und Neuigkeiten gleichzeitig, so daß er weder ihre Stimmen auseinanderhalten noch ihren Tonfall verstehen konnte. Er stand betäubt da, vom Schock geschwächt, doch dann legte Prinz Hairon seine

Hände auf die Schultern der Kinder und sagte: »Nicholas. Penelope. Seid einen Augenblick still.«

Nicholas gehorchte, doch Penelope hüpfte noch ein Weilchen und kreischte: »Es ist Oliver! Es ist unser Bruder Oliver, von dem wir dir erzählt haben. Er ist unser Bruder. Prinzessin, dies ist Oliver!«

Ihre Stimme war wild vor Freude. Li'vanh zuckte bei jedem Satz zusammen. Doch schließlich klang auch ihre Erregung ab, sie bemerkte das verwunderte Schweigen der Hofgesellschaft und blickte zu Kiron auf.

Der Hohe König stand unbeweglich am Rand der Estrade. Er hatte den Zwischenfall mit gelassener Aufmerksamkeit beobachtet, und seine Augen ruhten nachdenklich auf ihnen. Dann begann er zu lachen.

Ein Hauch der Erleichterung lief durch die Halle, und es folgte eine Welle von Belustigung. Plötzlich schnaubte Hairon vor Heiterkeit, und gleichzeitig schwappte der Saal vor Freude über. Sogar Nicholas grinste entschuldigend, und Silinoi zog eine Grimasse, die bei ihm das Lachen ersetzte. Ein dicker König auf der Estrade lachte brüllend und schlug sich auf die Knie. Kiron stand unbeweglich, aufrecht und großartig, doch er warf den Kopf hoch, und sein Lachen lief zwischen den Fahnen hin. Nur Li'vanh Tuvoi blieb bestürzt und ohne ein Lächeln stehen.

»Nun«, sagte Kiron, als er schließlich innehielt, »spare dir weitere Mühe, Freund Silinoi: Ich glaube, ich weiß nun, wer er ist.«

Die Erinnerung war eine Marter.

Er blickte mit den Augen eines Fremden auf Bruder und Schwester. Diese hübschen, fremdländischen Kinder in ihrer Harani-Kleidung waren ihm sehr fern, und er konnte dem seltsamen Tonfall ihrer schnellen, leichten Sprache nicht folgen. Und doch waren ihm diese Gesichter und Stimmen so grausam vertraut, so schmerzlich und teuer. Ihre Verwandtschaft gewann Macht über ihn, ließ sich nicht leugnen, bestrafte seine Vergeßlichkeit und weckte mit jedem Augenblick mehr den Widerhall einer Welt, der er nicht mehr angehörte. Die Wärme, mit der sie ihn willkommen hießen, ihre Wiedersehensfreude waren Qual und Tadel für ihn, denn er konnte sie nicht im gleichen Maß erwidern. Er liebte sie, aber sie waren sehr weit von ihm entfernt. Sie kannten ihn nicht; sie begrüßten einen verlorenen Oliver aus ihrer Erinnerung und dachten ihn wiedergefunden zu haben. Sie riefen: »Erinnerst du dich? Erinnerst du dich?« und beschworen ein Leben, das ihm nichts bedeutete, holten Erinnerungen herauf, die er bekämpfte. Doch sie waren Wirklichkeit, sie gehörten zu ihm, und durch sie fühlte er sich gegen seinen Willen an eine Welt gebunden, an die sie sich noch erinnerten. Ohne Zweifel empfand er Liebe für sie, aber es war, als hätte diese Liebe ihm Widerhaken ins Fleisch gepflanzt, die ihn schmerzten, so oft er sie spürte, und die ihn verletzten, indem sie ihn festhielten. Die erste Anpassung war schlimm gewesen, doch was jetzt folgte, war weit schlimmer. Aber er wollte sie nicht zurückweisen und durch Kälte verletzten. Er mußte versuchen, Freude zu zeigen, Freude darüber, daß er sie wiedersah. Er begegnete Nicholas' verwunderten braunen Augen und zwang sich zu einem Lächeln. Beide hatten sie ihm ihre Geschichte erzählt, und Penelope wollte wissen, was er gemacht hatte. Die Antwort fiel ihm schwer.

»Was ich gemacht habe? Was soll ich gemacht haben? Ich habe gelebt, gelernt. Ich habe ein Pferd – ihr müßt es sehen. Sein Name ist Dur'chai. Oh, und wir haben in der Schlacht gekämpft. Das war's. Sie haben mir ein Siegeszeichen gegeben.«

»*Du* hast in der Schlacht gekämpft?« sagte Nicholas beeindruckt und leicht erschreckt. »Richtig gekämpft?« Er starrte Oliver mit beinahe entsetzter Neugier an, als versuchte er, ihn mit ganz neuen Augen zu sehen.

»Hast du jemanden getötet?«

»Nikelh!« Er wich vor dieser Frage zurück, als hätte man seinen guten Willen abgewiesen, und er bemerkte nicht, daß Nicholas bei dem Namen, den er ihm gegeben hatte, zurückgefahren war. »Na ja, ich weiß nicht. Es mag seltsam klingen, aber ich weiß es wirklich nicht. Ich vermute, ich muß es getan haben.« Doch das war eine Folgerung, die ihn nicht befriedigte, und er war erleichtert, als Penelope sagte:

»Wirst du dir diesen Schnurrbart abrasieren?«

»Meinen Schnurrbart?« Er starrte sie an. »Warum sollte ich?«

»Du siehst so anders damit aus.« Nicholas sagte gequält: »Und du sprichst auch anders.«

»Verglichen womit?«

»Wie du immer gesprochen hast«, wollte Nicholas sagen, aber Penelope lachte und sagte: »Mit der Sprache der Haranis!«

»Stimmt, ich bin anders. Ich bin ein Khentor, und es fällt mir schwer, euch zu folgen, wenn ihr schnell sprecht.«

Nicholas fühlte einen Kloß im Hals und sagte: »Du bist ein Khentor?«

»Natürlich bin ich ein Khentor. Seh' ich etwa nicht so aus?« In seiner Stimme war ein beinahe gereizter Unterton, aber als er Nicholas' Gesicht sah, zwang er sich zur Ruhe. Penelope blickte bestürzt von einem zum anderen. Einen Augenblick sahen sich die Brüder hilflos an, dann räusperte sich Nicholas und sah zu Boden.

»Du bist länger hier gewesen, nicht wahr? Ich frage mich, wie das möglich ist. Aber ich vermute, es ist, weil...« Er schöpfte Atem. »Wo ist dein Zimmer?«

»Ich habe kein Zimmer.«

»Oh, ja, ich denke, es ist noch Zeit, eines in der Nähe zu bekommen. Wir wohnen beide im Ostturm des Alten Palastes. Du mußt es dem Kammerherrn sagen.«

»Nikelh!« Er biß sich auf die Lippe, verdrossen darüber, daß er unfähig war, den Namen des eigenen Bruders auszusprechen. »Ich will nicht hier drin sein, zwischen all dem!«

»Warum nicht? Was ist daran schlecht? Es ist wahnsinnig gemütlich.« Er hielt sich mit Gewalt zurück. »Wo wirst du dann wohnen?«

»Wenn es regnet, in meinem Zelt, und wenn es nicht regnet, draußen.«

Er sah ihre betroffenen Gesichter und lächelte gezwungen. »Na, lassen wir das. Für uns alle gibt es vieles, an das wir uns gewöhnen müssen. Nur zwei Dinge noch: hört damit auf, den Hurneis zu sagen, daß mein Name O... O'li... Oliver ist und nicht Li'vanh. Und guckt nicht so verärgert, wenn ich Lord Silinoi Vater nenne...«

»Aber er ist es nicht... Schon gut. Schon gut, wie sollen wir ihn nennen?«

»Lord Silinoi, wenn ihr wollt. Oder Terani, wie ihn die Leute des Stammes nennen. Oder Onkel. Nennt ihn Onkel – das würde ihm gefallen. Aber ich nenne ihn Vater.«

Er grinste über Penelopes mißbilligendes Gesicht. »Kommt. Kommt und seht euch mein Zelt an und meinen Dur'chai.«

Sie standen auf und gingen mit ihm. Penelope hüpfte schon voll Neugier voraus, doch Nicholas folgte langsamer. Tiefe Bitterkeit erfüllte sein Herz. Er wußte nicht, wer es war, der sie für seine Zwecke aus ihrem eigenen Leben herausgerissen und hierhergebracht hatte, aber er wußte, daß es ihn heftig empörte. Für Penelope war das Ganze wie Ferien, für Oliver ganz einfach Heimat. Aber für ihn war es keines von beidem. Es war nicht so, dachte er, daß es nicht seine guten Seiten gehabt hätte, doch sie hatten teuer dafür bezahlt. Die Erleichterung, Oliver wiedergefunden zu haben, war mit der bitteren Ironie ihres Zusammentreffens bezahlt worden, das war sicher. Voll überschäumender Freude war er gerannt, um seinen Bruder zu begrüßen, und ihn hatte ein mehr entsetzter als erfreuter Blick getroffen, das Antlitz eines Fremden, der ein Mann war: dieser Herr der Krieger, dieser Li'vanh, dieser ›Junge Tiger‹.

Der Westturm des Alten Palasts ist ausschließlich den Sternzauberern zur Benutzung vorbehalten, so wie der Südturm den Veduath, dem Orden der Sieger. Am fünften Tage nach der Ankunft des Heeres berief Kiron alle Prinzen und Mächtigen aus dem Land des Sternenlichts zur großen Ratsversammlung in den Westturm. Im großen runden Sitzungssaal nahmen sie ihre Plätze ein, und Li'vanh saß zwischen ihnen.

Viele der Sternzauberer hatten sich eingefunden, und die Gebieter über andere Gewalten, die Khentor-Magie des wilden Zaubers, Erdzauber, Meister des weißen Hexenzaubers und weniger festlegbare Gestalten – Männer und Frauen mit Zeichen der Macht oder der Gabe der Weissagung, Sibyllen, Seher und Weise.

Auch die Priester und Priesterinnen verschiedener Tempel waren versammelt, mehr um zuzuschauen als um sich zu beteiligen, denn schwarze Zauberer hatten mit dieser Angelegenheit nicht viel zu tun. Eine Ausnahme waren die Priester Marenkalions, die, gehüllt in ihre scharlachroten, weißgefütterten Umhänge, gekommen waren, um ihre Hilfe anzubieten. Auch Könige, Prinzen und Edelleute waren da, die dem Ruf zu den Waffen gefolgt waren, sowie der Generalhauptmann und der Hauptmann der Veduath. In ihrer aller Mitte saß Kiron: er war Krieger, Priester und Zauberer in einem.

Einen Augenblick schaute er sie an, ernst wie immer. Dann erhob er sich, um zu sprechen.

»Meine Freunde«, begann er, »meine Freunde und Blutsverwandte. Ihr wißt alle nur zu gut, warum ich diese Versammlung einberufen habe. Fendarl hat den Bann gebrochen. Er hat die Berge am Ende der Welt verlassen und hat Kedrinh wieder betreten. Viele, viele Jahre hindurch, seit der erste Träger des Smaragds ihn ausstieß, hat er danach getrachtet, aber bis heute ist seine Stärke niemals groß genug gewesen. Es ist sehr schlimm, daß er nun die Macht besitzt, die Schranken niederzureißen, die ihm gesetzt sind; und für uns gibt es kein Zögern mehr. Ich will nicht verhehlen, daß wir in großer Gefahr sind. Er ist sehr mächtig geworden. Fernhalten können wir ihn nicht, ihn zu vertreiben, ist noch schwerer und ihn zu vernichten, ist das Schwierigste von allem. Doch eines davon müssen wir tun. Im Augenblick sitzt er in Kuniuk Bannoth und versammelt seine Diener um sich. Er kann eine große Zahl von Helfern aus dem hohen Norden herbeirufen, von wo unsere Feinde immer gekommen sind. Aller Wahrscheinlichkeit nach kann er durch Täuschung oder Einschüchterung ein Heer der Kelanats dazu bringen, sich ihm anzuschließen. Wir können sicher sein, daß sogar in Ländern, von denen wir meinen, daß sie zu uns gehören, viele Leute seinem Ruf folgen werden. Jene, die *seinem* Herrn huldigen, können immer sicher sein, genügend Anhänger zu finden.

Er muß uns in einer Schlacht begegnen. Er kann ihr nicht ausweichen, und er weiß es, aber er fürchtet sich nicht. Ich habe mit seinem Geist gerungen, und ich habe Haß, Wut und Stolz gefunden, aber keine Furcht. Er kennt seine eigene Stärke und die seines Meisters. Wir sind es, so meint er, die Grund haben, sich zu fürchten. Er hat recht.

Er kann die Stunde selbst wählen, in der es zur Schlacht kommt, und wir können die Nacht, in der es geschehen wird, eindeutig bestimmen. Es wird die Nacht sein, in der der rote Mond das nächste Mal voll ist: die Nacht des Hexenmeisters. Heute, heute nacht, ist der rote Mond dunkel, also bleiben uns zur Vorbereitung siebenunddreißig Tage. Vier Wochen, nicht mehr. Außerdem wird uns der silberne Mond in jener Nacht nur wenig Stärke verleihen. Seine Kraft wird wachsen, sicherlich, aber sie ist noch sehr jung.

Die Stärke von Fendarls Heer können wir nicht wissen. Ich habe sie auf mindestens dreißigtausend Mann geschätzt, und dies sind nicht allein Menschen. Ich denke, weniger als ein Drittel werden Menschen sein. Die übrigen sind Kreaturen der Schwarzen Kunst, Dämonen, Ungeheuer, die Trolle von Bannoth und ihresgleichen, und es ist viel schlimmer, ihnen in der Schlacht gegenüberzustehen, als mit bloßen Menschen zu kämpfen. Viele werden ihr Leben nur Hexenkünsten verdanken. Um es mit ihnen aufnehmen zu können, brauchen wir das Doppelte ihrer Anzahl.« Ein schwaches Raunen ging durch die Bankreihen der Haranis, und Kiron hob die Hand. »Nein, das klingt nicht heldenhaft. In dieser Schlacht suchen wir den Sieg und nicht den Ruhm. Wenn wir diese Zahl von Kämpfern zusammenbringen können – warum sollten wir da unserem Feind einen Vorteil lassen, den wir ihm streitig machen können? Es steht mehr auf dem Spiel als unser Stolz, und es ist mehr als der gute Ruf eines Kriegers, ja mehr als unsere Zauberkraft oder das Land des Sternlichts. Es geht um jene, deren Schutz in unseren Händen liegt und die zu verteidigen unsere Pflicht ist. Sollen wir aus Bitterkeit zu Verrätern an ihnen werden? Es ist unsere nackte Pflicht, zu siegen.« Er lächelte grimmig. »Seid nicht bekümmert, meine Falken. Wenn wir unterliegen sollten, wie ruhmreich auch immer, wird es niemanden geben, der uns besingt.

Wir können uns nur auf diejenigen stützen, die hier vertreten sind. Das Land der großen Ebenen würde Hilfe schicken, aber es ist zu weit entfernt, und das gilt auch für Halilak und Nevirh. Das Inselreich liegt näher; von selbst dürfte es keine Hilfe senden, doch ich werde es zu anderer Zeit befehlen. Aber Piraten aus Vada und ihre Nachbarn sind in der letzten Zeit lästig geworden, und die Männer von den Inseln haben ihre Schiffe den Kampfwagen vorgezogen. Sie werden uns wenig oder gar keine Hilfe geben können. Von den sieben Königreichen verbleiben Kedrinh, Kunoi und Lelarik. Die Lelariks in den Städten haben wenig Interesse und sind nicht gerade gläubig. Der Tempel der Wächter hat etwas geschickt, doch das ist alle Hilfe, die wir erwarten können. Kunoi...« Er lächelte und fuhr fort: »Der Prinz hat versprochen, zu tun, was er kann, aber es dürfte nur etwa eine Hundertschaft sein. Laßt uns also unsere Streitkräfte zusammenrechnen. Zuerst unsere größte Hoffnung – mein Fürst Silinoi?«

Silinoi stand auf: »Die nördlichen Ebenen können in der vorgeschriebenen Zeit fünfundzwanzigtausend Männer schicken«, polterte er. »Mehr zusammenzubringen, würde länger dauern.«

»Das ist die Hälfte der Streitkräfte, die wir benötigen. Wahrlich, die Männer der ausgedehnten Länder sind großzügige Freunde! Laßt uns nun sehen, was die Haranis tun können.« Namen für Namen rief er die Königreiche auf, und man nannte ihm die Anzahl derer, die ausgehoben werden konnten;

zusammen waren es siebzehntausend, und das ergab insgesamt einundvierzigtausend.

Einer der Priester im roten Umhang erhob sich. »Wir vom Tempel Marenkalions können viertausend in die Schlacht bringen gegen das Werkzeug von Marenkalions altem Feind.«

»Wir danken dir, Bruder.«

Eine dünne, muskulöse junge Frau war als nächste an der Reihe. Sie trug Hosen und eine Tunika aus besticktem Hirschleder, ihr Haar fiel wie ein Schwanz vom Scheitel herab, und auf der Stirn trug sie einen aufgehenden Mond. »Möglicherweise wird unsere Schwester euch nur wenig helfen können, aber wir, die Avenei, werden eintausend bringen. Es tut mir leid, daß es nicht mehr sein können, aber der größere Teil meiner Schwestern lebt zu weit entfernt.«

»Gelobt seien die kriegerischen Schwestern des Silbernen Mondes!«

Dann erfüllte plötzlich Gelächter den ganzen Raum, denn ein mächtiger, goldhaariger junger Mann in der hinteren Reihe erhob sich verlegen. »Wir Kelanat«, murmelte er, »verstehen wenig von dieser Sache, von der ihr sprecht, aber wir möchten unsere Rebellion wiedergutmachen. Deshalb werden wir eintausend Mann in diese Schlacht schicken, weil es uns leid tut und wir um Verzeihung bitten.«

Er setzte sich hastig, und Kiron dankte ihm. Darauf erhob sich ein anderer Mann, sogar noch größer als der Kelanat, noch treuherziger und mit ruhigem Gesicht. Er trug nur lederne Hosen und eine ärmellose Jacke.

»Wir Kerionenei aus den hohen Bergen sind nur wenige«, sagte er ruhig, »aber in dieser Lage wollen auch wir mit zuschlagen. Ich bringe euch hundert.«

So ging es weiter. Ein schmächtiger, braunhaariger Mann versprach fünfhundert Bogenschützen aus Kunoi Len Vanda; der Hauptmann der Valan-Garde, ein großer Mann mit lockigem dunkelrotem Haar, sagte, er wolle sich mit seinen Männern ihnen anschließen. Ein junger Neger berichtete Kiron, daß der König von Humarash fünfhundert Mann schicken wolle. Dann erhob sich der grau gekleidete Hauptmann der Veduaths. »Ich werde den Orden der Sieger mitbringen, aber wir haben nicht unsere volle Stärke. Es wird nicht möglich sein, unsere ›sieben Reihen zu je sieben‹ zur Verfügung zu stellen.« Plötzlich verzog er sein Gesicht und begann zu lächeln. »Die Veduaths können die stolze Anzahl von einundvierzig

Mann in den Krieg schicken.« Der Raum barst vor Gelächter, und er setzte sich lächelnd. Kiron lachte und hob den Arm.

»Einundvierzig wie die Veduaths sind mehr, als es sich anhört.« Er wandte sich an seinen Sekretär. »Wie viele sind es jetzt?«

»Achtundvierzigtausendfünfhundertundeinundvierzig.«

Erneut regte sich Gelächter, doch Kiron runzelte die Stirn und schüttelte den Kopf. Er schwieg einen Augenblick und seufzte: »Es hilft nichts. Ich werde den Inselbewohnern befehlen, uns tausend Mann zu schicken. Eine solche Anzahl können sie aufbringen, obwohl ich erzwungene Hilfe nicht schätze... Nun gut. Dies gibt uns eine Kampfkraft von etwa fünfzigtausend. Das könnte ausreichen – muß ausreichen, Fendarls Armee zu besiegen. Aber seine Zauberkraft zu vernichten, ist eine andere Sache, für eine weitere Versammlung. Aber hier sind auch alle Zauberer und Zauberinnen des Sternenzaubers versammelt, Gebieter über den wilden Zauber, um uns ihre Kräfte und Erdgeister zur Verfügung zu stellen. Hat einer von euch, Brüder und Schwestern, etwas zu sagen?«

Eine dunkle, schrägäugige Khentorfrau erhob sich: »Von uns nur dies«, sagte sie. »Alte Dinge sind erwacht, Mächte, die leichter freizulassen als zu fesseln sind. Wir sind besorgt: Dieser Feind, König Kiron, ist zu weit von der Erde entfernt, als daß wir ihn erreichen können; aber wenn wir helfen können, wollen wir es tun. Doch unsere Hilfe dürfte klein sein, vielleicht nur, daß wir deine Kämpfer heilen und ihnen helfen. Unser Zauber ist nicht wie der eure, er ist keine Waffe, die man handhaben kann, sondern ein Brunnen, den man ausloten muß, und er wirkt langsam. Aber Fendarl selbst hat durch sein Rufen und Forschen etwas davon befreit und ans Licht gebracht – und das könnte ihm hinderlich sein. Vir'Vachal und ihresgleichen sind weder eure noch seine Freunde, sie streiten vielmehr für den althergebrachten Gang der Dinge, ein dunkler und vielleicht grausamer, aber ein wahrer und richtiger Weg. Sie sind nicht so gut wie ihr Sterngeborene, wenn man das Gute abwägt, doch sie sind auch nicht böse; und er könnte unsere Kraft zu bedeutend finden, um sie zu mißachten. Und ich warne euch alle: es dürfte eine langwierige Aufgabe sein, diese entfesselten Kräfte in Bewegung zu setzen, und es wird seinen Preis kosten... Dies sage ich jetzt, damit ihr uns nicht später wegen unserer Art und Weise tadelt.« Eine seltsame Befriedigung lag in ihrer Stimme, so als hätte sie einen Erfolg errungen. »Blut verlangt nach Blut, und Leben nach Tod, wie immer, König Kiron.« Sie setzte sich, und ein Murmeln ging durch die Schar der Sternzauberer. Kiron dankte ihr mit Zurückhaltung. Ein dunkler Mann mittleren Alters stand auf.

»Wir vom wilden Zauber sind nicht alle Waffenträger. Wir besitzen Macht, wenn wir es können. Es ist ein gewagtes Bündnis, aber es ist auch ein Feind, der nicht gedeutet werden kann. Wir können nicht mehr sagen, als daß wir euch mit dem zur Seite stehen, was wir wert sind.«

Er setzte sich wieder, und ein Junge oder junger Mann trat unvermutet aus dem Hintergrund.

»Ich grüße dich, Kiron.« Er war ein Khentor, ohne Leibrock, aber mit einem dunkelblauen Umhang, leichtfüßig und geschmeidig wie ein Tänzer. »Ich komme unaufgefordert, aber ich habe etwas zu sagen, das vielleicht Hoffnung bedeutet. Wir von Iranani haben keine Zauberkräfte und keine Waffengewalt anzubieten, doch auch wir sind seine Feinde. Und wenn es euch tröstet, so sage ich euch, daß er merken wird, daß unsere Kraft, die des Lebens und Lachens, am Ende die am schwersten zu besiegende Kraft sein wird, denn sie ist zu geschwind, um gefangen, und zu zart und luftig, um gefesselt zu werden. Wir können ihn nicht vernichten, wenn ihr unterliegen solltet, aber wir können ihn überdauern. Ich danke euch, hohe Herren. Lebt wohl!«

Und während sie noch starr dasaßen, drehte er sich um und verschwand. In der Stille nach seinem Weggang erhob sich ein junger Harani von seinem Platz.

»Euer Majestät«, sagte er, »darf ich etwas fragen?«

»Frage nur«, sagte Kiron.

»Wir haben davon gesprochen, wie Fendarls Heer und wie seine Zauberkraft besiegt werden sollen. Doch was geschieht mit ihm selbst? Wer soll ihm gegenübertreten? Ihr selbst, Kiron, oder einer der Veduaths? Wer?«

Unter den Zauberern entstand Stille, und Kiron seufzte.

»Ich werde es selbst tun. Doch ich habe keine Hoffnung, ihn zu töten.«

»Ist er denn ein so gewaltiger Kämpfer?«

»Nein! Aber er ist jetzt kaum ein Mensch. Höre zu, ich will es dir erzählen. Vor langer Zeit, früh in seinem sündigen Leben, befiel ihn die älteste und tiefste aller Ängste, und er machte sich unsterblich. Jedoch, jene, die nicht sterben, können dennoch erschlagen werden; und ein Orakel sagte ihm, sein Leben könne nicht endlos sein. So brütete er weitere Zauberkünste aus und machte sich noch unverwundbarer gegen Männer und Frauen, und befragte scheinheilig wiederum das Orakel, was es jetzt zu sagen habe. Aber das Orakel sagte nur: Dein Tod wird durch den jungen Tiger kommen. So trieb er mit schwer erkämpfter Macht seine Zaubereien weiter und wappnete sich gegen alles unter Sonne und Mond, gegen jedes Geschöpf Khendiols und ging wieder zum Orakel – aber dieses Mal schwieg es. Also kann er von keinem Geschöpf Khendiols getötet werden. Keiner kann gegen ihn bestehen; versucht es nicht. Es wäre sinnlos.«

Und Li'vanh wurde aus der Welt getragen, und Stille breitete sich um ihn aus. Das Reden ging weiter, doch er hörte es nicht mehr. Er fühlte sich als Achse eines ungeheuren Rades, als Mittelpunkt des Alls. Er stand allein, von Angesicht zu Angesicht mit einem Wissen, das er nicht gesucht hatte, und vernahm, wie ein Ruf zu erschallen begann, vor dem er fliehen wollte.

»Der Junge Tiger. Kein Geschöpf Khendiols.« Und dann eine andere Stimme: »Ein Krieger unter zehntausend.«

Nein, dachte er. Nein. *Nein!*

Aber er hatte es gehört, und er wußte es, und er war allein in einem Augenblick, der tief und tönend geworden war, als ob er vom gewaltigen Ton eines Gongs widerhallte. Er sah die Versammlung nicht, hörte nicht die Stimmen. Er sah nur die Wahl, vor die er gestellt war, und hörte nur die Aufforderungen, die nicht mißzuverstehen waren.

Er stand auf. »Kiron!« sagte er laut und unterbrach alles mit einer Stimme, die kaum seine eigene war. »Ich bin kein Geschöpf Khendiols, und die Männer nennen mich ›Junger Tiger‹. Ich denke«, sagte er mit enger und trockener Kehle, »daß dieser Kampf mir gehört.«

22
Die schmerzliche Gemeinschaft

Alle Gesichter wandten sich ihm zu, doch lange Zeit sprach niemand. Er stand da, es überlief ihn heiß und kalt, und was er gesagt hatte, entsetzte ihn. Seine Beine begannen zu zittern. Dann nickte Kiron. »Li'vanh Tuvoi«, sagte er, »Junger Tiger,

Auserwählter. Du hast recht, mein Herr der Krieger. Dieser Kampf gehört in der Tat dir.«

Li'vanh setzte sich fast abrupt. Er nahm verschwommen wahr, daß Kiron die Ratsversammlung entließ, der Kreis sich auflöste und der Raum sich leerte; er aber blieb, wo er war. Er war nicht sicher, ob er sich hätte bewegen können, wenn er es versucht hätte. Nach kurzer Zeit war er allein zurückgeblieben; allein mit Kiron und dem zögernden Silinoi.

»Du brauchst nicht zu gehen«, sagte Kiron zu dem Stammesführer. »Ich weiß nicht, ob Li'vanh sofort mit mir sprechen will, oder? Tuvoi?«

Dieser hob den Kopf und brachte ein Lächeln zustande. »Jetzt oder später, es ist gleich«, grinste er. »Schmiede das Eisen, solange es heiß ist.«

Kiron lächelte zu ihm herab. »Dann komm in einer Stunde zum Nordturm«, sagte er, »es ist notwendig, ein oder zwei andere Leute hinzuzuziehen.«

Der Nordturm blickte aufs Meer. Dort befanden sich Kirons Privatgemächer und Arbeitsräume. Man führte Li'vanh in einen runden, lichtdurchfluteten Raum, und er nahm an, daß es eines der vier Türmchen war. Dort fand er Silinoi, Yorn und einen Zauberer, den er nicht kannte. An der gegenüberliegenden Wand saß der Hauptmann der Veduaths. Kiron beugte sich aus dem Fenster und sah den Möwen zu, die aufleuchtend vorbeisausten. »Sie denken, daß sie gefüttert werden«, sagte er zu dem Zauberer, »aber es ist jetzt nicht ihre Zeit. Fort mit euch!« Als Li'vanh eintrat, richtete er sich auf, kam ihm entgegen, hieß ihn willkommen und bot ihm einen Platz an. Li'vanh verzichtete dankend – er fühlte sich so schon klein genug – und lehnte sich an einen Tisch. Kiron wandte sich seinen Gästen zu.

»Li'vanh Tuvoi von den Hurneis hat, wie ihr alle gehört habt, das Recht beansprucht, Fendarl im Kampf gegenüberzutreten. Die Frage ist nun, ob wir unsere Zustimmung dazu geben sollen.« Sein Gesicht nahm einen düsteren Ausdruck an. »Denn Fendarl ist gewaltig, und Li'vanh ist ein Neuling im Waffenhandwerk, er besitzt keine Zauberkraft, und er ist sehr jung.«

Es kam etwas Leben in Li'vanh, und er sah ziemlich entrüstet aus. Er war es nicht gewohnt, so gering eingeschätzt zu werden. Yorn, der Kiron gegenüber am Fenster lehnte, antwortete sogleich:

»Wer sind wir, daß wir zustimmen oder ablehnen sollten? Es war nicht unsere Entscheidung, und sie wurde vor langer Zeit getroffen. Warum wurde er sonst zu uns gesandt, ein Junge, dessen Name ›Gekrönter Sieger‹ ist, grauäugig und rot gekleidet, der zum Baum des Tänzers geführt wurde? Marenkalion der Rächer ist in ihm am Werk. Warum sonst wurde ihm Dur'chai, der Ausdauernde, geschickt, ein unsterbliches Pferd mit einem prophetischen Namen, wenn es ihn nicht in diesem Kampf tragen soll? Ist er jung? Desto geringer ist die Möglichkeit, daß das Böse Besitz von ihm ergreift! Und Fendarl muß vernichtet werden! Haben wir einen anderen Kämpfer, den wir ins Feld schicken können?«

»Ich wollte selbst gehen...«

»Und du würdest zugrunde gehen.« Der weißhaarige Zauberer sprach: »Und wir würden schwächer sein, Fendarl jedoch um keinen Deut. Was können wir gegen solchen Zauberbann tun? Nur einen Weg hindurch finden. Wenn die Großen Gebieter uns Waffen in die Hände gegeben haben, dürfen wir keine Bedenken haben, sie anzuwenden. Und was seinen Mangel an Zauberkraft angeht – nun gut, wenn seine Seele ein unbeackertes Feld ist, wird es für Fendarl um so schwerer sein, es zu eggen. Zumindest wird er allein mit seinen Händen kämpfen und nicht mit seiner Willenskraft; infolgedessen wird Fendarl kaum die Möglichkeit haben, sie in seine Gewalt zu bekommen. Wenn Li'vanh bereit ist, nimm sein Angebot mit Dank an, Kiron.«

»Was seine Beherrschung der Waffen betrifft«, knurrte Silinoi, »so laß jene, die es mit eigenen Augen gesehen haben, entscheiden. Ein Mann, dessen Urteil ich für maßgeblich halte, nannte ihn einen Krieger ›einzig unter zehntausend‹. Doch laß ihn von dem Hauptmann der Veduaths auf die Probe stellen.«

Li'vanh schluckte; der Kummer um Derna flackerte wieder auf, und zugleich wurde es ihm dämmernd bewußt, wozu er sich erboten hatte; aber auch der Gedanke, vom Hauptmann der Veduaths »geprüft« zu werden, bedrängte ihn ein wenig. Er blickte zu diesem Mann hinüber, dessen dunkles Haar an der Stirn ergraute, und begegnete dem nachdenklichen Blick seiner unvermutet dunklen, braunen Augen.

Kiron sah ihn an und lächelte.

»Alsdann, Fürst Li'vanh, nehmen wir dein Angebot mit tiefem Dank an. Und dieses verspreche ich dir: solange das Land des Sternenlichts besteht, werden wir es nie vergessen. Kein

Name in Lied oder Geschichte, nicht die Namen Emnerons des Jüngeren oder die Sucher des Smaragds werden größer sein als dein Name, Li'vanh Tuvoi, der du das Schild Kedrinhs bist.«

Der Umhang des Hohen Königs flatterte im Wind, und er hob sich dunkel von dem Sternenhimmel ab. Li'vanh blickte auf seine scharfgeschnittenen Gesichtszüge in dem silbernen Licht. Hinter seinem Kopf waren der rote und der silberne Mond nur als schmale Schalen zu sehen. Unter ihnen donnerte das Meer zwischen den Felsen.

»Du wolltest, daß ich dir vom Sternzauber erzähle. Ich kann nur wenig sagen, doch weil du unser Kämpfer bist und der Auserwählte der Hohen Gebieter, darf ich dir einiges erzählen, das nur denen bekannt ist, die von hoher Abkunft sind. Aber du darfst nicht darüber sprechen, außer zu den Zauberern. Einige glauben, wir hätten den Zauber erfunden, oder er sei für uns gemacht worden. Das ist nicht so: eigentlich sind wir für den Zauber gemacht worden. Der Zauber war eine Kraft, die ungebunden über die Erde lief, und die Hohen Gebieter beschlossen, ihr Zügel anzulegen und sie in eine starke Hand zu geben. Also nahmen sie uns und verliehen uns das Blut der Sterne, so daß wir als Sterngeborene niemals die Ruhe anderer Menschen haben, und sie gaben uns die Verantwortung für diese Kraft. Nicht alle Zauber sind sich gleich... Doch wenn du willst, werde ich dir erzählen, wo nach unserem Glauben die Ursprünge des Sternenzaubers liegen... Nein, wir glauben es nicht, wir wissen es! Willst du es wissen? Dann höre zu, und ich werde es erklären.

Vor langer Zeit schuf der Einzige als seine Diener die Sieben, und machte sie zu Führern seiner geringeren Geschöpfe. Wir wollen über sie nichts weiter sagen, außer einem: der höchste und mächtigste von ihnen wurde zu stolz, lehnte sich auf und stürzte. Das wirst du auch aus deiner Welt kennen. Die Macht, die er besaß, wurde von ihm genommen, er wurde niedergeschlagen und vertrieben. Er, der die höchste Heiligkeit gewesen war, der Prinz und der Liebling, war jetzt der verhaßte Feind, und noch immer grämt sich der Himmel. Er war gemacht, ein mächtiger Diener zu sein, und wenn Marenkalion ihn auch niedergezwungen hat, bleibt er doch ein machtvoller Widersacher. Die Macht, die sein gewesen war, mußte nun andere Meister finden. Viel von ihr wurde unter den übrigen

Sechs aufgeteilt. Von dem, was übrigblieb, ist der Sternzauber ein Teil.«

Li'vanh stieß einen schwachen Laut aus. Kiron lächelte grimmig. »O ja. Auch mich erschreckt dies. Das, was nun unter der Herrschaft eines sterblichen Stammes ist, war einst der alleinige Bereich des größten der Götter. Es ist seine eigene Waffe, die wir gegen ihn richten. Darin liegt unsere Stärke – denn der Zauber vermag viel – und unsere größte Gefährdung. Er hat nun keine Macht mehr. Er kann nichts schaffen, er kann nur zerstören. Er muß durch Menschen wirken, durch sie muß er selbst Stärke gewinnen. Welche von allen Waffen der Welt könnte so leicht und tauglich in seiner Hand sein wie die Zauberkraft, die er einst besaß? Sie erinnert sich seiner, sie wird sich ihm bereitwillig zuwenden. Wir werden niemals von ihm frei sein. Wir sind seine andere Hälfte. So, wie er vor seinem Fall der Makelloseste war, ist es auch der Sternenzauber. Keine Macht im Himmel und auf der Erde ist so stark und rein, und nichts ist so furchtbar, als wenn er zum Schlechten verführt wird. Der schwarze Zauber ist unser gemeinster und schlimmster Feind.

Wir wandeln an einem Abgrund. Ein einziger Fehltritt – und wir sind verloren. Wir dürfen nicht einen Zoll von unserem Weg abweichen und dem Bösen nicht einen Fußbreit Boden preisgeben. Unser Untergang ist uns immer so nah wie unser eigener Schatten. Die anderen Zauber sind nicht mit dieser Furcht behaftet. Sie sind plumpe Waffen, Kräfte, die schwer im Zaum zu halten sind, aber nicht so scharf, um ihren Beherrscher zu verwunden. Dies ist der Grund, warum unsere Zauberer sich ihm so völlig überantworten müssen, warum sie, zum Beispiel, nicht außerhalb ihres Stammes heiraten dürfen, es sei denn, sie verzichten auf die Zauberkraft. Wir werden belohnt – glaube niemals, daß alles Leiden ist –; auf den Pfaden der Sterne zu wandeln, liegt jenseits aller Träume; aber alle Dinge haben ihren Preis. Unser Preis ist Wärme und Behaglichkeit, die kleinen Freuden gewöhnlicher Menschen. Andere Dinge haben einen anderen Preis. Du hast die Erdhexe gehört: ihr Zauber verlangt nach Blut und nach Leben für Leben. Der wilde Zauber ist anders als die beiden ersten, doch jene, denen er verliehen ist, finden nie wieder Frieden. Wir sagen, von allen Dingen der Welt werden nur zwei umsonst gegeben: Liebe und die Gnade Kuvoreis. Und sogar Liebe muß mit Liebe beantwortet werden, wenn sie Wert haben soll.«

Li'vanh dachte an Mneri und lächelte nicht.

»Und Fendarl?« fragte er. »Was ist der Preis des Schwarzen Zaubers?«

Kiron sah ihn an. »Er ist zu furchtbar, um davon zu sprechen«, antwortete er beschwichtigend. »Wenn du es nicht weißt, forsche nicht danach.«

Daron, der Hauptmann der Veduaths, war mit Li'vanh zufrieden, und großzügiger mit seinem Lob, als Derna es je gewesen war. Andere Mitglieder des Ordens der Kämpfer kamen, um zuzuschauen, und mit der Zeit wurden es immer mehr, die in den Palast kamen. Li'vanh wurde in einer neuen Kampfesweise unterrichtet: er kämpfte nicht mehr mit dem gebogenen Schwert der Khentors, sondern mit dem geraden Langschwert der Haranis, und er mußte lernen, ein Schild zu seiner Verteidigung zu benutzen. Diese Unterrichtsstunden waren zunächst kurz, denn die Wunden, die er bei Danamol empfangen hatte, waren kaum verheilt. Nicholas hatte sie bewundert: »Was für eine Menge!« Sie waren am Bein, am Arm und an der Schläfe.

Penelope staunte: »Und alle auf einer Seite!« Hauptmann Daron lachte.

»Einen Kavalleristen kannst du zu jeder Zeit erkennen, denn seine Narben sind immer auf seiner linken Seite. Warum? Nun, Nikon, diese Seite kannst du nicht so gut verteidigen. Dein Schwert hältst du in der Rechten... also, wenn du Linkshänder wärst, hättest du deine Narben auf der rechten Seite, Balg.«

Er erzählte Li'vanh einiges über die Veduaths. »Wir sind niemals mehr als neunundvierzig«, sagte er, »doch wenn so viele würdige Männer nicht gefunden werden können, sind wir weniger – wir sind nicht mit dem ersten besten zufrieden. Ein Mann, der sich den Veduaths anschließen will, muß mehr beherrschen als bloße Waffenkunst. Er muß darüber hinaus noch etwas mehr mitbringen, muß ein kundiger Mann sein, oder ein Dichter von Liedern, oder in der Geschichte bewandert oder vielleicht in vielen menschlichen Sprachen zu Hause sein. Nicht alle von uns sind Haranis. Einige sind Khentors, einmal war ein Inselbewohner bei uns. Doch ein Veduath hat viele Pflichten. Er muß denen helfen, die keinen andren Beistand haben, er muß die Wehrlosen verteidigen, muß die Bedürftigen unterstützen. Wir dürfen uns niemals einem Hilferuf verweigern, nicht aus körperlicher oder seelischer Schwäche, oder weil wir um unser eigenes Leben bangen. Ich fürchte, unsere Frauen schätzen das nicht sehr. O ja, wir haben Frauen und auch Kinder. Glaubst du, wir seien eine Priesterschaft? Nein, wir sind gewöhnliche Menschen. Einige Veduaths sind Edelleute, andere von gemeiner Geburt. Aber gegen das Böse müssen wir verschworen sein. Sicherlich hast du davon schon etwas gehört?«

»O ja, aber es ist wunderbar, es kennenzulernen. Wie alt seid ihr?«

»Ich denke, du meinst den Orden? Viele hundert Jahre – ungefähr sechshundert. Unter der Regierung Anderons I. wurden wir gebildet, und damals war unser Hauptquartier das Schloß der Veduaths, daher haben wir auch unseren Namen. Bruderschaft von Veduath werden wir genannt, oder: der Orden der Kämpfer von Veduath; strenggenommen ist das unser jetziger Name. Natürlich schwören wir uns untereinander Treue, und die Eide sind noch nie gebrochen worden. Neue Mitglieder können nur gewählt werden – oder vielmehr zum Beitritt eingeladen werden – durch den einstimmigen Beschluß des gesamten Ordens, eingeschlossen diejenigen, die ihn verlassen haben, weil sie zu alt geworden sind, um Waffen zu tragen. Unsere Uniform ist grau, wenn wir auch einen Umhang aus königlichem Grün tragen. Unser Symbol und Abzeichen ist die Stechpalme. Ich denke, du wirst merken, daß unser Name in Ehren gehalten wird. Wir haben viele sonderbare Vorrechte: in H'ara Tunij zum Beispiel verwahre ich die Schlüssel des Palastes, und der Krieger der Königin ist immer einer der Veduaths, und so fort.«

Er hielt inne und verzog sein Gesicht in schüchternem Stolz. »Man sagt, daß der älteste Sohn des Hohen Königs lieber am untersten Ende unserer Tafel säße als zur Rechten seines Vaters. Doch um zu erfahren, was daran wahr ist, müßtest du Kiron fragen.«

»Der Sternenzauber ist Gesetzen unterworfen, Li'vanh.« Wieder schritt er neben Kiron auf den sternüberglänzten Festungsmauern entlang. Der rote Mond zeigte sich als Sichel, der silberne war halb voll.

»Gesetze, die älter sind als der Zauber selbst und die geschaffen wurden, um ihn zu lenken. Diese Gesetze sind nicht wie die der Menschen. Es gibt keine Macht, die über ihre Einhaltung wacht. Es gibt keine Haft und keine Bestrafung für den, der sie bricht. Sie einzuhalten, ist Sache eines Menschen und seiner Seele; ihre Verhöhnung braucht nicht immer bewußt zu geschehen.

Doch sie können nicht straflos mißachtet werden, und der Preis, um den sie gebrochen werden, hat wieder seinen Preis. Diese großen Gesetze, sagst du vielleicht, können nicht gebrochen, sondern nur verdreht werden, und eines Tages muß der Missetäter seine Macht einbüßen. Sie sind wie eine Schleuder oder wie eine grüne Weidengerte. Je mehr sie gespannt werden, desto schmerzhafter ist der Rückschlag.«

Kiron stand allein am Fenster und blickte auf das Meer hinab. Es war nicht seine Art, Gedanken offen zur Schau zu stellen, und niemand, der ihn ansah, hätte bemerkt, daß sein Herz sorgenschwer war. Er drehte sich nicht um, als seine Base In'serinna den Raum betrat. »Amnerath?« sagte sie. »Du wolltest mich sprechen?« Er wandte sich um, lächelte und sagte: »Ja. Ich denke, du weißt warum?«

Sie errötete schwach. »Vanh?« fragte sie.

Kiron nickte und trat vom Fenster weg.

»Er kam gestern zu mir. Heute morgen habe ich mit deinem Vater gesprochen.«

»Gefällt er dir?«

»Dein Vater? O ja. Wie immer.« Er lachte sie an. »Nein, ich weiß, was du meinst. Ob ich ihn mag? Ich denke, ich mag ihn. Ich weiß, daß ich ihn mit Vergnügen an die Möwen verfüttern könnte.«

»Amnerath!«

»Du bist überrascht? Warum? Du hast doch sicher gewußt, was ich empfinden würde?«

»Ich dachte, Kiron, wir sind Verwandte.«

»Ja, ich weiß, In'serinna. Ich bin nicht ernstlich zornig. Ich werde mehr als froh darüber sein, dich glücklich zu sehen, doch innerhalb des Stammes hätte ich dich noch lieber glücklich gesehen. Verstehst du das?«

»Natürlich. Es tut mir leid.«

Er schwieg ein paar Minuten und sagte dann:

»Du liebst diesen Mann?«

»Oh, Vetter, ja, ich liebe ihn. Ich habe versucht, es nicht zu tun. Aber ich liebe ihn.«

»Und du bist willens, um seinetwillen dem Zauber zu entsagen?«

»Ich habe mich aufs äußerste dagegen gesträubt, aber ich kann nicht anders.«

»Hast du bedacht, was das bedeutet? Er ist ein Khentor, anders als alle anderen Männer, die du kennst. Ist dir bewußt, daß er wahrscheinlich zu jeder Zeit, wenn die Stimmung ihn packt, fortziehen wird, und wer weiß, für wie lange?«

»Er hat es selbst gesagt, ich habe keine Angst davor.«

»Da ist noch etwas anderes, In'serinna. Hast du daran gedacht... sein Volk wird nicht sehr alt. Wenn er die fünfzig erreicht, wird er eine Ausnahme sein. Das könnte eine lange Witwenschaft für dich bedeuten.«

»Ich würde lieber zwanzig Jahre seine Frau sein als achtzig Jahre die irgend eines anderen Mannes. Ich weiß auch dies, Amnerath.«

Kirons Lächeln war von Bitterkeit gefärbt. »Gleichviel, ich glaube, du weißt nicht, was es heißt, einsam zu sein.«

»Herr, jeder Mann kann jung sterben. Kiron, dein Vater...«

»...starb siebenundsechzigjährig und ließ mich mit achtundzwanzig Jahren als Hohen König zurück. Ich weiß es nur zu gut. Dennoch – ich habe nicht geglaubt, daß dir das alles unbekannt ist, was ich erwähnte, und ich denke auch nicht daran, dich zu veranlassen, deinen Geliebten aufzugeben. Ich habe dich hergerufen, um dir meine Entscheidung mitzuteilen, Kleines.«

Viele würden gelacht haben, wenn sie gehört hätten, wie er sie nannte. Doch neben Kiron wirkte sie tatsächlich schmächtig und jung. Er ging zum Fenster zurück.

»Es ist nicht deine hohe Geburt, die mich zögern ließ, sondern die Tatsache, daß du eine Zauberin bist. Nichts sonst bekümmerte mich.« Er machte eine Pause. »Die Gesetze besagen, daß niemand gezwungen werden darf, dem Zauber zu dienen. Diese Heirat zu verbieten, würde dich dazu zwingen. Deshalb gebe ich, wie die anderen, meine Zustimmung.«

Sie machte eine freudige Bewegung auf ihn zu, aber er gebot ihr mit einer Gebärde Einhalt.

»Mit einer Einschränkung. Setz dich.«

Sie sank auf einen Stuhl. Er kam zu ihr.

»In'serinna, wir können dich nicht entbehren.« Seine Stimme verlor fast den befehlenden Ton, sie war beinahe bittend. »Nicht zu dieser Zeit. Wir sind kaum jemals stark genug, aber jetzt, mit Fendarl... du mußt deinen Stern am Himmel behalten, bis es vorüber ist, Base. Nach dem Krieg geh deiner

Wege mit meinem Segen. Aber nimm deine Kraft nicht in diesem Augenblick von uns. Nicht, ehe er besiegt ist.«

Sie schwieg einen Augenblick, dann blickte sie ihren Vetter mitleidig an: »Eine schwere Bürde, Amnerath?«

»Schwer genug. Aber ich kann sie tragen. Willst du das für mich und für uns alle tun, In'serinna? Ich will es dir nicht befehlen. Doch verlasse uns nicht in unserer Bedrängnis.«

»Ich will aus freien Stücken bei euch bleiben, mein Gebieter!«

»Das ist gut!« Er straffte sich, seufzte erleichtert und ging zum Fenster zurück. Dann packte ihn ein anderer Gedanke.

»In'serinna!«

»Herr?«

»Ich habe eine kleine Furcht und einen närrischen Gedanken, für den ich um Verzeihung bitte, jedoch... du fliehst nicht etwa?«

»Fliehen!«

»Du willst diesen Mann nicht heiraten, weil dich das vom Zauber befreien würde?«

»Amnerath! Denkst du, ich würde das tun? Würdest du das von mir glauben?«

Er lächelte verzerrt. »Oh, ich habe es nicht wirklich geglaubt. Aber ich könnte es verstehen, In'serinna – gut verstehen.«

Ihre Schatten lagen schwarz auf den weißen Flaggen, und die Stadt unter ihnen war verwirrend bunt gescheckt. Der Wind trug den Geruch des Meeres herbei, der weiße Mond war voll.

»Jeder Stern am Himmel hat seinen eigenen Namen, und jeder ist der Stern eines Zauberers, sei er lebendig, tot oder ungeboren. Der Name unseres Sterns ist auch der unsere und unser größtes Geheimnis. Niemals wird ein Zauberer seinen Sternen-Namen preisgeben, niemals, solange er seine Sinne beieinander hat. Wer unsere Namen kennt, kann uns rufen; sie können uns zu etwas zwingen. Die Namen zu entdecken, ist die fortwährende Bemühung unserer Feinde, und ihre Erfolge sind Warnung genug. Niemals, niemals offenbaren wir unsere Namen.« Er hielt inne, blickte zum Himmel auf und fuhr fort:

»Wenn ein Mann oder eine Frau den Zauber ausgeübt und ihm treu gedient haben, erlischt der Glanz ihrer Sterne nach dem Tode nicht. Ihre Kraft kehrt in das große Becken zurück, wie ihr sagen würdet. Wenn sie zu Fall gekommen sind, wie

Fendarl, wird dieser Stern das Auge eines Dämons, eines Spions, eine schlechte Frucht. Wir müssen versuchen, sie zu zerstören – eine furchtbare Aufgabe.«

Der rote Mond des Hexenmeisters erschien fratzenhaft über den Hügeln. Er war halb voll. Kiron starrte ihn an, sah dann in den Himmel und seufzte. Li'vanh dachte: »Er ist heute nacht ganz mit den Sternen beschäftigt.«

»Zwei Wochen bleiben uns noch«, sagte Kiron. »Was machen die Übungen?«

»Sie sagen, ich mache Fortschritte.«

»Die knappe Sprache der Khentorei! Aber die Sterne...« Er seufzte wieder.

»Nach unserem Tod leben sie weiter... doch wenn wir sie verlassen...« Seine Stimme senkte sich. »Wenn wir, aus irgendeinem Grund, des Zaubers niemals teilhaftig werden... oder wenn ein Zauberer oder eine Zauberin sich von der Zauberkraft lossagt, dann geht ihre Macht verloren und ihr Stern erlischt. Er stirbt.«

Er seufzte wieder und senkte den Kopf.

»Es ist schrecklich für einen Stern, Li'vanh, sterben zu müssen.«

23
Sammeln zum Krieg

Als Li'vanh nach seiner täglichen Übungsstunde mit den Veduaths zu den Zelten der Khentors zurückritt, bemerkte er plötzlich eine seltsame Leere in den Außenbezirken des Hurnei-Lagers. Es wirkte immer ein wenig sonderbar, da die Frauen und Kinder fehlten, doch für gewöhnlich ließen sich einige Männer blicken. Heute herrschte dort Leere und Stille, aber als er sich der Mitte des Lagers näherte, hörte er die Stimme Silinois und Gelächter. Sein Interesse wuchs, er setzte Dur'chai in Trab und langte im Rücken der Menschenmenge an. Da er immer noch zu Pferd war, konnte er über die Köpfe der vor ihm Stehenden hinwegsehen, und was er erblickte, ließ ihn den Atem anhalten und leise fluchen.

Dort war ein Wirrwarr von Ponys, Mädchen und jungen Frauen, zumeist Banyeis, aber einige Frauen wurden zurückhaltend von ihren Männern begrüßt. Silinoi stand vor dem

Zelteingang, die Fäuste in die Seiten gestemmt, und Gesicht wie Stimme verrieten seinen Zorn. Vor ihm stand seine Tochter und umklammerte das Zaumzeug ihres Ponys.

»Wer hat dir die Erlaubnis gegeben, hierherzukommen?« fragte er streng. »Wer?«

»Niemand, Vater«, antwortete sie lammfromm, »aber es war niemand da, den man hätte fragen können.«

»Wie konntest du es wagen, den Stamm zu verlassen und zweitausend Meilen allein zu reiten!«

»Aber ich war nicht allein! Ich zog mit dem Heer!«

Ein Heiterkeitsausbruch erschütterte die Zuschauer. Sie errötete und blickte würdevoll um sich. »Ich war bei den Banyeis und den anderen Frauen. Ich war ganz sicher.«

»Ganz sicher. Vielleicht, jedenfalls sicherer als jetzt! Ist das der Gehorsam, den du mir schuldest? Bevor wir aufbrachen, habe ich dir gesagt, du könntest nicht mitkommen. Was verdienst du?«

»Eine Tracht Prügel, o mein Vater.«

»Wahrlich! Hast du geglaubt, ich würde dich nicht verhauen?«

»O nein. Ich war sicher, daß du es tun würdest.« Es lag eine derart gefühlvolle Ergebung in ihrem Gesicht und ihrer Stimme, daß Li'vanh in das Gelächter beinahe eingestimmt hätte, obwohl ihm in Wahrheit nicht im mindesten danach zumute war.

Er hatte sich gerade entschlossen, Dur'chai still und heimlich zurückzulenken, als Mnorh sich von hinten durch die Menge drängelte und zu ihm kam. Er sah zu Li'vanh auf und verzog sein Gesicht.

»Schwestern!« knurrte er vielsagend.

»Wo sind die Kinder?«

»Oh, bis eben habe ich Nikelh das Reiten beigebracht. Als ich die Banyeis einreiten sah, habe ich ihn mit dem Pony allein gelassen. Bevor du mich fragst, ›Herr General‹ – ein Teil des Heeres ist von den Ebenen gekommen, der erste. Aber einige Frauen sind gekommen, um sich ihren Männern anzuschließen, und die Schwestern von Avenel und natürlich *sie*, sie wollte nicht bleiben, wo man sie hingesetzt hat.«

Li'vanh streckte einen Fuß aus, und mit dessen Hilfe schwang Mnorh sich hinter ihm auf das Pferd. Sie ritten los, um Nicholas und Penelope zu suchen, während Mnorh weiterhin finster vor sich hin murmelte.

Als sie ankamen, bewegte sich Nicholas immer noch ruckweise im Kreis.

»Ich habe ihm beigebracht, zu traben, anzuhalten und stehenzubleiben, aber ich will, daß er mehr tut als Traben, und das will er nicht.«

»Halte deinen Rücken gerade. Die Hände tiefer«, bemerkte sein Bruder kritisch.

»Schlag es«, knurrte Mnorh und versetzte dem Pony einen Streich. Es machte einen Buckel, schlug aus, und Nicholas stürzte zu Boden. Er setzte sich auf und klopfte sich ab.

»In Ordnung«, sagte er, »ich werde zu Fuß gehen. Es paßt zu mir. Es ist gut genug für den Grenzer, und es ist gut genug für mich. Behalte dein klappriges Pony.« Er stand auf und grinste Mnorh an.

»Aber egal, was war das für ein Tumult!« Li'vanh saß ab. »Das wirst du schon merken. Peneli, du warst so versessen darauf, über Nikelh zu lachen. Wir wollen sehen, wie du oben aussiehst.«

Sie mußten sie zuerst einfangen, aber mit vereinten Kräften beförderten sie die kreischende und strampelnde Penelope auf den Rücken des Ponys. Dies legte unschlüssig die Ohren zurück.

»Sitz still, du erschreckst es«, sagte Nicholas schadenfroh.

»Wenn du nicht den Mund hältst, werde ich dich auf Dur-'chai setzen.«

»Mnorhs Pony hat einen Hang zur Heimtücke«, mischte sich eine sanfte Stimme ein. »Willst du meins probieren?«

Plötzlich war es still. Nicholas, Penelope und das Pony wandten die Köpfe. Mnorh blickte finster drein. Li'vanh erschrak.

»Hallo«, sagte Penelope. »Ist dein Pony netter als dies hier?«

Mneri schwang sich von seinem Rücken. »Viel netter«, sagte sie mit der Miene dessen, der Streit anfangen will.

Mnorh warf sich in die Brust. »Das ist nicht wahr!« rief er. »Sie hat ihr Pony nur nach Äußerlichkeiten ausgesucht... eben wie ein Mädchen. Das meinige kann es jederzeit ausstechen, und auch überholen. Seht...«

Er begann die Gliedmaßen der Ponys zu vergleichen, und Mneri lachte ihn mit einem Mal an und zeigte ihre weißen Zähne. Ihr Pony, rötlich-gelb mit schwarzen Flecken, war sicherlich hübscher, aber in jeder anderen Hinsicht war keines dem anderen vorzuziehen. Beide Geschwister wußten das, doch sie trieben ihren alten Streit immer weiter. Niemand hörte Mnorh zu. Die Kinder starrten auf Mneri, und schließlich wandte sich auch Li'vanh nach ihr um.

Sie blickte ihn an, als ob sie nicht zu lächeln wagte, beinahe bittend und scheinbar seinen Zorn fürchtend, wo sie doch vor der Wut ihres Vaters nicht zurückgewichen war.

Er war hilflos. Wie konnte er ihr Vorwürfe machen? Also nickte er, lächelte ein wenig und sagte: »Hattest du einen guten Ritt?«

Sie nickte und lächelte erleichtert: »Du hast eine Narbe am Kopf.«

»Ja!« sagte Nicholas voll Begeisterung. »Und es ist nicht die einzige.«

»Er ist ›Erster Speer von Danamol‹!« schrie Mnorh und ließ die Tugenden seines Ponys im Stich. »Und das ist nicht alles...«

»Laß sein!« sagte Li'vanh schnell und errötete ein wenig. Das letzte, was er sich wünschte, war ein Lobgesang aus Mnorhs Mund.

»Nikelh, Peneli, dies ist Mneri. Mneri, dies sind mein Bruder und meine Schwester. Mneri ist Lord Silinois Tochter.«

»Oh«, sagte Penelope, »dann bist du Lord Vanhs Schwester, und die von Mnorh.«

»Ja«, sagte Li'vanh fest, »und meine.«

»Oh, Verzeihung, ich hab's vergessen. Dann sind wir eine große Familie, in einer Hinsicht... obwohl du Vanh nicht wirklich dazuzählen kannst.«

Doch Mneri ergriff ihre Hand.

»Vanh? Du kennst Vanh? Wo ist er, ist er hier? Oh, wie geht es ihm?«

Sie wandte sich an Li'vanh.

»Es geht ihm gut, so gut wie noch nie, würde er sagen, denke ich. Komm, ich werde dich zu ihm führen. Ich glaube, er wird dir eine ganze Menge zu erzählen haben.«

Er sah, daß ein Anflug von Schuldbewußtsein auf ihrem Gesicht erschien, und lachte.

»Besonders jetzt, nach der Schelte. Ich glaube, ich kenne jemand, der dich trotzdem ohne Vorwurf willkommen heißen wird.«

»Wer?«

»Dein Großvater, der König von Lunieth. Er ist vor ein

oder zwei Tagen angekommen und war traurig, daß du nicht hier warst.«

»Oh!« lachte sie. »Ja, ich war immer sein Liebling, wenn uns auch keine Blutsbande verbinden.«

Sie sah ihn prüfend an und ließ es darauf ankommen: »Prachoi, du hast mich noch nicht ausgeschimpft.«

Er schwieg einen Augenblick, fuhr fort zu berichten, was Vanh zu Prinz Argerth gesagt hatte, dann verstummte er und warf ihr einen schnellen Blick zu. Sie machte ein paar Tanzschritte auf der Stelle und schien von ihren Füßen ganz in Anspruch genommen.

Er sagte langsam: »Ich bin nicht dein Vater oder dein ältester Bruder, daß ich das Recht hätte, dich zu tadeln. Und es ist nicht nötig, daß du mich ›Prachoi‹ nennst, als gehörte ich nicht zu deinem Stamm.«

Er zögerte. Der kleine Tanz war beendet, obwohl sie noch immer ihre Füße betrachtete. Er fügte widerwillig hinzu: »Ich hoffe, die Schläge sind nicht allzu schlimm.«

Sie sah eine Weile nachdenklich zu ihm auf und lächelte.

»Oh, Prügel sind bald vorüber. Und ich bin hergekommen, oder?«

Der Silbermond nahm ab, und der rote Mond wurde voller. Sein Licht färbte schwach die Nacht. Unten, in H'ara Tunij, konnte Li'vanh die fackelerleuchteten Straßenzüge sehen und gelegentlich eine Lampe im Fenster. Jenseits der Mauern sah er die Feuer der Khentor-Lager – eines für jeden Stamm, und ihre Zahl nahm jede Nacht zu.

Kiron lehnte an der Brustwehr.

»Überschätze Fendarls Stärke nicht«, sagte er. »Sogar jetzt ist er nicht größer als irgendein anderer. Ich zum Beispiel bin stärker als er.«

»Und dann kann er durch deine Macht nicht besiegt werden?«

Kiron seufzte und ging auf die andere Seite des Turms hinüber. Er warf einen Blick auf das zurückflutende Meer.

»So einfach ist es nicht, Li'vanh. Es ist wahr, daß ich mich auf eine noch größere Zauberkraft berufen kann als er. Und wenn ich, um Fendarls Seele anzugreifen, seine Methoden benützen würde, indem ich die heiligen Gesetze breche, könnte ich ihn in einer Stunde zerstören.«

Seine Stimme wurde härter. »Töte ihn, mach' ihn rasend,

zerschmettere ihn. Aber ich kann es nicht. Denn den Sternzauber in dieser Weise für einen solchen Zweck zu benutzen – zu zerstören, und nicht zu kräftigen –, würde bedeuten, ihn zu mißbrauchen, die Quelle zu trüben, das Innerste der überaus reinen Macht über Khendiol zu verderben, und der Feind würde über alle Maßen gestärkt werden. Ich glaube, ich habe schon davon gesprochen. Es ist eine Versuchung, der wir alle ins Auge sehen müssen. Ich aber am strengsten, denn der Mittelpunkt des Sternzaubers steht in meiner Obhut, da Emneron mein Vorfahr war, der Erstgeborene Prinz Alunyueths, des Erstgeborenen der Sterne.« Nun stand er hoch aufgerichtet und sprach beinahe zu sich selbst.

»Dort liegt unsere Gefahr. Dort ist unsere größte Schwäche. Dort ist die Bitterkeit: durch seine ureigene Natur kann das Böse mächtiger sein als das Gute.«

»Gewiß nicht! Kiron, ich habe immer gedacht, es sei umgekehrt!«

»Du glaubst es nicht? Nun, ich habe es schlecht beschrieben. Sagen wir, vielleicht ist das Gute verletzlicher als das Böse. Denn die Neigung Fendarls wird sich dem Zwang beugen, von dem wir uns fernhalten. Auf der Seite des Rechts ist immer die Versuchung, auf das Böse seine eigenen Waffen zu richten, im Vertrauen darauf, am Ende die Mittel zu rechtfertigen.« Seine Augen blitzten, und seine Stimme klang heftig. »Aber der Ausgang rechtfertigt die Mittel nicht und hat es niemals getan! Nehmen *wir* einmal Zuflucht zum Bösen, und sei es, um dieses zu zerstören, dann hat der Feind schon gewonnen!«

Es war ein Aufschrei der Warnung, des Zorns und der Ablehnung. Li'vanh blieb einen Schritt zurück und schüttelte den Kopf. »Ich verstehe nicht«, sagte er.

Kiron wandte sich fragend um.

»Welchen Feind gibt es noch, wenn ihr Fendarl zerstört habt? Ist nicht er jetzt der Feind?«

Der König zog eine Grimasse, lachte und schüttelte den Kopf. »Nein. Er ist der gegenwärtige Widersacher, und einen härteren und gefährlicheren hat es niemals gegeben. Doch er ist nur der Kämpfer, den ein König vorschickt, wenn er die Schlacht nicht selbst führen will. Er ist der Knecht (obwohl er den Gedanken nicht ausstehen kann und ihn verbittert zurückweist) einer viel älteren und tödlicheren Kraft des Bösen, und das ist Er, dessen Name gelöscht ist: der Prinz des Himmels, von dem ich dir erzählt habe, den die Sterblichen Ranid, den dreimal Verfluchten, nennen. Und dort beginnt unser Unglück. Wenn wir unterliegen, bedeutet das mit Sicherheit großes Leid, aber nicht ebenso sicher bedeutet es Freude, wenn wir siegen. Denn wenn Fendarl den Sieg erringt, sind wir verloren, wenn er aber fällt, leben wir nur weiter, um wiederum zu kämpfen.«

Mit dem Näherrücken der Schlacht wurden die Tage kürzer. Für Nicholas und Penelope gab es viel zu sehen. Jeden Tag kamen mehr Männer herein – das hieß: sie zeigten sich Kiron – und marschierten dann wieder ins Lager außerhalb der Stadt. Innerhalb der Mauern war für sie kein Platz. Tag für Tag ritten immer mehr Stämme von den Ebenen herbei und errichteten ihre Zelte neben den anderen.

Schließlich waren es siebenundzwanzig Feuer mit den sie umgebenden Zelten und fünfundzwanzigtausend Männer und Pferde.

»Dreimal drei mal drei Stämme«, stellte Prinz Hairon fest, der sich selbst wieder zu ihrem Führer ernannt hatte. »Das ist eine stolze Zahl.«

»Was für eine Menge«, flüsterte Penelope, »ich habe nie gedacht, daß es so viele sind.«

Hairon lachte. »Oh, das ist noch gar nichts. Wenn die großen Ebenen ihr Heer geschickt hätten, nun, dann hättest du was sehen können. Die nördlichen Ebenen sind klein, mit ihnen verglichen.«

»Wie bekommt man sie alle satt?«

Er grinste boshaft. »Sie ernähren? Khentors? Du brauchst sie nicht zu ernähren! Sie brauchen kein Essen. Wenn sie wirklich Hunger bekommen, kauen sie ihre Zelte. Auf ihren Märschen kauen sie ihre Stiefel. Von dem Saft können sie wochenlang leben.« Sie betrachteten ihn mißtrauisch. »Und die Pferde«, fuhr er fort, »die Pferde kauen natürlich an den Zäumen.«

»Unsinn«, sagte Nicholas. »Sie haben keine Zäume. Oliver hat's uns erzählt. Bloß einen Nasenriemen.«

Sie gingen, um zu sehen, wie das Aufgebot der Inselbewohner ausgeschifft wurde.

Zweitausend Mann, eintausend Streitwagen, zweitausend Pferde. »Ich dachte, die Inselbewohner wollten nur tausend Mann schicken.«

»Eintausend kämpfende Männer, und das bedeutet ein weiteres Tausend als Wagenlenker. Du kannst sehen, daß sie nur Streitwagen mit zwei Pferden haben.«

Die Männer von den Inseln waren groß, wenn auch nicht so groß wie die Haranis, mit lockigem, braunem Haar, freundlichen Gesichtern und tiefblauen Augen. Sie hatten den Gang der Seeleute, und ein Hauch von Wohlhabenheit und Selbstzufriedenheit umgab sie. Sie waren gekleidet wie die Haranis, nur heller, und die weißen Ärmel ihrer Blusen waren vielfach mit verschlungenen Stickereien verziert.

»So sind die Männer von den Inseln«, sagte Hairon. »Die Inseln, müßt ihr wissen, Kinder, sind berühmt für ihr Obst und ihren Wein und ihren Mangel an Einsicht in die Notwendigkeit, das zu tun, was Kiron ihnen sagt.«

»Warum sollten sie ihm gehorchen? Habt ihr sie unterworfen?«

»Nein! Es wird euch wundern zu hören, daß wir niemals irgendwen unterworfen haben... nicht in der üblichen Weise. Nein, vor vielen Jahren hat der König der Inseln Kiron gehuldigt, zum Dank für unseren Schutz, doch nicht alle seiner Untertanen waren damit einverstanden, rund die Hälfte – diejenigen, die ihn nicht mochten. Jedenfalls, sie mucken hin und wieder auf und erklären, daß sie mit uns nichts zu schaffen hätten.«

Der Hafen war ein guter Beobachtungsort, denn mit jeder Flut kamen Schiffe, einige brachten Truppen, andere Lebensmittel, um die wachsende Heeresmacht zu verpflegen. Ein anderer war die Straße unmittelbar vor den Toren, auf der die Truppen entlangzogen, oder die Felder vor den Mauern, auf denen die verschiedenen Armeen exerzierten.

Sie beobachteten die rotköpfigen Walanen mit ihren kurzen Schwertern und festen, runden Schilden.

»Wir sind alte Freunde der Walanen«, sagte Hairon. »Diese Garde ist das Zeichen eines alten Bündnisses. Sie haben in ihrem Palast eine Harani-Garde.«

Sie warfen bewundernde Blicke auf die hünenhaften Kerioneneis. »Ein sonderbares Volk. Wir sehen sie selten. Sie leben zwischen den Gipfeln der hohen Berge in bitterer Kälte, aber ich kann euch versichern, daß sie immer nur diese kurzen Hosen und Jacken tragen.«

Die Bogenschützen aus Kunoi marschierten ein, ziemlich kleine Männer, schlank, mit braunem Haar und grauen oder grünen Augen. Sie hatten kaum fremdes Blut, und sogar ihre Sprache war ein wenig anders, Wandarisch, mit ein paar Brocken fremdartiger Wörter durchsetzt. Außerhalb ihres kleinen Reiches ließen sie sich kaum blicken. Sie nannten es Kunoi Len Vanda – die Kunoi, ein Stamm für sich –, und der Name traf wohl zu.

Jedoch das Beste des Tages war, als die Humarash kamen: fünfhundert Männer in leuchtenden Farben, begleitet vom Dröhnen der Handtrommeln. An der Spitze war ihr strahlender König, der einzige in der Wandarei, der Kiron nicht huldigte und der ihn »Mein Freund« nannte, nicht »Mein Gebieter«. Sie trugen Speere mit Eisenspitzen – das einzige Volk, neben den Haranis, das dieses Metall benutzte, und sie waren herrlich anzuschauen: großgewachsen, langgliedrig, dunkel vom gespeicherten Gold von Millionen Sommern, geschmeidig und fröhlich – die Humareis, die Söhne der Sonne.

»Seht!« sagte Nicholas bewundernd. »Der König führt einen Leoparden bei sich!«

»Jedermann scheint sie zu mögen«, sagte Penelope, die den Hochrufen lauschte, »sogar die Khentors lächeln. Bei der letzten Gruppe, bei den Blonden, haben sie geknurrt.« Hairon lachte.

»O ja, sie sind beliebt«, stimmte er zu. »Die Lieblinge der Götter. Diese Männer sind ungefähr dreitausend Meilen marschiert, um zu uns zu kommen – und vielleicht, um mit uns zu sterben. Ihnen kann man nicht befehlen wie anderen. Und obwohl wir sie nicht einmal um Hilfe gebeten haben, ist sie uns aus freien Stücken gewährt worden.«

Sieben von den acht Stämmen der Wandarei sollten an der Schlacht teilnehmen: die Khentors und die Haranis, die Humareis und die Kerioneneis, die Kunois, die Inselbewohner und die Kelenat. Nur die Barelonhs würden nicht dabeisein. Diese hatte Li'vanh in der Stadt gesehen. Sie waren in der Regel Kaufleute, obgleich sie mehr das Gehabe von Gelehrten oder Priestern hatten. Er hatte mit einigen von ihnen gesprochen und konnte sich seiner Zuneigung nicht erwehren: sie waren amüsant, mit einem trockenen, ironischen Witz und einem hohen Maß an Charme. Sie waren groß, schlank und hellhäutig, mit schrägen grünen Augen; sie bemühten sich, ihr lockiges, hellbraunes Haar zu verdecken.

Es war schwer, die Barelonhs nicht zu bewundern, zumal

sie sich selbst so gründlich bewunderten. Sie betrachteten die Welt mit gesenkten Lidern und einem feinen Lächeln. Sie wirkten kühl und ziemlich schlicht, aber man sagte, daß sie die größten Liebhaber des Wohllebens seien.

Dieses waren, so erfuhr Li'vanh, einige der Leute aus Lelarik, dem Land der Städte. Die meisten Lelarikis stammen von den Khentors ab, aber so wenige die Barelonhs auch sind, sie geben im ganzen Reich den Ton an. Früher war ihre Zahl größer. Sie besaßen ein eigenes Land mit zehn mächtigen Städten. Doch die Khentorei überflutete sie und zerstörte alle Städte bis auf eine.

Die Barelonhs wurden erschlagen oder zersprengt, oder flohen ins Exil, viele von ihnen gingen zur See. Es ist möglich, daß einige wenige die Küsten Avenyas im fernen Westen erreichten, sich mit den in Städten wohnenden Quarens vermischten und, wie manche sagen, Baneros erbauten. Doch ob sie weiterlebten, um ihr kühles Lächeln an jenes lachfreudige Volk weiterzugeben, oder ob sie alle in der salzigen See umkamen, weiß niemand mit Sicherheit.

24
Schild von Kedrinh

Das Meer glitzerte weithin, bis es im verschleierten Kobaltblau des Himmels aufging, und die Schwingen der Möwen blitzten auf, als sie den Turm umkreisten. Dort, im hellen Turmzimmer des Hohen Königs, hatten sich außer Kiron und Li'vanh vier weitere Personen versammelt: der weißhaarige Zauberer, den Li'vanh schon vorher gesehen hatte, ein Page in königsgrüner Livree, der ein in der Scheide steckendes Schwert vor sich auf den Armen trug, der Hüter der Schatzkammer, mit einem in ein Tuch gehüllten Gegenstand vor sich, und der Hauptmann der Veduaths.

Der Junge, der Li'vanh in das Zimmer geleitet hatte, verneigte sich und schloß die Tür. Li'vanh grüßte die Männer, als er in den Raum hinabschritt, und fragte sich erneut, ob er sich je an die Größe der Haranis gewöhnen würde: sogar die Pagen waren so groß wie er selbst.

Kiron hieß ihn willkommen und nahm das Schwert von dem Pagen entgegen.

»Hauptmann Daron sagte, daß es notwendig sein würde, ein Schwert zu schmieden, das zu deiner Größe passe; aber wir erinnerten uns an dieses. Willst du es ausprobieren, Li'vanh? Kein neues könnte besser sein, wenn dieses dir genügt.«

Die Langschwerter in der Waffenkammer der Haranis waren zu lang und zu schwer, als daß Li'vanh sie hätte handhaben können, doch dieses war in Größe und Gewicht vollkommen, und er brach in Entzücken aus. Es fühlte sich wunderbar an. Das Heft war aus gewundenem Silber, der Griff mit grünem Leder umwickelt und der schwere Knauf mit einem Mondstein verziert. Die Waffe war alt, doch das Heft und die silberne Einlegearbeit auf der Klinge schimmerten wie neu, denn in Khendiol erblindet das Gold und nicht das Silber.

»Es könnte nicht besser sein, Kiron. Das Gleichgewicht ist wunderbar. Wurde es für einen Khentor gemacht?«

»Nein, für einen Jungen. Dies ist das Schwert, das Emneron der Junge in seiner ersten Schlacht trug, und darum ist es deiner Aufgabe nicht unwürdig. Es ist ein Erbstück unserer Familie und war darum nicht in unserer Waffenkammer. Aber es ist eine gut geschmiedete Klinge, und ihr ist mehr bestimmt, als zwischen Juwelen zu liegen. Hiermit ist es ebenso.«

Er wandte sich zum Hüter des Schatzhauses, welcher die Hülle von dem Gegenstand zog, den er trug. Es war ein leicht nach außen gewölbtes Oval blendender Steine. Kiron nahm es entgegen und hielt es empor.

»Dies ist der Schild aus Adamant. Er ist einer der ältesten Schätze der Haranis. Einst gehörte er zum Schatz einer der neun Schönen Städte. Diese Stadt war Edunuath, und sie ist nun zerstört. Es ist unser Wunsch, daß du ihn in Gebrauch nimmst und ihn im Kampf gegen Fendarl trägst. Er ist leichter als die meisten Schilde und widersteht jeder Waffe, besonders den Waffen des Bösen, denn er ist in strahlenden Zauber eingehüllt. Selbst Eisen prallt von Adamant zurück, und schon die bloße Gegenwart dieses Schildes wird Fendarl Schmerzen bereiten, denn er verbreitet ein Licht, das nicht ausgelöscht werden kann. Doch nimm ihn und fühle mal.«

Li'vanh dankte und nahm es. Die Griffe schlüpften über seinen Arm und in seine Hand, als wäre er ihnen bekannt; die Biegung war gerade richtig und schützte Schulter und Arm. Der Schild war so vollendet ausgewogen, daß er beinahe kein Gewicht zu haben schien. Er drehte ihn herum und besah ihn. Er war aus vielen Adamant-Steinen gearbeitet, die kunstvoll zusammengefügt waren, und blitzte in weißem Feuer. Parallel zum Rand, ungefähr eine Handbreit davon entfernt, lief eine silberne Linie, und von der Mitte aus breitete ein einzelner silberner Stern seine dünnen, wellenförmigen Strahlen über die Edelsteine. Li'vanh lächelte entzückt.

»Wie kann ich euch Dank sagen? Er ist so wundervoll, es ist beinahe ein Jammer, dahinter zu sein.«

Die Männer lachten. »Abgesehen von solchen Einzelheiten, ist es ein guter Schild, um sich damit zu decken«, sagte Hauptmann Daron. »Wir werden ihn in unseren Übungsstunden benutzen. Du mußt seine Eigenheiten kennenlernen.«

»Er scheint zu leicht für harte Schläge. Ist er wirklich so undurchdringlich?«

»O ja.«

»Dann – danke ich euch. Vielen Dank.« Er wog den Schild wieder in der Hand.

»Aber für wen ist er gemacht worden? Sicherlich nicht für jemanden in meiner Größe? Aber er kann auch für keinen von euch bestimmt gewesen sein, oder?«

Kiron lachte. »Die Schatzkammern der Schönen Städte waren in mancher Hinsicht bemerkenswert. Hinter dem Schild aus Adamant steckt mehr als seine Schönheit und Stärke. Seht.« Er nahm Li'vanh den Schild ab und legte ihn selber an. Sogar der Hauptmann der Veduaths hielt plötzlich den Atem an.

Man konnte nicht sagen, daß der Schild sich veränderte, doch er paßte Kiron genauso gut wie Li'vanh, und er bedeckte beide von der Schulter bis zum Oberschenkel. Kiron lachte über ihre Gesichter und gab den Schild zurück.

»Ein sehr großer Künstler hat ihn geschaffen, Li'vanh, und er gab ihm die zu jedem passende Größe. Wer immer ihn trägt, es wird sein, als ob der Schild aus Adamant für ihn allein gemacht wäre. Aber sprich nicht darüber, daß er diese Eigenschaft besitzt, und zeige es auch nicht deinen Freunden. Aus solchen Dingen sollte man keine Spielerei machen, und ich habe schon mehr getan, als ich sollte.«

Li'vanh nickte und schaute vom Schild auf das Schwert Emnerons.

»Ich danke dir nochmals, daß du mir beides in die Hände gegeben hast. Hoffentlich bin ich nicht zu unwürdig, sie zu tragen!« Er runzelte ein wenig die Stirn. »Kiron, ich habe mich oft gefragt, warum Fendarl selbst kämpft. Warum sitzt er nicht bloß in Kuniuk Bannoth und richtet nach Kräften Schaden an? Er würde gewiß schwerlich herauszuholen sein?«

»Ja. Aber er muß kämpfen. Er steht vor seinem letzten Handstreich, bei dem es für ihn um alles oder nichts geht. Sein Sieg wäre unser Untergang, und das ist es, was er anstrebt: die Zerstörung der Herrschaft der Sterngeborenen, das Ende all dessen, was uns teuer ist.

Aber er hat noch einen anderen Grund, und ich glaube, er würde selbst dann die Schlacht suchen, wenn er nichts zu gewinnen oder zu verlieren hätte. Der Stolz, der ihn zu dem gemacht hat, was er ist, erlaubt ihm nicht, beiseite zu stehen. Er will sich selbst beweisen, daß er der ist, für den er sich hält: erhaben über Tod und Schicksal. Und um dies zu beweisen, muß er beiden die Stirn bieten.«

In der Nacht darauf verließ Li'vanh geräuschlos das Lager und ritt zu den Klippen, wo er sich niedersetzte. Die abendlichen Feuer waren nun heiterer, mit den tanzenden Mädchen und tanzenden Männern, doch in dieser Nacht war ihm nach Tanz nicht zumute. Aber auch in seinem Zelt fühlte er sich nicht behaglich. Der Schild aus Adamant glänzte, und das Schwert Emnerons strahlte in seinem eigenen Licht. Es verlieh der kleinen Behausung ein eigenes Leuchten, aber es war beunruhigend. Er war stolz auf seine Waffen, doch er konnte sie noch nicht ungezwungen betrachten. So ritt er mit Dur'chai auf die Spitze der Klippe und saß dort mit dem bronzenen Khentor-Schwert quer über den Knien: es war dunkel, greifbar und beruhigend. Er strich darüber, dachte an Derna und an die Ebenen, den Duft von Gras, den scharfen Rauch brennenden Dungs, und an das sorglose Leben, das er dort geführt hatte. Hier gedieh auf den Klippen eine dünne, federnde Grasnarbe, und der Geruch war der Geruch der See. »Doch das ist immer noch Kem'nanh«, dachte er, und dann biß er sich wütend auf die Zunge.

Der silberne Mond warf ein sehr mattes Licht über die Wellen. Er war nun nichts als ein schmaler Span. Sein Nebenbuhler beherrschte den Himmel.

Hinter sich hörte er gedämpfte Hufschläge und einen leichten, zögernden Schritt. »Mein Fürst?«

Er erkannte sie, ohne sich umzudrehen. »Pflegeschwester?« sagte er.

»Darf ich einen Augenblick bleiben?«

»Bleib, und sei willkommen.«

Sie ließ sich nicht an seiner Seite, sondern ein wenig entfernt von ihm nieder, die Hände auf den Knien. Er blickte sie an und sah dann zurück auf das Meer. Sie trug ihren besten Khechin aus Stoff, mit bestickten Säumen. Einen Augenblick fühlte er einen alten Schmerz. Seit sie angekommen war im Norden, war sie so in sich gekehrt gewesen, sie hatte kaum mit ihm gesprochen.

»Vater hat mir erklärt«, sagte sie weich, »daß wir sehr bald aufbrechen werden.«

»Ja, das werden wir«, antwortete er. »Kommst du dann mit?«

»Vater hat es erlaubt«, sagte sie zögernd. »Ich hätte nicht ungebeten mitkommen mögen – noch einmal.« Er hörte die Frage heraus, die sie nicht stellte, und nickte.

»Das ist gut. Wir werden alle zusammensein.«

Es entstand eine kurze Stille, dann sagte Mneri plötzlich: »Li'vanh, mein Bruder, da ist etwas, das dir Kummer macht.«

»Ja.« Er hielt inne und fuhr dann in einem plötzlichen Ausbruch fort: »Ich fürchte mich, Mneri. Ich fürchte mich sehr. Manchmal komme ich mir so klein vor. Und ich habe das Gefühl, als ob er etwas über mich herausgefunden hätte und... ich weiß nicht... mich mit Flüchen belegt.«

»Ich glaube nicht, daß du das befürchten mußt. Ich bin sicher, daß Kiron dich dagegen schützen wird.«

»Hast du Kiron denn gesehen?« Sie nickte. »Glaubst du... ich meine, ist er so, wie du erwartet hast?«

»Oh, viel mehr!« Plötzlich war Leben in ihrer Stimme: »Er ist um so vieles jünger, hübscher und genauso stark!«

Ihre Stimme war so voll Bewunderung, daß Li'vanh den Kopf zurückwarf und laut auflachte, und sie lächelte erfreut. Dann sagte sie langsam: »Li'vanh, Vater hat mir einiges über die Ratsversammlung erzählt... mußt du mit ihm kämpfen?«

»O ja. Offensichtlich. Warum wurde ich sonst hergebracht, mit Dur'chai und allem anderen? Ich kann mich nicht weigern.«

»Ein Mann kann seinem Schicksal nicht entrinnen. Aber es scheint bitter.«

»Nicht so bitter wie andere Dinge, glaube ich. Ich meine, ich muß nur etwas tun, und wenn ich es überlebe, dann ist es vorbei. Ich werde es tun, und das Los hat mich zumindest nicht zufällig getroffen. Und in einer Woche...« Er schluckte. »In einer Woche wird alles vorüber sein. Eine Woche ist nicht lang. Neun Tage sind nicht viel.«

»Nein«, stimmte sie zu, mit leiser, fast furchtsamer Stimme. »Und danach... wenn es vorüber ist?«

In der Pause, die folgte, erkannte er die Gelegenheit, ihr etwas zu sagen, das er schon lange hatte erklären wollen. »Danach«, sagte er, »werden wir, wie es scheint, nach Hause geschickt.«

»Nach Hause? In... in die Ebenen?«

»Nein, in die Heimat, von wo ich komme.« Er sprach mit fester Stimme, beinahe, als glaubte er es selbst. »Kiron hat mir gesagt, wir seien nur hergebracht worden, weil wir... für die Aufgaben geeignet waren. Peneli, um Kunil-Bannoth den Fluch zu bringen. Nikelh, um die Warnung an die Nihaimurhs weiterzugeben und dadurch an uns, und ich, um den Kampf zu führen. Deswegen wurden wir hergebracht: wir hatten das richtige Alter, Geschlecht und die nötige Zeit, oder was sonst alles. Ich habe es nicht wirklich verstanden. Aber wenn alles vorüber ist, wird man uns zurückschicken.«

Sie hatte ihren Kopf gesenkt, er konnte sich aber dennoch ausmalen, was sie empfand.

»Willst du denn fort?«

»Natürlich!« sagte er unbarmherzig. »Sicherlich, ich bin sehr gern hier gewesen... so viele Freunde, aber mein Vater, meine Mutter...« Seine Stimme wurde trocken. »Außerdem spielt es keine Rolle. Ich habe keine andere Wahl.«

»Aber du gehörst hierher!«

»Nein, Mneri! Das tue ich nicht! Das ist der entscheidende Punkt. Das ist der ganze Grund, warum ich Fendarl besiegen kann: weil ich nicht hierher gehöre. Yorn hat es mir gleich zu Anfang gesagt. Er warnte mich, zu glauben, daß ich hierbleiben könne.« Nein, für ihn war es keine Warnung gewesen; er erinnerte sich, wie froh er damals gewesen war, als er es hörte, und lachte belustigt. »Er hat mir damals noch etwas gesagt.«

»Ich höre, Fürst«, flüsterte sie.

»Ich wollte eine Jagdkatze haben, und er verbot es. Er sagte, mit Dur'chai sei es etwas anderes, er sei ein Fremdling genau wie ich, und auch er würde wieder gehen. Aber eine Katze ist ein Geschöpf Khendiols.«

Er sah aus einem Augenwinkel, daß sie ihren Kopf erhoben hatte und ernst aufs Meer hinausblickte.

»Er verbot mir, irgendein lebendes Wesen an mich zu binden. Er verbot mir, mit irgendeinem Mann die Schwertbruderschaft zu schwören. Aber das erwies sich als unnötig, denn Mnorh ist viel zu jung. Ich bin in einer Lage, in der ich nicht die geringsten Versprechungen machen kann. Das ist es, was er sagte.«

Es war still. »Ich verstehe«, sagte sie endlich. »Ich verstehe, was du meinst.«

»Ich hatte gehofft, daß du es verstehen würdest.« Er wagte nicht, sie anzusehen. Aus einem rätselhaften Grund schämte er sich. »Es tut mir leid, Mneri.«

»Das ist nicht nötig.« – »Sie wirkt sehr beherrscht, älter«, dachte er.

»Es ist nicht deine Schuld, Li'vanh, daß – nicht alle Bande auf Versprechungen beruhen und daß ich nicht älter bin als Mnorh.«

Ihre Stimme schwankte plötzlich, und mit jähem Nachdruck stand sie auf. »Und es tut mir leid, daß ich dich belästigt habe. Gute Nacht, mein Bruder.«

Er wartete, bis die Hufschläge ihres Ponys sich weit entfernt hatten, ehe er sich erhob und aufsaß. Aber er verharrte noch einige Minuten und schaute mit schmerzlichem Blick aufs Meer. Er war traurig, aufs tiefste traurig – dessen war er gewiß. Doch ob er allein um ihretwillen traurig war, konnte er nicht mit Gewißheit sagen.

Zum letztenmal stand er mit Kiron auf den sternüberglänzten Zinnen von Emnerons Festung. H'ara Tunij unter ihnen war fast unsichtbar, ein Gewebe von Lichtern; die weißen Steine warfen ein mattes, rotes Licht zurück. Über ihnen beherrschte der rote Mond den Himmel; der silberne war dunkel.

»H'ara Tunij«, grübelte Li'vanh. »Ein seltsamer Name für eine eurer Städte. Klingt mehr wie ein Khentor-Name.«

»Aber es ist einer, es ist ein Khentor-Name. Als Emneron diese Stadt gründete, nannte er sie Kirontin, und von daher hat unser Geschlecht seinen Namen. Aber die Khentors nannten sie ›Perle des Nordens‹ – H'ara Tunij – mit solcher Entschiedenheit, daß jedermann sonst es auch bald tat. Einige Haranis mögen noch den alten Namen benützen, doch die meisten haben ihn aufgegeben. In den Dokumenten der Neun Schönen Städte, die von den neun Geschlechtern der Sterngeborenen gegründet wurden, wird es immer noch Kirontin genannt.

Mehr als die Hälfte dieser Städte jedoch sind verfallen, und zwei der Geschlechter sind inzwischen ausgestorben. Fendarl ist der letzte aus dem Geschlecht Kendreth, soweit wir erkennen können. Vielleicht wird eine vergessene, jüngere Seitenlinie auftauchen und das Adlerbanner beanspruchen, doch ich zweifle daran. In der Art der Sterblichen verringert sich unsere Zahl.«

»Ist H'ara Tunij so alt?«

»Ja, obwohl die Stadt jung ist, gemessen an den anderen Städten. Es gibt eine Stadt in Lelarik, die viertausend Jahre alt sein muß und immer noch nicht ganz ausgestorben ist. Doch H'ara Tunij hat sich seit seiner Gründung verändert. Dreimal ist sie über ihre Mauern hinausgewachsen. Diese Mauern, die sie nun umgeben, sind die vierten.«

Li'vanh nickte. Er hatte die nicht mehr benutzten Mauern gesehen, die die Stadt in einzelne Kreise aufteilten. Die Jungen benutzten sie als Abkürzungswege.

Plötzlich sagte er: »Morgen brechen wir auf.« Kiron nickte.

»Er hat heute den Schwarzen Berg verlassen und sich nach Norden gewandt. Das hat mich gefreut... Ich hätte nicht gern gehabt, wenn er durch Nelimhon gestürmt wäre. Es scheint, daß er die Gegend fürchtet. Vielleicht ist der Knabe gekommen, um sein Eigentum zu schützen. Wir sind bereit.«

Wir sind bereit... Plötzlich brach das Bewußtsein über Li'vanh herein, was der Morgen bringen würde, und seine Furcht ertränkte ihn beinahe. Die Nacht drängte sich dicht um ihn zusammen, der Mond des Hexenmeisters lauerte auf ihn, und die Dunkelheit zwischen den Sternen beugte sich nach unten, um ihn einzufangen. Er preßte seine Knöchel gegen die Steine, von einem lautlosen Entsetzen geschüttelt wie die flutende See.

Kiron sagte unverhofft: »Li'vanh, willst du immer noch?«

Der Schrecken löste sich, und er fand zu sich selbst zurück. »Ja, Kiron, warum fragst du?« Seine Festigkeit überraschte ihn selbst.

»Du weißt jetzt mehr. Ich würde dich nicht tadeln, wenn du jetzt mehr Furcht empfinden würdest. Ich würde dich nicht... dann hätte ich nicht eingewilligt.«

»Ich habe meine Meinung nicht geändert.«

»Ich bin froh.« Eine Weile schwieg er, dann begann er langsam zu sprechen. »Du nennst mehr Kraft dein eigen, als irgendein anderer. Selbst wenn Fendarl sich gegen die Kinder dieser Welt nicht gewappnet hätte, sage ich dir, daß kein Kämpfer, ob Harani oder Khentor, ihm gegenüber so stark sein könnte wie du, Oliver Powell. Denn dieses ist ihr Kampf, ob sie ihn annehmen wollen oder nicht. Jeder Verlust, den sie bei einer Niederlage befürchten müßten, jedes Gute, das sie bei einem Sieg zu gewinnen hoffen – würde sie schwächen, ihre Arme schwer machen, gegen sie arbeiten. Ich weiß nicht, warum dies so sein würde. Einige Dinge werden sogar mir nur kundgetan, ohne Erklärung. Doch einer wie du, Li'vanh, der sich freiwillig und ohne Not erbietet, der alles zu verlieren und nichts zu gewinnen hat – der ist unermeßlich stärker. Laß mich von etwas sprechen, das ich nicht erwarte: Selbst wenn Fendarl einen solchen Kämpfer besiegen würde, wäre sein Sieg nicht vollkommen. Dies weiß ich, doch ich verstehe es nicht. Vielleicht verstehst du es, denn es ähnelt ein wenig dem Wilden Zauber. Und obwohl ich nicht glaube, daß sie selbst es erklären können – es ist dein Volk, es sind Khentors, die am ehesten begreifen, welche Macht der freiwillige Tod besitzt, das königliche Opfer.«

25
Die Flucht der Schwäne

So wurde der »Schwan der Seekönige« wieder in den Norden getragen, und zu seiner Rechten zog das Meerpferd-Banner der Khentors, und zu seiner Linken die neunsternige Standarte der Zauberer. Dicht dahinter ritten die Veduaths, vierzig Männer und ihr Hauptmann, graugekleidet, mit königsgrünen Umhängen, die dunkel schimmerten wie die Stechpalme in ihrem Banner. Sie ritten vor allen anderen, wie es ihr Recht war. Danach kam die Vorhut, die erste der Harani-Armeen, dreitausend Streitwagen. Jede Armee führte die Flagge ihres eigenen Königreiches, und hinter ihnen ritt das erste der Khentor-Heere, dreitausend Reiter, wobei jeder Stamm seinem eigenen Banner folgte, angeführt von den Hurneis.

Hinter den Khentors rollten die tausend Streitwagen der Inselbewohner. Ihre Standarte zeigte ein goldenes Rad auf blauem Grund, Sinnbild für die Sonne am Himmel, denn vor allen anderen Göttern verehren die Männer von den Inseln den Himmelskönig Janar, Herr des Goldenen Streitwagens.

Ihnen folgten die Kelanats, eintausend Mann unter einer schlichten blauen Fahne, die auf ihren langen Beinen mühelos dahinmarschierten. Ihren hinteren Reihen schien der Gedanke Unbehagen zu bereiten, daß ihnen der zweite Truppenteil der Khentors auf den Fersen war, dieses Mal dreitausend Mann, denen viertausend Harani-Streitwagen folgten. Deren Nachhut bildete die kräftig ausschreitende Valanen-Garde, vierhundert Mann stark. An ihrer Spitze trug der Hauptmann das orangefarbene Banner, verziert mit drei schwarzen Kiefern. Sie boten einen stattlichen Anblick: alles große, hellhäutige Männer mit dem gleichen lockigen, dunkelroten Haar und rauchgrauen Augen. Ihre Stiefel, Hosen und Gürtel waren schwarz, und ihre langärmligen Tuniken hatten die Bernsteinfarbe ihrer Flagge. Jeder Mann trug seinen runden Schild auf dem Rücken. Hinter ihnen marschierten die einhundert Kirioneneis in lockerer Ordnung. Ihr volles, welliges Haar war weich, silberblond, und ihre ruhigen Augen waren von klarem Himmelblau. Sie hatten weder ein Stammeszeichen noch ein Banner und schritten barfuß über den harten Weg.

Dann folgten die letzten Harani-Streitwagen, dreitausend an der Zahl, und weitere fünftausend Khentor-Reiter.

Die nächsten in der Reihenfolge waren die Bogenschützen von Kunoi, gekleidet in grüne und goldene Wämser, denen ihre Standarte mit einem niederstoßenden Falken voranflatterte. Hinter ihnen kamen ohne Flagge die Humareis, die zu Trommelschlag marschierten; der König mit seinem Leoparden schritt an ihrer Spitze. Es folgten neuntausend Pferde, dreitausend der Haranis und sechstausend der Khentors.

Hinter ihnen ritten auf Ponys die kriegerischen Jungfrauen, die Mondschwestern Avenels. Zwei Symbole gingen ihnen voran: eine Scheibe aus poliertem Silber und ein Banner aus dunkelblauer Seide, in das ein silberner Sternregen eingewirkt war, denn die Herrin der Nacht wird Sternengekrönte Avenel genannt. Nach den streitbaren Schwestern kamen die Fußtruppen der Haranis: dreitausend Männer, große und schwarzbärtige Bauern, mit langem, leichtem Schritt. Es waren Landbewohner, Bauern, doch ihre Gesichter und ihr Auftreten waren königlich. Ihnen folgten weitere dreitausend Khentors, deren lange Banner anzeigten, welchen Stämmen sie angehörten.

Als nächstes folgte eine mächtige Truppe: viertausend Krieger-Priester Marenkalions des Rächers, in roten und weißen Roben, entschlossen und ernst: eintausend Pferde, eintausend

Mann zu Fuß und zweitausend Streitwagen, unter einer weißen Standarte, versehen mit einer scharlachroten Speerspitze.

Hinter ihnen ritt eine Armee anderer Art: die Gemeinschaft der Sternenzauberer, jung und alt, Mann, Frau und Mädchen, in ihren Gesichtern die Merkmale ihrer Blutsverwandtschaft: die erhabene, stolze Schönheit der Sterngeborenen. Veldreth aus Rennath ritt zwischen ihnen, und neben ihm seine Schwester In'serinna. Und zuletzt kam die Nachhut, fünftausend Männer und Pferde, der Schluß der Khentor-Armee.

So zogen sie dahin als ein gewaltiges Heer: dreißigtausendeinhundertundvierzig zu Pferde, sechstausendundfünfhundert zu Fuß und dreizehntausend auf Streitwagen. Das ergab neunundvierzigtausendfünfhundertundeinundvierzig Kämpfer mit ihren Wagenlenkern und Knappen; dazu kamen die Zauberer, und dahinter der lange Zug der Verpflegungswagen und das Gefolge.

Obwohl sie bei Tagesanbruch loszogen, drängten sich doch auf den Mauern der Stadt Menschenmengen zusammen, um sie aufbrechen zu sehen, schrecklich bewaffnet und prächtig mit Fahnen geschmückt, im ersten Licht der Sonne.

Sie schienen mächtig, doch das Heer, daß der Norden gegen sie ins Treffen schickte, war noch mächtiger, barg dunkle Gefahren in sich, grausame und böse – und nichts im gesamten Heer war so entsetzlich wie sein Befehlshaber, der letzte aus dem Geschlecht der Kendreth, der Schwarze Zauberer vom Schwarzen Berg.

Die Tage, die folgten, waren die elendsten, die Nicholas und Penelope jemals erduldeten. Sie zogen mit der Armee. Sie hätten es nicht ertragen können, zurückgelassen zu werden, doch noch nie waren ihnen Tage so lang, Wegstrecken so langweilig erschienen. Alle Menschen, die sie kannten, waren bei ihnen, doch alle hatten ihre eigenen Sorgen. Nicht einer hatte Zeit für sie... sie fühlten sich verloren, einsam, unwichtig, erschreckt.

Mneri hatte einen Verpflegungswagen in ihrer Obhut, und Penelope ritt mit ihr. Bis zu diesem Zeitpunkt hatte sie das Khentor-Mädchen nicht näher gekannt, doch nun fühlte sie sich ihr mehr verbunden als irgendeiner anderen Person, die Prinzessin eingeschlossen, und sie hätte nicht sagen können, warum. Und Mneri selbst empfand Pennys Gegenwart als angenehm. Jeder, der so gern bereit war, über Li'vanh zu sprechen, war ihr willkommen. Gemeinsame Liebe und Sorge band sie aneinander, und sie gingen für eine kurze Zeit wie wirkliche Schwestern miteinander um, wenn es Mneri auch immer schwerfiel, Penelopes Sprache zu folgen, und Penelope Mneris wirkliche Gefühle niemals verstand.

Nicholas schloß sich ihnen nicht an. Er entlieh Mneris Pony, ritt mit den Hurneis an der Seite seines Bruders und wechselte sich mit Mnorh darin ab, den Speer von Danamol und den Schild aus Adamant zu tragen. Li'vanh war froh, ihn bei sich zu haben. Niemals erwähnte Nicholas Fendarl. Er sprach hauptsächlich über seine Reitkunst, fragte, wie er sie verbessern könne, oder erzählte ihnen wieder von den Nihaimurhs oder Teraimurhs. Er sprach oft über den Grenzer, besonders mit Oliver.

»Du hättest ihn gemocht«, sagte er immer wieder. »Ich wollte, er wäre nicht weggegangen.«

Silinoi alterte vor ihren Augen. Bis jetzt hatte er die wachsende Last seiner Jahre ungebeugt ertragen. Nun senkten sich seine kraftvollen Schultern, und die Falten seines verwitterten Gesichts erschlafften und vertieften sich. Er war kein junger Mann mehr. Kaum einen Monat zuvor hatte er seinen Speerbruder bestattet. Sein ältester Sohn war für ihn so gut wie verloren, und manchmal schien es, als hätte er auch seine Tochter verloren, denn er stand für sie nicht mehr an erster Stelle. So sehr er Mnorh auch liebte, konnte er sich selbst in ihm nicht wiedererkennen, höchstens Erinnerungen an seine tote Frau. Li'vanh war es, der in seinem Inneren den Raum ausfüllte, den Vanh leer zurückgelassen hatte, und jetzt bangte er um Li'vanh. Nicholas fühlte sich ein wenig schuldig. Er war auf Olivers Zuneigung zum Anführer eifersüchtig gewesen; er hatte es gehaßt, wenn sein Bruder ihn Vater nannte, und selbst als Penny ihn begeistert Onkel genannt hatte, war er für ihn Fürst Silinoi geblieben.

Aber jetzt sah er, daß Silinoi Oliver wirklich wie seinen eigenen Sohn liebte, jetzt sah er seine Furcht; er wurde traurig, und wenn es ihm möglich gewesen wäre, hätte er ihn aufgemuntert. Wenn er gekonnt hätte – doch er fand keine Tröstung für sich selbst, und noch viel weniger konnte er sie anderen geben.

Li'vanh ritt die meiste Zeit schweigend und redete selten, außer wenn er angesprochen wurde. Sogar am abendlichen Feuer verhielt er sich still. Die beiden Kinder schliefen in seinem Zelt, und oft saß er bei ihnen und betrachtete sie, wenn sie schliefen. Einmal versuchte er mit Macht, sich seine Eltern ins Gedächtnis zu rufen, sammelte seine Gedanken, bis er sich an ihre Gesichter erinnern konnte. Als sie aber klar vor seinem inneren Auge standen, waren sie ihm fremd – er konnte nur dasitzen und vor sich hinstarren. In den wenigen Wochen, die vergangen waren, hatte er so vieles durchlebt, daß er empfindungslos geworden war. Im Augenblick empfand er nicht einmal Furcht vor Fendarl. Er hatte sich eingeredet, völliges Schweigen sei das beste: was geschehen mußte, würde geschehen, und ihm blieb nichts zu tun übrig, als seine Rolle zu spielen.

Am dritten Tag, Li'vanh ritt an der Seite Kirons, zog der junge König die Zügel an und sagte: »Sieh!«

Aus dem nördlichen Himmel kamen Schwäne herangeflogen, zuerst einer oder zwei, dann immer mehr, eine ungeheure Streitmacht, die den Himmel verdunkelte. Es mußten Hunderte gewesen sein, ja mehr noch. Ihre Köpfe und ausgestreckten Hälse schwangen auf und ab, ihre weitgespannten Schwingen knarrten und lärmten. Der Schwarm flog an ihnen vorüber und setzte seinen Weg fort. Li'vanh starrte ihm nach.

»Ich habe noch niemals so viele auf einmal gesehen, und schon gar nicht auf der Flucht.«

»Sie sind wahrlich auf der Flucht: sie fliehen vor Fendarl. Dies sind die königlichen Schwäne; sie können es nicht ertragen, an einem Ort zu sein, dem sich etwas Böses nähert. Unser Feind rückt näher.«

Es kamen der vierte Tag und die vierte Nacht; Li'vanh sah die fast vollkommene Rundung des roten Mondes und fühlte sich elend. Während des Tages hatte er in der Luft eine bleierne Farblosigkeit bemerkt, die nun auch die Nacht zu beflecken schien, so daß das Sternenlicht sich trübte. Es war, als wäre der hochgewölbte Himmelsdom mit schmutzigem Wasser gefüllt.

Die Luft war schwer und unbeweglich. Er konnte weder im Zelt noch draußen schlafen, und wenn es ihm dennoch gelang, hatte er böse Träume.

Der fünfte Tag brach an. Er erwachte, wußte, welcher Tag es war, und die Furcht erwachte in ihm.

Als sie an diesem Tag ihren Marsch begannen, sprachen sie wenig. Die Luft schien jedermann zu bedrücken, sogar die Humareis. Sie hatte eine dicke, bleierne Tönung, wie die Düsternis, die Penelope auf dem Schwarzen Berg gesehen hatte, nur viel schlimmer. Nun konnte ein jeder die Sterngeborenen schon von weitem erkennen, ohne daß er ihre Kleider zu sehen oder den Klang ihrer Stimme zu hören brauchte. Der silberne Schimmer umgab sie alle, abgeschwächt sogar die Sternkinder, die keine Zauberer waren. Die Zauberer selbst warfen beim Gehen einen Lichtschein auf den Boden, und Kiron war leichter zu erkennen als sein Banner. Doch mit dem Schild aus Adamant geschah etwas Unerwartetes: sein Licht blendete, und es strahlte und nahm zu, als sie vorrückten und die Düsternis schlimmer wurde, bis es loderte, als wäre er aus einer Milchstraße von Sternen geschmiedet.

Zur Mittagszeit gebot Kiron am Abhang eines Hügels Halt und schickte seinen Pagen aus, um die Heerführer zusammenzurufen. Schweigend wartete Li'vanh mit ihm und spielte mit dem kleinen silbernen Medaillon, das er vom ersten Tage an getragen hatte. Während der letzten Tage hatte er sich öfter dabei ertappt, wenn er auch meistens vergaß, daß er es trug. Er sah es an und dachte plötzlich: Es sieht wie ein Mond aus, wie ein kleiner, voller Silbermond. Und er lächelte schwach.

Er nahm es wieder in die Hand, prüfte das Bild erneut und fand es sonderbar ermutigend. Der wütende Sturm und die Bosheit der Fluten hatten den Mann beinahe überwältigt, aber das Kind saß völlig furchtlos mit erhobenem Arm auf seinen Schultern.

Die Hauptleute waren versammelt. Kiron sagte: »Hinter diesem Hügel liegt eine ausgedehnte Ebene. Dort werden wir auf ihn treffen.«

Li'vanh ließ das Medaillon aus den Fingern gleiten. Kiron fuhr fort, die Schlachtordnung darzulegen, die sie entworfen hatten, und die Hauptleute bekundeten durch Kopfnicken ihre Zustimmung. Es wurde nur das Notwendigste gesprochen. Sogar die Haranis bedrückte die undurchsichtig gewordene Luft, und die Khentors, die den Wind lieben, machte sie beinahe rasend.

»Wie lange haben wir noch?« fragte Li'vanh und wünschte, seine Stimme hätte nicht so belegt geklungen.

»Bis Mondaufgang«, sagte Kiron mit einem warmen Blick. »Er ist nicht weit, aber er wird nicht vorrücken, bevor sein Mond aufgeht.«

Sie trennten sich. Langsam ritt Li'vanh zu den Hurneis zurück, wo schon einige Zelte errichtet worden waren. Die graue

Luft war trocken, als wäre sie mit Staub gefüllt; er spürte ihren stummen Widerstand im Gesicht, als er vorwärts ritt. Für die vielen Tausende, die hier versammelt waren, war dieses Schweigen zermürbend; niemand sprach ohne Grund. Li'vanh hatte beinahe das Gefühl, er könnte die Atemzüge jedes einzelnen hören, ein leises, fortgesetztes Summen, das an seinen Nerven zerrte.

Mnorh erwartete ihn mit dem Mittagessen. Er aß, doch er hatte keinen Hunger, und selbst das Trinken erquickte ihn nicht. Er beendete die Mahlzeit nicht. Das Drückende der Luft schien schlimmer zu werden. Die geisterhafte Sonne glomm noch hoch am verschleierten Himmel, und über dem Horizont stieg das Geisterbild des Halbmondes empor.

Er beschloß, zu baden. Sein Zelt war aufgestellt; dort waren Mneri und die Kinder eben dabei, seine besten Kleider und seine Waffen zurechtzulegen. Aber dorthin wollte er noch nicht gehen. Es waren noch Stunden bis zum Mondaufgang. Er wollte noch nicht an seine Waffen denken.

26
Die Nacht des Hexenmeisters

Li'vanh stand in seinem Zelt.

Sie waren alle versammelt: Silinoi, Yorn, Mnorh, Vanh, Mneri, Nicholas und Penelope. Wie im Traum hatte er gebadet, sich abgetrocknet und Dur'chai versorgt und gestriegelt.

»Ruhig, Bruder, nur ruhig«, sagte er fortwährend; dabei war das Pferd ganz ruhig. Es war ein unsterbliches Wesen, und seine Stunde war gekommen. Gelassen und selbstsicher stand es da, den Blick nach Norden gerichtet. Es war Li'vanh selbst, der unruhig war. Er fühlte sich leicht und leer, als ob die Furcht ihn ausgehöhlt hätte. Er schien nur noch die leere Hülse seiner selbst zu sein.

Sie hatten ihn rasiert und ihm geholfen, als er seine besten Kleider anlegte. Sie hatten seine Waffen überprüft. Einzig seine Stiefel hatte er ohne Hilfe angezogen. Alle miteinander hatten sie ihn zurechtgemacht: Vanh hatte den Umhang über seinen Schultern befestigt, Penelope ihn auf seinem Rücken gefältelt, und Mneri zog gerade die Schnallen seines Wehrgehänges zusammen. Er blickte hinab auf den Scheitel ihres rabenschwarzen Haares, dann ging sein Blick zu den anderen: Yorn, sein Berater, Silinoi, den er Vater nannte, Mnorh und Vanh, die ihm teuer wie Brüder... zuletzt sah er Nicholas und Penelope an, denen seine größte Liebe galt, und sie wirkten klein und furchtsam.

Er spürte die Armreifen an seinen Gelenken, die Ringe an seinen Fingern, berührte seine Halsketten – er war bereit.

Er entsann sich der Stimme Hairons, der lachend gesagt hatte: »Khentors sind wie Bäume: sie entfalten ihre ganze Pracht, wenn sie sterben.«

»Ich will nicht sterben!« dachte er ingrimmig.

Er spürte das Schwert Emnerons unter seiner Hand. Ihm fehlte nur noch sein Schild, den Nicholas bereithielt. Mechanisch prüfte er sein Horn und glättete seinen Schnurrbart. Der Wind bauschte die Wände des Zeltes. Mneri hatte die letzte Schnalle geschlossen, doch sie blieb, wo sie war, und kniete an seiner Seite. Er blickte hilflos in die Runde. Im nächsten Augenblick würden sie fortgehen: die Khentors, um draußen zu den Göttern zu beten, und Nicholas und Penelope an einen sicheren Ort. Im nächsten Augenblick würde er allein sein.

»Verzeiht mir«, sagte er mit heiserer Stimme, »wenn ich nicht spreche... Ich danke euch für eure Hilfe. Ich werde euch nochmals dafür danken. Danach.«

Er lächelte, so gut er konnte. Plötzlich ergriff Mneri seine Hand, legte sie an ihre Stirn, erhob sich und verließ wortlos das Zelt, ohne ihn anzublicken. Danach kamen die Männer, um ihn zu umarmen: zuerst Vanh, darauf Yorn, dann Silinoi und schließlich Mnorh. Dann gingen sie hinaus.

Schweigend blickte er Nicholas und Penelope an, und sie erwiderten seinen Blick. Dann sprang seine Schwester plötzlich mit einem Schluchzer an ihm hinauf und schlang die Arme um seinen Nacken. Einen Augenblick lang preßte er sie an sich, dann gab er sie frei, trat zurück und lächelte sie an. Nicholas verharrte stirnrunzelnd und kaute an seiner Lippe. Li'vanh grinste, legte ihm den Arm um die Schultern und schüttelte Nicholas ein wenig, bevor er den Schild nahm.

»Alsdann«, sagte er, »wir sehen uns später.«

Penelope nickte und wandte sich tränenblinzelnd zur Tür. Nicholas machte Anstalten, ihr zu folgen, doch dann zögerte er und drehte sich um. Er zog sein kostbares Messer hervor, betrachtete es eine kurze Weile, drehte es zwischen den Fingern und schob es dem Bruder in die Hand.

»Hier«, sagte er schroff, bevor er hinausflüchtete. »Es ist scharf. Prinz Hairon hat's für mich geschliffen. Und es ist ein gutes Messer. Nimm's. Damit's dir Glück bringt.«

Er war allein.

Einen Augenblick sah er staunend seinem Bruder nach und lächelte verhalten, dann blickte er auf das Messer in seiner Hand. Er zögerte kurz, dann zuckte er die Achseln, zog sein bronzenes Messer aus der Scheide und schob statt dessen das von Nicholas hinein. Er dehnte seine Schultern, dann ließ er sie wieder ein wenig sinken.

Draußen betete die Armee zu den Göttern, und er empfand eine furchtbare Verlassenheit. Er war näher daran als jemals zuvor, hinauszugehen und sich den anderen anzuschließen, aber er hielt sich dennoch zurück. Außerdem weihten sie gerade ihre Waffen...

Er seufzte. Es war nicht leicht, zu beten, ganz allein – oder zumindest hatte er es nie so empfunden. Doch plötzlich wurde das Gefühl in ihm mächtig, daß er nicht ungesegnet gehen dürfe – wehrlos. Welches Gebet konnte er an jenen Gott richten, dem zu entsagen er sich geweigert hatte, doch an den er sich nicht mehr wahrhaft erinnern konnte? Er zog sein Schwert, hielt es vor sich in die Höhe, hoffte auf Worte – doch sie blieben aus. Der Mondstein auf dem Knauf schimmerte matt in der Dämmerung des Zeltes. Der Schild aus Adamant glitzerte. »Diese zwei Dinge, und ich selbst und Dur'chai – das ist alles«, dachte er. »Das ist alles, was da ist, um ihm zu begegnen.« – »Nimm uns«, sagte er laut, »nimm uns als das, was wir wert sind. Es ist schwerer, als ich dachte – und ich fürchte mich...«

Seine Stimme schwankte, und es war das Äußerste, was er zustande brachte. »Oh, hilf mir, Gott!« schrie er plötzlich, doch ohne Stimme. Mit einem Male schüttelte ihn die Angst, er preßte die Lippen zusammen und umkrampfte sein Schwert.

»Zerbrich jetzt nicht! Dazu ist keine Zeit mehr. Es ist jetzt nicht schlimmer als damals, als du diese Aufgabe annahmst – nur jetzt stehst du kurz davor...«

Er rang nach Luft, und der Augenblick ging vorbei. Draußen wurden Geräusche laut.

Das ist es, dachte er, schob sein Schwert in die Scheide und holte tief Atem. Allmählich verdichtete sich in ihm der trügerische Mut der Verzweiflung. Sein Herz erstarrte wie ein Vogel vor einer Schlange, und die Hoffnung war so weit entfernt wie ein Märchen aus Kindertagen. »Ich habe keinen Mut mehr«, dachte er, »aber ich kann mich verstellen. Nichts kann mich jetzt davor retten, aber ich werde mich lachend zeigen. Ja, ich werde es versuchen.« Er gab sich Mühe, ein unbekümmertes Lachen zuwege zu bringen, doch das halb erstickte Gurgeln, das aus seiner Kehle kam und losgelöst durch den stillen Zeltraum tönte, war so aberwitzig, daß es ihn plötzlich zu einem echten, belustigten Lachen zwang. Der eintretende Mnorh starrte ihn an.

»Du bist fröhlich, Li'vanh?« Dann tat es ihm leid, etwas gesagt zu haben, und er fügte hinzu: »Dur'chai wartet...«

Li'vanh ging hinaus und saß auf. Mnorh überreichte ihm den Schild aus Adamant, dessen Glanz aufflammte. Er sah in das Gesicht seines Stiefbruders hinunter und brachte noch einmal ein Lächeln zustande.

»Ich habe mein Messer im Zelt gelassen«, sagte er, als er sich bereit machte, loszureiten. »Ich brauche es nicht. Nikelh hat mir das seine geliehen. Hab' ein Auge darauf.«

Er dachte: »Hoffentlich klingt es nicht zu sehr wie ein Befehl.« Er lachte rauh und verhalten. Die Armee war aufmarschiert. Kiron wartete. Er lächelte Li'vanh zu und wies mit dem Kopf nach Osten.

»Der Mond steht hoch.«

In der Tat, er war aufgegangen: ein vollkommener Kreis, wie ein kupferner Schild. Sanft und rätselhaft begegnete er seinem Blick. Li'vanh schluckte und warf einen Blick auf Kirons ernstes Gesicht, inmitten seines silbernen Strahlenkranzes.

»Ich bin bereit.«

Kiron gab dem Trompeter mit dem Arm ein Zeichen, und Li'vanh winkte dem Hornisten der Khentors. Zuerst erklang die Trompete, scharf und kräftig, und dann das schwermütige, leidenschaftliche Horn. Das Heer wälzte sich vorwärts, und der seltsame Singsang, den er bei Danamol gehört hatte, ertönte nun leiser und verhaltener. Sie drängten nach vorn und über den Hügel.

Über die Ebene bewegte sich das feindliche Heer auf sie zu, weitgefächert und dunkel, schwarz und rot im Mondlicht. Es war nicht so groß wie das ihre, doch weitaus bedrohlicher und von einer eigenen Dunkelheit erfüllt. Davor ritten seine Anführer, und Li'vanh überlief ein Schauer.

Gegen diese waren die gewaltigsten Männer aus Kirons

Heer aufgeboten, unter ihnen Kiron selbst. Doch vor den Hauptleuten ritt einer, vor dem das Auge floh – und dieser eine war sein Feind.

Die Armeen rückten heran, wogten einander entgegen, doch Li'vanh hatte für nichts anderes Augen als für die gewaltige Gestalt, die allen voranritt. Mit jähem Schrecken erkannte er, daß Fendarl zu Pferde saß – das hatte er nicht erwartet. Ein Drache würde ihn weniger überrascht haben. Das Banner, das ihm voranflatterte, war eine Verhöhnung von Kendrethons Weißem Adler, denn auf einer düsterroten Fahne spreizte ein schwarzer Adler seine Schwingen. Fendarl trug eine Kapuze, sein Umhang umwehte ihn und verzerrte seine Umrisse. Doch Li'vanh konnte erkennen, wie groß er war, überaus groß, und ein Würgen stieg ihm in die Kehle.

Dann erstarben die Geräusche hinter ihm auf einen Schlag. Aufgeschreckt zügelte er das Pferd und sah nach hinten. Das gesamte Heer hatte angehalten. Überall in der Schlachtlinie trieben die Männer ihre Pferde an. Doch die Herzen der Männer erlahmten, und die Pferde scheuten. Nicht eines würde sich Fendarl auch nur einen Schritt weiter nähern. Nicht Kiron und noch nicht einmal die Khentors konnten sie dazu bringen, einen Huf zu rühren.

Li'vanh blickte entgeistert nach hinten und dann wieder nach vorn. Auch die andere Armee war zum Stillstand gekommen. Und Fendarl verharrte reglos und wartete.

Eine lange Stille breitete sich aus. Endlich schüttelte Dur'chai den Kopf, wieherte und schritt bedächtig vorwärts.

»Ha, er wird stehenbleiben!« murmelte Li'vanh.

Aber obwohl die anderen Pferde stillstanden und sein Reiter sich sträubte, offenbarte Dur'chai sein unsterbliches Feuer, und er machte seinem Namen Ehre. Zuweilen glaubte Li'vanh ein Zittern des großen Pferdes zu spüren, doch er war zu sehr in seine eigene Furcht verstrickt, um darauf zu achten. Seine Welt war zusammengeschrumpft, war klein und sehr eng geworden. Hinter ihm traten Kirons Heer und alle, die er liebte, weiter und weiter zurück. Vor ihm rückte Fendarl immer dichter und dichter an ihn heran. Dur'chai bewegte sich mit sanftem, fast lautlosem Tritt, und nicht zu schnell. Li'vanh kostete jede dieser bitteren Sekunden aus wie ein ganzes Leben voller Glück. Doch immer noch hielt er sich aufrecht, entschlossen und unerschüttert; und obwohl er sich selbst jämmerlich fühlte, verwunderten sich diejenigen, die ihn beobachteten, über seinen Mut. Sein Stolz half ihm, standzuhalten; das brennende Gold von Dur'chais Mähne ermunterte ihn, und über der Kante des Schildes gewahrte er einen Schimmer wie von einem aufgehenden Mond. So ritt er, bis vier Speerlängen zwischen ihm und Fendarl lagen. Da hob der Hexer eine bleiche, schmale Hand und sagte »Halt!«

Li'vanh war halb entschlossen, nicht zu gehorchen, doch Dur'chai hielt an. Eine lange Stille entstand, in der die Feinde sich gegenseitig musterten.

Li'vanh warf zuerst einen Blick auf Fendarls Pferd. Es war groß und völlig schwarz, die Augen ausgenommen; sie waren rot wie der Mond und ohne schwarze Pupille. Das Pferd verhielt sich unnatürlich ruhig. Dann hob Li'vanh seine Augen zu Fendarl.

Er war groß und langgliedrig, doch seine Kleider verbargen den größten Teil seines Körpers. Nur sein Antlitz war sichtbar, und dieses Gesicht war das eines Sohnes der Sterne: immer noch stattlich, sogar im Verfall. Seine Haut war sehr bleich, und seine Gesichtszüge waren tief eingeschnitten – doch er sah alt aus, zwar immer noch stark und gefährlich, aber alt und verbittert. Seine Nase ragte wie ein Adlerschnabel aus seinem Gesicht, und sein dünnlippiger Mund war weit nach unten gezogen. Sein Haar, das Li'vanh nur kurz sah, war weiß. Seine tief eingefallenen Augen waren dunkel, kalt und hochmütig. Seine Hände, obwohl sie nur aus Knochen zu bestehen schienen, verrieten Kraft, und der kleine Finger der linken Hand trug einen Ring, in der Form eines neunzackigen, schwarzen Sterns.

»Nun?« Seine Stimme war ruhig, kraftvoll und kalt. Er sprach mit unterdrückter Ungeduld und voll Hohn, und Li'vanh fand endlich Worte.

»Fendarl Kendrethon, einstmals König von Bannoth, gefallener Zauberer des Sternenzaubers«, rief er, und jedes seiner Worte war klar und herausfordernd und wurde zu den beiden Heeren weitergetragen, »das Urteil der Verbannung ist über dich gesprochen worden, das du, ohne von Kiron begnadigt zu sein, mißachtet hast. Deshalb fordere ich dich auf, mir im Kampf gegenüberzutreten, dein Leben zu wagen und die himmlische Gerechtigkeit zu erfahren!«

Fendarl lächelte.

»Gerechtigkeit des Himmels?« fragte er und lachte tonlos.

Ein schallender Klang war in seiner Stimme und verlieh ihr eine schrille Schönheit. »Du bist zu jung, Pferd-Junge, um Kirons Kämpfer zu sein.«

Plötzlich, ohne jedes äußere Anzeichen, fühlte Li'vanh sich angegriffen – nicht durch Waffen, sondern durch die Luft, die ihn umgab, und die zitterte und aufbrach. Die Welt wurde erschüttert, durcheinandergeworfen; die Kraft des Hexenmeisters schleuderte und zerrte ihn hin und her, und eiserne Haken fraßen sich in sein Hirn. Er schnappte nach Luft, ihn schwindelte, doch plötzlich schwang er den Schild aus Adamant vor sich, barg seinen Kopf dahinter und spürte, wie der Schmerz nachließ. Der Schild schoß Blitze in Fendarls Gesicht; er wand sich und fuhr zurück. Dann spürte Li'vanh, wie die Gewalt von ihm wich und zum Schwarzen Zauberer zurückgezwungen wurde. Er ließ den Schild wieder an seine Seite sinken, richtete sich auf und blickte Fendarl aufs neue ins Gesicht. Er war erschüttert und angeschlagen, seine Zuversicht hatte ihn verlassen, denn er war gegen das Auftreten des Hexers nicht mehr gewappnet. Die dunklen Augen flackerten ihn an.

»Ein wenig Kraft hast du ja, mir zu widerstehen«, sagte die ruhige, tönende, furchterregende Stimme, »aber sie reicht nicht aus. Es ist Kirons Stärke, die dich bis jetzt gerettet hat.«

Eine kalte Wut stieg in Li'vanh auf.

»Ich habe dich aufgefordert, dein Leben zu wagen«, sagte er, ergriff den Speer und hielt ihn wurfbereit. »Verteidige dich!«

Fendarl lächelte kalt. »So sei's«, sagte er. »Wie ist dein Name, Kämpfer Kirons?«

Li'vanh nahm die Zügel auf und richtete den Blick auf ihn. »Man nennt mich den Jungen Tiger.«

Für einen winzigen Augenblick überlief das Gesicht des Schwarzen Zauberers ein Zittern des Zweifels und Unglaubens. Furcht glitzerte in seinen Augen. Dann riß er sein Pferd herum, ritt ein Stück zurück und schwenkte zum Angriff ein. Li'vanh folgte ihm auf dem Fuß.

Er wendete Dur'chai in dieselbe Richtung, stemmte seine Füße in die Steigbügel, zielte mit seinem Speer über Dur'chais Hals und atmete tief.

Es schien kaum vorstellbar, daß es endlich Wirklichkeit wurde, daß sie aufeinandertrafen.

Mit einem heftigen Stoß prallten sie zusammen. Fendarls

Speer traf auf den Schild aus Adamant und zersplitterte, doch Li'vanhs Waffe grub sich in den Schild des Gegners, bevor der Schaft brach. Der Hexer stieß einen Fluch aus und versuchte ihn abzubrechen. Dann wendeten sie und nahmen ein zweites Mal Aufstellung. Diesmal trafen sie nicht beide ihr Ziel: Li'vanh wurde an der Schulter verletzt, und sein eigener Speer streifte nur Fendarls Schild. Sie griffen sich erneut an, beiden brachen die Speere entzwei, doch beide blieben im Sattel. Darauf zogen sie ihre Schwerter und wurden handgemein.

Fendarl war mitnichten einer der größten Krieger, das fand Li'vanh bald heraus. Aber es war schwer, und wurde mit jeder Sekunde schwerer, seinem Anblick standzuhalten. In seinem Hirn breitete sich Schwäche aus, Dunkelheit, und ein Entsetzen, das von der Gegenwart des Hexers ausging. Er vermochte nicht, sich auf den Kampf zu konzentrieren. Dieses dumpfe Grauen floß lähmend in seinen Schwertarm. Immer wieder wurde ihm bewußt, daß er sich verschätzt hatte und Fendarl ihm näher auf den Leib gerückt war, als er hätte zulassen dürfen. Er biß die Zähne zusammen, raffte sich auf und griff heftig an.

Er mußte sich im wahrsten Sinne des Wortes zusammenreißen, denn er hatte das Gefühl, in einzelne Stücke zerbrochen zu sein... Er spürte, wie die Ausstrahlung des Zauberers Herrschaft über ihn gewann, und er hatte keine Kraft, ihr zu widerstehen. Es war gut für ihn, daß seine Seele so wenig bot, dessen Fendarl sich bemächtigen konnte. »Konzentriere dich«, dachte er, »konzentriere dich.« Sein Schwertarm schien von allein zu denken, denn er war sicher, daß er selbst ihn nicht lenkte. Aufflammend wie eine weiße Sonne, schien der Schild sich wie aus eigenem Willen den Schlägen entgegenzuwerfen. Er fragte sich, ob er in eine Art Schlachtrausch gefallen sei, von dem er einmal gehört hatte.

Obwohl Dur'chai ein unsterbliches Pferd war, konnte es Fendarls fortwährende Gegenwart nur mit Mühe ertragen. Li'vanh spürte, wie es zitterte und schauderte, wie es schnaubte und schwitzte, doch nicht aus Furcht, sondern vor verzehrendem Haß und Ekel. Und er selbst? Eine dunkle Raserei erfüllte sein Denken, die ihn überwältigen wollte.

Schlagen. Sich drehen. Vorwärts drängen. Ausweichen. Zustoßen. Die Schläge auf seinen Schild peinigten seine verwundete Schulter, die Schwertschläge ließen seine Hand schmerzen. Doch er begann seiner Panik Herr zu werden, und sein

Verstand blieb klar. Er konnte sich nicht erklären, warum dies so war: vielleicht hatte Kiron sein Ziel erreicht und den schwarzen Zauberbann von ihm weggerissen, Fendarls Kraft war möglicherweise geschwächt, oder er hatte die Magie als nutzlos aufgegeben. Li'vanh sah immer wieder, wie er dem Schild aus Adamant auswich, doch ob es dessen Glanz war oder seine geheime Macht, konnte er nicht sagen.

Der Angriff wurde drängender, und plötzlich spürte er, daß er die Oberhand gewann. Einen Augenblick konnte er es nicht fassen, aber dann knurrte Fendarl vor Haß und Wut und zog sich sekundenlang zurück. Mit vermehrter Kraft nahm er den Kampf wieder auf, doch Li'vanh begann selbstsicherer zu werden... und dann, urplötzlich, sprang der Hexer vom Rücken seines Pferdes.

Li'vanh war überrascht und wußte nicht, warum. Dann erkannte er, daß Fendarl an seine rechte Flanke gelangen konnte, das brennende Licht des Schildes vermied, und daß dort Li'vanhs Deckung entblößt war. Er hatte die Wahl: entweder kehrte er ihm die linke Seite zu und erschwerte seinen eigenen Angriff, oder er saß ebenfalls ab. Er zögerte einen Augenblick, fragte sich, warum Fendarl zu dieser Kampfesweise gegriffen hatte, und warum er das Schwert weniger fürchtete als den Schild... Schließlich entschied er sich und schwang sich auf der dem Hexer abgekehrten Seite von Dur'chais Rücken.

Plötzlich kam er sich klein vor.

Fendarl überragte ihn. Er war mindestens einen guten halben Meter größer als Li'vanh. Seine eindrucksvolle Gestalt gewann noch mehr durch seine sich bauschende Kleidung. Seine Augen glitzerten heimtückisch und blickten aus einem von Triumph verzerrten Gesicht auf seinen Feind herab. »Ich hätte nicht absitzen sollen«, dachte Li'vanh verzweifelt. Fendarls übermäßige Größe verschaffte ihm einen zu großen Vorteil: er hatte ausgespielt. Er war verloren.

Fendarl begann zu lachen und hob sein Schwert. Doch dabei zog er auch seinen Schildarm zurück und entblößte so seine linke Flanke. Und Li'vanh schlug zu.

Er hieb das niedersausende Schwert des Hexers beiseite, und mit einem heiseren Schrei rammte er sein eigenes tief zwischen die Rippen seines Feindes. Er legte all seine Kraft in diesen Hieb, und aus den Reihen von Kirons Heer erhob sich ein großer, frohlockender Triumphschrei.

Doch Li'vanh stimmte nicht mit ein.

Denn als er zustieß, wich und wankte Fendarl nicht, und als Li'vanh seine Waffe herausziehen wollte, stellte er fest, daß dies überflüssig geworden war: nur das Heft war noch übrig und eine Handbreite von der Klinge, bereift und rauchend. Li'vanh ließ die Arme sinken. Und Fendarl lachte ihm grausam ins Gesicht. Dann richtete er den Blick hinüber auf die Armee und brach in ein wildes, höhnisches Gelächter aus.

»Narren!« schrie er. »Ihr Narren! Habt ihr es nicht gewußt? Habt ihr vergessen, daß kein Lebewesen mich verwunden kann, das von dieser Welt ist? Und trotzdem schickt ihr dieses Findelkind gegen mich ins Feld? Wenn schon ein Wesen dieser Welt nichts ausrichten kann, was vermögen dann Bronze oder geschmiedetes Eisen?«

Und sie schwiegen, denn zu groß waren Schrecken, Schmerz und Scham, zu furchtbar, um sich in Tränen oder einem einzigen Laut der Klage zu lösen. Nichts rührte sich in dem ungeheuren Heer, nur manchmal schrak ein unruhiges Pferd zusammen und stampfte. Für geraume Zeit herrschte Schweigen. Dann lachte Fendarl erneut und warf triumphierend die Arme in die Höhe.

Während dieser ganzen Zeit hatte Li'vanh bewegungslos dagestanden wie die übrigen. Zuerst fühlte er sich schwach vor Enttäuschung und Scham über seine Niederlage. Dann empfand er ein wenig niederdrückende Bitterkeit gegen die Hohen Fürsten. Sie mußten es gewußt haben. Sie mußten gewußt haben, daß es sinnlos war. Warum hatten sie ihn waffenlos in den Kampf mit diesem Dämon geschickt, um ihn hier sterben zu lassen? Doch die Anwandlung ging bald vorüber. Was hatte es auch für einen Sinn? Ihm war kalt, er war erschöpft und ohne Hoffnung. Bald würden sie alle sterben: Mnorh und Silinoi, Vanh und In'serinna, Kiron, Yorn, Mneri, Nicholas und Penelope und das Land des Sternenlichts selbst. Und eine dumpfe Verzweiflung überkam ihn. Doch dann hörte er Fendarl lachen.

Zuerst war es bloß ein neuer Stich in eine alte Wunde; dann aber dachte er an all ihren Kampf, ihre Geduld, dachte an dieses Land, das so makellos war und doch verloren – und hier stand dieser Dämon vor ihm, diese Kreatur, dieses Etwas, frohlockend über ihren Untergang, mit seinen gemein grinsenden Kumpanen Männer verhöhnend, die tapferer, edler waren, als seine verderbte Seele begreifen konnte, und die überdies Li'vanhs Freunde waren. Und der Zorn, der ein langsam schwelendes Feuer in seinen Adern gewesen war, erhob sich wie eine rote Flamme.

Er hatte diesen Kampf angenommen, weil er es als eine Pflicht empfunden hatte. Er war darauf vorbereitet gewesen, Fendarl zu töten, weil er ein bösartiger Gegenstand war, der zerstört werden mußte. Doch selbst dann, als er dem Schwarzen Zauberer gegenübergetreten war, hatte er keinen persönlichen Haß gespürt – nur Furcht und Ekel vor dessen Bösartigkeit, nichts als Abscheu und das Verlangen, diesem Ort fern zu sein. Jetzt aber, mit diesem Lachen, war Fendarl *sein* Feind geworden. Rasende Wut und Haß entzündeten sich in ihm, eine schreckliche Blutgier, die nicht mehr abwog, was möglich war und was nicht. Es war keine bloße Pflicht mehr, Fendarl zu töten – es verlangte ihn mit aller Kraft danach. Und wenn es ihm schon nicht gelang, ihn zu töten, wollte er ihn um jeden Preis niederschlagen. Ihm entrang sich ein Schrei voller Ungestüm, Haß und Trotz, ein gräßlicher Schrei, doch es war eine herrliche Befreiung, ihn auszustoßen. Er schleuderte die Scherbe des nutzlosen Schwerts weit von sich, und den Schild aus Adamant hinterdrein, denn er dachte nicht mehr an Verteidigung.

Wie von selbst fuhr seine Hand zum Gürtel und ergriff Nicholas' Messer. Mit beiden Händen den Messergriff umklammernd, sprang er vor, geradewegs auf den Hexer los, und mit aller Kraft seiner Schultern holte er weit aus und stach zu: die blank geschliffene Klinge grub sich in den Leib seines Gegners. Und als das Messer sein Ziel fand, stieg ein derartiger Aufschrei empor, daß alle, ohne Ausnahme, erzitterten. Nicholas und Penelope stürzten zu Boden und hielten sich die Ohren zu.

Oh, der Gedanke an den Tod, mit dem sie leben müssen, ist bitter für sterbliche Menschen, doch wer kann sich die Qual desjenigen vorstellen, der sich unsterblich dünkte und mit einem Mal den stechenden Schmerz verspürt, den er niemals zu erleiden dachte. Er hatte sich sicher gefühlt, mit teuer erkaufter Macht gegen alles gewappnet, was die Welt ihm zufügen konnte, doch ein Kämpfer war erschienen und ihm entgegengetreten, der einer anderen Schöpfung entstammte, und eine Waffe hatte ihn durchbohrt, gegen die all seine Macht nichts vermochte. In unbekannte Berge tief hinabgesenkt waren die Schächte, aus denen dieses fremde Erz zu Tage gefördert war, es war nicht an Khendiols Feuern geschmiedet, war von Menschen bearbeitet, die vom Sternenzauber nichts wußten. Es wütete in seinem Leib wie Eis, wie weißes Feuer, schwemmte Todesqual in jede Faser seines Körpers, gierte nach dem Faden seines verwünschten Lebens und zerbröckelte sein Fleisch. Er starb, er, der niemals zu sterben gedacht hatte, und noch einmal entfuhr ihm ein durchdringender Schrei der Verzweiflung, der Qual und des Entsetzens. Denn der Hochmut, der ihn bis hierhergeführt hatte, war ausgehöhlt, und die Macht, nach der ihn gelüstet hatte, war verloren. Um sich davor zu schützen, hatte er alles verkauft, was in ihm war, was dieses Ende hätte überleben können. Jetzt, in der Bitterkeit des Endes, erkannte er es mit klarem Blick. Doch noch immer lebte das Böse in ihm, vor sich sah er den, der ihm den Tod gegeben hatte, gelähmt und überwältigt, und er streckte seine Hand aus, um ihm ein letztes Übel zuzufügen. Aber als er Li'vanhs Schulter ergriff, verließen seine Beine die Kräfte, er fiel und riß den Jungen mit sich zu Boden.

Dann löste sich sein Griff, und er krümmte sich ein- oder zweimal. Schneidender Haß und Heimtücke verzerrten sein Gesicht. Seine Augen durchbohrten seinen Gegner.

»Einen Fluch...«, krächzte er, doch mehr brachte er nicht hervor. Noch einmal, voll Verbitterung, schrie er auf und starb.

Nachdem sein Stoß ins Ziel getroffen hatte, hatte Li'vanh überrascht von diesem Schrei, dagestanden, bestürzt und verwirrt, ohne die Kühnheit, das Geschehene zu glauben. Er hatte das Messer gezogen, weil es die einzige Waffe war, die ihm geblieben war, und nur die Begierde, zuzustechen, hatte ihn getrieben, nicht die Hoffnung, der Stich könnte tödlich sein.

Doch konnte dieses Spielzeugmesser fertigbringen, wozu die beste Klinge der Waffenkammer nicht imstande war? War es möglich, daß er Fendarl schließlich doch vernichtet hatte?

Dann fühlte er den Zugriff der Hand des Zauberers, die ihn niederzog; brennender Schmerz durchschoß ihn, und er schrie um seiner selbst willen. Er fand sich selbst am Boden, neben dem Körper seines Feindes, würgend und zitternd, und nur wenige Herzschläge schienen vergangen zu sein, seit er das Messer gezogen hatte.

Wie Blei hing der Schmerz in seinen Gliedern, und schwarze Übelkeit erfüllte ihn. Jetzt, da sein Zorn verebbt war, hatte ihn auch die Kraft verlassen, und das aufbäumende Entsetzen über

Fendarls Nähe war zurückgekehrt. In diesem Augenblick wäre er geflohen, wenn er dazu fähig gewesen wäre.

Doch da war etwas anderes – etwas, das er nicht verstand, weder Schwäche, noch Schmerz oder Furcht, das sein Innres erschütterte und zerriß. Ein Dröhnen im Kopf, ein Hämmern im Blut, ein Aufquellen des Herzens – eine Kraft in seinem Inneren, die stärker war als seine Müdigkeit.

Er brachte sich auf die Knie und blickte um sich. Was er sah, ließ ihn zurückprallen: vor seinen Augen hatte sich die Welt verwandelt. Vieles war dunstig und fahl geworden, anderes war völlig verschwunden. Millionen kreisender Sonnen erleuchteten den Himmel über ihm, keine wie die andere. Der rote Mond war ein feuriger See. Der weiße Mond war eine Sichel aus sengendem Eis. Und die Männer – sie waren nicht mehr dieselben.

Er blickte auf Kirons Armee. Zum Teil sah er sie nur als Schatten, die Stammesleute schienen ihm irgendwie zusammengesunken, aufgegangen in einer ungeheuren gemeinsamen Einheit. Er nahm sie nicht mehr als viele tausend Männer wahr, jeder von ihnen ein Khentor, sondern vielmehr als ein einziges Wesen: die Khentors. Sie waren wie ein mächtiges Feuer, wie eine dunkelgrüne Flamme von Stolz, Empörung, Zorn, Treue – und all ihre Triebe und Gefühle waren unmißverständlich und klar wie der Flug eines Pfeils. Zum ersten Mal ahnte er, wozu ihre Kraft sie befähigen konnte, und er empfand Furcht. Sie waren so ungezügelt und frei. Sie waren wie die Wildheit, die Stärke und die Reinheit selbst, wie der Wind, wie das Meer.

Mit den Haranis war es anders. Sie wurden ihm nicht mehr als ein Heer bewußt, sondern als viele einzelne Haranis. Er konnte sie alle ganz klar erkennen – zahllose strahlende Krieger –, doch außer einigen, deren Glanz stärker war, konnte er den einen vom anderen nicht unterscheiden. Er konnte Verschiedenheiten erfühlen und ahnte, daß, wenn er sie beherrschte, diese seltsame Fähigkeit ihn Seelen und nicht Gesichter erkennen lassen würde.

Doch alle waren sie entrückt, schrecklich entfernt, und nicht ein einziger Laut war zu hören.

Auch Fendarls Armee war ihm voll gegenwärtig, doch auch sie war weit entfernt und stumm. Eine Mauer grauen, wogenden Nebels schien ihn zu umgeben, und die einzigen Dinge, die faßbar nah waren – das war die schwarze Masse von Fendarls Leichnam neben ihm, und, ein wenig entfernt, ein sausendes, goldenes Feuer: Dur'chai, der sich jetzt im wahren Glanz seiner Unsterblichkeit zeigte. Als nämlich der sterbende Zauberer Li'vanh gepackt hatte, war ein wenig von seiner Macht, die ihn verließ, ein Hauch nur, in den Jungen geflossen, und für kurze Zeit war ihm nun die Gabe zauberischer Seherkraft verliehen.

Doch er wußte weder, daß es Zauberkraft war, noch, daß sie nicht von Dauer war. Sie war eine Gabe, die einsam machte, und er hätte sie freudig zurückgewiesen.

Doch er wurde wieder Herr seiner selbst – war er nicht der Sieger von Kedrinh? –, mühte sich auf die Füße und blickte auf. Was er aber dann erblickte, zwang ihn auf die Knie zurück, und gern hätte er sich auf das Gesicht geworfen, doch er konnte den Blick nicht abwenden.

27
Prinzen und Krieger

Weit weg, scheinbar hinter und über Fendarls Armee, sah er jemanden, bei dessen Anblick seine ganze Seele in einem Aufschrei der Verehrung erstarrte.

Er erfüllte den Himmel – nicht daß er stand: entspannt saß er da, als wären die Himmel selbst sein Thron. Doch es war seine Schönheit – ein anderes Wort gab es nicht –, die Li'vanh in ihren Bann schlug. Es war die Anmut seiner ruhenden Gestalt und die gemeißelte Vollkommenheit dieses kühlen, hoheitsvollen Antlitzes. Dieses Gesicht war ein wenig denen der Haranis verwandt, und das betrübte Li'vanh flüchtig; aber er konnte nicht sagen, was ihm bekannt vorkam. Es waren nicht die Gesichtszüge. Diese hier waren in einer zarteren und anmutigeren Form gegossen worden, und obwohl ihr Ausdruck edel und stolz war, fehlte ihnen die ernste Erhabenheit der Seekönige völlig.

Seine Gesichtsfarbe war bleich, und er hatte das Aussehen eines jungen Mannes, obwohl sein Haar, das vom Gesicht zurückwallte, silbern war – nicht weiß, oder gar golden, sondern von reinem, schimmerndem Silber. Seine Augen waren dunkel, sehr dunkel: schwarz, tief und so kalt, daß Li'vanh fröstelte. Das Wort »königlich« wäre zu gering gewesen für solche Majestät. »Kaiserlich« traf schon eher. Eine Krone aus lebendigen Sternen wäre seiner nicht würdig gewesen. Er trug ein langes, helles Gewand – nicht weiß, sondern hell, goldhell –, und darüber war ein purpurschimmernder Überwurf gebreitet; er hatte die gleiche Farbe wie der Ring, der an seiner blassen Hand funkelte.

Leidenschaftslos richtete er seine Augen auf Kirons Armee, auf den toten Fendarl und auf Li'vanh.

Obwohl dem Jungen das Herz sank, als er den Hauch eines Geistes, einer Macht erlebte, deren Größe unfaßlich war, wurde die Klarheit seiner sinnlichen Wahrnehmung dadurch nicht getrübt.

Li'vanh hatte keinen Zweifel, daß er einen Gott sah. Langsam jedoch überkam ihn Furcht; allmählich spürte er, daß sich hinter der kühlen, gelassenen Miene dieser furchtbaren Schönheit Hochmut, Selbstgefälligkeit und unerträgliche Überheblichkeit verbargen; er erkannte eine Vermessenheit, die als ein Recht die Unterwerfung, die Bewunderung, den Gehorsam, ja die Anbetung aller für sich beanspruchte, einzig und allein, um den eigenen unersättlichen Hochmut damit zu mästen.

In einer einsamen Sekunde zerreißenden Schreckens wußte er, wen er vor sich sah: Fendarls Meister, den großen Feind, den, dessen Name ausgelöscht ist, jenen Himmelsprinzen, den er immer Luzifer genannt hatte, den Morgenstern.

Er konnte es nicht ertragen, diese Verbindung des Bösen und der Schönheit. Noch wußte er nicht, wer er selbst war, und immer noch fühlte er das Verlangen, sich zu verneigen. Stöhnend bedeckte er seine Augen, warf sich herum, schaute in entgegengesetzter Richtung und kroch voran.

Die Falten eines mächtigen scharlachroten Umhanges rauschten im Wind. Der Schutz eines gewaltigen Schildes war über ihm. Er sah auf. Wieder erfüllten ihn Ehrfurcht und Verwunderung, doch kein Entsetzen. Er wußte sich in Sicherheit, denn dies konnte nur Marenkalion sein, der Beschützer. Er ragte über ihm empor in der straffen Haltung eines Soldaten. Sein rechter Arm hielt den großen Schild, seine linke Hand umklammerte einen ungeheuren Speer. Ein Helm beschattete sein ernstes Gesicht, gekrönt von einem Helmbusch aus weißem Licht. Sein Gesicht war klar und ernst, sein braunes Haar quoll unter dem Helm hervor, und seine blitzenden grauen Augen packten sein Gegenüber mit einem Blick des Frohlockens und der Herausforderung. Li'vanh sah den Befehl in seinen grauen Augen und spürte, wie dieser über ihm durch die Luft strömte, obwohl er keine Worte hörte: »Du bist besiegt. Gestehe es ein.«

Ein kaltes, widerwilliges Lächeln huschte um die Lippen jenes Gesichtes, das von tödlicher Schönheit war, und es neigte sich. Dann fühlte Li'vanh, wie die kalten Augen ihn ergriffen. Eine furchtbare Kraft aus Haß und Zorn stürzte sich auf ihn. Wortlos schrie er auf und warf seine Hand in die Höhe. Dann vernahm er wieder die sprachlosen Worte in der Luft, während der große Krieger abwehrend seinen Speer ausstreckte: »Rühr' ihn nicht an. Er gehört Ihm, dem einen, gegen den du dich nicht behaupten kannst!«

Und die furchtbare Bosheit ringsum verzehrte sich selbst, fiel zusammen, zog fort, verebbte, und als sie schwand, begann auch die Kraft, die Fendarl zurückgelassen hatte, zu vergehen, wurde zu ihrem Ursprung zurückgedrängt, bis Li'vanh wieder er selbst war: ein Sterblicher, der sich durch das kühle Gras schleppte. Keine Gestalten waren mehr am Himmel, die Sterne waren Sterne, der silberne Mond war schwach, und der rote Mond war voll.

Aber was bedeutete es nun, daß Fendarl erschlagen war? Er blickte sich um und schauderte. Er fühlte sich noch immer elend und zittrig und konnte im Augenblick nicht begreifen, daß die hexenhafte Sehergabe verschwunden war. Seine Schulter, an welcher der sterbende Zauberer ihn ergriffen hatte, tat noch immer erbärmlich weh. Er drehte sich um, blickte hinter sich und sah Fendarl dort liegen, wo er gefallen war. War es also Wirklichkeit? War er wirklich tot? Fröstelnd setzte sich Li'vanh zurück und erholte sich ein wenig. »Dann ist alles vorüber«, dachte er verblüfft. Und plötzlich, als er sich vorbeugte, um Nicholas' Messer wieder einzustecken, strömten unerwartete Tränen in seine Augen.

Doch Dur'chai näherte sich, wieherte stürmisch und gebieterisch, stieß und puffte ihn, bis er auf den Füßen stand. Die beiden Armeen machten sich zum Angriff bereit. Gerade als er sich erhob, schmetterten die Hornsignale, und das Grollen der Vorhut stieg auf. Li'vanh klammerte sich an die Mähne des Pferdes und blinzelte um sich. Dur'chai schnaubte, stampfte den Boden, um ihn zum raschen Aufsitzen zu zwingen. Er schleppte sich vorwärts, hob den Schild aus Adamant und die spärlichen Reste von Emnerons Schwert auf, in der schwachen Erinnerung, daß es Erbstücke waren. Darauf gelangte er mühsam in den Sattel. Schwankend und unbewaffnet saß er da, aber er hielt sich aufrecht.

Dur'chai wieherte heller und wilder als die Horntöne, schnupperte und sprang mit einem Schnauben vorwärts. So gelangte Li'vanh Tuvoi, der das weiße Feuer des Schildes mit sich trug, rittlings auf einem Pferd sitzend, das feuriger war als der Zorn des Himmels, wie ein strahlendes Banner an die Spitze von Kirons Armee.

Er verbreitete Furcht in den Schlachtreihen der Finsternis, er hatte ihren Herrn erschlagen und war das Zeichen ihres Untergangs. Sie verzagten und schrien, einige hielten stand, andere flohen, doch alle wurden niedergeworfen.

Denn mit dem Schlachtruf der Sterngeborenen führte Kiron den Angriff: »Tinoithë!« Sein Umhang krachte hinter ihm wie Donner, und das Schwert in seiner Hand war ein Blitz, der aus der Scheide fuhr. Die Veduaths ritten mit ihm. Sie waren nur ein kleiner Teil der Armee, doch auch die Speerspitze ist nur ein kleiner Teil des Speers, und wie eine frisch geschärfte Klinge spalteten sie die Streitkräfte der Finsternis, und wenige, die sie trafen, überlebten. Als der König und die Veduaths durchgebrochen waren, folgte die wuchtige Masse der Harani-Streitwagen und bahnte sich eine breite Gasse durch die Feinde. Hier kämpfte Argerth, Prinz von Rennath, dort führte sein Verwandter Hairon seine Männer; er kämpfte mit eisenbewehrten Speeren, und als diese verbraucht waren, führte er sein blutiges Handwerk mit seinem langen Schwert fort. Denn die Haranis sind zwar ein Volk, das nur schwer zuschlägt, ihr Zorn wird lange unterdrückt, bricht er aber aus, wird er nicht so bald vergessen. Sie sind geduldig, aber nicht leidenschaftslos; hart sind ihre Grundsätze, doch nicht weniger hart ist die Kraft ihrer Arme. Wenn ihre Hiebe einmal fallen, fallen sie nicht gelind.

Die Armee des Hexenmeisters wurde durch diesen machtvollen Angriff auseinandergerissen und nach beiden Seiten geschleudert wie eine große Bugwelle. Dann erschienen an jeder Flanke des getrennten Heeres die Streitwagen der Inselbewohner und der Priester Marenkalions sowie die überwältigende Streitmacht der Khentor-Reiterei. Die Priester in scharlachroten Mänteln sind unerbittliche Krieger, und auch den Inselmännern ist der Krieg nicht fremd; schrecklich in der Schlacht sind auch die Präriebewohner, dieses ritterliche Volk, denn in ihnen wohnt die ungezügelte Kraft Kem'nanhs, und mit der

Gewalt des Sturms strecken sie ihre Feinde nieder – und auch sie kämpfen nicht mit Waffen allein. Denn wo auch immer, wie Kiron vorausgesagt, sich ein Gegner fand, gegen den Speere und Schwerter machtlos waren, der Wurfspeere verlachte, Pfeile verhöhnte und in dessen Schatten sich die Kreaturen der Dunkelheit zusammenrotteten, – dahin ritten die Wilden Zauberer. Sie ritten unbewaffnet, doch mit furchtbarer Wucht, besessen von ihrer Zauberkraft, jener Macht, die für ihre Diener so schwer zu tragen ist und der niemand widerstehen kann. Wenn die Träger solcher Macht ihr die Zügel schießen ließen, wurden die stärksten Bollwerke des Finsteren Heeres zersprengt und weggeschwemmt, und Wahnsinn, der Fluch des Wilden Reiters, befiel die schwächeren Kreaturen.

Und hinter den Streitwagen und der Reiterei marschierten die Fußtruppen: Harani-Soldaten, die grausame Ernte hielten, verbissene Kelanats und unbeirrbare Kerioneneis, ehrliche Riesen, kühne Valanen der Garde und die kriegsgehärteten Diener des Rächers. Auch die Humareis waren dabei, die ihre Anmut sogar auf dem Schlachtfeld nicht verloren, und die kriegerischen Jungfrauen Avenels, stolz und schlank, mit ihren glatten Speeren und Pfeilen oder Widerhaken; dort waren die schweigsamen Bogenschützen von Kunoi, immer noch wortlos, die ihre Bogen für sich sprechen ließen. Und zuletzt kamen die Kinder der Sterne; sie führten keine Waffen, suchten unter ihren Feinden nach jenen, die der schwarzen Künste mächtig waren, und maßen ihre Kräfte mit ihnen.

Diese Schlacht war lang und bitter, und die Opfer waren schrecklich, denn Fendarl hatte ein furchtbares Heer versammelt, das nicht leicht zu überwinden war. Kunil-Bannoth wehrte sich, in die Enge getrieben, mit äußerster Verzweiflung, und Kiron hatte große Schwierigkeiten, ihn zu besiegen; doch schließlich erschlug er ihn, und damit endete das Geschlecht der Kendreth. Drei der unvergleichlichen Veduaths fielen in jener Nacht, drei Männer von ungewöhnlichem Rang: Inseron, Lehrer der Weisheit, Der'ihn von den Alneis und der hagere, narbenübersäte Gadreth, der Sänger. Der Rat der Zauberer war um vier Männer ärmer, die kaum ersetzt werden konnten, und neun Meister des Wilden Zaubers lagen stumm auf dem Schlachtfeld, als alles vorüber war, zerstört durch die Kraft jenes Gottes, dem sie dienten. In jenem Jahr gab es viele Bauern in Kedrinh, die gesät hatten und nicht ernten würden, viele Inselmänner, die niemals mehr Schiffsplanken unter ihren

Füßen spüren würden; es gab Pfade in den Kelanat-Bergen, die hellhaarige Frauen vergeblich mit den Augen absuchten, und viele Kunois, die nicht auf geheimen Wegen in ihr eigenes stilles Land zurückkehrten. Der junge Garon von Rennath erhielt hier eine Wunde, die sein Lachen für viele Wochen verstummen ließ; der Hauptmann der Valanen-Garde würde seinen Schildarm nie mehr gebrauchen können – und noch mehr verlor Hairon: Vadreth, der unvergleichliche Wagenlenker, der mit ihm in die Schlacht gegangen war, hatte das stolze Gespann mit geübter Hand geleitet, bis ein Speer seinen leichten Schild durchbohrte und ihn tot zu den Füßen des Prinzen niederstreckte. Vielhundert Khentors und viele stolze Pferde starben dort; dreißig Humarei schritten in die ewige Dunkelheit und sahen ihre Sonne niemals mehr aufgehen. Auf diese Nacht folgten viele lange Nächte des Weinens um viele tote Männer und Mädchen, um viele verkrüppelte Leben; doch bevor der Silbermond unterging, war das ganze schwarze Heer erschlagen oder zersprengt. Dennoch entkamen die Fliehenden nicht, denn Kiron sandte eine starke Khentor-Truppe aus, um sie zu verfolgen. Dann pflanzten sie auf dem Schlachtfeld die drei Standarten des Schwans, der Sterne und des Meerpferdes auf, und rings um sie erklangen die hellen Trompeten und die klagenden Hörner.

Als Dur'chai schließlich einwilligte, seinen Reiter zum Lagerplatz zurückzutragen, war die Nacht beinahe vorüber, und Li'vanh war sehr müde. Am Körper war er unverletzt, denn obgleich er sich nicht verteidigen konnte, hatte keiner seiner Feinde es gewagt, bei seinem Näherkommen auszuharren, wohin Dur'chai ihn auch trug. In panischem Schrecken waren alle geflohen. Seine Schwäche und Verwirrung waren vergangen. Sein Kopf war klar, sein Körper gehorchte ihm, doch sein Herz war verwundet.

Er war nicht bloß müde; er war wirklich erschöpft, völlig zermürbt, ausgelaugt, leer. Er hatte gesiegt, doch sein Sieg hatte den Beigeschmack des Versagens. Er war erfüllt von ätzender Enttäuschung und dem bitteren Bewußtsein, etwas verloren zu haben. Er fühlte sich beraubt, obwohl er nicht wußte, was er vermißte.

Im Osten ergraute der Himmel mit kühlem Licht, und im Westen glitt der rote Mond seinem Untergang entgegen. Es war Hargad, die Stunde zwischen Nacht und Tag, die Zeit, welche die Khentors fürchten. Ein leichter, kalter Wind rührte den dünnen Nebel auf, die Welt war farblos, und die Sterne hatten ihren Glanz verloren. Der abgebrochene Stumpf von Emnerons Schwert hatte einen derben weißen Kiesel als Knauf, und der Schild aus Adamant, feuchtglänzend, war nur ein Oval harter, farbloser Steine.

In dieser trüben, kalten Welt war allein Dur'chai unverändert. Er galoppierte prächtig, sorglos und mit ungebrochener Anmut über das stille Schlachtfeld und bewies die Mißachtung eines Unsterblichen für die Erschlagenen auf beiden Seiten. Doch Li'vanh schaute um sich, und die Last auf seinem Herzen wurde schwerer. Denn hier, wo die Schlacht gewonnen worden war, war nichts außer den Verlierern. Er sah nicht den Schauplatz seines Triumphes, sondern er sah nur Menschen, tote Menschen – tote Menschen.

Er versuchte an Fendarl zu denken, an das Böse in ihm und an seine Stärke. Aber er erinnerte sich nur an das Todesjammern eines Mannes, den Entsetzen gepackt hatte, eines Mannes, den er getötet hatte. Letztlich hatte er ihn nicht getötet, weil es gerecht oder notwendig gewesen war, sondern aus innerer Wut und bitterem Haß. Die Trauer über den Verlust wurde zum Schmerz, und in seinen Augen brannten Tränen. Doch in seiner Scham und seinem Leid keimte Zorn, denn ihm schien, daß er nicht recht verstehen konnte, wie und worum er betrogen worden war. Er war bereit gewesen, seine Furcht preiszugeben und vielleicht sogar sein Leben zu opfern, aber ihm war etwas genommen worden, das er nicht hatte opfern wollen, etwas, das nicht zurückzugewinnen war, und das er für immer würde entbehren müssen. Er fühlte eine Bedrücktheit, als ob ein Teil seines Lebens zu Ende gegangen wäre.

So ging er endlich zur Ruhe, die allein ihm Heilung bringen konnte. Doch was er verloren hatte, bekam er nie mehr zurück, obwohl er nie hätte sagen können, was es war. Vielleicht war es seine Jugend. Denn Li'vanh war nun einer, der einen Blick in die Finsternis des eigenen Herzens getan hatte, und fortan mußte er mit diesem Wissen von dieser Finsternis weiterleben, und mit der Furcht vor sich selbst.

Das grüne Gras sprießt

Der Sieg, dachte Nicholas, ist in einer unerwarteten Weise gekommen. Wie es schien, waren er und Penelope, jauchzend über die Errettung ihres Bruders, die einzig Fröhlichen. Sie fühlten sich verpflichtet, ihr Glück abseits zu genießen, wo es niemanden kränken konnte, und den Glanz ihrer Freude zu verhüllen, damit er die Augen der anderen nicht beleidige.

Keiner ihrer Freunde konnte aus vollem Herzen in ihren Jubel einstimmen: In'serinna verzehrte sich vor Angst um ihren Bruder, Hairon trauerte um seine engsten Kameraden, und Vanh mußte mühsam begreifen, daß Sternwind ihn nie wieder tragen würde. Sogar Oliver hatte sich nichts anderes gewünscht, als zu schlafen.

Den Tag nach der Schlacht hatte er gänzlich verschlafen. Er hatte geschlafen, war erwacht, hatte weitergeschlafen, und allmählich kam er wieder zu Kräften. So entging er der grausigen Arbeit, die den Unversehrten und Kräftigen zufiel, und der bitteren Musterung, die ihr folgte. Die Scheiterhaufen waren erkaltet, bevor er sein Zelt verließ. Doch so wenig die Ehre den Toten auch nützen mag, tröstet sie doch die Lebenden, die sie ihnen erweisen. Am zweiten Abend begab sich Li'vanh an den Rand des Schlachtfeldes.

Dieses Stück Grasland war seiner Schönheit wegen nie besonders berühmt gewesen, doch wenn das Gras grünte und die Blumen blühten, war es ebenso lieblich wie andere Wiesen. Aufs schrecklichste hatte es sich nun verändert, und alle Frühlingsanmut war von ihm gewichen. Die frisch aufgeworfene Erde der Grabhügel war kalt und nackt, und wo die Scheiterhaufen gebrannt hatten, zeigten sich bereits schwarze Flecken. Ein Hügel aus grauen Steinen war über Fendarls Leichnam errichtet worden, und auf den Hügel hatte man sein Banner gepflanzt. Von Zeit zu Zeit schwankte der schwarze Adler im Wind, und es war beinahe, als wollte er sie verspotten.

Li'vanh stützte sich schweigend auf seinen Speer, als er über das Feld schaute, und er erinnerte sich an jenes andere Schlachtfeld, auf dem er um Derna und Rehai getrauert hatte. In jenen Tagen hätte er sich nicht träumen lassen, daß eine solche Prüfung vor ihm lag – und nun war alles vorüber. Alles war vorbei: sein Kampf war ausgekämpft, und er war nicht besiegt worden. Seine göttliche Prüfung lag hinter ihm, und er lebte noch. Er seufzte, eine Welle der Erleichterung überlief ihn, und er legte seine Stirn an die Speerspitze. Dann hörte er hinter sich einen Schritt. Er wandte sich um und erblickte Kiron. Seit der Schlacht hatten sie sich nicht gesehen. »Er sieht müde aus«, dachte Li'vanh. Kiron kam es vor, als hätten Li'vanhs Augen, die silbergrau gewesen waren, nunmehr die Farbe von Eisen. Es bekümmerte ihn, doch er ließ sich nicht das geringste anmerken, als er ihn begrüßte.

»Heil dir, Schild von Kedrinh! Ich freue mich, dich zu sehen, Li'vanh. Geht es dir gut?«

»Heil, Kiron. Danke, es geht schon wieder. Ein paar Prellungen, und die Schulter schmerzt noch, aber sonst nichts von Bedeutung.«

Kiron nickte, doch er sagte nichts. Li'vanh sah, daß er ihn nachdenklich betrachtete, und fühlte sich unbehaglich. Es gab einige Dinge, über die er nicht zu sprechen wünschte, nicht einmal mit Kiron. Um das Schweigen zu brechen, richtete er sich auf und deutete in den östlichen Himmel, wo der rote Mond gerade aufgegangen war. Er hatte die Makellosigkeit seiner Rundung verloren, jedoch nur geringfügig.

»Sieh, Kiron. Er hat kaum abgenommen, und auch das nur wegen der zwei vergangenen Tage. Trotz all unserer Bemühungen haben wir ihn nicht im geringsten verkleinern können.«

»Natürlich nicht«, sagte Kiron ruhig. »Hast du das erwartet? Erinnerst du dich nicht, daß ich sagte, wir würden nur weiterleben, um erneut zu kämpfen? Es ist ein uralter Krieg, und ein Ende ist nicht in Sicht. Aber wir haben unser Teil dazu getan. Wir haben dem Widersacher standgehalten, der gegen uns aufgeboten wurde. Und dafür haben wir dir zu danken. Es war eine große Tat, Tuvoi. Ich hoffe, du bist über deinen Sieg so glücklich, wie du zu Recht sein solltest.«

»Glücklich?« Li'vanh sah auf das Hügelgrab mit dem wehenden Banner und wandte den Blick ab. »Ich bin nicht glücklich darüber, daß ich ihn getötet habe. Aber ich bin froh, daß es vorüber ist, wirklich sehr froh. Und du, Kiron?«

»Ich?«

»Freust du dich über deinen Sieg?«

Heftig schüttelte Kiron den Kopf. »Ich habe keinen Sieg errungen, den ich bejubeln könnte.«

Aufgeschreckt sah Li'vanh ihn an. Sekundenlang waren die Augen des Königs freudlos wie der Winter, und seine Stimme war so kalt wie seine Augen, als er mit Entschiedenheit sagte: »Hätten wir wirklich gesiegt, wären wir niemals bis zu diesem Punkt gebracht worden. Mit all unserer Kraft und unserem Leben haben wir gegen das Böse gefochten – doch wozu hat unser Sieg geführt? Heute sind wir die Siegreichen, weil wir gestern unseren Feinden mehr Leid angetan haben, als sie uns selbst zufügen konnten.«

Li'vanh verstummte. Er erinnerte sich seines eigenen Widerwillens angesichts des Sieges, der schal schmeckte, und er war beschämt. Doch für Kiron war dies ein Schmerz, den er in Gedanken vorweggenommen hatte, ein Kummer, den die Haranis immer in sich tragen. Andere Menschen, mit geringeren Ansprüchen, mochten siegen und ihren Sieg bejubeln, doch es ist das Los der Sternenkinder, nach einer Vollendung zu streben, die Sterblichen nicht zukommt, und so bleibt ihnen immer die Bitternis des Mißlingens.

Am dritten Tag nach der Nacht des Hexers gab Kiron, ganz unerwartet, den Befehl, das Lager abzubrechen. Die Überraschung war allgemein, und hier und dort erhob sich Widerspruch. Man hatte weder erwartet noch gewünscht, lange hierzubleiben, doch drei Tage waren eine kurze Zeit, um neue Kräfte zu sammeln. Kiron selbst begab sich zur Anführerin der Erd-Priesterinnen, in deren Obhut alle Verwundeten waren, und teilte ihr mit, daß mit den Vorbereitungen zum Abmarsch begonnen werden müsse. Seit der Nacht der Schlacht hatte sie kaum geschlafen, sie war von ihrer Arbeit entkräftet, und überdies waren viele ihrer Bemühungen vergeblich gewesen. Sie war nicht in der Stimmung, sich mit einem Mann und Krieger auseinanderzusetzen, und antwortete ihm barsch, daß daran nicht zu denken sei. Kiron entgegnete ihr kurz und bündig, daß sie keine andere Wahl hätten, und verließ sie. Sie sah ihm nach, als er wegging, und ihre dunklen Augen brannten vor Zorn. Sie kehrte zu ihrer Arbeit zurück und verfluchte im stillen jeden, der ein Schwert trug.

Doch auch manche andere waren erstaunt, denn eine Reise zu diesem Zeitpunkt würde für viele der Verwundeten eine schmerzhafte Prüfung sein, und es war nicht Kirons Art, eine solche Sache leichtzunehmen. Er mußte einen guten Grund haben, und tatsächlich verriet sein Gesicht, daß nicht alles zum besten stand; doch den Grund teilte er nicht mit, und dieses war wiederum nicht seine Art.

Jedoch, Kirons Befehl war ergangen, und sie mußten gehorchen, als letzte sogar die Inselbewohner, deren Anführer am heftigsten und beharrlichsten gestritten hatte. Und dieser gab nur nach, weil Kiron in Zorn geriet, was selten vorkam. Die Khentors hätten sich binnen einer Stunde nach ergangenem Befehl in Marsch setzen können, doch die anderen Völker waren darin weniger geübt, und es gab sehr viele Verwundete. So kam es, daß trotz aller Eile die Sonne bereits untergegangen war, als der Zug sich in Bewegung setzte.

Silinoi ritt an seiner Spitze. Kiron war darauf bedacht, zurückzubleiben, bis der letzte seiner Leute verschwunden war, erst dann wollte er seinen Platz einnehmen. Obwohl sein Gesicht düster war, eingedenk einer drohenden Gefahr, wollte er doch den Grund seiner Furcht nicht nennen. Einige wenige blieben bei ihm, darunter die Erdhexe, die als Grund angab, für die Verwundeten Sorge tragen zu müssen, und die immer noch blieb, nachdem schon alle vorbeigezogen waren –, und Li'vanh Tuvoi, der keine andere Rechtfertigung hatte als seine Neugier. Vielleicht wäre es klüger gewesen, nicht dazubleiben, doch Kirons entschiedenes Schweigen ließ ihm keine Ruhe. Möglicherweise machte er sich der Unbesonnenheit schuldig, indem er sich so gedankenlos über etwas hinwegsetzte, wovon er nichts wußte, aber in jenen Tagen stand er außerhalb der Befehlsgewalt.

Sie hielten mit ihren Pferden auf dem Kamm eines niedrigen Höhenrückens am südlichen Ende des Schlachtfeldes. Es war ein klarer, warmer Abend, und der silberne Mond, fast halb voll, war aufgegangen. Niemand sprach; über allem lag nur das Geräusch des langen Wagenzuges, der über den Hügel rumpelte. Das Ächzen der beladenen Karren, das Scharren der Pferdehufe, das gelegentliche Stöhnen eines Verwundeten – dies waren die einzigen Laute. In Kirons kleiner Gruppe sprach kein einziger, und außer dem leisen Klirren, mit dem ein Pferd an seinem Zaum kaute, oder einem Mähnenschütteln, herrschte Schweigen. Sie warteten.

Li'vanh blickte auf das häßliche, jammervolle Feld hinab, und weiter zum Lagerplatz, wo Flecken bleichen Grases verrieten, wo die Zelte gestanden hatten. Der rote Mond stieg gerade auf, als die letzten der Nachhut den Hang zu ersteigen begannen, angeführt von Vanh, der ein unbekanntes braunes Pferd ritt. Auf der Kuppe hielt er einen Augenblick an, sah zurück in der Erinnerung an Sternwind, und ritt weiter.

Das schwache Mondlicht, der Glanz der Sterne und der sich neigende Tag verliehen der Luft eine eigentümlich fahle Glut. Li'vanh warf drei Schatten, und keiner davon war mehr als eine Spukgestalt. In diesem Zwielicht war alles möglich. Er fröstelte ein wenig und warf einen Blick auf seine Gefährten – die teilnahmslose Erdhexe und den majestätischen Kiron –, dann schweifte sein Blick nordwärts zurück über die leere Ebene. Doch sie war nicht mehr leer.

Er stieß einen scharfen Schrei aus. Die Nachhut hörte ihn, blickte in die gleiche Richtung und floh mit trommelnden Hufen und in aufgelöster Ordnung über den Hügel. Plötzlich bäumte sich Kirons Pferd. Nur die Erdhexe verharrte reglos, und ihre Nüstern weiteten sich.

Li'vanh spürte, wie sich seine Kehle würgend verengte, sein Blut trommelte, und ihn schwindelte. Die Dämmerung war tiefblau, doch sie, die sich näherte, sandte ihre eigene schwingende Glut aus. Sie war nichts als Licht und Farbe, doch sie ließ Dunkelheit in ihn strömen, und seine Sinne schwanden.

Vir'Vachals Haar, in das Mohnblüten geflochten waren, hatte die reiche Farbe reinen Goldes, die im Sommer zuweilen im Herzen eines Kornfeldes aufglüht. Doch das Rot ihres Rockes war nicht der fröhliche Purpur des Mohns, er war tiefrot wie Blut, das langsam aus einer tiefen Wunde rinnt.

Sie hielt ihr erdfarbenes Pony an und wandte ihren Kopf langsam von einer Seite zur anderen. Ihre ungezähmten, dunklen Augen glitten über das verwüstete Feld – verstümmelt, zertrampelt, verdorrt, mit Feuernarben bedeckt und mit Asche bestreut. Sie blickte an der langen Reihe nackter Gräber entlang, über das verkohlte Gras und den grauen Grabhügel, und Kummer ging von ihr aus wie ein hörbarer Schrei, während sie im Schmerz ihre Arme ausbreitete. Doch sie trauerte nicht um die Erschlagenen, sondern um die verwundete Erde selbst.

Sie ließ ihr Pony stehen und schritt mit ausgestreckten Armen vorwärts. Sie schritt den ganzen Umkreis des trostlosen Feldes ab, und ihre langsamen, abgezirkelten Bewegungen waren beinahe ein Tanzen. Sie machte einen Schritt, drehte und wiegte sich, sank nieder, drehte sich im Kreis und wand ihre Arme. Sie neigte ihren Kopf, beugte die Knie und bewegte sich mit traumhafter, schwerfälliger Anmut. Es war ein feierlicher Tanz der Klage, des tiefen Zorns und Flehens, und die blaue Nacht begann im gleichen Rhythmus mitzuschwingen. Ihr Rock wirbelte schwarze Asche auf, aus ihrem Haar löste sich träge eine Blüte nach der anderen, und die ihr zusahen, hielten vor Ehrfurcht und Erschrecken den Atem an.

Denn bei jeder Bewegung versank sie knöcheltief in der Erde, und hinter ihr floß Grün aus ihren Fußstapfen, quoll auf, flutete hinweg und breitete sich aus. Wo immer sie den Boden berührte, erwachte er zum Leben, und Gras begann zu sprießen und sich zu entfalten. Wo ihr Rock über den Boden fegte, wuchs Klee aus der Erde, und wo die Mohnblüten hinfielen, erblühten Blumen. Ihr entströmte eine langsam schwellende Flut von Grün, und nicht einen Fußbreit des Bodens ließ sie unberührt. Die Feuerstellen waren dicht mit Blüten bedeckt, die Gräber waren überwachsene Wälle voller Duft. Weinreben umrankten Fendarls Grabhügel und umwanden sein Banner. Wahrlich, unter einer solchen Bettdecke würde der Tote ruhiger schlafen als in der nackten, kalten Erde.

Schließlich stand Vir'Vachal still, blickte um sich und nickte zufrieden. Dann hob sie die Augen, und ihre Blicke glitten unentschlossen über die Gruppe auf dem Kamm des Hügels. Und sie sah Li'vanh.

In seinem Kopf sauste es vor plötzlichem Schreck. Man hatte ihm gesagt, sie könne außer der Erde und ihrer Frucht nichts wahrnehmen, und offenbar sah sie auch niemanden sonst.

Aber ihn erkannte sie. Es gab keinen Zweifel. Er spürte, wie ihre machtvollen Augen die seinen trafen, ihn festhielten, fesselten und überwältigten, und hilflos, wie hypnotisiert, erwiderte er ihren Blick. Obwohl sie weit entfernt war, erkannte Li'vanh, daß ihre Augen die dunkle, malzige Färbung fetter Erde hatten, und als er hineinsah, schien er in einen bodenlosen Abgrund hinunterzustarren, hinein in das flüssige Innere der Erde.

Sie sah ihn lange an, und Li'vanhs Widerstandskraft schwand. Dann senkte sie die Augen, wandte sich ab und bestieg ihr Pony. Das erdhafte Tier setzte sich schwerfällig in Bewegung, und sie entschwand den Blicken. Die aufgeworfene Erde sank ruhig nieder, glättete sich, und die Nacht wurde still. Nur das blütenübersäte Schlachtfeld blieb zurück und bezeugte, wo sie entlanggewandelt war.

Als sein Pferd den Hals zurückwarf und fast seine Brust berührte, bemerkte Li'vanh, daß seine zitternden Finger sich in Dur'chais Mähne gewühlt hatten. Er hatte sich ein wenig im

Sattel erhoben und sich vorgebeugt; jetzt sank er zurück, sein Herz hämmerte, und sein Atem ging ungleichmäßig.

»Warum?« krächzte er. »Warum hat sie... was hat sie dazu gebracht... wie konnte sie...?« Die Stimme versagte ihm.

Kiron schüttelte wortlos den Kopf; sein Gesicht war verzerrt, und er tätschelte und besänftigte sein Pferd mit einer Hand, die selbst unruhig war. Auch die Erd-Priesterin war erschüttert und blaß, doch als sie den Hohen König anblickte, lächelte sie mit jenem Hauch von Boshaftigkeit, den sie ihm gegenüber immer zur Schau trug.

»Sie hat deinen Kampf gerochen, Junger Tiger«, sagte sie, »das Blut und das Feuer haben sie hergelockt.«

Li'vanh wich schwach zurück, und Kirons Mund verzog sich in unmerklichem Widerwillen. Doch der Priesterin entging es nicht, zornig flammten ihre Augen auf, und voller Grimm schrie sie ihn an: »Jawohl! Ja, euch schaudert, und ihr nennt es Finsternis; doch wer hat ihr diesen Geruch zusammengemischt? O ihr Nordleute, ihr Herren über Menschen, mit eurem Gerede von Recht und Unrecht! Ihr tragt die Verachtung wie ein Gewand und kräuselt eure Lippen, wenn bei unserer Anbetung Blut vergossen wird. Doch in einer einzigen Nacht habt ihr mehr Blut vergeudet als wir in tausend Jahren, und kein Gott hat ein solches Opfer verlangt! Ja, Vir'Vachal wurde vom Geruch des Todes angelockt, und das gefällt dir nicht! Doch wo sie Tod fand, dort hat sie Leben zurückgelassen! Und du – was hast *du* getan, König Kiron?«

Nichts hätte sie sagen können, das ihn tiefer getroffen hätte, und der Vorwurf versetzte ihn in Zorn. Sie maßen sich mit den Augen, fichtengrün und erddunkel, als ob zwei Krieger mit den Augen kämpften; doch Li'vanh schüttelte nur den Kopf, als hätte er nichts gehört, und wehrte mit einer Handbewegung ab.

»Nein, nein«, sagte er, »das habe ich nicht gewollt.«

Es klang so seltsam, daß sich beider Augen wieder auf ihn richteten. »Das habe ich nicht gewollt«, sagte er noch einmal. »Ich dachte... Ich glaubte, es sei vorüber, wenn sie...«

Beide starrten ihn verständnislos an. Kiron machte ein verdutztes Gesicht, und das der Priesterin blieb glatt und undurchdringlich, als seine Zunge über die Worte stolperte. In einer Art Verzweiflung blickte er sie an, mühte sich um einen neuen Anlauf. »Ich meine, ich dachte, es sei bloß Gras. Ich habe nicht gewußt, daß sie...«

Plötzlich begannen die Augenlider der Erdhexe zu zucken, und Falten entstanden in ihren Augenwinkeln. Sie tat einen hastigen Atemzug. Er sah, daß sie nahe daran war, ihn zu verstehen, ein plötzlicher Schreck packte ihn, und er hielt inne.

Nun war er an der Reihe, gegen ihren Blick anzukämpfen. Seine Augen waren graue Kiesel geworden. Sie wartete darauf, daß er fortfuhr, doch er preßte seinen Mund fest zusammen.

»Nun?« sagte sie schließlich. »Du wolltest doch etwas sagen, Prachoi?«

Er schüttelte den Kopf. »Ich hab's vergessen«, sagte er. »Es war nichts von Bedeutung.«

Sie glaubte ihm nicht, und ihre Augen bedrängten die seinen, den Gedanken preiszugeben. Doch er widerstand ihr.

Eine Ahnung sagte ihm, daß er sich in tödlicher Gefahr befand, wenn er auch nicht wußte, wie und warum es gekommen war. Er wußte nur, daß er diese Frau fürchtete und ihr forderndes, raubgieriges Gesicht. Er fürchtete diese Frau mit aller Leidenschaft, deren er fähig war, ja, er fürchtete sie ebenso, wie er sein Leben liebte.

»Komm!« sagte Kiron scharf. »Was soll das? Gibt es etwas, das du wissen möchtest, Li'vanh? Genug jetzt, Priesterin!«

Die Augen der Frau verengten sich vor Zorn, doch ihre Macht war gebrochen. Li'vanh sah Kiron an.

»Es war nichts, Terani«, sagte er fest, »es war nur das, was wir alle verspürt haben müssen.«

Der Hohe König sah ihn einen Augenblick verblüfft und zweifelnd an. Dann schüttelte er den Kopf.

»Gut«, sagte er, »jetzt ist es vorbei.«

»Vorbei!« schrie die Priesterin. »Vorbei! Welche gefährliche Torheit begehst du, Kiron? Vorbei! Es ist *nicht* vorbei, und es wird nicht eher vorüber sein, bis sie wieder an ihren angestammten Platz gefesselt ist! Schätzt du sie immer noch so gering ein?«

»Ich schätze sie nicht gering ein und habe es niemals getan, aber...«

»Aber! Aber was? Du willst dich immer noch nicht zur Wahrheit bekennen! Die Notwendigkeit ist eine ernste Göttin, Kiron, und wir alle müssen uns ihr beugen, und alle Dinge haben ihren Preis; du bist immer bereit, dem zuzustimmen, nur nicht in diesem Fall. Vir'vachal ist auf freiem Fuß, und so mancher wird darunter leiden müssen. Wenn sie bis zur Zeit der Aussaat nicht wieder in ihre Heimat gezwungen ist, steht dem Norden ein bitterer Frühling bevor und ein öder Herbst!«

Eine sanfte Drohung kam plötzlich in ihre Stimme, die einen Schauer durch ihre Zuhörer jagte.

»Kiron«, sagte sie, »halte Ausschau unter deinen jungen Männern!«

Sie benötigten acht Tage für den Ritt aus dem Norden, und am Morgen des neunten Tages marschierten sie als Sieger in H'ara Tunij ein.

Es war der Morgen eines klaren, ruhigen Tages, zur Zeit der hohen, glitzernden Flut. Die aufgehende Sonne trieb die wirbelnden Nebel von den Wiesen um die Füße des siegreichen Heeres. Die wachsamen Posten auf den Wällen schlugen Alarm, hoben ihre schimmernden Trompeten und bliesen ein helles Signal. Kirons Herolde antworteten, und die großen Tore öffneten sich vor ihnen.

Triumphierend ritten sie ein. Die Torwachen jauchzten, schlugen mit ihren Schwertern an die Schilde, Mädchen streuten Blumen vor ihnen, und in allen Straßen jubelten ihnen die Einwohner H'ara Tunijs zu. Die Stadt war mit Bannern und Girlanden geschmückt; von jedem Tor, jedem Dach und von den Mastspitzen der Schiffe im Hafen wehten Flaggen. Trompeter begrüßten sie an jedem Torhaus, die Hufe klapperten, die Streitwagen rumpelten, die Stiefel der Fußtruppen dröhnten, die Menge schrie, und Scharen aufgeschreckter Vögel umkreisten sie lärmend. Die Soldaten marschierten lachend, mit geraden Rücken und leichten Schritten, überglücklich, daß sie nun daheim waren und froh über den Empfang.

Und es war nur angemessen, daß man sie so begrüßte; jeder von ihnen war es wert, auf solche Weise geehrt zu werden, denn sie alle hatten eine schwere Schlacht durchgestanden und ein Heer besiegt. Niemand war würdiger und wurde mehr mit Beifall überschüttet als der, der an Kirons Seite ritt: Li'vanh Tuvoi, Herr der Krieger, Besieger des Schwarzen Adlers, Schild von Kedrinh. Sie grüßten seinen Heldenmut und seine Jugend, und er verbeugte sich, lächelte und winkte, während sie ihn mit Girlanden behängten, bis sich eine reichduftende Kette um seinen Nacken legte, und er winkte und lächelte.

Doch Stille umgab ihn, wo Jubel hätte sein sollen, und es schien, als ließe ihn sein Triumph nicht so frohlocken, wie seine Kameraden dies taten. Er lachte nicht, als er siegreich zurückkehrte, er, der lachend fortgegangen war; denn er konnte Fendarls Schrei nicht vergessen, Ranids Gesicht, oder die Augen Vir'Vachals. Die ganze Zeit drangen durch Hochrufe und Fanfarenklänge die kalten Schreie der Möwen an seine Ohren.

Überaus reizvoll ist Rennath im Sommer, Rennath, die kleinste der Neun Schönen Städte. Der Himmel blaut hinter den sonnenüberglänzten Steinen seiner Türme und Bögen, Bäume zieren die Straße zu beiden Seiten wie Baldachine, und die Sonne glänzt auf den Fluten des Eron Nes, des Flusses, der die Stadt im Halbkreis umfließt. Sie erlebte den Tag, an dem König Deron seine Tochter In'serinna mit Vanh aus Lunieth vermählte, als alle Großen Kedrinhs zu ihrer Hochzeit geritten kamen und Kiron ihre Hände zusammenfügte.

Lieblicher noch war die Stadt im Licht des vollen Sommermondes, der vor dem tiefblauen Himmel alles in Silber verwandelte: Mauern, Bäume und Fluß. Die Sterne waren wie eine ausgeschüttete Schatztruhe.

Li'vanh stand am Fenster und blickte auf Rennath hinab, als Hairon sich zu ihm gesellte, der ihm über die Schulter blickte und vor Behagen seufzte.

»Kann es einen schöneren Ort geben?« fragte er. »Oh, ich habe Nadirh gesehen und H'ara Tunij, ich habe von Conda und von Baneros gehört, doch ich glaube nicht, daß eine von ihnen Rennath gleichkommt. Ich werde ihres Anblickes niemals müde.«

Li'vanh trat beiseite, um ihm Platz zu machen, und warf einen schnellen Blick auf das Gesicht des Prinzen.

»Wie willst du dann Gefallen an Kuniuk Rathen finden, Kunil-Bannoth?« fragte er, denn Hairon war die erbliche Vormundschaft über Kuniuk Bannoth und die umliegenden Ländereien übertragen worden, und er hieß nun Kunil-Bannoth. Dieses Amt und diesen Titel führten seine Nachkommen über Generationen hinweg, bis mit Garon II. das Geschlecht ausstarb.

Hairon lachte ein wenig wehmütig und dachte an die Festung am Schwarzen Berg. Dann kehrte er in die Mitte des Raums zurück und seufzte.

»In der Tat«, sagte er gelassen, »die Dinge bleiben nicht lange so, wie sie sind, Li'vanh, und man sagt zu Recht, daß es das helle Licht ist, das den dunklen Schatten wirft. Es gibt keinen Gewinn ohne Verlust.«

Als er sprach, blickte er In'serinna an, und es war nicht schwer zu erraten, welchen Gewinn und welchen Verlust er meinte, denn manch anderer hatte den gleichen Gedanken. In'serinna war in der Tat schön: strahlend in Weiß und Silber, ihr dunkles Haar von Perlenschnüren gehalten und von Balsamblüten gekrönt, mit funkelnden grünen Augen – es war eine neue Schönheit, die sie zeigte, eine wärmere, weichere Lieblichkeit, nicht die erhabene, strahlende Schönheit eines nur halb sterblichen Sternenkindes. Sie war schön, stolz und königlich, doch nicht mehr furchteinflößend, und eine hauchdünne Strähne Trauer zog sich durch ihre Freude.

Sie war durchaus nicht ahnungslos. Ein- oder zweimal streiften ihre Augen das Fenster und die Sterne dahinter. Dann nahm ihr Gesicht einen halb sorgenvollen, halb schuldbewußten Ausdruck an, und sie warf Kiron einen Blick zu, als wollte sie um Entschuldigung bitten. Darauf wandte sie sich wieder ihrem Gemahl zu, und niemand, der die Liebe in ihren Augen sah, hätte ernstlich daran geglaubt, daß sie Kummer habe.

Doch als der Abend endete, standen Li'vanh und Nicholas neben Kiron, Hairon, Veldreth und dem König von Rennath an der Brustwehr. Niemand sprach, niemand regte sich, außer daß man hin und wieder einem Hinzukommenden Platz machte. Schweigend beobachteten sie den Himmel und warteten.

Der weiße Mond war untergegangen, und der abnehmende rote Mond wetteiferte vergeblich mit den Sternen. Gleichmäßig verströmten sie ihr Licht, unbestrittene Herrscher des Himmels. Schon lange bevor Kiron mit einer plötzlichen Bewegung zum Himmel deutete, hatte die Nachtwache die Beobachter vor Kälte starr werden lassen. Weit im Süden, im kleinen Sternbild des Schiffbugs, zitterte ein Gestirn. Es zögerte einen Augenblick, wuchs, stockte, schrumpfte zusammen und schimmerte dann wieder stärker. Nicholas hielt den Atem an, und Li'vanh gab einen leisen Protestlaut von sich.

Wenn sie etwas erwartet hatten, so hatten sie angenommen, das Gestirn werde flackern und verlöschen. Aber dies geschah nicht. Es wurde größer. Es wuchs, als wollte es in einem einzigen Augenblick die Millionen Jahre seines Daseins durchleben, es erblühte wie eine phantastische Himmelsblume. Seine funkelnden Strahlen übertrafen die Sterne in seiner Nachbarschaft.

Nichts am Himmel erreichte seine Helle, seine lebendige Leuchtkraft, und sein feuriger Glanz entzündete ihre ehrfürchtigen Gesichter. Er stand über ihnen, stolz, trotzig wie eine lodernde Flamme.

Das Gestirn wallte ein weiteres Mal auf, zögerte dann, sein Licht verharrte in der Schwebe wie Flüssigkeit in einem übervollen Glas, und es tat weh, dies mit anzusehen, doch sie wandten den Blick nicht ab. Mit einem Mal verdunkelte sich seine Mitte, und der Stern schien zu bersten. Schneller, als ihre Augen zu folgen vermochten, vergrößerte er sich, breitete sich aus und wirbelte über den Himmel; nur eine Kugel verschleierten, perlmuttfarbenen Lichts blieb zurück. Dann verblaßte auch dieses, wurde trüb und erstarb.

Sie blieben zurück, ihr Atem wurde zu einem langen, zitternden Seufzer, und sie starrten stumm auf einen leeren Fleck am Himmel.

29
Hirte der Sterne

Für Nicholas und Penelope war jener ungetrübte Sommer, den sie mit Vanh und In'serinna in Lunieth verbrachten, eine schöne Zeit; für Oliver jedoch brachte er die allerbittersten Augenblicke: er kehrte auf die Ebenen zurück, und sie waren nicht mehr seine Heimat.

Es war sein einziges Verlangen gewesen, zurückzukehren, zurück in die Wärme des Stammes, die keine Fragen aufwarf, zur Schlichtheit gleichförmiger Tage, und zu einem Leben, das Gesetz und Sitte beherrschten, befreit von Kampf, besserem Wissen und Zweifel. In seinem Verlangen hatte er sich selbst getäuscht, wie es nur allzu leicht geschieht, indem er geglaubt hatte, an einen Ort zurückkehren, hieße auch: eine unveränderte Zeit wiederfinden. Es war einer der dunkelsten Augenblicke seines Lebens, als er erkennen mußte, daß ihn gerade dort seine Einsamkeit erwartete. Denn von da an wußte er mit Sicherheit, daß die Veränderung sich in ihm selbst vollzogen hatte, und daß es keine Zuflucht für ihn gab.

Der erste Schlag traf ihn, als ihm bewußt wurde, daß er nicht darauf· hoffen durfte, zum selben Stamm zurückzukehren, den er verlassen hatte. Derna und Rehai und eine Anzahl anderer Männer waren tot; an Tatsachen wie diesen kam man nicht vorbei, und ebensowenig an der Wahrheit, daß die Veränderung in ihm selbst tiefer ging als die Müdigkeit. Er war bald gezwungen, sich das einzugestehen.

Er war noch ein Junge gewesen, als er aufgebrochen war, wenn ihn auch alle einen Mann genannt hatten; jetzt aber war er ohne jeden Zweifel ein Mann. Und mehr noch: im Laufe der Tage wuchs in ihm die leise Erkenntnis, daß er kein Khentor mehr war.

Er wehrte sich verzweifelt gegen dieses Wissen, doch es war nicht zu leugnen. Nicht, daß er ihnen die Schuld daran gegeben hätte, denn es lag nur an ihm, daß er Schuld empfand. Immer noch erschien ihm ihr Leben lebenswert, angenehm sogar in seiner Härte, süßer noch durch den Kampf, der das Überleben an sich zu einem fortwährenden Wunder machte; das Beste von allem war die Festigkeit ihrer Bindungen untereinander, die es einem Khentor natürlicher scheinen ließen, »wir« zu sagen, und nicht »ich«.

Er bewunderte, beneidete und liebte sie, es verlangte ihn noch immer, einer der Ihren zu sein, doch eben dies stand nicht in seiner Macht. Irgendwo auf seinem Weg hatte er sie hinter sich gelassen, und er konnte nicht zurückkehren.

Zum ersten Mal in seinem Leben erfuhr er jenen Schmerz, der keinen Namen hat und für den es kein Heilmittel gibt: den Schmerz über die Unbarmherzigkeit der verrinnenden Zeit, den Schmerz, der unter allen Geschöpfen nur den Menschen eigen ist, die sterblich sind und dies wissen.

Manchmal kam es sogar ihm selbst sonderbar vor, daß diese leidenschaftliche Trauer von ihm Besitz ergreifen konnte, mitten in der schönsten Blüte seiner Jugend; doch mag der Tag auch lang sein, der Tau, der einmal getrocknet ist, fällt nicht ein zweites Mal.

Hier muß früher ein Lager gewesen sein, dachte Li'vanh. Er ließ die Zügel durch seine Finger gleiten, als Dur'chai die Nase senkte, um zu grasen, und während er den Riemen um den Sattelknopf wickelte, spähte er über das Grasland, das vor ihm lag. Inmitten eines weiten Ringes von dunklerem Grün entdeckte er eine Vielzahl kleiner Flecken im Gras. Es war schwer zu sagen, wie sie sich von ihrer Umgebung abhoben, und vermutlich waren sie nur aus der Entfernung wahrzunehmen. Es werden die Stellen sein, wo vor ihren Zelten die Feuer gebrannt haben, dachte er und lächelte.

Die Luft war sehr ruhig, und das hohe Gewölbe des Himmels zitterte vor Hitze. Dur'chais Zierat klingelte leise, als er mit schnellen Seitwärtsbewegungen des Kopfes das Gras abweidete. Ein kleiner blauer Vogel flatterte über den verlassenen Lagerplatz und durchschnitt die Stille mit seinem Gezwitscher. Li'vanh fragte sich, welcher Stamm wohl hier seine Zelte aufgeschlagen hatte, und wo er jetzt sein mochte, nachdem er wie einen Gruß diese Spuren seines Durchzuges hinterlassen hatte. Er hielt nach dem Platz Ausschau, an dem das Versammlungsfeuer gebrannt haben mußte, und als er einen größeren Fleck im Gras entdeckte, trieb er Dur'chai vorwärts. Das Pferd setzte sich widerwillig in Bewegung, riß währenddessen Gras ab; Li'vanh schwang ein Bein über den Pferdehals und glitt zu Boden.

»Es war das große Feuer«, dachte er. Der Wind hatte einen großen Teil der Asche fortgetrieben, und Büschel jungen, frischen Grases drängten aus dem geschwärzten Kreis empor wie Geister aus den Flammen. Er grub mit der Spitze seines Stiefels in der schwarzen Schicht und fand sie sehr dick, doch die Graswurzeln hielten sie fest. Ein kleiner, schwerer Gegenstand fiel von seinem Fuß herab, und er bückte sich danach. Er war etwas kleiner als sein Handteller, blattförmig, und seine rauhe Oberfläche war mit leuchtendem Grünspan bedeckt.

Es waren die Überreste einer bronzenen Speerspitze; und dicht daneben, am Rande des Feuers, wo Silinoi sie weggeworfen hatte, lagen zwei weitere, mit Graswurzeln verfilzt.

Ein Schreck durchströmte ihn. Seine Hand zuckte von der Speerspitze zurück, als wäre sie noch so brandneu, wie er sie zuletzt gesehen hatte. Schwankend trat er zurück und rieb seine Hand am Bein. Die angenehme Empfindung von Gemeinsamkeit hatte ihn betrogen wie brüchiges Leder. Noch einmal pfiff der Vogel, und die Sonne brannte auf seiner Wange, doch wieder hörte er den rauhen Schrei des Falken und fröstelte im kalten, grauen Wind. Heftig befahl er sich, vernünftig zu sein: es brauchte nicht das gleiche Feuer zu sein, und er konnte nicht mit Sicherheit wissen, daß die Speerspitzen Hran gehört hatten. Doch das war kein Trost, denn niemand hätte sie ohne Grund ins Feuer geworfen, und für eine solche Tatsache konnte es nur einen einzigen Grund geben: sei es Hran oder irgendein anderer – jemand mußte an diesem Feuer gestanden haben, als vor seinen Augen seine Speere zerbrochen wurden, hatte den schrecklichen Fluch gehört und gewußt, daß er ausgestoßen war.

Er schüttelte den Kopf. »Er hat es verdient«, dachte er wütend. »Er hat Blut vergossen.« Dann dachte er: »Aber auch du hast es getan.«

Er stand da, verwundet von der Wahrheit dieses Gedankens. Endlich wurde ihm alles klar. Das war es, was ihn bedrückt hatte; das war der Verlust, den er beklagte. In diesem Punkt unterschied er sich von den Khentors. Es war eine Tatsache von nackter Grausamkeit: an seinen Händen klebte Blut.

In der Klarheit dieser Minute legte er sich kühl Rechenschaft ab: es war sinnlos, einzuwenden, daß Fendarl notwendig hatte sterben müssen; denn machte die bloße Notwendigkeit die Tat selbst weniger böse? Es war gefährlich, zu behaupten, daß Fendarl den Tod verdient hatte. Hatte er Fendarl nur in der Überzeugung erschlagen, ein Urteil zu vollziehen? Er wußte, daß es nicht so gewesen war.

Vielleicht hatte nur ein Schlag, geboren aus Raserei, die dunklen Verteidigungskünste des Schwarzen Zauberers durchbrechen können; doch er wußte, daß damit ein solcher Schlag nicht gerechtfertigt war. Hätte er Fendarl nicht getötet, das wußte er, hätten viele leiden müssen, aber er wußte auch, daß dies ihn nicht entschuldigte. Er konnte es drehen und wenden, wie er wollte, und dennoch würde er seine Hände nicht reinwaschen können. Er hatte getötet. Dies war die Wahrheit hinter all den Trompeten, Girlanden und Gesängen, und in dieser Minute war ihm, als wären seine Ehren allzu teuer erkauft.

Er dachte an die Khentors, deren Hände das Blut nicht befleckte, das sie vergossen, und sein Kummer wurde endlos, wenn auch ohne Bitterkeit. Er versuchte nicht einmal, sich einzureden, daß ihre Wahrheit notwendig auch für ihn gelten müsse. Er erkannte klar, daß sie eben trotz ihrer Leidenschaftlichkeit im Grunde ein gütiges Volk blieben, so daß die Grausamkeit des Krieges ihre Unschuld in mancher Hinsicht unangetastet ließ. Und so gab es für jemanden wie ihn, der bewußt und mit Vorbedacht getötet hatte, von seiten des Stammes nur eine Strafe: Verbannung.

»Geh von uns, und kehre niemals zurück...«

Es war beinahe eine Erleichterung, dies endlich zu wissen.

Niemals hatte Kedrinh einen solchen Sommer gekannt wie in jenem Jahr, da nur nachts Regen fiel. »Aber heute nacht wird es nicht regnen«, dachte Nicholas. Die Nacht war zu still und warm, um zu schlafen. Ihn bedeckte nur ein einfaches Leinentuch, aber dennoch lag er immer noch wach. Die Vorhänge seines Bettes waren geöffnet, flossen herab wie Säulen blaßgrünen Marmors, und durch die geöffneten Fensterläden konnte er die klaren Sterne sehen. Er räkelte sich, gähnte und streifte das Laken von seinem Körper. Es half nicht.

»Vielleicht habe ich zuviel gegessen«, dachte er, lächelte reumütig und fuhr mit der Hand durch sein schon wucherndes Haar. Wenn er den heutigen Tag überdachte, schien ihm das sehr einleuchtend. Es war der letzte Sommertag, der bei den Haranis als ein Fest begangen wurde. Der König von Lunieth war von Kuniuk Emneth in Vanhs Schloß gekommen, und Hairon von Kuniuk Bannoth.

Nicholas seufzte unzufrieden und setzte sich auf. Schließlich stand er auf und ging zum Fenster. Irgendwo im Schloß wurde noch immer getanzt; er hörte undeutlich die Musik. Und irgendwo spielte jemand die Harfe, sehr leise und kaum hörbar. Nicholas erwartete, jeden Augenblick würde der Spielmann zu singen beginnen, aber nichts geschah. Er legte seinen Kopf an die kühlen Steine und wartete darauf, von der zart dahinschreitenden Melodie eingelullt zu werden, doch ihre Wirkung schien irgendwie entgegengesetzt zu sein.

Wer immer der Harfenist sein mochte, er war ein unübertrefflicher Musiker. Nicholas konnte nicht herausfinden, aus welcher Richtung die Musik kam. Manchmal war sie ganz klar, ein anderes Mal löste sie sich beinahe ganz in der Stille auf, so daß er sich Mühe geben mußte, sie wieder zu erhaschen; je mehr er lauschte, desto weniger meinte er, eine Harfe zu hören. Einzelne Töne konnte er nicht unterscheiden, nur das schlichte Band einer Melodie, die, den Fäden des Altweibersommers gleich, zwischen Himmel und Erde trieb.

Nicholas stand hingerissen; die Ruhe war tiefer als Schlaf, doch machte sie ihn hellwach. Ein federleichter, kühler Hauch fächelte durch die indigoblaue, reglose Nacht. Hochgewölbt über dem Schloß schimmerten die kreisenden Sterne in ruhiger, stetiger Wachsamkeit.

Unterdessen war die Musik in einen Rhythmus übergegangen, so verschlungen und majestätisch wie der Gang der Sterne, und zwischen himmlischem und irdischem Tanz spannte sich das silberne Gewebe einer zarten Musik, die im Gleichtakt mit den Sternen abklang und anschwoll.

Dann öffnete sich Nicholas' Tür.

Jede Fiber seines Körpers bebte, und mit einem halb unterdrückten Schrei sprang er vom Fenster weg. Es hätte ihn nicht erstaunt, Hairon hier zu sehen, doch ein junger Mann erschien, den er niemals zuvor gesehen hatte.

Sein erster Eindruck war, daß der Fremde in eben dieser Sekunde in seiner Bewegung innegehalten hatte und er ihn in einem der seltenen Augenblicke des Stillstands ertappt hatte. Dann schien es, als stünde er für immer dort, in gleichmäßiger Ruhe schwebend, während das gemächliche Rad der Zeit sich um ihn drehte. Der Mantel, der ihn einhüllte, war blau wie der nächtliche Himmel, und in den Schatten der Falten funkelte und glitzerte es, als wären dort Sterne verborgen. Er sah Nicholas beinahe ernst an, doch sein Mund war einem Lachen näher, und aus seinen blau-schwarzen Augen sprühte furchtlose Jugend, die niemals dem Alter weichen mußte. Der Augenblick schien ewig zu währen, in dem sie sich schweigend gegenüberstanden, dann schwoll die Musik zu einem Höhepunkt und strömte an Nicholas vorbei in den Raum – und aus der Musik hervor sprach der junge Mann.

»Dies ist keine Nacht, um zu schlafen«, sagte er. »Komm, und zieh dich so an wie deine Schwester.«

Er hatte Penelope nicht einmal bemerkt, doch sie stand schlaftrunken an der Seite des Fremden. Etwas an ihrem Aufzug kam ihm seltsam vor: aber er blickte sie kaum an, bevor er sich abwandte, um nach seinen Kleidern zu greifen. Er verschnürte gerade sein Hemd, als der Fremde sagte: »Nein, nein. Ich sagte, du sollst dich wie deine Schwester anziehen.«

Jetzt blickte er Penelope an und sah, was ihm seltsam vorgekommen war. Sie war sonderbar gekleidet. Sie trug blaßblaue Hosen aus dünnem Stoff, ein sehr dünnes, kurzes, weißes Wams und darüber ein leuchtend blaues, offenes Hemd. Er erstarrte vor Erstaunen, dann folgte ein Wiedererkennen, und langsam begriff er, was der Fremde meinte; er richtete eine wortlose Frage an den jungen Mann, und der lächelte ihn an und nickte. Nicholas schluckte.

»Jetzt gleich?« fragte er. »Heute nacht?«

Er wußte nicht, ob er Erregung oder Bestürzung empfand.

Der Fremde trat von Penelope weg, ging zum Fenster und warf einen Blick in den Schloßhof.

»Heute nacht, in der Tat«, sagte er, »meine Pferde warten.«

Dann blickte er sie wieder an, lachte unvermittelt, und es klang so fröhlich, daß sie vor Vergnügen ein Prickeln überlief.

»Wann sonst? Ist diese Nacht nicht wie geschaffen für Musik?«

Drunten im Hof waren die Pferde. Sie hatten die Farbe der Nacht und standen zu dritt bewegungslos vor ihrem Wagen. Als Nicholas hinausgeschaut hatte, waren sie noch nicht dagewesen, und er hatte sie nicht kommen hören, doch er glaubte ohne weiteres, daß sie immer nur dasein würden, wenn ihr Herr nach ihnen Ausschau hielt.

Sie folgten ihrem Führer hinaus und zu seinem Wagen. Die Pferde tänzelten und schüttelten ihre gebogenen Hälse. Auf ihren Stirnen und in ihren Mähnen glänzten Sterne, und ihre unruhigen Füße verachteten die Unterstützung der Erde. Der Wagen war dunkelblau und seine Räder silbern umrandet. Nicholas und Penelope stiegen hinein und blickten verwundert über die Pferderücken: es gab keine Zügel. Der Fremde hörte auf, zu seinen Pferden zu sprechen, und kam um den Wagen herum, ihn zu besteigen. Nicholas drehte sich, um ihm zuzusehen, und in diesem Augenblick öffnete sich eine Tür, und Vanh, In'serinna und Hairon kamen heraus.

Eine Sekunde verharrten sie bewegungslos und schauten herüber; darauf stieß In'serinna einen Schrei aus und stürzte nach vorn. Die Männer folgten ihr. Der Schrei ließ Penelope herumfahren, und sie rief etwas. Sie und Nicholas wären wieder zu Boden gesprungen, doch der Wagenlenker sprang vor, um ihnen den Weg zu versperren, stieß einen scharfen Ruf aus und breitete die Arme vor ihnen aus, so daß sie erschrocken stehenblieben.

»Niemand, der einmal in meinen Wagen gestiegen ist, darf wieder hinabsteigen, ehe seine Reise vollendet ist!« rief er warnend. »Soll die Welt sich etwa rückwärts drehen?«

Ehrfürchtig wichen die Kinder zurück. Er sprang neben sie, legte jedem eine Hand auf die Schulter und drehte sie herum, damit sie ihre Freunde ansehen konnten.

Auch diese waren stehengeblieben, als der Fremde gesprochen hatte, und jetzt trat In'serinna allein vor. Sie sagte kein Wort und sah die Kinder nicht an. Ihre Augen ruhten auf dem jungen Fremden, der ruhig auf sie niederblickte, als sie näherkam; sie blieb stehen und versank vor ihm in einem Knicks. Sie beugte sich tief, beugte sich huldigend vor ihm, tiefer, als sie es jemals vor Kiron tun würde; sie sank nieder, bis ihre Röcke um sie ausgebreitet waren, und senkte das Antlitz vor ihm. Die Zuschauer wollten ihren Augen nicht trauen. Sodann erhob sie sich mit derselben Anmut und sah auf.

»Heil, Hirte der Sterne«, sagte sie.

»Heil, Herrin von Lunieth«, antwortete er, und in seiner Stimme schwang ein sonderbarer Unterton von Mitleid. Erst jetzt blickte sie die Kinder an und lächelte, obwohl Tränen in ihren Augen standen. Vanh und Hairon kamen herbei und stellten sich neben sie, doch niemand wußte etwas zu sagen, und ihr Lebewohl geschah schweigend.

Nur die Musik schwebte in der Luft, kam dem Kummer zuvor und dämpfte ihren Schmerz zu tiefer Feierlichkeit. Lautlos, und fast ohne daß sie es bemerkten, begann der Wagen sich vorwärts zu bewegen. Die drei Zurückbleibenden folgten ihm, solange sie mit ihm Schritt halten konnten; dann, als sie zurückzufallen begannen, fand Hairon plötzlich seine Stimme wieder.

»Lebt wohl!« rief er ihnen nach. Dann formte er seine Hände zu einem Trichter.

»Seid artig!«

Sie lachten, ein wenig atemlos, und winkten zu ihnen zurück, bis sie sie nicht mehr sehen konnten. Dann richteten sie ihren Blick nach vorn. Ihr Gefährte legte seine Arme um ihre Schultern, und Penny seufzte.

»Und wir werden sie bis in alle Ewigkeit nicht mehr sehen!« klagte Penny. Doch der junge Mann lachte laut.

»Ewig!« sagte er. »Ein viel zu großes Wort, als daß Sterbliche es gebrauchen sollten!«

Dann trieb er laut die Pferde an, und sie schleuderten ihre Mähnen in die Höhe und sprangen vorwärts.

Zuerst schien es, als würde sie der Fahrtwind vom Wagen herabschleudern, aber die feste Hand des Wagenführers hielt sie. Unter ihnen raste die Welt dahin, die tiefe Nacht strömte an ihnen vorbei, die Musik klang um ihre Köpfe.

Mit einem ehrfürchtigen Schauer erkannte Nicholas, daß sie sich immer weiter und weiter von der Erde entfernten und – so schien es – geradewegs auf die Sterne zu rasten. Von den Rädern wurde Licht zurückgeworfen, vor ihnen schlugen die Mähnen der Pferde gegen den diamantenen Himmel, haschten nach den Sternbildern in ihrer gestirnten Dunkelheit; und der Umhang ihres Gefährten bauschte sich, breitete sich aus, bis er sich hinter ihnen spannte wie der sternenhelle Himmel selbst. Die singenden Sterne wiegten und drehten sich vor und neben ihnen, doch vor ihnen leuchtete bewegungslos Arunuthe, der Nordstern, und ihm antwortete der Stern an der Stirn des Leitpferdes. Meilen, Stunden wirbelten unter den fliegenden Hufen hinweg, bis ein Ruf ihres Herrn die Pferde sich aufbäumen und herumschwenken ließ.

Der Aufgang Varathils zeigte an, daß die Nacht zu Ende ging, als die Geschwindigkeit ihrer wilden Fahrt nachließ und ein neues Geräusch ihnen verriet, daß wieder fester Boden unter den Hufen war.

Leichtfüßig galoppierten die Pferde einen langen Abhang hinab in eine grüne Senke zwischen zwei Hügeln. Graue Mauern und Bögen erhoben sich aus dem Gras; sie waren in den Ruinen einer Stadt. Wälle oder Tore hatte sie nie besessen, nun hatte sie auch keine Dächer mehr, und ihre breiten Straßen waren mit Blumen gepflastert. Doch in diesem Verfall war keine Trostlosigkeit, sondern eine gelassene Schönheit. Sogar in der Zerstörung bewahrte Netharun, die Stadt der Wunder, ihre Lieblichkeit.

Sie schritten zwischen den verfallenen Häusern hindurch, auf das Gebäude zu, das einst die Große Halle des Königs gewesen war. Zwei der gewaltigen Mauern waren unversehrt geblieben, durchbrochen von Fensteröffnungen, und der wuchtige Türbogen stand für sich. Die anderen Mauern waren niedergebrochen, und anstelle eines gepflasterten Bodens wuchs ein grüner Rasen. Der Nachthimmel war das Dach der Halle, und das war gewiß ein vornehmerer Baldachin, als sie ihn in den Zeiten ihres Glanzes gekannt hatte.

Vor Zeiten war ein Bach an der Halle vorbeigeflossen, doch im Laufe der Jahrhunderte hatte er sich einen Weg durch die Mauer gebahnt und rieselte nun plätschernd und murmelnd von der einen Ecke zur anderen.

Die Pferde durchschritten den Bogen und hielten an. Behende sprang der junge Mann zu Boden und machte den Kindern ein Zeichen, die ihm etwas langsamer folgten. Nicholas sah sich unsicher um.

»Sind wir noch in Kedrinh?«

Ihr Führer zögerte mit der Antwort und blickte in die Ferne. Dann sagte er: »Ja. Wir sind noch innerhalb der Grenzlinien Kedrinhs. Aber dies ist Netharun; und Netharun steht auf der Grenze, wie alle Neun Schönen Städte.«

Damit wandte er sich ab, als ob er weitere Fragen verhindern wollte, und ging zur Estrade.

Die warme Erde roch noch nach Sommer, doch die Luft war kühl und feucht. Nicholas und Penelope ließen sich auf umgestürzten Steinen nieder, wobei Penelope nach ihren Rökken tastete und für einen Augenblick vergaß, daß sie verschwunden waren. Der Hirte der Sterne stand bewegungslos und blickte mit einem Lächeln auf den Lippen auf den verlassenen Hof nieder. Die Musik ertönte leise, das Schweigen wuchs. Eine erwartungsvolle Stille beschlich sie.

Plötzlich brach ihr Führer in einen triumphierenden Schrei aus, wirbelte herum, um sein Gesicht nach Osten zu wenden, und hielt die Arme in die Höhe. Die Musik wand sich klar und süß empor, ein neuer Ton vermischte sich mit ihr, zaghaft und golden schmelzend, wie der Klang eines fernen Horns.

Nicholas und Penelope sprangen auf, faßten einander an den Händen und wandten sich ostwärts.

Der Bach rieselte glucksend um ihre Füße, dunkelblau mit weißen Streifen, und Bruchstücke der Sterne spiegelten sich in ihm wider. Ruhig leuchtete der Varathil vor ihnen, doch darunter strömte ein blasses Licht in den Himmel. Eine Brise kam auf, säuselte wie eine Schlange durch die Luft und fächelte ihre Gesichter; in ihrer feuchten Kühle war unleugbar der Geschmack des Herbstes.

Der Hirte der Sterne sprang von der Estrade herab, kam leichtfüßig über das Gras, bis er über den Bach in ihre Gesichter blickte. Seine Augen erzitterten in wechselnden Farben wie stilles Wasser, das der Wind aufrauht, oder wie Bäume mit gekräuselten Blättern: Dunkelblau ging manchmal in Silbergrau über. Er blickte die Kinder an, lächelte und begann zu singen.

Die Herrlichkeit seiner Stimme mischte sich mit der Musik, formte sie, verstärkte sie, bestimmte sie; Nicholas und Penelope fühlten sich eingehüllt in Musik, sie sättigte ihre Ohren, Köpfe und Herzen, bis sie den Wohllaut nicht mehr ertragen konnten. Die glänzenden, lachenden Augen zogen sie unwiderstehlich an, und mit einem Aufschrei sprangen sie auf sie zu.

Das fließende Wasser zu ihren Füßen hatte die Sternenscharen überschwemmt. Die Augen des Sängers hatten das Himmelsgewölbe verschlungen. Himmel und tanzende Sterne drehten sich um sie. Sekundenlang sahen sie unter sich Varathil, über sich Tinoithë; dann schwemmte die Flut der Musik sie hinweg, und Kedrinh kannte sie nicht mehr.

Die Letzte Prüfung

Die Herbstwinde trieben die Khentors südwärts und ließen rings um sie das Gras welken. Von überall auf der Ebene zogen Stämme und Herden fort, dorthin, wo geschützte Täler sich zwischen sanften Hügeln wanden und wo Bäume deren Hänge bedeckten, bernsteinfarben, rostrot und geflammt. Hier flossen die Bäche den ganzen Winter hindurch, und ein Stück Weide gab es fast immer; doch das Wissen von dem, was kommen würde, lag wie ein Schatten auf den Hügeln. Im Leben der Stämme gibt es drei große Ängste: das Feuer, die Seuche und den Winter, und von diesen Prüfungen ist der Winter die grausamste.

Der Herbst ist die Zeit, in der die Stämme sich versammeln, die Zeit der großen Feste, und das erste und fröhlichste von ihnen ist das Fest der Neuen Männer. Draußen zwischen den Hügeln warteten die Jungen, die im Frühling hinausgeschickt worden waren, um ihr Pferd und damit ihr Mannestum zu gewinnen, und die zum Fest Kem'nanhs wieder bei ihren Stämmen willkommen geheißen wurden. Ihre Haarflechten wurden abgeschnitten, man gab ihnen Bronzespeere und nahm sie als ihren Vätern gleichberechtigt in den Stamm auf. In diesem Jahr wartete man nicht auf einen einzigen der Jungen, die im Frühjahr die Hurneis verlassen hatten, vergeblich, und dies war ein großartiges Ereignis, denn gewöhnlich gingen zwei oder drei dabei verloren.

Das erste und ausgelassenste Fest ist das der Neuen Männer, doch das letzte und größte ist das der Mutter. Es ist ein dunkles, geheimnisreiches und machtvolles Fest, das zwei Tage und eine Nacht dauert; in diesen Tagen hielt Li'vanh sich vom Stamm fern. In diesem Jahr war Mneri unter den Mädchen, die mit diesem Fest zu Frauen wurden, und sie selbst war anschließend nicht nur eine Frau, sondern auch eine Priesterin der Hurneis. Sie hatte Li'vanh inständig gebeten, mit seinem Vorsatz zu brechen und an ihrem Gottesdienst teilzunehmen, das Fest mit ihnen zu feiern, doch er hatte sich geweigert; niemals wieder bat sie ihn seitdem um irgend etwas. Doch obgleich er hoch hinauf zwischen die Bäume ritt, zu den höhergelegenen, heidekrautbewachsenen Berghängen, wo er abends an seinem einsamen Feuer lag, konnte er tief unter sich die Trommeln ihren vorwärtstreibenden, uralten Rhythmus dröhnen hören; aber selbst wenn sie schwiegen, ließ ihn sein verwundetes Herz nicht schlafen.

Ungefähr einen Tag nach seiner Rückkehr suchte Yorn ihn auf und sagte: »Ich habe eine Nachricht für dich, Tuvoi. Dein Bruder und deine Schwester sind zurückgebracht worden.«

Er brauchte einige Minuten, um zu begreifen, und auch dann erschütterte es ihn nicht so, wie es nach seiner Meinung hätte sein sollen. Es war, wie wenn man in großer Entfernung einen Gong schlagen sieht und weiß, daß er einen großen Klang von sich gibt, den man aber nicht hört. Sie waren verschwunden, doch verschwunden von der Seite Vanhs und In-'serinnas, nicht von der seinen. Er grübelte über die Art ihres Verschwindens nach, und ob es sie unglücklich gemacht habe. Nicholas, so dachte er, zumindest Nicholas war wohl eher froh darüber. Der Verlust war so weit von ihm selbst entfernt, daß er ihn kaum spürte.

Dennoch – sie waren seine Geschwister, und sie hatten die Wandarei verlassen. Ihr Weggehen war rätselhaft. Er sah Yorn an, und wie immer wußte er, daß der Priester seine Gedanken erriet. Er fragte offen: »Ist das von Bedeutung für mich?«

Yorn zog die Augenbrauen in die Höhe und antwortete ruhig: »Du hast selbst Ohren, um zu hören, Li'vanh. Du brauchst meine Belehrung nicht.«

»Aber ich brauche sie, Yorn. Was muß ich tun? Soll ich in die Weiße Stadt gehen? Soll ich Kiron aufsuchen?«

Wie glücklich wäre er über einen Befehl gewesen, doch Yorn schüttelte nur den Kopf und wandte sich lächelnd ab. »Du mußt deinen Weg allein wählen, Tuvoi. Du bist dein eigener Herr.«

Frost ließ die letzten Bäume aufflammen, und der Wind von der Ebene roch nach Schnee. Li'vanhs Gewißheit, daß er gehen müsse, wurde fester und fester, doch noch tat er nichts. In Wahrheit wußte er kaum, was er tun sollte. Doch als er sich zum dritten Mal entschlossen hatte, Kiron aufzusuchen und es immer noch aufschob, nahm ihm Kiron die Entscheidung ab, indem er eine zweite Botschaft schickte.

Yorn ließ ihn rufen. Als er dem Priester in der Dämmerung seines Zeltes gegenüberkniete, fragte Yorn: »Hast du schon entschieden, was du tun mußt, Li'vanh?«

Er seufzte: »Ich kann nicht hierbleiben.«

»Nein.« Yorns ruhige, überlegte Stimme besiegelte die Gewißheit endgültig, und Li'vanh war froh, daß die Dunkelheit des Zeltes sein Gesicht verbarg.

»Nein, Tuvoi, ich glaube nicht, daß du für immer hierbleiben kannst. Wenn wir es auch alle vergessen haben, so bist du immer noch Li'vanh, der Fremde. Doch hast du darüber nachgedacht, was nun zu tun ist?«

»Ich hatte... ich dachte, das beste wäre, zu Kiron zu gehen. Nur daß ich nie ganz... daß ich niemals losgegangen bin.«

Yorn schien das gefährliche Schwanken in seiner Stimme nicht zu hören.

»Ein Gott hat dich daran gehindert, Tuvoi«, sagte er, und Li'vanh mußte ein wenig lachen. »Das dürfte dem Gott nicht schwergefallen sein«, dachte er. »Es wäre eine unnütze Reise gewesen, oder zumindest eine ohne zwingenden Grund. Kiron bittet mich, dich zu grüßen und dir zu sagen, daß er hierherkommen wird, um dich zu sehen.«

Li'vanhs Kopf richtete sich auf, und seine Augen wurden vor Erstaunen groß. Warum unternahm der Hohe König eine solche Reise? Doch Yorn fuhr ruhig fort.

»Er hat mir mitgeteilt, was ihn herführt, und mir die Erlaubnis gegeben, dir das Wichtigste von dem zu erzählen, was er zu sagen hat, wenn du es wünschst. Er hat mir keinen Befehl erteilt, weil es eine Aufgabe ist, an der er selbst wenig Gefallen findet.« Trotz dem Lächeln in Yorns Stimme fröstelte Li'vanh ein wenig.

»Betrifft es... mein Weggehen?«

»Genau, Tuvoi. Doch nicht, wie du denkst.« Gleich darauf machte er eine Pause, um nach Worten zu suchen. »Dies ist Kirons Botschaft: Li'vanh Tuvoi, die Zeit für dich kommt, an deinen eigenen Platz zurückzukehren, doch ich habe nicht die Macht, dich zurückzuschicken.«

Er saß ganz still, unfähig zu begreifen. »Was hat er gesagt?« fragte er, ein wenig verdutzt, als hätte er die Worte nicht vernommen. Darauf begann er heftig zu zittern und rief aus: »Yorn, *was* hat er gesagt?«

Wenn Yorn auch ein wenig zurückwich – die Dunkelheit verbarg es, und seine Stimme war so gleichmäßig wie immer. »Sei ruhig, Li'vanh. Kiron hat eine Botschaft von Ir'nanh erhalten, den er den Großen Gebieter Ivanaric nennt, und diese lautet: ›Wir haben keine Macht über Li'vanh Tuvoi. Er muß seinen Weg nach Hause selbst finden.‹«

Li'vanh hatte sich halb erhoben, doch jetzt fehlte ihm die

Kraft. Schlaff sank er zurück. Was meinten sie: Den eigenen Weg nach Hause finden? Wie konnte er das? Was konnte er tun?

»Yorn...«, sagte er verzweifelt, »Yorn...« Doch er wußte nicht einmal, was er fragen sollte.

»Schwere Aufgaben sind es, die sie dir auferlegen, Tuvoi.« In Yorns Stimme schwang tiefes Mitleid, und Li'vanh bemerkte aufs neue ihren Wohlklang. »Doch sie liegen nicht zu weit außerhalb deiner Möglichkeiten.«

»O doch, Yorn! Hier geht's um etwas anderes! Wie soll mir meine Geschicklichkeit als Krieger hier helfen? Yorn, als ich zum ersten Male kam, sagtest du, Ir'nanh werde mich zurückführen, so wie er mich hierher geführt hat!«

»Ich zweifle nicht, daß er es tun wird. Es wird einen Weg geben, Li'vanh, und er wird offenbar werden. Es liegt nur an dir, ihn zu erkennen und einzuschlagen.«

»Und als ich von deiner Stärke sprach«, fügte er hinzu, »meinte ich nicht die Kraft deiner Hände. Sie hat dich nicht dahin gebracht, Fendarl gegenüberzutreten.«

Li'vanh war einen Augenblick still, dann sagte er düster: »Also soll ich aufpassen und warten, ist es so?«

»Ja.« Yorn machte eine Pause und überlegte, wieviel er sagen dürfe und wieviel Li'vanh verstehen würde. »Und Dur'chai – Dur'chai ist kein schlechter Führer.«

Nach einer Weile seufzte Li'vanh und stand auf. »Alsdann werde ich jede Anleitung befolgen, die Dur'chai mir gibt. Und ich werde warten und aufpassen. Ich danke dir, Yorn. Ich meine, ich wünsche dir einen guten Tag, Yorn.« Er verbeugte sich und verließ das Zelt, doch es war nichts von der gewohnten stetigen Sicherheit in seinem Schritt. Yorn seufzte.

»Ihr großen Götter«, dachte er, »schwere Bürden habt ihr dem Jungen Tiger auferlegt. Und der Weg ist dunkel, den ihr ihm bereitet habt. Der Weg ist sehr dunkel.«

Ungefähr zwei Tage lang war Li'vanhs Zorn gegen die Hohen Gebieter heftig und verbittert. Sie verwehrten ihm jegliches Leben in der Wandarei und wollten ihm doch nicht helfen, sie zu verlassen. Er, den so sehnlichst danach verlangte, zu bleiben, mußte selbst irgendeinen Weg finden, um zu gehen. Ohne seine Zustimmung hatten sie ihn hierhergebracht, ihn für ihre eigenen Zwecke benutzt, bis er sich erschöpft hatte, und jetzt überließen sie es ihm, seinen Weg nach Hause selbst zu finden. Er bereute nichts von dem, was er getan hatte, doch dieses Letzte überstieg seine Kraft.

Aber sein Zorn verrauchte, und sogar Hoffnung begann sich wieder zu regen, wenn auch schwach. Denn er entsann sich, wie er damals, als er Fendarl gegenüberstand, gedacht hatte, er sei waffenlos und es mitnichten gewesen war.

In der Nacht, da der weiße Mond im letzten Viertel war, hatte er die Wache bei den Schafherden gehabt. Am Ende der Wache kam ein junger Mann, der erst in diesem Jahr sein Pferd erworben hatte, um ihn abzulösen. Li'vanh lächelte, doch wie immer grüßte der junge Mann ihn kurz und ohne Herzlichkeit. Unter denen, die begonnen hatten, Mneri den Hof zu machen, war dieser der Hartnäckigste. Dies war für Li'vanh eine neue Erfahrung, und eine, die ihm keine Freude machte: von einem Hurnei gehaßt zu werden.

Er seufzte, als er wegritt, und dann gähnte er. Es war eine friedliche Nacht gewesen, ohne Frost und ohne Störung. Nun wollte er gern schlafen. Er bemerkte nicht, daß Dur'chai sich vom Lager wegbewegte, bis sie über einen Bach setzten, den er nicht erwartet hatte. Es traf sein Rückgrat wie ein Peitschenschlag, und er wurde hellwach. »Dur'chai! Wohin willst du?« Mit Zügeln und Schenkeln zwang er das Pferd nach links, aber zum ersten Mal wollte Dur'chai nicht gehorchen. Er schnaubte nur, machte seinen Kopf frei und galoppierte schneller. Er raste über den Ausläufer des Gebirges weg, der die Grenze des Hurnei-Lagers bezeichnete, durch ein enges, kahles Tal und anschließend einen Hügel hinauf. Die niedrigen Bäume schlossen sich dicht um sie zusammen. Eine Schranke, gebildet aus dem Stamm eines jungen Baumes, der über zwei weiße Steine gelegt war, schimmerte vor ihnen auf, und Dur'chai übersprang sie. Mit einem leichten Ausschlagen nach hinten gab er zu verstehen, daß ihm das egal sei. Li'vanh beugte sich dicht über den Hals des Pferdes, um zu vermeiden, daß er von den Ästen aus dem Sattel gefegt wurde. Er ritt nicht gern unter Bäumen, doch Dur'chai fiel allmählich in einen ruhigen Trab, dann in den Schritt und blieb schließlich stehen.

Halb verärgert, halb verdutzt blickte Li'vanh um sich. Auf den ersten Blick schien der Wald derselbe zu sein wie der beim Lager, doch beim zweiten zeigte sich, daß es nicht so war. Dieser war dichter, wirkte wilder, unberührt. Niemand hatte unter diesen Bäumen Holz für ein Feuer gesammelt, niemand hatte da Stämme gefällt, um Wagen oder Waffen daraus zu machen. Kein Kind hatte sie je erklettert oder die Stille mit lärmendem Spiel gestört. Dieser Wald war geheimnisvoll, unheimlich, unwirklich. Li'vanh erinnerte sich an die Pforte, die Dur'chai so sorglos übersprungen hatte, und bekam eine Gänsehaut. Sein Pferd graste unbekümmert. Er stieg ab und schritt unsicher vorwärts. Die feuchten Blätter unter seinen Füßen verschluckten das Geräusch seiner Schritte. Er bewegte sich so lautlos fort, daß die Frau, die im Schatten an einem Baumstamm kauerte, ihn nicht sah, ehe er unmittelbar vor ihr stand. Dann sprang sie mit einem unterdrückten Schrei auf.

»Mneri!«

Es kam ihm immer noch sonderbar vor, daß sie den langen Khechin aus Wolle und zwei Zöpfe trug, Kennzeichen der Frauen, anstelle der knielangen Kleider und dem offenen Haar der Mädchenjahre. Er hatte seit dem Herbstfest kaum mit ihr gesprochen, und sie war oft mehrere Tage hintereinander fort gewesen, denn sie war die Priesterin, die Hohe Frau, das Schicksal des Stammes. Die dunklen Geheimnisse aus dem Zelt der Mutter standen in ihrer Obhut, und oft schien es, als wäre ein wenig von dieser mysteriösen Dunkelheit in ihren Augen. Doch nun, vor Schreck weit offen, waren es wieder die Augen eines Mädchens.

»Li'vanh! Was tust du hier? Du solltest nicht hier sein! Dies ist ein heiliger Hügel! Nur die Priesterinnen kommen hierher, und für Männer ist er verboten, bei Todesstrafe!«

Ein Frösteln durchlief ihn; und sie, als ob sie dem Fluch durch Hast entgehen könne, begann ihn zurückzustoßen, einen engen Pfad hinabzudrängen, ihn fortzuzerren. Immer, bis zu diesem Augenblick, hatte sie es vermieden, ihn zu berühren. Erstaunt stolperte er rückwärts vor ihr her, bis im schattenlosen Raum das Mondlicht voll auf ihr Gesicht fiel und er die Tränenspuren auf ihren Wangen sah.

»Mneri!« Er ergriff ihre Handgelenke und hielt sie fest, so daß sie ihn nicht weitertreiben konnte. Ihre Gelenke waren vogelzart, und dennoch kräftig. Sie gehörten einem Mädchen, das mit Pferden umging. »Mneri, du hast geweint. Was ist los?«

Mit einem Mal versteifte sie sich, wurde ganz Priesterin, und wandte ihr Gesicht weg. »Ich habe nicht geweint.«

»Doch. Was ist los?«

»Nichts! Li'vanh, du mußt gehen, sofort! Warum bist du hierhergekommen?«

»Dur'chai hat mich hergebracht, und er muß einen Grund gehabt haben. Nein, Schicksal der Hurneis, ich werde nicht gehen, bevor du mir antwortest.«

Sie mühte sich, von ihm loszukommen, doch er hielt ihre Gelenke nur um so fester. »Li'vanh, laß mich los! Du tust mir weh!«

»Du tust dir selber weh. Sag' mir, was los ist. Ich werde dich loslassen, wenn du versprichst, nicht wegzulaufen. Willst du? Nun gut, ich laß dich los. Also: warum hast du geweint? Was bedrückt dich?«

Sie richtete sich würdevoll auf, rieb ihre Arme und bemühte sich, hochmütig auszusehen. »Das darf ich nicht sagen«, trotzte sie. »Es ist ein Geheimnis!« Doch sie sagte es wie ein zürnendes Kind, nicht mit der Überzeugungskraft einer Priesterin. Sie hatte das Verlangen, das Geheimnis mit jemandem zu teilen, und dieser eine war Li'vanh, der in mancher Hinsicht außerhalb der Gesetze stand. Wieder wurden ihre Augen feucht, und sie biß sich auf die Lippen. Li'vanh stand schweigend da und wartete. Dann zuckten ihre Schultern, und sie verbarg ihr Gesicht. »O Prachoi«, sagte sie, »es ist Vir'Vachal.«

Plötzlich schien es, als wäre der Nacht eine neue Dunkelheit hinzugefügt worden. Ihn schauderte.

»Was ist mit Vir'Vachal?«

Ihre Stimme war furchterstickt.

»Wo sie erscheint, Li'vanh, da ergreift Wahnsinn Menschen und Tiere, und sie sterben. Wenn sie nicht drunten ist, wird die Erde keine Frucht geben.« Sie holte Atem. »Und wir können sie nicht fesseln.«

»Ihr könnt nicht...?«

»Wir haben es versucht, Prachoi, während des Festes und schon vorher. Wir haben alles getan. Alles. Und nichts hat Erfolg gehabt. Sie ist immer noch frei.«

Ihre Furcht wunderte ihn nicht. Seine eigene Kehle war trocken. Doch Mneri war noch nicht fertig. Indem sie voller Unruhe ihr Haar um die Hand wand, fuhr sie fort. »Also hat die Erste Priesterin bestimmt, daß ein Fest stattfinden soll, wenn... wenn der Mond dunkel ist; und für uns alle wird es ein Fest des neunten Jahres sein.« Ihre Stimme schwankte. Qualvoll schrie sie auf: »Ich vermute, daß es Mnorh ist!«

Es ergab keinen Sinn. Ein Fest? Was war ein Fest des neunten Jahres? Und was hatte dies alles mit Mnorh zu schaffen?

»Ich verstehe nicht, Mneri. Warum ein Fest? Und was ist ein Fest des neunten Jahres?« Sie hatte nicht erwartet, daß er es nicht verstehen würde. Sie schluckte und erklärte es. »Alle neun Jahre, beim Herbstfest, übergibt jeder Stamm der Dunklen Mutter einen jungen Mann. Wenn der Mond dunkel ist, müssen wir dieses Opfer darbringen, obwohl es nicht Herbst ist, und auch nicht für alle von uns das neunte Jahr.«

Er stand still wie ein Stein und drängte das Verstehen zurück. »Ein junger Mann? Warum? Ich wußte nicht, daß die Mutter Priester hat. Und warum gerade jetzt?«

»Um Vir'Vachal zu fesseln, Li'vanh. Und – sie werden ihr nicht als Priester gegeben. Sie sind ein Opfer.«

Also war es wahr. Er hatte es nicht geglaubt. Er fühlte sich kalt und elend. Ein Blutopfer. Ein Menschenopfer.

Er sagte sich, daß er es hätte wissen müssen. Er hatte vorher davon gehört. Hatte nicht Kiron vom königlichen Opfer der Khentors gesprochen? Starben nicht die Helden diesen Tod? Doch er hatte nicht geglaubt, daß es immer noch dargebracht würde. Und dies war nicht Kiron, der von etwas sprach, das weit zurücklag, oder ein Geschichtenerzähler, der vom ruhmreichen Ende eines Königs berichtete. Dies war seine Stiefschwester, dies war Mneri, und ihre weiche Stimme sagte, daß ein junger Hurno in der Finsternis des Mondes sterben würde. Dies war die Priesterin, die der Göttin das Opfer zuführen würde. Mneri.

Der Magen kehrte sich ihm um, und er brach in Wut aus. »Warum opfert sich die Erste Priesterin nicht selbst?«

Mneri sah ihn verwundert an. »Das wird sie tun, wenn es ihre Zeit ist. Aber jetzt wäre ihr Tod sinnlos. Es ist immer ein junger Mann, der für die Mutter stirbt. Ein Junge oder ein junger Mann, nicht weiter von der Mannbarkeit entfernt als zwei Jahre, entweder bevor er sie erreicht hat, oder danach. Deshalb fürchte ich für Mnorh. Wer weiß, wen die Göttin auswählen wird?«

Das Entsetzen hatte derart von ihm Besitz ergriffen, daß seine Furcht sich gar nicht auf etwas Bestimmtes richten konnte. »Warum? Würde er sich opfern? Ich glaube nicht?«

Es entstand eine Pause, und Mneri biß sich auf die Lippen. Als sie sprach, geschah es wie unter einem Zwang. »Sie... sie opfern sich nicht, Li'vanh«, sagte sie zögernd. »Sie werden erwählt.« Sie schluckte und sagte dann fast trotzig: »Während des Tanzes werden sie von den anderen weggenommen.«

Er bebte zurück. Als er wieder sprechen konnte, sagte er voller Ekel: »Schlimmer geht's nicht! Es ist nicht einmal das Opfer, worauf es ankommt. Es ist einzig und allein das Blut!«

»Li'vanh!« Sie war verwirrt und gequält. »Li'vanh, es ist die Göttin, und es ist nicht meine Schuld. Und hier geht es um den Erdzauber, und das bedeutet immer Blut. Aber immer noch weniger, wenn es so geschieht, als wenn Vir'Vachal nicht gefesselt wird. Wir haben sie nicht aufgeweckt, aber wir müssen sie binden. Was sollen wir machen?«

»Das Böse in Fendarl arbeitet also immer noch«, dachte er. Und es ist wirklich nicht ihre Schuld. Ihn schauderte, er seufzte und schüttelte den Kopf. Es hatte sich wieder einmal erwiesen, daß er ein Fremdling war, der nichts davon wußte, verstand, oder es gutheißen konnte.

Er seufzte noch einmal. »Ich mache dir keinen Vorwurf, Schicksal der Hurneis. Komm, Dur'chai wird uns beide nach Hause tragen.«

Schweigend stimmte sie ihm zu und ritt, hinter ihm sitzend, zurück; doch außerhalb des Lagers trennte sie sich von ihm und ging das letzte Stück allein. Er ging in sein Zelt, doch er konnte nicht schlafen.

Den ganzen Tag über fand er keine innere Ruhe. Unaufhörlich mußte er an das denken, was Mneri gesagt hatte. Jedesmal, wenn er einen der jungen Männer traf, konnte er es kaum ertragen, mit ihm zu sprechen. Und was Mnorh betraf, so ergriff Mneris Angst bald auch ihn. Ihm war vorher nie aufgefallen, daß er ein hübscher junger Mann war; dies und auch seine Lebensfreude, seine schöne Stimme, alles schien ihn auszuzeichnen unter den anderen. Li'vanh konnte nicht essen, er konnte keine Ruhe finden, und als er sich in sein Zelt zurückzog, war sein Inneres aufgewühlt.

Er hatte nicht damit gerechnet, schlafen zu können, doch er schlief fast auf der Stelle ein und erwachte ungefähr eine Stunde später. Erst dann, in der Stille der Nacht, begriff er, daß Mneris Worte in ihm aufgegangen waren wie Sauerteig, und der Gedanke, der ungebeten zu ihm kam, war so furchtbar, daß ihm einiges Entsetzen ins Herz fuhr.

Irgend jemand mußte gehen, und er selbst konnte nicht bleiben.

Dieser Gedanke tauchte nicht auf wie die frühere Aufforderung; er war nicht so klar und festumrissen. Er konnte nicht sagen, wann der Gedanke ihm zum ersten Mal kam; er schlich sich bei ihm ein, umnebelte sein Denken, so daß ihm kaum bewußt wurde, was er eigentlich dachte.

Welcher Art würde der Weg nach Hause sein, den Ir'nanh ihm zeigen sollte? Welchen Anteil hatte Ir'nanh an ihm? Er war kein kriegerischer Gott wie Marenkalion, doch er wurde der Tanzende Knabe genannt, der Verurteilte und der Zerstörer. Was verlangte er von Li'vanh?

Warum hatten die Frauen ihn von Anfang an Prachoi genannt, den Begünstigten? Es war ein Titel, den man in Liedern solchen jungen Männern gab, die Göttinnen verehrten und die verurteilt waren. Und Tuvoi, der Auserwählte? Er hatte gedacht, er habe diesen Namen verstanden. Steckte etwa mehr dahinter, als er geglaubt hatte?

Zitternd setzte er sich auf. »Nein«, dachte er, »nein, das ist Unsinn. Ich werde nicht mehr daran denken.« Gehorsam wichen seine Gedanken zurück, um nach einer Weile zurückzukehren wie die Wellen einer auflaufenden Flut, die mit jedem Mal höher schlugen.

Der Hurno, der sterben sollte, würde so alt sein wie er, halb Junge, halb Mann. Und er würde nicht der einzige sein. Wie viele Stämme gab es? Fünfzig? Doch ein freiwillig dargebrachtes Opfer war stärker. Wenn sich jemand opferte – wären dann so viele Tode notwendig? Er versuchte, sich davon zu befreien und an etwas anderes zu denken. Warum hatte er davon erfahren müssen? Warum hatte er nicht in sein Zelt kommen und in friedlicher Unwissenheit schlafen können, ohne zu wissen, daß in fünf Nächten fünfzig Khentors in der Blüte ihrer Jugend sterben würden? Warum hatte er Mneri dazu gebracht, es ihm zu erzählen, warum konnte er es nicht lassen, sich einzumischen? Warum hatte Dur'chai ihn dorthin gebracht – auf den Heiligen Hügel, einen Fleck, den ein Mann nicht betreten durfte bei Todesstrafe?

Er schüttelte den Kopf und bedeckte seine Ohren, als ob dies helfen könnte. »Ich kann nicht! Ich kann nicht! Ich will nicht! Was hat dies alles mit mir zu tun? Ich bin hierhergekommen, um mit Fendarl zu kämpfen!«

Doch der Kampf war der gleiche. Dies alles war Fendarls Werk. Er hatte Vir'Vachal aufgestört. Wie hätte er nicht beenden sollen, was er begonnen hatte?

Und da gab es die erschreckendste Erinnerung von allen: Vir'Vachal hatte ihn gesehen. Sie, die nichts anderes wahrnahm als die Erde und ihre Frucht, hatte weder Kiron noch die Erd-

Priesterin gesehen, sondern ihn. Er erinnerte sich, wie ihre grausamen Augen ihn gepackt hatten, wie sie an ihm gezerrt und Besitz von ihm ergriffen hatten – sie hatte es auf ihn abgesehen und ihn gezeichnet. Er verbarg sein Gesicht und wand sich. Der Auserwählte, der Begünstigte. Er dachte an die begierigen Fragen der Erdhexe, die ihn so in Furcht versetzt und dazu gebracht hatte, Kiron anzulügen, ohne zu wissen, warum er sich fürchtete. Jetzt begriff er.

»Blut verlangt nach Blut, und Leben verlangt nach Tod, wie immer, König Kiron.« Sein Herz hämmerte vor Angst. Blut verlangt nach Blut, dachte er, und an meinen Händen klebt Blut. Er sah zu Mnorh hinüber, der auf der anderen Seite des Zeltes schlief. Er darf es nicht sein, dachte er flehentlich und sagte sich, dann werde es ein anderer sein, der anderen so viel bedeutet wie Mnorh uns.

Blut verlangt nach Blut. Vir'Vachal muß gefesselt werden. Jemand muß sterben. »Ich gehöre nicht hierher«, dachte er, »hier habe ich kein Leben vor mir. Ich muß ohnehin gehen. Warum nicht so? Zumindest gebe ich einem sein Leben zurück.«

Doch »Leben« war ein so ungeheures Wort. Es bedeutete alles. Wie konnte er so ruhig daran denken, es fortzugeben? Doch er mußte gehen. Und warum nicht etwas Gutes tun, indem man ging?

Er wußte, daß man ihn nicht dazu aufgefordert hatte, daß auch die Hohen Gebieter ihn nicht darum gebeten hatten. Doch es mußte von irgendeinem vollbracht werden. Er hatte noch nicht versagt; war er am Ende doch an den Grenzen seines Mutes angelangt? Er hatte alles getan, was man von ihm verlangt hatte, gewiß. Warum sollte er den letzten Schritt nicht unaufgefordert tun? Ihn durchlief ein Fröstenl, und er krampfte die Hände zusammen. »Ich kann nicht! Es ist nicht meine Sache! Ich bete die Mutter nicht einmal an!«

Und er klammerte sich an diese Überlegung. Er diente der Göttin nicht, und vielleicht war es sogar ein Irrtum, sich opfern zu wollen. In seinem Herzen regte sich Hoffnung, doch sie war nicht frei von Scham, und er wußte, daß er seinem eigenen Entschluß nicht trauen konnte.

Wenn Li'vanh betete, rief er wie die Haranis Kuvorei Naracan an, den Großen Gott. Das tat er auch jetzt, zitternd, auf seinem Bett sitzend.

»Sage mir, was ich tun soll. Schick mir ein Zeichen. Ich

kann mich nicht entscheiden. Zeige mir, was ich tun muß.« Er bebte an allen Gliedern – nicht allein vor Kälte – und wartete gespannt. Kein Laut kam aus der Dunkelheit, nichts regte sich. Lange hielt er den Atem an, doch im ganzen Lager war kein Ton zu hören, außer dem Wiehern eines Pferdes in weiter Entfernung. Er wartete; dann zog er die Decken dicht um sich und lachte plötzlich. Das Wiehern gilt nicht, dachte er und legte sich zurück. Doch dann sprang er wieder auf, als das Pferd erneut wieherte, und sein Herz stieg ihm in den Hals, als wollte es ihn ersticken.

Dur'chai! Er hörte, wie die Hufe sich näherten, und fuhr hastig in seine Kleider. »Dur'chai ist kein schlechter Führer.« Etwas, fast wie ein Lachen, schmerzte in seiner Kehle, als er den Zeltlappen zurückschlug.

Vor dem Zelt hatte Dur'chai ruhelos getänzelt; als Li'vanh jedoch heraustrat, blieb er stehen und blickte ihn an. Das Mondlicht entfärbte alle Gegenstände, doch auf Dur'chai fiel ein silbernes Licht, das sich auf die Erde ergoß, und er warf keinen Schatten. Li'vanh starrte ihn an und dachte: Hier ist mein Zeichen.

Auf seltsame Weise befreite sich das Lachen in seiner Kehle, und eine sonderbar sorglose Leichtigkeit erfüllte ihn. Er würde es tun. Er wußte nicht, ob aus Trotz oder aus Liebe zu seinem Volk, aber er würde es tun. Er würde mehr tun, als von ihm verlangt worden war. Und obwohl er erschöpft und müde war – irgendwie machte ihn dies zum Sieger.

31
Die Finsternis des Mondes

Im Durchgang war es dunkel, und es roch nach Erde. Li'vanh streifte beim Gehen mit den Fingerknöcheln an der Wand entlang und richtete seine Augen auf den winzigen Punkt der nächsten Lampe. Licht war hier ein ungebetener Gast. Diesem Ort war allein Dunkelheit angemessen, und weder Tag noch Nacht bewirkten die geringste Veränderung. Kälte herrschte, das tiefe, reglose Frösteln eines Ortes, dem Sommer und Winter gleichermaßen fremd waren, und wo die Zeit nicht den protzigen Flitter ihrer Stunden und Jahreszeiten trug. Die Decke des Durchgangs war niedrig, weniger als eine Armlänge über seinem Kopf, und seine bronzebeschlagenen Absätze hallten laut auf dem Felsengrund. Das Geräusch seiner Stiefel lief wie ein Herold vor ihm her, der das Herannahen eines Mannes durch die Gänge ankündigte, in denen immer nur weichbeschuhte Frauen wandelten. Tief in ihrer Höhle hörten die Priesterinnen das Geräusch. Sie sahen einander stirnrunzelnd an, und eine von ihnen schlug den Gong.

Das hallende Dröhnen brauste hervor und traf Li'vanh mit solch plötzlicher Heftigkeit, daß sein ganzer Körper vom Schreck wie von einer Faust gepreßt wurde. Die Klangwelle traf ihn beinahe körperlich, und er machte einen Schritt rückwärts. Eine Sekunde lang dachte er an Flucht, doch längst bevor der Klang des Gongs verhallt war, hatte sein Mut sich wieder gefestigt. Er stand ruhig da und wartete.

»Wer bist du, der es wagt, die geheimen Plätze der Großen Mutter zu betreten? Warum kommst du an diesen Ort, den niemand als ihre Dienerinnen betreten dürfen?« Die körperlose Stimme mit ihren zitternden Echos zog ihm die Kopfhaut zusammen.

»Ich bin Li'vanh vom Stamme der Hurneis, und ich komme, weil ich um ein Gespräch mit der Oberpriesterin bitte.« Seine Stimme dröhnte schwer den Durchgang entlang. Es folgte ein Augenblick der Stille. Dann hörte er die Aufforderung: »Komm her.«

Er ging weiter. Es war näher, als er gedacht hatte. Zwei Biegungen des Durchgangs hatten das Licht vor ihm verborgen. Urplötzlich gelangte er in eine runde Höhle, erfüllt von der gelben Glut des Laternenlichts. Acht Priesterinnen waren dort versammelt, die den Eingang bewachten, und alle hatten die Augen auf ihn gerichtet, als er eintrat. Keine bewegte sich oder sprach. Er schritt vorwärts in die Höhle und blieb unsicher stehen. Dann hörte er das Rascheln eines Vorhanges und blickte auf.

An der entgegengesetzten Seite des Raums stieg eine Treppe empor, und in der Wölbung oberhalb der Stufen stand eine Frau. Glühend hob sie sich im Licht von der Dunkelheit hinter ihrem Rücken ab. Über ihrem weißen Kleid trug sie einen langen, weiten, safranfarbenen Wollmantel und einen breiten Brustschmuck aus Kupfer und Elfenbein. Ihre dunklen Haarflechten waren über den Ohren zu einer Rolle gewunden, und ihren Scheitel krönte ein Diadem, besetzt mit Täfelchen aus Elfenbein und Kupferscheiben. Eine gelbe Katze strich um ihren Rock. Reglos sah sie Li'vanh an, und er erwiderte ihren Blick schweigend. Er hatte sie früher oft gesehen, doch niemals so wie jetzt, eine mächtige Königin aus uralten Tagen. In ihrer majestätischen Ruhe vereinigte sich die ganze zurückhaltende Kraft der beharrenden Erde, Geheimnis und Macht der einen, die nichts zu tun brauchte, sondern nur zu sein. In ihrem dunklen Blick fand er die ganze Schwere unermeßlicher Zeitalter des Wachsens und des Verwelkens, vor der die hurtige Geschäftigkeit des Menschen als zerbrechlich und vergänglich erschien.

Dann miaute die Katze gedämpft und verkroch sich hinter ihr. Auffordernd hob sie den Arm, wandte sich um und schritt fort.

Li'vanh durchquerte schnell die Halle, stieg die Stufen hinauf, zog den Vorhang hinter sich zusammen und hörte das leise Gemurmel, das hinter seinem Rücken anhob. Der Durchgang verlief leicht ansteigend nach rechts, und Li'vanh folgte ihm.

Hinter einer Biegung schimmerte Lampenlicht durch einen schwingenden Perlenvorhang. Er zögerte einen Augenblick, schob den Vorhang auseinander und schritt in einen kreisrunden Raum hinab, der ungefähr dreißig Schritte breit war. Die Lampen brannten in Nischen der Felswände, und als ihre Flammen flackerten, schienen sich zwischen den wogenden Schatten verschwommen sichtbare Gemälde zu bewegen. Der Boden bestand aus glattem, gelbem Stein. Zu beiden Seiten einer Estrade gegenüber der Tür brannte eine runde Kohlenpfanne. Die Luft im Raum roch schwer und stickig, und die Stille erfüllte ihn mit Ehrfurcht. Auf der Estrade saß in einem baldachinüberwölbten Sessel die Oberpriesterin, und die heilige Katze saß zu ihren Füßen.

Stumm stand er in der Mitte des Raumes. Die Priesterin hob die Augen zu seinem Gesicht und sagte: »Ich grüße dich, Junger Mann.« Die beiden letzten Wörter sprach sie aus, als wären sie ein Titel. »Du stehst hier, wo bis heute noch niemals ein Mann gestanden hat. Was führt dich her?«

Die Worte, die er zu sagen wünschte, wollten ihm nicht einfallen. »Ich habe ein Zeichen bekommen, hohe Frau«, sagte er schließlich. Sie wartete, und er holte Atem. »Man hat mir gesagt, daß ein großes Fest sein wird, wenn der Mond sich verdunkelt hat.«

»Zweifellos wird die Priesterin der Hurneis mit der Zeit lernen, ihre Zunge im Zaum zu halten.« Sie sprach ruhig, doch ein Hauch von Ungehaltenheit war in ihrer Stimme, und er biß sich auf die Lippen. »Die Geheimnisse der Großen Göttin sollten nicht ausgeplaudert werden.«

»Sie ist nicht dafür verantwortlich, hohe Frau. Es war so bestimmt, daß ich es erfahren sollte.«

Nachdenklich begegnete die Priesterin seinem Blick. Dann neigte sie den Kopf, so daß ihr Diadem leise erklang. Li'vanhs widerwillige Zunge ließ ihn mühsam weitersprechen. »Ich habe auch gehört, daß bei diesem Fest viele sterben werden. Ist das so?«

»Dem Spender aller guten Gaben wird ein großes Opfer dargebracht werden. Ja, das stimmt.«

Es gab eine Pause. Er fühlte sein Herz klopfen, und das Atmen fiel ihm schwer. »Es hört sich schrecklich an«, sagte er schließlich.

»Ja, das ist es, junger Mann. Wo wäre die Macht, wenn es keinen Schrecken gäbe?«

Jetzt muß ich sprechen, dachte er und nahm allen Mut zusammen. Sein Mund war trocken und seine Lippen steif.

»Warum sind so viele Tode nötig«, sagte er, »wenn in anderen Fällen ein einziges Opfer genügt?«

Sie antwortete, ohne ihn anzusehen: »Weil diese nicht freiwillig gehen. Sie werden ausgewählt. Sie opfern sich nicht.«

Die Kehle wurde ihm eng, doch er sprach, obwohl sie verschlossen war. »Würde denn ein Opfer genügen, wenn es ein freiwilliges wäre?«

»Vielleicht. Aber das kommt nicht vor!«

»Aber falls es geschähe, falls jemand sich freiwillig opferte...«

»Es geschieht niemals.«

»Aber wenn es doch geschehen sollte?«

»Nicht bei dieser Zeremonie! Hierbei opfert sich niemals jemand freiwillig!«

»Warum nicht?« fragte er. »Ist es verboten?«

Bei dieser Vorstellung rangen Hoffnung und Furcht in seinem Innern miteinander. Er wußte nicht, welche stärker war, und preßte die Hände dicht zusammen.

»Nein! Nein, es ist nicht verboten. Als der Mutter noch gedient wurde, wie es ihr zukommt, am hellen Tag, war es immer so. Die jungen Männer stritten sich um die Ehre. Aber heute opfert sich niemand selbst.«

Er sagte: »Ich opfere mich.«

Seine Worte erfüllten die Höhle, und dann war es auf einen Schlag still. Er vernahm sie entgeistert, und einen Augenblick lang erschütterte ihn Entsetzen. Die Priesterin sprang auf, sah ihn an, doch sagte sie kein Wort. Er stand aufrecht und allein in der Mitte des Raumes und begegnete ihren Augen unbeirrt. Das Feuer schlug um, und die Flammen der Lampen schwankten.

Die Priesterin sagte: »Weißt du, was du sagst?«

»Ja«, sagte er unwillkürlich. Dann fügte er hinzu: »Nein. Nein, ich glaube, ich weiß es nicht. Ich nehme an, daß ich in Wahrheit nicht weiß, was es bedeuten wird. Aber ich weiß genug darüber.«

Sie blickte ihn forschend an. »Und du bist willens, es zu tun?«

»Ja.« Für einen längeren Satz hätte seine Stimme nicht ausgereicht. Es war so still im Raum, daß er das feine Knarren seiner Lederkleidung hören konnte, als er atmete. Ganz langsam erhob sich in der Luft ein anderes Geräusch, eine gedämpfte, ungleichmäßige Wildheit: die heilige Katze schnurrte. Es wurde stärker und stärker, hallte von den Wänden der Höhle wider, und die Priesterin kam langsam von ihrem erhöhten Sitz herab. Sie kam auf ihn zu, bis sie direkt vor ihm stand, und blickte aufmerksam in seine regengrauen Augen.

»Laß deine Gedanken zur Ruhe kommen«, sagte sie. »Warum nach vielen verlangen, wenn ein solch Einzigartiger da ist? Li'vanh Tuvoi, die Göttin hat immer die Besten beansprucht, die wir hatten, doch mit Sicherheit hat sie niemals ein größeres Opfer empfangen als dieses.«

Es war fünf Tage vor der Dunkelheit des Mondes. Fünf Tage, während derer Li'vanh nichts anderes tun konnte als warten und sich endgültig klarmachen, was er versprochen hatte, und Abschied nehmen. Zu seiner großen Überraschung bereute er nicht einen einzigen Augenblick lang, was er getan hatte. Er fand, daß er erstaunlich gelassen war und sogar eigentümlich fröhlich, nach so vielen Wochen erbärmlicher Ruhelosigkeit. Es war eine große Wohltat, sich schließlich festgelegt zu haben und seinen Weg klar vor sich zu sehen. Jetzt war eine Umkehr nicht mehr möglich, und er fühlte sein Herz leichter werden. Er hatte leben und sterben wollen wie ein Präriebewohner, und er konnte bei dem Gedanken sogar lachen, daß eine Hälfte seines Wunsches in Erfüllung gegangen war und er zumindestens wie ein Hurno sterben würde. Es war allzu lange her, seit er sich dem Stamm so verbunden gefühlt hatte. Die Entfernung zwischen ihm und seinen Stammesbrüdern, die eine Zeitlang so groß zu sein schien, war auf ein Nichts zusammengeschrumpft, und während jener vier kurzen Tage war das Leben für Li'vanh beinahe so vollkommen, wie es nur sein konnte.

Sogar das Wetter war makellos.

Dann, am fünften Morgen, wurde er wie immer von der Morgentrommel geweckt, und als er so dalag und dem Gruß zuhörte, dachte er: »Niemals werde ich ihn wieder hören.«

Ihn fröstelte. Er blickte hinüber zu Mnorh und dachte, wenn dieser am nächsten Morgen erwachte, würde er, Li'vanh, verschwunden sein. In diesen vier verzauberten Tagen hatte er seine Furcht, wenn immer sie sich regte, zurückgedrängt, indem er sich sagte: »Es ist noch nicht soweit.« Jetzt war das nicht mehr möglich. Jetzt schrumpfte die Zeitspanne, die ihm noch zu leben blieb, auf die kurze Wegstrecke zusammen, die die winterliche Sonne zurücklegte.

Er hatte niemandem etwas von dem gesagt, was er vorhatte. Er hatte eine unbestimmte Ahnung, daß es nicht erlaubt war, doch auch wenn es anders gewesen wäre, hätte er niemals Worte dafür gefunden. Es war leicht gewesen, aus Mneris Lächeln und ihren erleichterten Augen herauszulesen, daß sie wußte, es würde kein Fest des neunten Jahres geben, niemals mehr. Sie zumindest würde es genau wissen, und Yorn mit Sicherheit auch. Aber der Gedanke tat ihm weh, daß er von Mnorh und Silinoi nicht Abschied nehmen konnte.

Er stand auf, zog sich langsam an und verließ das Zelt. Im Osten glühte noch die Morgendämmerung. Er stand vor der Tür und sah zu, bis der letzte Glanz verschwunden war. Dann ging er hinein und weckte Mnorh.

Dieser ganze Tag war ein Abschiednehmen und Zusammenzählen all dessen, was der Vergangenheit angehörte: schlafen und wachen, im Fluß baden, Dur'chai versorgen, Waffenübungen, das abendliche Feuer. Er wußte, daß er sich nutzlos quälte, doch er konnte nicht damit aufhören. Er durchlebte diesen Tag in einer sonderbar selbstvergessenen Entrückung, vor Furcht schwindelig, doch nach außen hin ruhig. Wenn andere von Plänen für die nächsten Tage sprachen, antwortete er ohne ein Zucken, doch seine begierigen Augen folgten dem stetigen Vorrücken der Schatten, dem sich neigenden Lauf der Sonne, als ob er ihn mit den Blicken verlangsamen könnte.

Dann kam die Zeit kurz vor dem Sonnenuntergang. Mnorh sagte: »Wollen wir zum Fluß gehen?« Und Li'vanh antwortete leichthin: »Ich muß erst noch ins Zelt. Warte nicht auf mich.«

»Wie du willst«, sagte Mnorh fröhlich und verschwand. Und Li'vanh stand da und sah ihm nach, bis er nicht mehr zu sehen war. Dann ritt er zu seinem Zelt.

Sobald er dort war, zog er schnell seine besten Kleider an. Er sattelte Dur'chai ab und breitete das Geschirr mit seinen Verzierungen auf Mnorhs Bett aus. Er stellte seine Speere in den Ständer und legte Messer und Horn zusammen mit seinen Kleidern und seinem Schwert an einen gesonderten Ort. Er legte keinen Schmuck an, außer seinem Silbermedaillon. Als er meinte, fertig zu sein, stand er im Zelt, sah sich um und schloß mit zitternden Fingern seinen Umhang.

Nein, dachte er, ich werde ihn nicht tragen. Und er schwang ihn von den Schultern. Als er sich entfaltete, stieg ihm sekundenlang sein Geruch in die Nase, den er vorher niemals beachtet hatte: er roch nach Pferden und Dung und Gras, Wind und Milch und scharfem Rauch; er roch nach den Ebenen, und als er ihn beiseite legte, ergriff ihn der bitterste, stechendste Schmerz von allem, denn dies kam ihm wie sein wirklicher Abschied vor.

Er hörte Dur'chai leise wiehern, und Yorn betrat das Zelt. Li'vanh drehte sich um, und schweigend sahen sie einander ins Gesicht. Endlich sprach Yorn.

»Kiron ist nah, Tuvoi. Er wird morgen hier sein.«

»Es schmerzt mich, daß ich ihn nicht sehen werde, Yorn.« Seine Stimme war nur ein wenig heiser. »Grüße ihn von mir und sage ihm in meinem Namen Lebewohl. Sage ihm, daß ich meinen eigenen Weg nach Hause gefunden habe, und daß ich ihn aus eigenem Entschluß gehe.«

Es entstand eine kurze Pause. Dann sagte Yorn: »Ist es so, Li'vanh?«

»Es ist so, Yorn.« Er hörte keinen Laut außer seinem Herzschlag. Yorn sah ihn an und schüttelte mit halbem Lächeln seinen Kopf. »Diesmal scheine ich keine Worte zu finden.«

»Nein. Auch ich nicht, Yorn. Ich ... ich war nicht fähig, von irgendeinem Abschied zu nehmen. Sage ihnen an meiner Stelle alles, was ich sagen würde, wenn ich könnte. Ich brauche es dir nicht zu erklären. Und ... und ich danke dir, Yorn. Und ... Lebe wohl.« Seine Stimme brach, und er schüttelte den Kopf.

Ohne aufzusehen, stürmte er am Priester vorbei aus dem Zelt und schwang sich auf Dur'chais Rücken.

Oben auf dem Hügel hielt er an, um die Sonne zum letzten Mal hinter den Zelten untergehen zu sehen, und die Glut der angefachten Feuer. Dann kehrte er den Hurneis den Rücken und ritt sehr schnell zum Heiligen Hügel.

Er gab sich keine Mühe, Dur'chai zu lenken. Wo das Pferd anhielt, glitt er von seinem Rücken und wandte sich ihm zu. Er verbarg sein Gesicht in der Mähne des Pferdes, streichelte seinen seidigen Hals und ließ seine Hand über die Flanken gleiten. Er tätschelte Dur'chais Nase, und das Pferd atmete tief und neigte seinen Kopf bis auf Li'vanhs Brust, so daß sein Horn über seiner Schulter lag, während er die weichen Pferdeohren streichelte. Einen Augenblick verharrten sie so. Dann hob Dur'chai den Hals und blickte ihn aus sonderbar funkelnden Augen an. Li'vanh erwiderte den Blick. »Denk an mich, mein Bruder«, flüsterte er, »wenn du aus der Quelle des Tänzers trinkst und mit deinen Brüdern zwischen den Sternen grast. Denk an mich.«

Dur'chai schnupperte ein letztes Mal an Li'vanhs Haar, dann bäumte er sich auf und wieherte, ein mächtiger Klang in der Stille der Nacht. Darauf machte er kehrt, schüttelte seine feurige Mähne und galoppierte in die Dunkelheit. Li'vanhs Augen folgten ihm angestrengt, bis er längst außer Sichtweite war. Dann wandte er sich ab und folgte dem Pfad der Priesterinnen den Hügel hinauf.

Dicht umschloß ihn die Dunkelheit unter den Bäumen, und die geheimnisvoll flüsternde Nacht verfolgte seinen Weg, er war allein mit seinem Entsetzen. Er wußte nun, daß er nicht wirkliche Todesfurcht empfunden hatte, als er Fendarl gegenübergetreten war. Jetzt stand er vor der letzten Gewißheit und war elend vor Furcht. Es sei eine Felsspalte in der Höhle des Opfers – so hatte die Erste Priesterin gesagt –, die in die Tiefen der Erde führe. Diesen Weg mußte er einschlagen. Sein Herz floß davon, und er stolperte und griff nach den Bäumen. Einmal blieb er stehen, Furcht hüllte ihn ein, und er dachte: »Nein. Ich will nicht gehen!« Dann überkam ihn die bittere Erkenntnis, daß er ja nicht zu gehen brauchte; er konnte umkehren, wenn er wollte. Niemand zwang ihn, dies hier zu tun. Er konnte zurückkehren und die anderen sterben lassen. Er hatte die Wahl. Die Ironie ließ ihn fast auflachen, und er stieg weiter den Hügel hinauf.

Endlich stand er zwischen Büschen und Bäumen und sah die niedrige Öffnung der Höhle vor sich. Er konnte das Licht sehen. Es war nur wenige Schritte entfernt. Er mußte nur noch ein paar Schritte machen. Und er konnte sich nicht bewegen.

Er kehrte der schmalen Öffnung den Rücken, sah sich um und prägte sich in Gedanken die Umrisse der Bäume und Büsche ein. Mit vollen Zügen atmete er die feuchtkalte Nachtluft und blickte zum Himmel hinauf. Zwischen den Zweigen der Bäume schimmerten die Sterne, aber die Monde würde er nicht wiedersehen. Er blickte nach Norden auf die ferne Ebene, stand einen Augenblick ganz still am Waldrand, dann drehte er sich auf dem Absatz um und ging schnell auf den Eingang der Höhle zu. Und als er ins Licht trat, erhob sich ein langgezogener, leiser Klagelaut der Begrüßung und des Grams.

Danach bewegte er sich in einem sonderbaren Nebelschleier. Ein Singen wurde laut, in einer niedrigen Tonlage, und ein Pochen, das nicht ganz Musik zu nennen war. Frauen mit verhüllten Gesichtern bogen und wiegten sich in fremden, formenreichen Tänzen, und ihre Schatten erschienen undeutlich und verzerrt im trüben Licht. Sie waren gelb gekleidet wie die Oberpriesterin. Er sah den Opferherd an der Rückwand der Höhle mit dem eigentümlichen, gedrungenen Bildnis der Dunklen Mutter, abstoßend und doch anbetungswürdig. Davor brannte auf dem Boden ein runder, irdener Feuertopf, dessen Öffnung ein dünner Rauchfaden entstieg, und davor war ein Kreis auf den Boden gezeichnet. Er roch die berauschende Süße der Luft und sah, wie die Katze der Göttin ihn aus den Schatten neben dem Altar beobachtete. Doch am deutlichsten sah er den Streifen Dunkelheit, der vom Eingang aus wie eine Furche aussah, sich jedoch beim Näherkommen zu einem Abgrund erweiterte.

Die Zeremonie war lang. Er konnte ihr nicht folgen und versuchte es auch nicht. Die Sprache des Rituals war ihm fremd. Er lehnte sich mit dem Rücken gegen die niedrige Öffnung der Höhle, schaute sich um. Sie kamen und gingen um ihn herum, wuschen und salbten ihn, und die Oberpriesterin zeichnete sein Gesicht mit einer öligen Paste. Der Tanz wogte um ihn und wich von ihm zurück; die Schatten sammelten sich, wo der Feuerschein sie nicht erreichte. Sie legten eine Girlande aus grünen Blättern um seinen Hals, gebunden mit Safranfäden; sie war kühl und prickelnd, ein sonderbarer Ge-

gensatz zur schweren Hitze der Höhle; und verschleierte Priesterinnen verbeugten sich vor ihm. Die Oberpriesterin ging auf und ab, sprach lange Gebete oder sang lange Hymnen. Der Gesang stieg auf und sank, einmal jauchzend, einmal klagend, aber immer betäubend. Die Feuer flammten auf und knisterten, wenn noch mehr Blätter hineingeworfen wurden, und Li'vanh gewahrte die tiefe Spalte wie im Zustand der Entrückung.

Sie brachten ihm Milch, angedickt mit Honig, und er trank sie; sodann brachte ihm eine andere Priesterin eine Schale Milch, die einen schweren Geruch verströmte; es kam ihm in den Sinn, sie könne ein betäubendes Mittel enthalten, und er gab sie ihr unberührt zurück. Nur in diesem Augenblick rief er sich ins Gedächtnis, daß Mneri irgendwo unter diesen verhüllten Frauen war; doch es war unmöglich zu erraten, wo; und es schien ihm nicht wichtig. Nichts schien wichtig, verglichen mit dem schwarzen Schlund zwischen ihm und dem Altar. Die Musik wurde schneller, und der Gesang stieg und fiel drängender. Der Tanz drehte sich enger und enger um ihn, bis er ihn ergriff und auch er ein Teil des Tanzes wurde. Er stampfte und sprang inmitten der safranfarbenen Kette der Tänzerinnen, die sich die ganze Zeit näher auf den Abgrund zu bewegte. Die Schatten verdichteten sich, die Luft wurde schwerer, sogar das Licht war mit Dunkelheit vermischt. Der Gesang der Priesterinnen brandete gegen die Wände wie ein wildes, grausames Klagelied. Da stieß die gekrönte Priesterin plötzlich einen lauten Schrei aus, streckte beide Hände aus, und es trat Stille ein. Li'vanh, mit dem Gesicht zur Rückwand der Höhle, stand wie angewurzelt vor Schreck, schwitzend und zitternd wie ein angeleintes Pferd, wenn es den Leoparden umherschleichen hört.

Im Felsen an der Rückwand der Höhle begann es zu glühen, und ein mächtiger Ton wuchs in die Luft, ein hämmernder Doppelschlag wie das Klopfen eines ungeheuren Herzens. Und das Glühen bewegte und vertiefte sich und schien näher zu kommen, und die Schläge wurden stärker. Es war, als wäre der Fels ein dünner Vorhang, hinter dem ein Feuer brannte. Das Licht kam näher und nahm Gestalt an, war braun und rot und golden, und der pulsierende Klang ergriff den Rhythmus ihres Blutes, erfüllte die Höhle mit seinem zweifachen Gedröhn, bis es schien, als ob die Wände selbst trommelten. Und der Fels wurde dünner, wie ein unkörperlicher Nebel – und Vir'Vachal erschien.

Ein mächtiges Seufzen ertönte, die Frauen sanken auf die Knie, verbeugten sich vor der ältesten Tochter der Großen Göttin. Doch sie gönnte ihnen keinen Blick. Sie blieb auf der anderen Seite des Abgrundes stehen und ließ ihre Augen auf Li'vanh ruhen. Vor ihm lag ein deutlicher Pfad, der auf einer Steinplatte am Rande des Abgrundes endete. Während sein dröhnender Herzschlag Furcht und Wollen übertönte, schritt er langsam vorwärts. Sie beobachtete sein Kommen, und er sah sie an und fürchtete sich nicht. Den Abgrund vor den Füßen blieb er stehen, und heiße Luft stieg aus der Tiefe empor und traf sein Gesicht. Weniger als zwei Körperlängen trennten ihn von Vir'Vachal, doch dieses Mal raubte sie ihm nichts von seiner Stärke. Er war stark, stark wie sie selbst, und er würde sie fesseln. Er gab ihren Blick zurück und stieg auf die Steinplatte hinauf. Die dunklen Tiefen zu seinen Füßen riefen ihn, Vir'Vachals Augen zogen ihn. Er schöpfte tief Atem und hob die Arme. Er genoß das süße Entsetzen, mit dem er genau das tat, was er ersehnte, er lachte und sprang von der Platte ab.

Für einen Augenblick schien er über dem Abgrund zu schweben, dann stürzte er in die Dunkelheit. Er fiel schneller und schneller, die Luft dröhnte in seinen Ohren, und hinter seinen Lidern zerbarst Licht. Die Hitze hüllte ihn ein, sein Blut donnerte; die Dunkelheit schlug über ihm zusammen, erfüllte ihn, umklammerte und überwältigte ihn, verschlang und zerstörte ihn, und Li'vanh Tuvoi war nicht mehr. Vir'Vachal schleuderte ihren Kopf nach oben und verschwand für immer aus den Augen der Sterblichen; und in der Höhle schlugen die Frauen an ihre Brüste und schrien: Rahai! Rahai!

Epilog
Die Quelle des Tänzers

Es schien Oliver, daß er geraume Zeit auf dem Rücken gelegen haben mußte. Sein Kopf schwirrte noch von der Erinnerung an das Fallen, jedoch sein Körper war unverletzt. Während er dalag und dieser Gedanke ihn beschäftigte, atmete er die frische Luft in tiefen Zügen. Unter seinen Händen fühlte er kühles, stachliges Gras, und hinter seinen Augenlidern war es hell. Als er seine Augen öffnete und den Arm hob, um sie zu beschatten, sah er verdutzt, daß er in leuchtend roter Wolle steckte. Er setzte sich, starrte auf das Rot und auf den groben, blauen Stoff seiner Hose, sprang dann auf und blickte sich um.

Das Land ringsum war von tiefem Grün, und der Himmel darüber silberhell. Es gab weder Sonne noch Mond noch einen einzigen Stern, und die Bäume hüpften vor dem stillen Himmel. Zarte Flötenmusik durchzog die Luft. Olivers Blick wurde starr vor Verwunderung, und er wandte sich um.

Hinter ihm waren einige Bäume und Felsen, zwischen denen eine Quelle hervorsprudelte und ein kleines Wasserbecken zwischen den Felsen bildete.

Und daneben saß ein Knabe, nackt, bis auf den Lendenschurz eines Tänzers, vor dem der kühnste Krieger sich verbeugt haben würde. Er nahm die Flöte von seinen Lippen und näherte sich Oliver mit flinker Anmut.

»Willkommen!« sagte er, und seine Stimme war der Ursprung aller Musik. »Deine Kämpfe sind vorüber, Junger Tiger. Es ist Zeit, wieder der Gekrönte Sieger zu sein.«

Seine Schönheit war unirdisch. Er war geschmeidig und sonnengebräunt, er bewegte sich springlebendig und doch schwebend leicht auf seinen kräftigen Tänzerfüßen. Sein dunkles Haar schien kleine Wellen zu schlagen, so unbändig wucherte es. Seine Augen waren von wechselnden Farben belebt: einmal Grün, dann Gold, dann das tiefe Indigo seines Schurzes, und sie flossen vor Lachen und Lebensfreude über.

»Herr«, sagte Oliver bestürzt, »wie bin ich hierher gekommen?«

»Auf dem einzigen Weg, der Sterblichen offensteht«, antwortete der Knabe. »Habe keine Furcht. Deine Proben sind hart gewesen, doch jetzt liegen sie hinter dir. Nun wollen wir zeigen, daß auch wir großzügig sein können. Alles, was du verloren hast, soll dir zurückgegeben werden, und was du erworben hast, soll unangetastet bleiben.«

Standhaft begegnete Oliver seinen Augen und sagte: »Junger Herr, Eure Worte sind gütig. Doch ich habe Erfahrungen gewonnen, die mich nicht loslassen werden, und ich weiß, daß du deine Wahrheit allzu leicht ausgesprochen hast. Ich habe etwas verloren, das du mir nicht wiedergeben kannst, und das ist Unschuld.«

In den Augen des jungen Mannes schimmerte der Anflug eines anerkennenden Lachens, doch er antwortete ernst. »Sind die Menschen so tief gesunken, daß Unschuld das Beste ist, auf das sie hoffen können? Streben sie nicht mehr nach Tugendhaftigkeit? Denn diese besteht nicht darin, das Böse nicht zu kennen, sondern ihm zu widerstehen.

Oliver beugte den Kopf. »Und was habe ich gewonnen?« fragte er.

»Was gewinnt Silber im Feuer und Eisen in der Schmiede?« Er lachte plötzlich, zog Oliver zur Quelle und sagte: »Komm, trink!«

Und Oliver beugte sich zum Wasser nieder und trank. Es war klar und kalt, und als er es trank, fielen Schwäche, Furcht und Schmerz von ihm ab. Kraft durchflutete ihn, und er richtete sich erfrischt auf. Noch einmal spürte er seine Jugend im Blut, und er lachte laut, denn ein Gefühl, das er fast vergessen hatte, durchströmte ihn: die ungetrübte Lust, zu leben. Wieder sah er seinen seltsamen Gefährten an und sagte:

»Herr, wer seid Ihr?«

»Ich bin der Hüter der Quelle«, antwortete er. »Erzittere, Sterblicher, denn du hast aus der Quelle des Tänzers getrunken, aus der Quelle der Unsterblichen.« Olivers Augen weiteten sich, und der Tänzer schüttelte den Kopf. »Nein. Sie verleiht dir nicht das ewige Leben. Dazu ist mehr erforderlich als Wasser, und eine Macht, weit größer als die meine. Aber sie gibt dir neues Leben und ein Herz, das sich am Leben freut.« Plötzlich warf er den Kopf hoch und rief aus: »Diese Quelle birgt Leben und Tod! Jene, die eingeladen werden, daraus zu trinken, trinken beglückt, trinken Leben; doch jene, die es ungebeten tun, trinken Tod!«

Eine Woge von Ehrfurcht und Verwunderung ließ Oliver erbeben. »Wer seid Ihr?« fragte er wieder. »Junger Gott, wer seid Ihr?«

»Kennst du mich nicht?« Er lachte jauchzend, sprang auf einen Felsbrocken und warf die Arme in die Luft. »Ich bin der Herr des Waldes und des Wassers, ich bin der Vortänzer des Großen Tanzes. Ich bin der Lenker. Ich bin der Bote, der Löser und Deuter der Zungen. Mir gehören Musik und Gesang, und ich bin Herr über den Blitz. Ich bin der Verlorene, der Wiedergeborene, der Junge König, ich bin Frühling und Sommer. Ich bin der Tanzende Knabe, Iranani, der Herr über Leben und Lachen.« Er sprang zu Boden und winkte mit dem Arm. »Folg mir.«

Er eilte fort, und Oliver folgte. Er wußte kaum, ob er rannte oder tanzte; er sang, doch er wußte nicht, was. Entzücken und Verwunderung erfüllten ihn angesichts einer Göttlichkeit in solch unbekannter, neuer, unerträumter Gestalt: ein Gott ohne Feierlichkeit, ein mächtiger Gott, doch ohne Majestät, ein Gott der Harmonie ohne Gesetz, und von solcher Fröhlichkeit und Lebenskraft.

Er rannte los, warf die Beine und jubelte über seine eigene Jugend und Kraft. Die Zeit konnte sie nicht einholen, und die Entfernungen schmolzen unter ihren fliegenden Füßen. Oliver machte lange Schritte und bemühte sich, seinen Gefährten einzuholen, doch der Knabe blickte sich um, nickte und tanzte schneller. So schnell sich Oliver auch bewegte – und er rannte, bis die stille Luft in seinen Ohren donnerte –, der Tänzer war immer vor ihm, und war doch nie einzuholen.

Bei einem dunklen, dickstämmigen Baum hielten sie schließlich an, und Iranani wandte sich mit ernsterem Gesicht Oliver zu. Am Fuße des Baumes stand ein Becher, und er nahm ihn in die Hand.

»Noch ein Letztes«, sagte er. »Dieser Trank wird die Erinnerung an das verhüllen, was vergangen ist, und wird dich von deinem Schmerz erlösen, wenn du es begehrst.« Er gab ihn Oliver in die Hände. Oliver hob ihn an die Lippen und hielt dann inne. Er sah die Abendfeuer wieder, den Springtanz, Yorns feuerrotes Haar. Er erinnerte sich an Dernas Knurren, an die Silberstimme Mnorhs, die sich im Gesang erhob, Silinois Gesicht und Mneris Augen. Er dachte an H'ara Tunij und Kiron. Er erinnerte sich an Dur'chai. Alle Dinge haben ihren Preis.

Er widerstand. »Ich danke dir«, sagte er, »aber ich will nicht trinken.«

Iranani nickte und trat zurück. Seine Augen hatten die Farbe seines Schurzes. »Sodann führt dein Weg dich dort entlang. Gehe mit Freuden, und Kuvorei Naracan, der Gott, der über den Göttern ist, möge dich schützen.«

Dann ging Oliver um den Baumstamm herum, in die Richtung, die Iranani ihm wies.

Der frische Frühlingswind blies ihm über das Gesicht, als er über das Feld rannte.

Nicholas und Penelope stürzten gemeinsam zu Boden und rappelten sich gerade auf, als er bei ihnen ankam. »Penny, du Närrin! Warum hast du das getan? Hast du dir weh getan?«

»Ich habe mir nur den Arm abgeschürft. Es war der Kompaß...«

Plötzlich verstummten sie und sahen einander unsicher an. Was war geschehen? Wie aus dem Lot geraten, pendelte die Welt hin und her. Wo waren sie?

»Oliver«, sagte Penelope, »dein Haar. Dein Schnurrbart. Sie sind weg.«

»Nur der Schnurrbart.« Nicholas strich vorsichtig über seinen Arm und sah seinen Bruder ernsthaft an. »Ich habe nicht gedacht, daß du gleichzeitig mit uns zurückkommen würdest. Ich glaube, ich habe mir das Gelenk verstaucht.«

»Oliver – war das alles wahr?«

Er antwortete ihr nicht sofort. Die Gewißheit des Verlustes traf ihn wie ein Pfeil. Er drehte sich schnell um und schritt vorwärts, als würde er dort alles wiederfinden. Aber er wußte, daß es nicht so sein würde. Es gab kein Zurück. Er hatte eine Tür durchschritten, die sich nur nach einer Richtung öffnen ließ.

»Ja«, sagte er behutsam. »O ja, Penny. Es war alles wahr.« Mit einem plötzlich verlegenen Lächeln blickte er sich nach ihnen um. »Pech, Nick. Du scheinst immer was anzustellen. Ich werde dein Fahrrad rüberheben. Wir sollten wohl besser nach Hause gehen.«

Penelope kletterte über das Tor. Nicholas blieb rittlings auf der oberen Querlatte sitzen und lächelte zögernd. »Und sie werden zu uns sagen: ›Ihr seid nicht weit gekommen.‹ Oliver, du hast etwas am Kopf.«

»Etwas am Kopf? Was in aller Welt... ich merke nichts...«

»Ja, es stimmt«, sagte er mit veränderter Stimme. »Dieses hier.«

Zwischen seinen Händen spannte er ein ledernes Stirnband. Es war bestickt mit dem Zeichen der Hurneis.

Wenn es dunkel wird

und das Mitternachtsvolk sein Unwesen treibt…

John Masefield
Das Mitternachtsvolk
Hobbit Presse / Klett-Cotta

261 Seiten, illustr. Vorspann, Pappband (Hobbit Presse)

Im Haus des kleinen Kay, wo er mit zwei Dienstboten und seiner Gouvernante wohnt, gehen seltsame Dinge vor, wenn es dunkel wird. Tiger lauern unter dem Bett, und im Betthimmel hat sich sicher eine Pythonschlange verborgen. Mit der Hilfe seiner Spielgefährten und den Tieren des Hauses, zu denen auch zwei charakterlose Katzen rechnen, gelingt es Kay, seine Kinderängste zu bewältigen.
Die aufregende Schatzsuche, in die er hineingerät, hat ein gutes Ende, und Kay ist ein Stück erwachsen geworden.

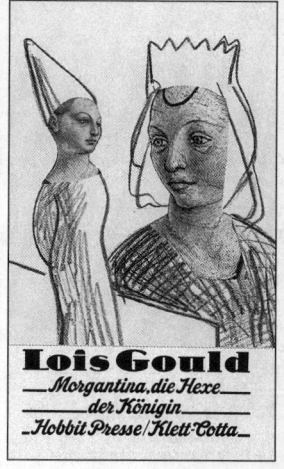

Lois Gould
Morgantina, die Hexe der Königin
Hobbit Presse / Klett-Cotta

216 Seiten, illustr. Vorspann, Pappband (Hobbit Presse)

Der König prunkt mit einem Reichtum, den er nicht hat, gebärdet sich als Potentat, der er nicht ist. Die Politik bei Hofe aber bestimmen andere. Morgantinas Geschichte, die an einem Fürstenhof der Renaissance spielt, fasziniert wegen der Mischung aus freiem Spiel der Phantasie und historisch exakten Details – sie ist zugleich historischer Roman und Märchen für Erwachsene.

Klett-Cotta
Postfach 10 6016, 7000 Stuttgart 10

J. R. R. Tolkien
im dtv

Tuor und seine Ankunft in Gondolin

Es gab eine Zeit in Mittelerde, lange vor den Hobbits, als Elben und Menschen noch vertrauten Umgang pflegten. Damals lebte Tuor, dessen Vater im Kampf gefallen war, bei den Grau-Elben. Als das Land von übermächtigen Feinden heimgesucht wird, drängt er darauf, Turgon, den König der Noldor und Kampfgefährten seines Vaters, zu suchen, der sich vor Morgoths Heeren in Gondolon, der geheimen Festung, verborgen hält. Ein Abenteuer beginnt...
dtv 10456

Die Geschichte der Kinder Hurins

Man schreibt das 469. Jahr nach der Rückkehr der Noldor nach Mittelerde. Immer noch wirft der finstere Morgoth seinen Schatten über das Land. Aber bei den Elben und Menschen beginnt sich die Hoffnung zu regen, daß man die Orks vielleicht doch noch zurückdrängen kann. Auch Hurin zieht in den Krieg. Zurück bleiben seine Frau, die ungeborene Tochter Nienor und der Sohn und Erbe Turin...
dtv 10905

Der kleine Hobbit

Bilbo Beutlin, ein angesehener Hobbit, läßt sich in ein Abenteuer verwickeln, das Hobbitvorstellungen bei weitem übersteigt. Nicht nur, daß er sich auf eine Reise von Jahresdauer begibt, er läßt sich sogar vom Zwergenkönig Thorin Eichenschild und seinen Genossen als Meisterdieb unter Vertrag nehmen und verpflichtet sich, den Zwergen bei der Rückgewinnung ihres geraubten Schatzes zu helfen. Sein Ruf ist dann auch so ziemlich beim Teufel, als er nach erfolgreich bestandenen Abenteuern wieder in Hobbingen ankommt.
dtv junior 7151

Farmer Giles of Ham
Die Geschichte vom Bauern Giles

Die ironisch-fröhliche Saga vom gar nicht so heldenhaften Bauern Giles, der mit List – und mit einem Zauberschwert natürlich – den allseits gefürchteten Drachen bändigt. Illustriert von Pauline Diana Baynes
dtv zweisprachig 9073